跨度长篇小说文库

Kuadu Novel Series

跨度长篇小说文库
Kuadu Novel Series

爱情在左 事业在右

Love or Career

秋文◎著

中国文史出版社

目　　录

一、出　　师

早晨，银丝般的春雨淅淅沥沥地下着，如烟似雾，笼罩住H城，模糊了一切。

街道上，车水马龙，行人匆匆。上班族们好像前面有神灵牵着，后面有鬼魂推着向单位急赶。

一辆白色迷你款大众汽车在欧力文房地产公司门口戛然而停，车门徐徐打开，一条修长的玉腿馋人地慢慢伸出，接着，一位身材高挑的美女华丽登场。

她，长发飘飘；瓜子脸，象牙白；丹凤眼，黑白分明；小巧的鼻子高耸着，为妩媚的脸增添些高贵，下面，月牙儿似的小嘴向上翘起，透出一副不服气的样子。

这位美女一出现，立刻吸引了正赶往欧力文公司上班的男人们的眼球，他们眼睛里满是疑惑：这美女是谁？难道是新来的？但愿是！

这些男人的希望落空了，她叫王璐，金天建材有限公司销售部副主管，外号“冰玫瑰”。她今天之所以来欧力文公司，拿同事张小葱的话说：本座轻易不现身，无事不登三宝殿。

王璐来到欧力文公司门口，四下张望着，她在寻找自己的同事张小葱，昨天和她约好在这里碰头。

金天公司里，每个人都有外号，张小葱犹如《射雕英雄传》里的黄蓉，聪明、刁滑、任性，但是，外号一般取其歪邪之处，所以，公司人称她为“白骨精”，也有叫她“小辣椒”的。今天，她早已来了，正在玩手机，看见王璐，扬了一下五颜六色的小手，然后走了过来。

“败家的丫头，又换手机了？”王璐看着张小葱手里的手机问。

“嘻嘻，新出来的6s!”

“被人咬了一口的苹果有什么好？哎，多少钱？”

“六千多。”

“男朋友的钱?”

“嘻嘻，那当然，要不，要他何用?”

“你这么任性，看你们结婚后怎么办?”

“这年头，玩的就是任性!”

王璐听了不作声，只是“嘻嘻”一笑，然后向欧力文公司走去。

张小葱紧追了上来，小声地说：“姐，你今天酷毙了，看那些男人望你的眼神，都要把你活生生地给吃了!”

“是吗？我怎么没发现。”王璐说着走向电梯。

电梯里，张小葱依然小鸟似的叽叽喳喳，她告诉王璐，昨晚做了一个梦。

“什么梦？肯定是春梦，你啊，我是知道的。”

“不是，我梦里抓了一条大鱼，周公解梦里说，梦见抓鱼，就是要发财，今天，我们肯定会一帆风顺，拿下这个欧力文公司的订单!”

“但愿是，要不，我们俩都会吃不了兜着走的，到时候，雷公有你好看的!”

雷公，指的是金天公司总经理金天雷。说话声大如雷，办事雷厉风行，背后，公司职员都叫他雷公。昨天，他命令王璐和张小葱此行，只许成功，不许失败，否则后果自负。

“切，大不了没奖金!”张小葱满不在乎地说。

“奖金事小，拿下欧力文这个订单事大，这个，我可是在公司会议上保证过的，小葱，你可得支持我哟!”

“咱姐妹俩还说这个？我会尽我所有支持你的，只要不献身，什么都行。”

“死丫头!”王璐手指头轻轻戳了一下张小葱的额头，看了看电梯指示灯。

“拿下欧力文!”张小葱说着扬起巴掌。

“加油!”王璐说。二人轻轻一对掌，接着一阵“嘻嘻”地笑。

这样的任务、这样的场合还有笑，真是有鸡鸭的地方，屎多，有年轻女人的地方，笑多!

电梯在十三楼停下，王璐、张小葱挤挤眼，撇撇嘴，以排出那些轻薄之笑，然后一本正经地走出电梯。

此时，外面，淅淅沥沥的银丝细雨改为“啪啦啪啦”的黄豆大雨，花草树木被这雨砸得哆嗦着、呻吟着。

欧力文公司的前台是两个年轻的美女，一见到王璐和张小葱，脸上荡漾着的笑就是外面那灿烂的春花见了都自愧不如，她们热情地问王、张二人有何贵干。王璐说自己是金天公司的，说着恭敬地递出名片。前台接过去看了看，脸上的笑宛如池塘里的鱼，刚露头，瞬间便不见了踪影。

“是滨海路上的那个金天公司吗?”一个前台问。

“是，是。”王璐、张小葱抢着回答。

“对不起，我们公司领导很忙，没有时间接待你们，二位请便。”前台做着手势，下了逐客令。

局势风云突变，这让王璐、张小葱彻底蒙了。张小葱不甘心，上前一步，欲问个究竟。谁知道前台根本不给她张嘴的机会，冷冷地说：“二位请便。”

王璐、张小葱站在那里不知所措。两个前台不再理睬她们，自顾忙自己的了。

王璐、张小葱只得怏怏往外走，出了电梯，来到外面门廊，张小葱做了个鬼脸，学着前台的口吻，道：“领导很忙，二人请便，切!”

王璐听她学得惟妙惟肖，不禁“呵呵”苦笑，望着外面的雨景，道：“我们这些搞销售的，遇到这种情况不意外。”

“不意外?”张小葱的柳叶眼变成柳叶刀，望着王璐，似乎要把她望个对穿，“这还不意外? 我张小葱出道这么多年，算是销售行业的老前辈了，大风大浪也见过，但是今天这样的，上来不分青红皂白就下逐客令的可是第一次，厉害，厉害!”

王璐细想一下，觉得也是，不再说话。二人望着外面的风雨，留也不是，走也不是。

“唉，出师不利啊! 昨晚我那梦白做了。”半天，张小葱小脚一跺，道。

“呵呵，不要泄气。”王璐说着走向旁边的椅子上坐下，张小葱屁颠屁颠地跟了过来也坐下。

“你这位销售行业的老前辈，还不知道我们搞销售人的特点?”王璐问。

“当然知道啦！我们的特点是：得有外交家的腿，演说家的嘴，政治家的脸皮，还得有蚂蚁搬家的毅力！”张小葱的小嘴流利地说着，两片涂抹了唇膏的嘴唇银片似的上下翻飞。

外面的雨还在下着，这雨很是老成，不紧不慢，不大不小，使得整个世界都迷茫了。

二人就这么无聊地欣赏着外面的雨景，心里似乎也在下着雨，滴滴答答，答答滴滴。

一会儿，张小葱再也按捺不住，站起，问：“王姐，怎么办？”

王璐看了看电梯，又望了望外面的雨帘，站了起来，道：“走，回去。”

二人怀揣潮湿的心回到公司办公室，同事老蒋见了，悄悄来到张小葱面前，道：“美女出马，一个顶俩，白骨精，怎么样？旗开得胜吧？”

“那是，咱是谁？倾国倾城的大美女！一出场，就把欧力文公司的那些臭男人都倾倒了。”

老蒋是金天公司的老员工，职位一直原地踏步走。自嘲曰：打酱油的。因而被张小葱等人起了外号：酱油蒋。酱油蒋老到得很，立即听出了破绽，道：“倾倒了臭男人，那么，欧力文公司那些女人呢？异性相吸，同性相斥的。”

张小葱一听，脑海里立即映出欧力文公司前台那两个女人来，心里骂道：“你个酱油蒋，简直是长了狗鼻子，这么灵敏！”

“那些女人嘛，只剩下嫉妒了。”张小葱嘴硬地说。

“鬼——才——相——信！”酱油蒋一字一板地说，然后转身离去。

“不信拉倒，破酱油蒋。”张小葱对着酱油蒋的后背说，眼睛向王璐的座位望去，那里，空无一人。

此时，王璐正在销售主管严三强的办公室，她把今天所受到的冷遇向他做了简要的汇报。严三强，真是人如其名，他什么都要强，对手下要求极其严格，简直到了苛刻的地步，所以张小葱他们背后送其外号“阎三王”（也有叫他“三阎王”的），还别说，他还真的对得起“鬼王”这个称号，他的鬼点子多得如天上的星星，出道这么多年，很少失手，因而得到金天雷的重用。

可能是鬼点子要用到大脑的缘故吧，严三强才四十多岁，便已谢顶，头顶裸露，如收割完毕的庄稼地，而周围呢？犹如田埂，上面稀稀疏疏地残留着一些茅草。

听了王璐的叙述，严三强嘴里嘟囔着“哦，哦，这样呀，这个欧力文公司”，心里却道：“谁叫你逞能的！”

“严主管，这个项目前期工作是你和老蒋负责的，你们之前和他们接触得怎么样？”

“我们没有太接触，我们没有太接触。”严三强反复说，谢顶的亮光一闪一闪的，让王璐的眼睛也跟着闪烁。

“不是说快要成功了吗？”

“没有的事，没有的事。”

“那么，之前你们是和他们公司谁联系的？”

严三强略一思索，回答道：“采购科。”

“具体哪一个人？”

“我是和他们的梁副经理联系的。”严三强改口说。

王璐已经觉察出了严三强在和自己打太极，但没有戳破，站起来说道：“那好，明天我去找这个梁副经理。”

王璐出来，心里似吃了个苍蝇，怪罪严三强在这么个关键时刻还在玩自己的小九九。

大公司，就是这么个情况，里面的人事关系，就如蜘蛛精的老巢——盘丝洞一样错综复杂。

回到办公室，刚坐下，张小葱端着咖啡过来，问：“打探到什么有用的情报了没有？”

王璐双手抬起，轻轻向前慢送，做了个极不标准的太极推手。

“意料之中，意料之中！三阎王看管自己的情报，和看管他那宝贝女儿差不多，要想从他嘴里得到情报，嘿嘿，除非用辣椒水、老虎凳之类的刑具。”

王璐琢磨着小葱的比喻，倒真是恰当。花心男人喜欢玩人家的女人，不由反躬自照，害怕别的男人玩自家女人，所以对自己家的女人看管得相当严，严三强可不就是！她对着小葱跷起大拇指，道：“小葱，你应该去当心理学家。”

“我应该去当心理医生，好给三阎王看病，他这种人，对上，就是一条哈巴狗；对下，就是一条野狼，嗷呜！”张小葱龇牙咧嘴学着狼嘶。

王璐被逗笑，说心理医生也不错，但是，心理医生得精神病的也不少。

张小葱翻着白眼珠，直直地看着王璐，道："看我像不像得了精神病?"

"像，太像了。"说完，两人一阵笑，可是又不敢大笑，只好用手捂住嘴。

"哦，忘了，刚才严主管说他们以前和欧力文公司的梁副经理联系的。"

"假的，肯定是假的!"

"也不一定，反正死马当作活马医，明天，我们俩一道再过去，九点半，老地方见。"

"好嘞!"张小葱干脆地答道，小身子一旋，迈着猫步走了。

傍晚，下班的时间到了，张小葱麻利地收拾东西，这时候，严三强宛如鲁迅作品《孔乙己》中那些有钱人进咸亨酒店——手里拿着一沓资料慢腾腾地踱了进来。

张小葱一瞧，如老鼠见到老猫，伏身缩头，嘴里开始祈祷："菩萨保佑，不要过来，不要过来，千万不要过来。"

也许是平时香烧少了，或许她根本就没有烧过香，小葱的祈祷菩萨听闻不问。严三强径直来到张小葱桌子前，把手里的资料放在桌子上，说："小辣椒，今天晚上加班，把这些资料汇总，明天早晨给我。"

"主管……"

"怎么?"严三强斜睨着张小葱问。

"没……没什么?嘻嘻。"

严三强不再说话，轻轻转身，轻轻抬起脚。

张小葱对着他的后背，挤眉弄眼吐舌头外加张牙舞爪，只恨自己不会气功，否则，定会让他五脏六腑受伤!

谁知道严三强早已料到小葱有这招，身子突然180度旋转过来。

他动作快，张小葱反应更快。只见张小葱正"规规矩矩，老老实实，认认真真"地看着那份资料。

严主管扑了个空，但看到小葱那样，认为是自己的威严所致，心里冒出陈佩斯小品里的经典台词："小样，和我斗，你还嫩了点，拜拜了你哪!"

见严主管真的离开了，张小葱双手指天，叫道：“苍天啊，你叫不叫人活了！”然后，身子一软，趴在桌子上一动不动，半天，小肩膀开始抖动，桌子下冒出：“我不活了，我不活了！”

“怎么了？”

张小葱抬头一看，只见王璐站在身边望着自己盈盈地笑。

“王姐，我不活了，我活不了了！”

“什么能让我们的小可爱如此这般？只有一样，和男朋友约会。”

“今晚再约不成会，他就休了我，不，是我休了他，坚决！”

“这么可怜？这么严重！君子成人之美，你去吧，这个我来做。”王璐说着拿起桌子上的资料。

“真的？谢谢。”第二个谢字还没落地，人已经蹿出多远。

“做好，我放你办公桌上！”王璐冲着张小葱离去的方向喊，可是，人已经不见了。

王璐摇了摇头，怪不得说爱情似着了火呢。张小葱可不就是被爱情之火点着了，约会都火急火燎的。

偌大的办公室里只剩下王璐一人，她拿着那沓资料回到自己桌位上，坐下，呆呆发愣。刚才小葱的兴奋劲儿还在脑海里盘旋，想象中，她现在正和男朋友吃着烧烤逛着街。

可是自己……唉！

实际上，刚才帮张小葱的忙，王璐也有自己的考虑，她实在不愿意回家太早。

在这春天美好的时光里，寸阴寸金，如果一个女孩这么早回去宅着，只能说明一个问题，那就是：她还没男朋友。

王璐可不就是这样！

这样的美女还没男朋友，难道天下的男人都瞎了眼吗？

当然不是，天下男人们的眼睛雪亮着呢！追求过王璐的帅哥可以组成一个加强排！

可是为什么她依然还是孤家寡人？这个说来话长，其中的难言之隐，只有王璐自己和上帝知道。

父母当然不知道了，可怜天下父母心，女儿这朵花，眼看着要凋谢，这可急坏了王妈、王爸。可是皇上不急太监急有何用？没办法，王妈、王爸只好背地里四处托人给女儿介绍男朋友，然后死缠活磨，死拽硬拉着女儿去相亲。王璐根本没诚心，去相亲只是为了敷衍了事，结果可想而知。气得王妈、王爸整天唠叨不止。一次，王璐对父亲诉苦，要他劝劝母亲不要再唠叨了。

“看。”王璐把耳朵对着父亲说。

“看什么?”

“里面的茧子呀，都有水泥路面那么厚了！都是你们唠叨的。”

“这丫头，这丫头。”父亲傻笑着说，却又无可奈何。

父亲王长丰是教师，好对付，可是母亲陈桂花就不一样了，依然如故地唠叨着，而且还有变本加厉的趋势。

“惹不起，咱躲得起!”王璐自嘲地说，今天之所以不愿意早回家，就是为了躲着母亲的唠叨。

一直忙到晚上十点钟，才忙好。出来，在街上随便买了点吃的，然后驱车回家。到了家门口，已经快十一点了，心想，这个时候，父母应该睡着了，于是轻轻开了门，再脱了高跟鞋，准备蹑手蹑脚溜进自己的房间，经过客厅，只见父母正端坐在沙发上，看样子正等她哩!

“怎么这么晚才回来?”父亲关心地问。

“加班。”

“哦。”父亲有些失望，作为父亲，矛盾得很啊！一方面希望女儿早点回来陪自己，另一方面，又希望她回来晚些——当然由男孩子陪着。

“璐璐，快过来。”母亲兴奋地喊道。

王璐一听，知道没好事，想尽快溜走，道：“妈，有事吗？没事，我去洗澡了。”说话的工夫，人已经到了自己房间门口。

“当然有事，快来，坐。”

王璐只好过来坐下。

“你欧阳阿姨给你介绍了对象，这个男的……”

王璐一听，一股羞辱感随即涌出，愤然道：“妈，你能不能不说这个!相亲，相亲，你们上次介绍的那个，就是癞蛤蟆都比他强百倍!”提起那次经历，心里一阵腻歪，身上起了一层鸡皮疙瘩。

“那是我们失误，失误。”父亲赔着不是说。

“这个都怪你陆阿姨不靠谱，以后再也不相信他了，这个可不一样了，他……”

“不去!”王璐斩钉截铁地截断母亲的话，再怪罪道，“你们整天瞎折腾什么？我的事不要你们管！”

母亲一听，也不由得火冒三丈，大声喝问：“我们折腾，为了谁呀？不要我们管，有本事带一个回来呀！”

“反正我不去，要去，你去！”

“你……”母亲的手颤巍巍地指着女儿，脸上蹿起红——跳跃的火焰一般。

眼看家里一场战争要爆发，父亲这个老好人赶忙出来斡旋，道：“璐璐，你去洗澡。”说着一个劲儿对女儿挤眉弄眼。王璐站起来，冲进自己房间，“咣当”一声关上门，带起一阵强风，只把母亲火气扇得更旺，站了起来，欲追过去，被丈夫一把抱住。

陈桂花在丈夫怀里挣脱着，嚷嚷着，意思是王璐难道想在家待到老啊，诸如此类。

房间里，王璐躺在床上，母亲的唠叨穿门凿壁而来，她气恼地过去，开了音乐，再一头钻进被窝，那烦人的唠叨声终于消失了。

不知道什么时候，雨停了，一轮春月从浩瀚的云海中生出，洒下一片清辉，这清辉和大都市的霓虹灯冲撞着，绞杀着。

春夜是不平静的，几只不知名的春虫躲在一隅，卿卿我我地谈着恋爱，又有几只为了争夺恋人而大打出手。王璐躺在床上，听着烦人的虫鸣，瞪大眼望着天花板。

难道她在生母亲的气？难道为自己至今没有男朋友而忧愁绝望？不是！和母亲的冲突就是这春天的毛毛雨，时间也不会久长。婚姻，靠的是缘分，王璐相信，她的白马王子正在某处等着自己，这个白马王子超过了某人一千倍、一万倍！

俗话说:人无远虑必有近忧。眼下，迫在眉睫的是公司订单的事。

现在看来，拿下欧力文公司的订单比预想中要困难得多。欧力文公司那两个前台毫不客气的逐客令，严三强那笑里藏刀的表情一一浮现在脑海里，这让王璐觉得自己孤身一人处在黑夜的旷野中，看不到一丝光明，而四周的黑源源不断向自己压过来，压过来。

“干吗那么冲动呀？冲动是魔鬼。”王璐自责地想。现在，她后悔自己千不该万不该接这个任务。

这是怎么一回事？

事情还得从前天上午说起，公司会议室里，中层以上领导会议正在召开。公司的业绩就悬挂在墙上的 PPT 上，一个箭头一路下滑，几欲探底。大家坐在那里一声不出，仿佛是在为那糟糕死了的业绩沉痛默哀。

大家知道，短暂的平静过后就是雷雨。果然，金天雷开始发威，一阵狂风暴雨，大家如风雨中的一棵小树——身子瑟瑟发抖，心呢？如汪洋中的一条小船。

接着，金天雷特别指出，强调了此诚危亡之秋也，要大家一起努力，渡过难关。

公司业绩不好，与销售部门有直接的关系。刚才，金天雷指着 PPT，说公司的销售业绩逐月下滑，简直就是黄鼠狼下崽——一窝不如一窝！作为销售主管，这时候，严三强当然要表态。首先，强调了一下客观原因，说金融危机期间，各个公司都不能独善其身，多多少少都受到牵连，金天公司也一样，等等。

严三强的言下之意，那是司马昭之心——路人皆知，明显是在寻找借口为自己开脱责任。大家望着严三强的谢顶，佩服他真是聪明——聪明得绝顶。

最后，严三强表态说无论如何自己一定想办法，千方百计提高公司的销售量。

金天雷听了，本来阴沉的老驴脸并没有放晴，因为在他心目中，没有原因，只有结果，这也是商业公司普遍的准则。他问严三强，销售部门有什么具体计划没有。

严三强说正在想。

“光想有屁用！”金天雷拍着桌子吼道。

严三强低下头，老驴脸变成了猪肝脸。

“我问你，欧力文公司那个订单进展得怎么样了？”

“有……有些进展，但……”

“但什么？”

“进……进展不大。”严三强吞吞吐吐地说，声音小得似蚊鸣蝇吟。

这是台面词语，哪里能瞒过金天雷这个老江湖？严三强说进展不大，那就是压根没有什么进展，金天雷不由恼怒，大声训斥道：“你就是吃干饭的？还阎三王呢，简直是饭桶一个！”

再看严三强，猪肝脸变成了雨后的天空——七彩弥漫，头低下去，低下去。

“欧力文公司的订单，就是我金天公司的救命稻草，那可是大客户，拿下它，三年不愁，所以务必一定给我拿下！”金天雷说着，把桌子敲得“当当”响。

不知怎么一回事，今天严三强并没有响应金天雷的号召，这可稀罕！以前，他都恨不得把胸脯拍得“咚咚”响来响应的。

“怎么了？”金天雷问。

“这个……这个……”严三强欲言又止。

金天雷见他这样，吼道：“什么这个那个的！看样子，你根本拿不下这个项目，算了，从今天起，这个项目你就不要做了，我找其他人，哪个愿意？”说着眼睛瞟过大家，最后，落在王璐身上。

王璐一直躲在旁边不说话，金天雷的眼睛落在自己身上，她已经感觉到了，她是知道金天雷的秉性的——人粗而心细，他不会直接说这个项目由谁来做。他要那人自告奋勇地说！这样，无形中就增加了那人的压力。王璐心里明白，现在，如果自己不表态，肯定会引起金天雷的不快，会让他觉得自己不为公司分忧，没有担当。给他造成这样印象，以后就麻烦了。可是，如果现在自己站出来，肯定会得罪严三强。

思考了半天，王璐还是鼓起勇气站了起来，说道：“金总，既然欧力文公司这个订单对我们公司这么重要，如果没有其他更加合适的人选，那就让我来试一试吧。”

“好！好！好！”金天雷大声地夸赞，眼睛扫了一周再次落在王璐身上，声音震天响地说：“不是试一试，而是一定要拿下，拿下之后，奖金在原有基础上再加百分之五！”

“金总，我王璐不为那些奖金，一切为公司，明天，我就上门去做欧力文公司的工作。”

今天，严三强颜面扫地，这在本公司可是第一遭，不禁心里窝了一肚子火。现在听了王璐的话，心里骂道：“逞能！”转念一想，又有些释然，心里恶意地道：“这下有好戏看喽！”

散会后，王璐便来找严三强交接欧力文公司的事，可是找了半天，也没有找到，他的手机也关机了。

原来，严三强早就料到这一招，散会后，快速离开公司躲了起来。这样，王璐、张小葱在毫无准备的情况下，第二天一早贸然来到欧力文公司，结果，造成今天的局面。俗话说：商场如战场，一点儿不假，既要攻城略地，又要防范自己人在背后使绊子。

“什么人？我王璐又不是为了自己，大家不都是为了公司吗？你这样作祟，我偏偏做个你看看！”王璐心里发狠地说，严三强那镜子样的谢顶浮现，王璐伸出手，嘴里喊着“啪啪”扇了过去。扇过严三强后，心里慢慢平静下来，不知不觉中睡着了。

第二天早晨，醒来一看，已经是八点半了，天啊！一骨碌爬了起来，赶紧去洗脸刷牙。新牙刷只把口腔、牙龈捣鼓得深痛。

冲出家门，一路小跑着向停车位跑去，一个中年男人迎面而来，一边慢慢地低头走，嘴里一边不停地念叨着：“中了，中了。”王璐想躲开，可是要赶时间，只好迎面走了过去。

中年男人看到王璐，伸手拦住她的去路，神神秘秘地四周看了看，声音小得似乎只有他自己能听到，道：“王璐，告诉你一个好消息，我中了五千万！”

“好，恭喜。”王璐甩给他这句话，绕开他，一溜烟跑了。

今天这样的一幕已经公开演绎N次了！

中年男人叫马天放，以前经商，发了点小财，就认为自己是中国的比尔·盖茨了。后来，被人骗了个精光，急于翻身，于是开始买彩票。越买越多，越买越穷，越穷越买，终于成迷，一次，自认为十拿九稳的一个号码，他买了十注，回到家里，那些百万、千万的钞票就在眼前晃动，半夜里，突然跃起，大喊：“我中了！我中了！”然后冲出门外，见人就说：“我中了五千万！”

大都市就是个大欲场，人人都在做着五颜六色的梦！只不过有的梦很美好，而有些梦却是凄惨无比，比如马天放之流。

上了车，心急火燎地往欧力文公司赶，无奈，第一个十字路口就是红灯，也许是开了这个恶头，以后，红灯是一个接着一个。

“可恶！”王璐望着红灯骂道，可是干着急，没办法，现在，她恨不得把自己的车子安上两个翅膀。心想张小葱肯定等急了，她可是个急性子，猴子似的，咦，奇怪了，这猴子丫头怎么没来电话催。

十点左右，终于赶到了欧力文公司门口，寻了半天，也没看到张小葱。“这丫头死到哪里去了？”王璐心里嘀咕着拿起手机。

正在拨号码，一辆红色MINI疾驰而来，王璐一眼认出那是张小葱的车。心里道：这丫头，我迟了，她居然比我更迟！

张小葱气喘吁吁跑过来，嘻嘻一笑，道："王姐，等急了吧？"

王璐眼睛扫描仪似的把张小葱全身扫描一遍，道："和男朋友黏糊到现在？你那男朋友有这么大的吸引力？"

"切，不是我黏他，而是他黏我，王姐，你不要搞错了！"张小葱的头扬了扬道，再做了Pose，挤了挤媚眼，"就我小葱这样的白富美还……"

"猫春，骚！"王璐说着抬脚向欧力文公司走。

等电梯的工夫，王璐再次扫描张小葱。

张小葱被看得直发毛，扭了一下身子，道："讨厌，老看人家干什么？"

"和男朋友睡到现在？"

"滚！我张小葱是那样随便的人吗？"

"那怎么来得这么迟？"

"早晨赶到公司，把你做的资料送给了三阎王，这不就迟了。"

王璐大悟，心里道："怎么把这事忘了。"

电梯来了，二人走进电梯。

"王姐，今晚我请客。"

"为什么？"

"你做的资料，得到三阎王的肯定了。"

"他可是不轻易夸赞人的。"

"非常时期，非常时期，自从上次被雷公K了之后，三阎王人变了很多。"

"那好，今晚，先到希尔顿吃大餐，再去宏达K歌，然后去深蓝做理疗。"王璐一连串报着今晚的项目。

张小葱紧紧捂住自己的包，小脸都吓得变色了，大叫道："王姐，不带这样狠的，我可是个穷人，月光族。"

看着张小葱那样，王璐好笑，咬了一下嘴唇，抑制住笑，道："刚才谁说自己白富美的？"然后走出电梯。

到了公众场合，张小葱再也没机会辩解了。

二人正儿八经地向欧力文公司走着，突然，王璐停止脚步，在张小葱耳边嘀咕了几下。张小葱"嗯嗯"点头答应。

到了欧力文公司前台，那两个接待员见还是昨天的那两位，冷眼以对。谁知道王璐、张小葱也根本没有让她们理睬的意思，径直向里走去。

等到那两位前台反应过来，王、张二人已经一溜烟不见了踪影。

这就是刚才王璐交代张小葱的策略。

二人在过道上寻找着梁副经理的门牌，可是找了半天，有李经理、许经理等好几个正副经理，就是没有什么梁副经理。难道三阎王他……

正在不知怎么办之时，一个中年男人走上前来讨好地问找谁。

“我们找梁副经理。”张小葱回答。

“梁副经理已经不在本公司了。”

“不在了？”

“是啊，你们是……”

“我们是金天公司的。”

中年男人看了二人一眼，眼睛里全然不是美女，而是祸水了，热情洋溢的脸顿时阴沉下来，再挂上一层薄霜，随即走开。

看着那男人落荒而逃的样子，王璐、张小葱二人莫名其妙，一头雾水站在那里，大眼瞪着小眼。

这都怎么了？怎么一提到金天公司，欧力文公司的人就如见到了洪水猛兽似的？还有那个梁副经理，严三强前几天还和他联系，怎么现在就不在了？

楼道尽头，一个清洁工老头正在打扫卫生，张小葱自告奋勇地说：“看我的。”说着走了过去。

来到老头面前，张小葱掏出一包中华烟拿在手里，道：“大爷，歇歇，来，请您抽烟。”说着抽出一支递了过去。

老头本想拒绝，但是，看了一眼张小葱手里烟的牌子，伸手接了过来攥在手心。

张小葱伸出打火机，欲给他点燃。老人道：“这里不让抽烟。”张小葱只好作罢。

“姑娘，有事吗？”老人问，他知道没有白抽的好烟，特别对方还是一个漂亮的姑娘，她能搭理自己这个糟老头子？刚才那烟说白了就是买口费。

“梁副经理怎么了？前几天还在，这次怎么就不在了呢？唉，急死了，他还欠我钱呢！”张小葱煞有介事地说。

“他欠你的钱？”

“是的，好大好大一笔钱。”张小葱说着双手画了一个脸盘大的圆圈，

“那可是我家老爷子的救命钱，他还在住院，等着这笔钱做手术呢。”张小葱说着，眼睛低垂，似乎急得欲哭。

“哦，哦，这样啊，这样啊。”老人深深被张小葱的孝心所感动而啧嘴感叹着，接着道，“那是该要，救人要紧。”四下看了一眼，低声道：“梁副经理已经被开除了，他现在在哪里，我也不知道。”

“哦，这样呀。”

“你家老爷子贵庚？得的什么病？”老头问。可是张小葱已经转身，“嗒嗒”地走远了。

王璐看到张小葱走近，笑着问：“怎么样？明星，张大演员。”

张小葱也为自己刚才的高超演技对自己佩服不已，道：“小菜。”然后告诉王璐刚才老头所说。

“啊！原来这样呀。”王璐大惊道。

“我就说三阎王告诉你的是假情报吧，你还不信。”

“回去再找他算账！”

“那现在怎么办？”

王璐四下一望，道：“我们去找找这里的总经理吧。”

张小葱胆子大，立即应和道：“好！”说干就干，二人向总经理室走去，没走几步，一个前台接待员突然冒出，拦住她们的去路，说：“我找你们半天了，请你们二位离开，马上！”说着执着地做了个请的手势。

“我们要找你们的总经理。”张小葱吓唬地说。

接待员倒真的顿一下，问：“你们和他约好了？”

“是的。”张小葱理直气壮地说。

旁边，一个年轻女子走过，让人眼前一片七彩之霞光，接待员跑了过去，二人说着话，不时望着王、张二人。

王璐、张小葱知道坏事了，肯定要露馅。果然，前台接待员走了过来，依然不卑不亢地做着手势说：“刚才姚秘书说了，没有的事，二位请便。”

王、张二人不再说什么，乖乖地下楼。那个前台接待员太“热情”了，一直把二人送到门外。

王璐钻进自己车里，张小葱随即也钻了进来。

尴尬警报解除，二人互相指着对方，大笑了一番。

张小葱猛然想起什么，说：“姐，你的戏彻底演砸了，我的戏彻彻底底成功，完美无缺，这样扯平，今晚我不请客了。”

“切，葛朗台！”王璐噘嘴道，半天，又道：“还是我请你吧。”

“好，荣幸之至。”

“请你吃米线。”

“切，葛朗台夫人！”

接着，二人进行了情况分析，可是分析了半天，也没分析出什么所以然来。

“肯定是三阎王给的假情报。”张小葱十分肯定地说。

“可是，为什么欧力文公司的人见到我们如临大敌？”王璐反驳道。

“这个，这个……谁知道呀，里面肯定有蹊跷！”

“是的，目前，我们第一要务是搞清楚欧力文公司为什么这么排斥我们金天公司，这样才能对症下药，否则，一切无从下手。”

“可是，欧力文公司的人连和我们说话都不愿意，那怎么下手呀？”

“还是回去问问严主管吧，我就不信他敢如此光明正大地欺骗我们！”

回到金天公司，王璐马不停蹄地直奔严主管办公室。

今年的春天有些奇怪，冷空气就如得了相思病的情人，三天两头来探望，让人觉得还在冬天。

严主管可不就是在冬天里！现在，他如蛰伏的冬虫，整天蜷缩在自己的办公室里。前天的会议上，丢人丢大发了！

他有些埋怨金天雷，怪他一点儿面子都不给自己留。这些年来，自己鞍马劳顿，忙前忙后，没有功劳也有苦劳啊！如果没有我三强，你金天雷能有今天?!

他站了起来，来到窗口，望着天边的风景，那里，阴云笼罩，就如此时自己的心境。

王璐敲门进来。严三强一看，就知道她此行的目的，心里道：“这丫头现在志气高远，得防她一手。”

“王副主管，有事吗?”

“我刚刚从欧力文公司回来！”王璐望着严三强的脸说，她要看看他有什么反应。

“哦，怎么样？和梁副经理联系上了吗?”

“梁副经理被欧力文公司开除了。”

“啊！”的一声，严三强吃惊不小，身子颤抖了一下。

装，继续装，表演家，小丑！王璐心里鄙夷着，问：“你还不知道？”

“我哪里会知道？我又不在欧力文公司！你怀疑我骗你们？”严三强反问。

“说真的，我还真有点儿怀疑，你告诉我去找梁副经理，可是我们去了，他却被开除了。”

“我有必要骗你们吗？有什么好？”

王璐坐那里一声不吭，沉默就是默认，意思是：有可能。

“王副主管，你把我想得……”

“除非你拿出证据来证明，否则我就是怀疑你骗了我们，让我们白跑了一趟不说，还，还让我们无从下手，你也知道，金总非常看重欧力文公司的订单，假如他知道了又怎么想，他可是交代过的，公司的一切资源都要配合我们这个项目。”

严三强开始抵御，不是拿起盾牌来抵御，而是拿起手机，道：“我会证明的，等会儿。”说着，拿着手机走了出去，不知道跑哪里去了，看来非常机密。

王璐坐在那里等着，好大一会儿，依然不见严三强回来，她开始百无聊赖，眼睛瞟过严三强桌子的电脑，有股冲动，好想过去打开看看，也许能偷窥到什么有价值的情报。比如，他给欧力文公司的报单之类。

“这样做是不是太龌龊了？”王璐犹豫，举棋不定。心里的光明磊落和卑鄙正在激烈绞杀的时候，严主管回来了。

好险啊！假如自己刚才打开电脑，肯定被发现。王璐庆幸着，看来，见不得人的事还是少干为妙。

“我刚才打听了一下，梁副经理确实被开除了，就在昨天！”严主管道。

王璐听了第一感觉是：这家伙怎么如此快就得到这个消息的？难道他在欧力文公司有内线不成？又想，自己是前天接受任务的，那时，梁副经理还在任上，看来，自己的怀疑有误。

“哦，这样啊，看来是我以小人之心度君子之腹了，抱歉。”

“你不是小人之心，而是妇人之心，呵呵，我吃点儿亏是小，公司的订单才是大。”严三强说着瞟了一眼王璐。心里道：“不知天高地厚的东西，我三阎王做不成的事，你一个弱女子能做成？笑话！唉，有你受的！咱就等着看笑话吧。”

“主管，欧力文公司是根难啃的骨头，您有什么建议没有?”

“没有，没有，败军之将，何来建议?”

“谦虚使人发胖，呵呵，听说你在负责这个事的时候，进展很大，说来让我们学习一下，可不能保密哟。”

“刚才还拿针刺我，拿刀砍我，现在倒要我教你，哼哼，好事岂不都成你一个人的了！再说，你成功了，我怎么办?”严三强心里道，可是，既然王璐这么求自己，不开口也讲不过去，于是道：“铁杵磨成绣花针，事在人为。”

说了等于白说！王璐呵呵假笑，道：“谢谢主管了。”她知道从严三强嘴里不会掏出什么有价值的东西，于是告辞出来。

回到办公室，王璐看到酱油蒋正在忙着，站了起来，想了想，重新坐下，向旁边的张小葱勾着手。

张小葱看见，来到王璐的身边，说王璐的这个勾引动作让她耳红心热。王璐说她病入膏肓，不可救药了，有了男朋友还这么朝三暮四的，怎么得了。

张小葱回答说：“这就是我，你到现在才知道呀?”然后问王璐有什么事。

王璐看了一眼酱油蒋，然后对着她的耳朵交代了一番。张小葱“嗯嗯”点着头说：“这个容易，看我的!”

张小葱来到酱油蒋面前，嘻嘻一笑。酱油蒋见了，挠着身子说：“小姑奶奶，笑什么，我老人家最怕的就是你这白骨精的笑，瘆人，看我这鸡皮疙瘩。”说着挠着自己的胳膊。

公司职员中，酱油蒋资格最老，就是金天雷也让他三分，其他职员可想而知，但是，张小葱就是他的天敌，他的克星！经常被张小葱耍弄，他曾经哀叹道：“我酱油蒋今生怎么就遇到你这个小妖精了!”

张小葱说：“我不是小妖精，而是白骨精。白骨精很有本事的，算大妖精之列吧。”

酱油蒋严重惧内，平时在吃喝玩乐方面沾光不少，和王璐、张小葱断绝关系又舍不得，就这样，酱油蒋拿时下的流行语来定位自己：痛，并快乐着。

一次，几人一起去酒吧喝酒，酱油蒋酒喝高了，喋喋不休，就如正在发情找情人的苍蝇，而眼角呢？挂着一颗黄豆大的宛如苍蝇屎的东西，那团东西，颤巍巍的，就是掉不下。王璐、张小葱当然非常厌恶，有心赶跑这只苍蝇。

张小葱出去转了一圈，然后回来，手臂钩住酱油蒋的脖子，对着他的耳朵叽叽咕咕一阵。

“啊”的一声惊叫，酱油蒋似乎酒醒了一大半，抬头四下张望，然后拎起包落荒而逃。

王璐问张小葱和酱油蒋说了些什么，怎么这么有效果。

张小葱正儿八经地说：“我告诉他，刚才看到他老婆了，可能在查他的岗。”

现在，张小葱趴在桌子上，问道：“蒋哥，在忙什么呀？中午有时间吗？”

“干吗？”酱油蒋戒备地问。

“请你吃饭。”

“不去！”

“这么不给面子？”

“我老人家被你整苦了，看到没有？”酱油蒋说着，指着自己稀疏的头发。

“那是你老婆折磨你的，与我有什么相干？切，不去算了，后果自负！”说着，转身欲走。

“干吗无故请我吃饭？”酱油蒋望着小葱后背不甘心地问。

“我请你吃饭？才不呢！喏，那位。”张小葱指着王璐说。

“是领导请呀，去，一定去！”酱油蒋说着起身收拾东西。他可真是好了伤疤忘了痛！

三人来到公司外面的一个小饭店，选了僻静的卡座坐下，酱油蒋望着张小葱，不放心地问：“二位美女，怎么想起请我吃饭了？不会是鸿门宴吧？”

“我们请你吃饭还少呀？哪次不是我们买单？哎，酱油蒋，不是我说你，你现在钱包里不会超过一百块钱。”张小葱指着酱油蒋装着钱包的口袋说。

不幸被言中了，酱油蒋倒并没有显得多么难为情，只是呵呵傻笑了几下。

王璐欲开口，嘴动了几下，还是忍住了，吩咐服务员赶快上菜。王璐可不是吃干饭的，俗话说拿人家，手短；吃人家，嘴软。她得先喂饱酱油蒋，然后才好掏他肚子里的话。

菜上来了，三人一边吃，一边东拉西扯，酱油蒋吃着免费的午餐，分外香。

王璐吃得很少，似心事重重。张小葱这个红脸开始演戏了。她装着很关心王璐的样子，安慰道："王姐，吃了闭门羹，没什么的，不要放在心里。"

老蒋正在专心啃着一根烤鸡翅，只啃得满嘴流油，没有听清楚，以为在说自己，停止了吃，一脸茫然地问："闭门羹？什么闭门羹？"说着，看着手里的鸡翅，难道这是闭门羹？俗话说好奇的鱼儿先死，一点儿不假。

见酱油蒋中招了，王、张二人心里一阵窃喜。

"唉！"王璐叹了口一米见方的大气。

"我也不吃了！这闭门羹吃得，窝囊！"张小葱"啪"的一声放下筷子，她要把气氛渲染足了。

酱油蒋见不是说自己，放下心来，一边继续啃鸡翅，一边道："谁敢给你们二位姑奶奶吃闭门羹，不想好了，告诉我，是谁？"

"欧力文公司！"张小葱道。

"酱油蒋，向你打听一件事。"王璐不给酱油蒋脑子喘息的机会，紧接着问。

酱油蒋一听，就知道自己中招了，心里叹道:俗话说，天下没有免费的午餐，一点儿不假！现在的他似一条蛇，想钻进洞里，可是尾巴已经被王、张这两位姑奶奶抓住了，只好顺着问："什么事？"

"听说欧力文公司那个订单本来你们已经谈得差不多了，为什么后来黄了？"

"这个……这个……"酱油蒋欲言又止，似有难言之隐。

"怎么了？"王璐问。

"坦白从宽，抗拒从严，说！"张小葱半开玩笑地说，然后摩拳擦掌着。

"我就不说，你吃了我呀。"酱油蒋一边无赖地说，一边脑子里快速思考着，以寻找出解脱的方法。

"嘻嘻，蒋哥，求求你，说嘛。"张小葱见硬的不行，开始来软的了，他拉着酱油蒋的胳膊晃动着，央求着。

“是啊，酱油蒋，我们又不是为了个人，都是为了公司，为了工作，有什么不好说的。”王璐深明大义地道。

“告诉我，这个项目成功后，奖金我分你一些。”张小葱道，怕酱油蒋不信，补充说，“我说话是算数的。”

酱油蒋心里在做激烈斗争，如果不说，这两位姑奶奶现在定然饶不了自己，但说了呢？严主管那里肯定过不去，因为昨天他已经找过自己，交代说欧力文公司的一些事还是不足为外人道也为好！酱油蒋是知道严三强的秉性的：有仇必报！怎么办？酱油蒋绞尽脑汁地想着应对之策，天无绝人之路，心里一喜，有了！

“本来都快要成功了，可是，后来……后来……”

王、张二人睁大眼睛盯着酱油蒋的嘴，张小葱性急，问：“后来怎么了？快说!”

“唉，都是那个油盐不进!”酱油蒋叹了口气说，身子往后挪了挪。

“油盐不进?”王、张二人齐声问。

“对，油盐不进。”酱油蒋说着，气恼地把手里的鸡翅丢在桌子上。

“油盐不进是谁?”王璐问。

“欧力文公司老总，欧阳建业!”

“他怎么叫这么个外号，谁起的?”张小葱好奇地问，起外号，那是她张小葱的嗜好，也是她的专长，没想到还有同道之人。

原来，严三强和酱油蒋去欧力文公司洽谈出售钢材的事，这欧力文公司真是难以攻克，经过一年多的公关，梁副经理才被拿下。数量、价格基本敲定，大家都皆大欢喜。梁副经理说最后还得欧阳总裁拍板。这下，严三强和酱油蒋又忧心忡忡了。梁副经理见了安慰说可能没问题，以前，自己呈上去，欧阳总裁很快就会批下来。

第二天，梁副经理把报表呈送给欧阳总裁审批。欧阳总裁看了看，白了梁副经理一眼，毫无表情地说道：“你先回去吧，这个暂时放我这里。”

梁副经理感到事情不妙。果不其然，以后那报批表就一直放在欧阳总裁那里了。严三强、酱油蒋本来的希望就如装在炮膛的炮弹，只等发射出去落地开花。可是现在，那炮弹就装在炮膛里，迟迟不射，等得都要发潮生锈了。二人一连追问梁副经理。梁副经理两手一摊做无可奈何状。

严三强和酱油蒋没有办法，全力来攻欧阳建业这个堡垒，但使用了各种手段，半年下来，居然毫无进展。一天，严三强气恼地道：“难道他是钢铁做的，油盐不进?!”

就这样，“油盐不进”这个称谓在严三强、酱油蒋、梁副经理等小圈子内部传开了。以后聚会，他们对欧阳建业不称为欧阳总裁，而是用“油盐不进”代替了。

“哦，这样啊!”王璐、张小葱恍然大悟。

“油盐不进，油盐不进，嘻嘻……”张小葱嘴里念叨着嬉笑不已。

酱油蒋听了，来了兴致，说自己农村有一个堂哥，一天，他拿着一个秤砣上下翻看，居然看到秤砣底部有一个洞，大惊，道：“不好了，秤砣生虫喽!”

于是乎，“秤砣生虫”就成了他的外号。

张小葱一阵大笑，狂笑。王璐被传染，跟着笑了几声，指着酱油蒋，道：“你们真是够可以的，在自己公司到处给人家起外号，还居然跑到人家公司给人家起外号，特别还是那个欧阳总裁，如果他知道了，哼哼……能成功，那才怪呢。”

“哎，酱油蒋，你们对欧阳总裁使用了什么方法?他有什么爱好没有?”张小葱问。

“小姑奶奶，你们这鸡翅，只值油盐不进这个外号。”酱油蒋貌似讨价还价地说道。

“嗯嗯，好蒋哥，说嘛，说嘛，人家想听嘛。”张小葱站起来，绕到酱油蒋背后，举起小拳头，为他捶背。一边捶，一边对着王璐挤眉弄眼。

“小姑奶奶，你不要温柔，你一温柔，我就害怕!”酱油蒋说着抖着身子，却并没有挣脱开小葱的手。

“给你捶背还不好?狗咬吕洞宾——不识好人心，切!”

“白骨精对唐僧好，还不是想吃他的肉?”酱油蒋回答道。

张小葱看软的不行，人如东北风的天气——说变就变，脸色一沉，狠劲儿地捶了一下酱油蒋后背，道：“不说算了，谁稀罕?中午单你买了，王姐，走!”

酱油蒋一听，慌了神，拿起包，夺路而逃，一溜烟不见了踪影。

酱油蒋这个宴会主角不在了，今天的宴会也就结束了，张小葱重新坐下，望着满桌子的残羹冷炙，问道：“王姐，怎么办?”

王璐没有回答，她坐在那里，想把刚才酱油蒋所说的分析一下，无奈饭店里人来人往，熙熙攘攘，道：“这里太吵了，走，换个清静的地方。”

咖啡馆里，音乐如谈谈的月光那样飘荡着。王璐、张小葱坐在那里感到心情舒畅了许多。

“怎么办?”张小葱用汤匙搅着咖啡再次问。

“热办!”王璐回答。

“人家油盐不进根本不吃你那一套!”

“我就不相信他无懈可击!”

“对，即使他就是个秤砣，咱姐妹也把他炒着吃了，这次，吃定他了!”张小葱发狠地说，把咖啡当作油盐不进，端起来猛喝了一口，“咦，那个油盐不进肯定是个糟老头，有什么吃头?”张小葱偷梁换柱地说，她想活跃一下气氛。

“死丫头，都什么时候了，还开玩笑?你要知道，人家可是块肥肉，多少人抢呢！拿雷公的话说，拿下他，三年不愁!”

“那是，欧力文公司是全市房地产的龙头企业，可是，现在由油盐不进把着关，我们从哪里下手?”

二人陷入了沉思。

王璐端起咖啡，慢慢嘬着，咖啡下去，问题上来，她问：“小葱，你说欧力文公司为什么这样排斥我们金天公司?”

“我哪知道?”

“我怀疑严三强和酱油蒋向我们隐瞒了什么。”

“为什么？刚才酱油蒋不是说得很明白了吗？都是那个油盐不进。”

“我怀疑……我怀疑……”

“什么?”

“我也说不清，凭直觉，这里面水很深。”

“证据?”

“你想想，假如油盐不进否定了我们的公司，这样的事一般只有公司决策层人物才会知道吧。”

“对，哦，明白了，公司下层是不会知道的，那两个前台和那个中年男人……”

“还有那个梁副经理，为什么偏偏这个时候被开除了？我怀疑……”

“你怀疑三阎王和梁副经理有交易，并且还被油盐不进知道了?”

“不能瞎猜的，得有证据，我们下一步就是要搞清这一点，只有这样，才能对症下药，三阎王那里肯定掏不出什么了，现在，我们主要是从……”

“酱油蒋!”张小葱插话道，“摆平其他人，我不敢说，摆平酱油蒋，我张小葱还是有把握的。”

“这个只能悄悄地进行，明天，我们还去欧力文公司，再一再二，他们不能再三轰我们走了吧。”

“我觉得没必要，人家都那样了，我们还厚着脸皮去，简直就是自讨没趣!”

“刘备还三顾茅庐呢，得有诚心，俗话说:心诚则灵。”

“我们老是那样，显得我们笨，得变通，用什么办法呢?”张小葱一边自言自语，一边思考着，半天，一拍桌子，道，“王姐，我看不如这样。”张小葱说着把嘴伸过来，对着王璐的耳朵叽叽咕咕一阵子。

王璐听完，不禁竖起大拇指夸奖道：“你这丫头，还真有一套！说你是白骨精，一点儿也没冤枉你。”

“那是，我是谁？白骨精，他油盐不进就是唐僧，我要抓住他，吃他的肉，喝他的血，吸他的骨髓!”张小葱说着张开小嘴，露出白白的碎牙。

“恐怖!”王璐说着伸出巴掌，隔着老远扇张小葱的嘴。

“好你个油盐不进，你就等着吧，本姑娘张小葱白骨精来啦!”张小葱说着握起小拳头。

“拿下油盐不进！拿下油盐不进!”二人一起振臂而呼。

王、张二位美女如此这般发狠要拿下欧阳建业，只让远处欧力文公司总裁办公室里的欧阳建业一连打了三个喷嚏。

欧阳建业并不是张小葱所说的糟老头子，而是一位真正的帅哥。

他今年三十来岁，中等个子，由于瘦而显得略高；白皙的长脸，上面有几处凹凸，透出沧桑，增强了男人的魅力。银杏眼，天空皓月似的。不知是金丝眼镜还是其他的缘故，那眼神冷静、犀利、威严。

不知道是不是留过学的原因，沾了西洋人的光，他的鼻子直而挺，直挺得让很多男人绝望，让很多女人心痒。

要说欧阳建业外貌的短处，便是那嘴唇，乌青，青中泛紫。有经验的一看便知，那是经常熬夜的结果。

昨晚，又熬夜了，可能是受了点寒，现在欧阳建业坐在那里，一边看着一份报表，一边拽了手纸擦着鼻涕。

这份报表就是梁副经理呈送上来审批的那份，他已经看过两遍了！这次，他又仔细地看着，然后从桌子上拿出另外一份表来对照着，看着看着，眉头皱成一个“川”字。

觉得准确无误后，欧阳建业把金天公司的报表随手扔进垃圾箱里，然后拿下眼镜，揉了一下眼，刚要按铃叫姚秘书进来，电话响了。

电话是某位领导打来的，虽然没有说什么，但是，欧阳建业一听就知道他是说客——为梁副经理说情的。领导们一般都这样，替人办事，永远不直接说，就如佛教中的传教，让人禅悟。

欧阳建业略一思考，抢占先机地说正要向他汇报一件事，梁副经理因为严重违反公司规定，董事会决定开除他，并且结果已经公布，就在前天！

那位领导嘴里哦哦着，说开除梁副经理那是公司内部的事，与自己无关，自己只是找欧阳总裁聊聊天。欧阳建业再三表示感谢领导的关心。

放下电话，欧阳建业坐在那里，心里道：“好个梁天成，一点儿不像男子汉！既然做了就应该承担后果！居然还找领导来求情，哼哼，你这样做，能起什么作用？唯有让我更加看不起你！可笑！可鄙！可恨！”

欧阳建业这样看待梁天成，只把梁天成的电话招引来。欧阳建业看着手机，眉头一蹙，真是应了那句话：说曹操，曹操到。

可能是那位领导告诉了梁天成已经回天无术，这次梁天成一改常态，口气硬得能斩钉截铁！上来就责问欧阳建业为什么开除他。

欧阳建业用了四两拨千斤的招式来对付落水狗，冷冷地说开除他的原因，董事会决定书上已经说得很清楚了，自己无须再做说明。

梁天成恼羞成怒，道：“难道我梁天成除了欧力文公司就不能活了？可笑！”

“我知道你本事大，所以，欧力文公司这座庙已经容不下你这尊佛了。”

“我在欧力文公司这么多年，里面的一些东西我是知道的。”梁副经理威胁地说。

“那你应该明白，欧力文公司白手起家，做到现在规模，不是靠三拳两脚的功夫，欧力文公司和我一样，清白得很，至于商业秘密，那是受法律保护的。”

“欧阳建业，告诉你，你这样，你讨得什么好？你也不看看，公司的人有几个喜欢你?”

“我欧阳建业就是这样的人，眼睛里容不得半粒沙子!”欧阳建业说着，声音越来越大。

“你妈的×，你等着!”梁天成骂道。

“梁天成，告诉你一个道理，骂人是无能的表现，我再告诉你，我欧阳建业从来不怕威胁，你有什么手段尽管使来，我在这里等着!”

“你妈的……”梁天成黔驴技穷地再次骂道。

欧阳建业不给他继续骂下去的机会，随即掐断手机，然后身子往后靠了靠，回味着梁天成刚才的话，想了想，拿起手机，拨通了家里保姆的电话，嘱咐她每天都要按时接送儿子豆豆，路上千万小心，一旦发生什么意外，马上通知他。放下手机，他又琢磨着是不是要雇个保镖，他知道穷途末路的人是什么事都能干得出的，可是转念一想：不该来的，永远不会来；该来的，怎么躲也躲不掉，于是放弃了那个想法，刚要继续工作，突然“阿嚏”，接着喷嚏声不断。

打扮妖艳极致的女秘书姚美丽应声而入，屋内顿时增色不少。姚美丽扭着水蛇腰，踏着模特步走来。刚才听到欧阳总裁连声打喷嚏，细心体贴的她拿来了感冒冲剂。她不知道此举是画蛇添足，因为欧阳建业感冒很少吃药，只是用身体和病毒硬碰硬，拿他的话说:这样可以增加身体的免疫力。

姚美丽走到近前，“阿嚏，阿嚏”，欧阳建业又是一个喷嚏连着一个喷嚏。

“总裁，您感冒了吧，给，感冒药。”说着，伸手把药递了过来。

“姚秘书，你又换香水……”话还没说完，紧接着，又是一个“阿嚏”，赶忙伸手拽了几张手纸捂住鼻子。

“怎么？总裁，您不习惯这个牌子的香水？我马上就去换。”

“告诉你，我不喜欢任何一种香水！阿嚏，阿嚏。”

“哦，知道了，您感冒了吧，把这药吃了。”

“谢谢，我没感冒，阿嚏。”

“总裁，您吃了嘛，您吃了嘛，吃了，感冒就会好了。”姚美丽嗲声嗲语地劝着，手里的感冒药在欧阳建业的面前晃动着。

欧阳建业不敢拿开捂着鼻子的右手，别扭地伸出左手指了指姚美丽，再指了指门。姚美丽只好拿着感冒药怏怏走出办公室。

见姚美丽走了，欧阳建业拿开捂着鼻子的手，气恼地用手扇了扇空气，靠在椅背上，闭上眼。

他知道姚美丽的好意，只是这好意往往用错了地方，就如把膏药贴在没伤口的地方，好难受的！

唉，女人多，知音难寻啊！欧阳建业不由感慨。然后拿起桌子上一个相框，相片里一位美丽的女人正冲着他灿烂地笑。

“安娜，我好想你。”欧阳建业看着相片喃喃地说。

相片中的女人叫曾安娜，是欧阳建业的妻子。二人相识于加州大学，他们二人可谓相亲相爱，心心相通。不幸的是，三年前，曾安娜死于一次车祸。想到那次车祸，欧阳建业就捶胸顿足地后悔不迭。那次，本该是他去接儿子豆豆的，可是自己临时有事，于是打电话告诉妻子去接儿子。

曾安娜本在开会，散会后匆匆去接儿子，结果发生了不幸。那天，他闻讯赶到，看到妻子浑身是血躺在地上，他跑过去抱住妻子，呼喊着妻子的名字大哭起来，这是他自成人以来第一次哭！

妻子去世后，他和儿子豆豆相依为命。欧阳建业这些年事业上是顺风顺水、蒸蒸日上，可是家庭却支离破碎。这也许是人生没有完美的吧。

失去了曾安娜，欧阳建业人变了很多，脸色如那秋天的气候——越来越冷，话也少了，性格也是越来越坏，动不动就发脾气，弄得公司职员见了他，就如老鼠见了猫似的。

虽然他的脾气是如此坏，可是，喜欢他的女人却非常多，因为人家可是钻石王老五，手里管着几十亿的资产呢！

在那些女人中，女秘书姚美丽就是其中的一位。姚美丽认为第二届欧阳夫人非她莫属！因为自己很有优势，按漂亮，姚美丽自认为自己不输于任何一个女人，不，简直是鹤立鸡群！（女人都这样，丑八怪都认为自己是西施。）为了保持自己的优势，她刻意地化着浓妆，只要她出现在一个地方，那里总是显现七彩之光；再者，自己是近水楼台先得月。为了防止别的女人有非分之想，她防范着每一个靠近欧阳总裁的女人。有了以上的优势和策略，现在，她已经把自己看成是欧阳总裁的准妻子了！不但在工作中尽心尽责，而且还细致入微地照顾他的生活。只是欧阳总裁有时候并不领情罢了，比如今天。

姚美丽回到自己桌位上，手机响了，原来是他！问她今晚有没有空。

“没空！”姚美丽没好气地说，刚想掐断电话，转念一想，自己刚才在欧阳总裁那里受到了冷落，今晚可以在他那里得到补偿，这样也可以报复欧阳总裁，谁让他不知好歹！于是问：“在哪儿?”

“老地方，七点半。”那人回答。

这边，欧阳建业伸手在相片上擦了擦，好擦去上面的飞尘（其实已经非常干净了），伸嘴亲吻了一下“妻子”的唇，再认认真真地把相片放好，刚想继续工作，突然想起什么，伸手按铃，立即缩了回来，拿起电话，告诉姚秘书，让她下午去趟豆豆的学校，代替他开家长会。

要自己去开家长会?！这不是……姚美丽想入非非，放下电话，举臂高呼：“耶!”然后赶紧打了电话告诉那人，今晚自己要加班，约会取消。

此时，王璐正在金天雷的办公室，她把两次去欧力文公司的经过向金天雷做了汇报。其中，受到的冷遇做了详细介绍。金天雷听了大吃一惊，道：“有这回事?”

“看来，欧力文公司把我们金天拉进黑名单了。”王璐颓丧地说。

“也不能这么肯定，在事情没搞清楚之前，你和张小葱千万不能放弃，只要有百分之一的希望，我们就应该付出百分之百的努力。”金天雷鼓励道。

“这个是我们的销售准则，不会忘记的。”

“没忘记就好，没忘记就好，哎，你们下一步打算怎么办?”

“我和小葱商量好了，准备查清欧力文公司为什么如此排斥我们的原因，这样才好对症下药。”

“我看可以。”

“金总……”王璐欲言又止。

“什么?”金天雷望着王璐，一脸疑惑地问，示意她继续说下去。

“我希望公司员工全力配合我的工作。”

金天雷一听就明白了，于是道：“你放心吧，我会打招呼下去的，让他们全力配合你，只要你拿下这个订单，什么都行。”

王璐听了，精神一振，道：“谢谢金总。”然后，怀揣着尚方宝剑出来。

王璐走后，金天雷打了电话，让严三强过来一下。一会儿，严三强来到办公室，金天雷劈头就问他和王璐交接得怎么样。

“还没交接。”严三强如实地回答。

“什么？你还没和她交接?”金天雷眼睛瞪得圆圆的，真正成了雷公了。

“这两天，我都没看到她的人！”严三强回答着，心里琢磨着：肯定是那小蹄子过来告黑状了。

“不会吧？她整天都在办公室，怎么会见不到她？睁眼说瞎话！”

“真的，不信您问问老蒋、小李他们。”严三强把自己的盟友搬了出来，然后寻思：一会儿回去交代老蒋和小李，以做到攻守同盟。同时又担心金天雷现在就把老蒋和小李找来询问。

好在金天雷并没有往下追究，交代道：“马上交接，这么重大的事！”

严三强回到自己办公室，打了电话让酱油蒋过来，首先询问王璐今天有没有去金总办公室了。酱油蒋不知内情，实话实说，说她刚从金总那里回去。

“果然不出我所料！这个小蹄子，不，是老蹄子，阴着呢！你阴？那老子就陪你玩阴的，哼哼！”严三强心里恨恨地道，然后对酱油蒋说：“金总刚才发火了，怪罪你我为什么不和王副主管她们交接欧力文公司的事，自己为了不牵连其他的人……”说着，眼睛瞟了一眼酱油蒋，说这几天没看到王璐。

“我真的没有见到她！”严三强睁大眼睛说，“老蒋，你是知道的。”

酱油蒋是谁？一听就明白了，他严三强一方面在向自己递话，一方面是在讨自己的谢。

“真是精明，一箭双雕！”酱油蒋心里道，然后来个顺水推舟，说王璐、小葱她们最近确实是很少在办公室。

“她们不来找我，难道我们还去求她们？真是的！”严三强气愤地说。

“是，是。”酱油蒋打着哈哈。

“还，还到金总那里说三道四！”严三强说着端起茶杯，“啪”的一声放下，“老蒋，你说和这样的人怎么共事?”

酱油蒋是了解王璐的，她不会背后说三道四，可是又不好直接替她辩解，只好坐在那里低头装着在听。

严三强见他那样，也不再继续发火下去，问酱油蒋怎么和王璐她们交接。

酱油蒋糊涂了，说一切都听从主管的。

“恐怕我们那些手段不能和她们说吧？传出去，不好听的。”

“是啊，是啊。”酱油蒋挠着头道。

“这就牵扯到我们的报价问题，这里面……”

“知道，知道。”

“报价单我已经修改了，你看看。”严三强说着把报价单递了过来。

酱油蒋一边看，一边说：“好，好。”看完过后，又把报价单还给了严三强。

严三强猛然想起什么，大声道：“实际上，我们都已经交接过了。”

酱油蒋一脸疑惑地望着严三强，问：“交接过了？什么时候？”

于是，严三强把王璐去他办公室询问他们和欧力文公司哪一个联系的事说了一遍。

“那还交接个屁呀。”酱油蒋说着站了起来拍了拍屁股。

“就是！不过，程序还是要走的，以防别人抓我们的小辫子。”

“那好，我现在就去把她们找来。”酱油蒋说着欲往外走。

“蒋哥！”严三强喊道。

酱油蒋站住，他知道严三强改喊自己蒋哥，那不是白喊的，肯定有事求自己，于是重新坐了下来。

“蒋哥，你看，欧力文公司订单我们没拿下来，还惹了一身骚——被金总骂了个狗血喷头不算，更让我们感到对不起的是梁副经理——他可是个不错的人，所以，我不想……”

“主管，有事你尽管说。”

“我不想把事情扩大，再牵扯到其他人，那样，我们良心也会不安的！”严三强说着从抽屉里拿出一包烟，放在桌子上。

“你是指……”酱油蒋看着严三强一脸疑惑地问，突然好像明白过来，没等严三强回答，伸手拿起那包香烟装进口袋里，说道：“主管，您说的是她吗？”

“她指谁？”

“那个天上的彩虹。”

“对，是她，实际上，她也没做什么，只是帮我们穿针引线而已。”

“那我们不把她说出来就是了。”酱油蒋说着站起来走了出去。

一会儿，酱油蒋领着王璐、张小葱来到严三强办公室。严三强首先客气了一番，说交接迟了，然后再次申明这几天确实没有看到王、张二人。王、张二人当然客气地说没什么。接着，交接正式开始。

严主管把自己和酱油蒋与欧力文公司打交道的前前后后说了一遍。说是通过一个关系，认识了梁副经理，双方达成合作意向（这个关系反正不重要了，因为梁副经理已经被开除），报价是经过双方长期艰苦谈判最终达成的，最后，就是酱油蒋那天在饭店所说，卡在了欧阳总裁那里。

“是什么原因欧阳总裁不同意和我们合作?”王璐问。

“这个我哪知道?”严三强双手一摊说，“知道倒好了，我们可以对症下药。”

“按说谈判的价格，首先要征得欧阳总裁的意见。”王璐说。

“事前，梁副经理已经和欧阳总裁通过气，欧阳总裁并没说什么。”严三强杜撰道，反正梁副经理她们找不到，这叫死无对证，至于油盐不进那里，嘿嘿，更是彻底没戏。

“前面已经谈得差不多了，后来怎么就变卦了呢?”王璐说，似在自言自语，又似在问严三强。

一直低头抽烟的酱油蒋听了，不由抬了一下头，眼睛的余光扫了一下严三强，再迅速低下去，一本正经地抽烟。

交接按说到此为止，严三强害怕夜长梦多，心里下着逐客令：“怎么还不走?”可是王璐的屁股好像长在板凳上了，她稳妥妥地坐在那里等着严三强提供更有价值的东西。

几人就这么坐在那里，但是，又无话可说。气氛压抑得恐怕连鬼都受不了要跑的。

酱油酱当然是人不是鬼，他更受不了了，“咳咳”假咳了两声，拿起刚才严三强给的一支香烟，叼在嘴里，欲掏打火机。

一只纤细小手以迅雷不及掩耳之势一把夺过他嘴里的香烟扔进烟灰缸里。酱油蒋知道没人敢这么做，唯有张小葱这个白骨精。

果然是她。张小葱憋闷得几乎晕厥过去，又不好溜走，坐在那里心惶惶的，见酱油蒋欲抽烟，嚷道：“讨厌，不给抽!”

看着那支好烟在烟灰缸里粉身碎骨了，酱油蒋心疼得不得了，反问：“你男朋友不抽烟?”

“他敢!”张小葱犀利地说。

看张小葱那样，联想到自己的老婆，酱油蒋不由叹气道：“你们女人啊……”后面的“天下唯女子与小人难养也”他不敢说出来。遵循着“惹不起，躲得起”的准则（这是酱油蒋一贯对付老婆的方法），酱油蒋把屁股挪到离张小葱远一点儿的位置，然后伸手欲掏烟。

“我看你敢抽！”张小葱说着奔了过来，扑向酱油蒋香烟的老巢——口袋。

酱油蒋慌神了，赶紧伸手护住，可是张小葱已经抓住了一半。酱油蒋喊道：“救命呀，女汉子杀人啦！”

张小葱一边抢夺，一边回答：“我这是在救你，知道吗？”

“你救我？”

“是啊，抽烟等于自杀！”

“那谢谢你的好意了，我自杀我乐意。”

二人僵持不下，王璐大度地笑。严三强有心说上班时间，你们这样成何体统，可是又担心王璐再追问欧力文公司的事，只好由着二人胡闹。

张小葱见征服不了酱油蒋，把手伸进酱油蒋的腋下挠他痒痒。

“嘻嘻……”酱油蒋立即松开手。

张小葱随即抢过那包香烟跑开，酱油蒋拼命在后面追着，他知道那包香烟在张小葱手里，肯定会是尸首两处。

“好了，不要闹了，让人家看见，还指不定说我们销售部怎么的呢。”严三强训斥道。

二人这才停止打闹，但是，憋闷的气氛也一扫而光。

严三强看了看手表，道：“快下班了，今晚我请客，我们销售部门大团圆一次。”

王璐站起来说自己还有事，恐怕去不了。这样，今天的交接会到此结束。

出来后，张小葱问：“姐，刚才，三阎王晚上请我们吃饭，你为什么不答应？

“你认为他是真心请我们？”

“管他真心不真心，吃了再说，不吃白不吃。”

“嗟来之食，我才不吃呢！”

下午下班，张小葱又去约会了。王璐虽然和她相差不了几岁，可是觉得与她已经有代沟了。像张小葱这样的90后女子有两控：男人控和手机控。而自己呢？有一控，那就是父母的控制！

害怕回去再和母亲打冷战，王璐极不愿意这么早就回家，可是不回家又能干什么呢？不至于就这么一个人待在办公室吧。现在，她恨不得公司里有忙不完的事，最好能够忙到半夜。她坐在那里，办公室空落落的，而她的心更是空落落的。

听说最近上映的那部叫《剩女的爱情》的电影不错，不如去看看，可是想到这个电影名字，心里不免感到怪怪的，自己可不就是剩女一枚！

还是去看看人家剩女是如何谈恋爱的吧，向人家学习学习，争取早日把自己嫁出去，省得父母整天啰唆。王璐这样想，下了楼，坐进车里，刚要发动车子，手机响了，是最近挖掘的一个新客户打来的。

这个客户是一家小公司的老板，叫叶祥，四十来岁，身材瘦而高，喜欢穿黑色衣服，远远望去，似一只黑天鹅。

第一次接触，王璐就觉得有点儿不对劲儿。因为她发现叶祥黑眼珠少，白眼珠多——标准的好色之徒。即使这样，王璐丝毫不敢透露出半点儿厌恶感，因为做销售这行，什么样的人都能碰到，有些男人，心里装着龌龊，见了美女销售员，心痒痒得猫抓似的，虽然口头再三表示愿意合作，可是光打雷不下雨——合同就是迟迟不签，其用意那是秃子头上的虱子——明摆着，想潜规则。

王璐有心推辞，可是想到公司目前的处境，于是问是不是签合同。叶祥说如果陪她吃晚饭，他就立马签。

王璐说如果签她就陪他吃晚饭，而且是她请客。叶祥当然不答应，说哪有美女请客的，这不是丢他的人吗。二人争执了好一会儿，叶祥就是不松口，整得好像王璐吃他的饭菜不是权利而是应尽的义务似的，王璐无奈，只好由着他了。

驱车来到约定的饭店，叶祥已经站在门口恭候了。王璐不由大为感动，连声说不好意思。

可是，进到饭店坐下后，王璐就开始后悔了。因为只看到叶祥一个人。于是问道："就我们两人？"

"干活人要多，吃饭人要少。"叶祥俏皮地回答，然后热情地为王璐倒茶。

这是过去流行于农村的话，王璐猜测叶祥肯定是泥腿子出身。

"酒要热闹，茶要静。"王璐说，一边观察着周围情况。饭店里有很多食客，心里放心不少。

叶祥"呵呵"地傻笑，问王璐喜欢吃什么。王璐说随便，只两人，吃不了多少的。谁知道叶祥把王璐的话当作了耳旁风，对着服务员这个那个地点了好几个硬菜，王璐怎么劝都无用。

一会儿，菜上来了，叶祥从包里拿出一瓶五粮液放在桌子上。王璐见了连忙说自己不会喝酒。

叶祥眼睛超声波似的看了王璐一眼，说哪有销售员不会喝酒的。

"我……我这几天胃不舒服。"

"你那是胃缺酒，嘻嘻。"叶祥幽默地说，"来，喝点儿，酒是年轻剂，越喝越年轻。"说着给王璐斟酒。

这是时下酒桌上的流行语，王璐听了感到极其别扭，心里道："真不会说话，难道我老了吗？"

王璐刚才猜对了，叶祥真的是农村出身，老婆也是农村的，而且一字不识。上帝在造她的时候，没有给她知识，但是给了她勇气。其勇气和《水浒传》中的母夜叉孙二娘相比，有过之而无不及，苏格拉底和林肯二人之老婆都不能望其项背。今天，老婆又欺负了他，于是跑出来借酒消愁。前天对王璐印象深刻，觉得她不但漂亮，而且气质非凡。

中医说缺什么补什么，今晚叶祥要在王璐这里找到美丽与温柔，于是一个劲儿地劝她喝酒，不时与她碰杯，和美女碰杯，等于间接和她……

六七两酒下去，叶祥的脸本来是黑土地，现在上面开满了鲜艳的花朵，红灯笼似的眼睛看王璐也是越来越大胆，再一杯酒下肚，那红灯笼扫过王璐鼓鼓的胸脯。

王璐感受到那眼神的威力，心里厌恶，脸上却没有表现出来。身子往后靠了靠，说道："叶总，合同的事……"

"一会儿签，一会儿签。"叶祥一边说，一边来给王璐斟酒。

"叶总，不能再喝了！"王璐伸手阻止道。

"再喝点儿，酒逢知己千杯少。"叶祥说着咕嘟咕嘟地给王璐的酒杯斟满，眼睛贪婪地盯着王璐拿着酒杯的手。

王璐感到要坏事，放下酒杯拿起手机，装着看微博，悄悄给张小葱发了信息：您好，蓝翎饭店。

这是和张小葱约定好的暗语。二人深知做销售这一行，危险系数几乎到十，为了以防万一，二人学着电影电视里情报人员接头的情景，只要一人遇到危险，立即向另外一人发出"您好"的信息。您好，就是代表说我现在很不好，赶快来救驾。还别说，这招还挺管用，王璐几次解了张小葱的围。没想到王璐今天也用到这一招了。

王璐巴望着张小葱赶快来救驾，而此时，张小葱和男朋友在夜总会里玩得正酣呢！那里的音乐震天响，有心脏病的人站着进去，保证躺着出来。张小葱和男朋友及其一帮狐朋狗友一边喝酒，一边随着音乐扭动着身子，根本没有注意到王璐发来的短信。

这边，叶祥千百次地劝王璐喝酒。王璐一边应付着，一边看着手机，盼星星盼月亮地盼，无奈自己的手机就是不响，心里骂道："那丫头怎么了？"

当叶祥再次给王璐斟酒时，王璐伸手罩住酒杯，结巴着说："叶……叶总，我真的……真的不能再喝了。"

"那我们换个地方继续喝。"

王璐知道叶祥是想去歌厅，那里是包间，更危险。

"不，不，不。"王璐拒绝道，感到头脑发涨，浑身无力，她强撑住，心里寻思着得赶紧找个理由迅速离开这里。

找个什么理由呢？正在犯愁的时候，手机响了，一看，是张小葱发来的信息：马上到!!!

原来一曲终了，张小葱这才拿起手机，一看，大喊一声："糟了！"赶紧拨通了王璐的电话。

王璐大声地说着话，以使叶祥能够听得见。二人对话着，意思是王璐必须现在就过去和她一起玩。王璐说自己正陪着朋友呢，脱不了身。

"不行！"张小葱吼道，"你现在不来，我们就彻底断绝关系！"

放下手机，一脸无奈地说："叶总，你看这人讲不讲理？不去，要和我断绝关系！"

叶祥哪里知道她们在演戏，但也没表态，只是呵呵笑。

"叶总，要不，我们一起过去吧？"

"不了，那里不适合我这个年纪的。"

"您还年轻得很呀，我们一起去吧。"

"你能不能也不去？"叶祥商量地说，他心里本来已经安排好了，等会儿去歌厅继续喝酒——把王璐喝醉，再把她送到宾馆……

"可那边我实在交代不了！走，我们一道去，人多热闹。"王璐央求着。

"那种场合真的不适合我。"叶祥说道，屁股赖在板凳上一动不动。

叶祥越是说不去，王璐越是热情地劝，最后，叶祥道："那你一人去吧，我回家了。"

"叶总，合同的事您看……"王璐说着把合同和笔放到叶祥面前，"我知道您说话算数的。"

叶祥无奈，拿起笔签了自己的名字。

"不好意思了，多谢您的盛情款待，改日我一定请你。"王璐说着拿起合同看，无误，放心地装进包里。手机再次响了，电话里传来张小葱的喊声，让王璐赶紧过去。

"您看这个不近人情的姑娘！"王璐一边埋怨，一边穿上外套，拿起包，告辞出来，捋了一下胸脯，长长舒了一口气。

大街上，王璐踉踉跄跄地向自己的车走去，几乎和一个妖艳的女人撞了个满怀。

"讨厌！"那女子看着王璐说，可能是闻着了王璐身上的酒气，伸出手捂住自己的鼻子。

王璐刚要道歉，旁边传来一个孩子的声音："我不吃嘛，我不吃嘛。"

原来妖艳女人身边站着一个七八岁的小男孩，望上去，虎头虎脑的，非常可爱，王璐感到眼熟，好像在哪里见过。

这个小男孩就是欧阳豆豆——欧阳建业的儿子，而那个妖艳女子就是姚秘书。家长会很晚才结束，现在，姚美丽带着豆豆来吃饭。

可是豆豆正生着气呢！

刚才，姚美丽去参加家长会，班主任陆老师一见，马上"欧阳豆豆妈妈，欧阳豆豆妈妈"地叫个不停，只把姚美丽叫得心花怒放。

跟着陆老师来到办公室，陆老师马上变了脸，拍着桌子训斥她是怎么教育孩子的，欧阳豆豆除了学习成绩一塌糊涂之外，还整天调皮捣蛋。今天打哭了这个男同学，明天又吓哭了那个女同学。昨天，他把一只蜥蜴放在女生杨果果的书包里，结果把杨果果吓得呼啸地哭。

姚美丽并没有说自己不是欧阳豆豆的家长，而是毕恭毕敬地站在那里装着认真地听，嘴里啊啊哦哦地应付着。这时候，她才知道当家长的难受，因为陆老师一直在毫不留情地训斥着她。以前，听人家说到了学校就如下地狱，她姚美丽还不信，现在明白了：无论你多有钱，无论你官多大，只要来到学校，唯有听老师的。

姚美丽唯唯连声答应着陆老师的要求，说回去后一定加强教育。

“她不是我的妈妈!”豆豆叫嚷道。

姚美丽身份被揭露，脸上更加鲜艳，只好坦白说自己是豆豆父亲的秘书。

陆老师深深地看了一眼姚美丽那七彩身躯，眼睛里所蕴含着的意味就如中国诗词里的意境——无穷无尽。

家长会结束后，姚美丽没好气地带着豆豆去吃饭。附近一家饭店的酸菜鱼是姚美丽所喜欢的，于是她要带着豆豆一起过来吃。

豆豆小嘴噘得老高，极不情愿地跟在姚美丽后面磨磨叽叽地走。今天他实在太生气了！第一，他本来就不喜欢姚美丽。第二，她刚才冒充了自己的妈妈。在豆豆心目中，自己的妈妈是世界上最美丽最温柔的女人，而她姚美丽算什么？丑女人一个！第三爸爸本来答应今天来开家长会的，可是他再次食言。

到了饭店门口，豆豆死活就是不愿意进去。他报复地说要姚美丽带着他去吃肯德基，这可打着了姚美丽的死穴上了，姚美丽那是一闻肯德基的味道就想吐。

姚美丽心里恨恨地道:讨厌，这么倔的孩子！如果是自己亲生的，非把他的屁股打得稀巴烂不可！可是，现在人家是小少爷，得伺候着人家，等将来……哼，非治治这个犟驴不可！或者干脆把他送走，越远越好，最好送到国外。这一点，姚美丽早就盘算好了。

刚才，豆豆见姚美丽骂这位阿姨讨厌，敌人的敌人就是朋友，他见说服不了姚美丽，于是跟在王璐的后面就走，姚秘书慌忙紧跟上。

“小朋友，听妈妈的话。”王璐好意地劝道，然后一头钻进自己的车子里。这时候，头更加痛，身子更加无力，肚子里呢，翻江倒海着。张小葱又来电话问怎么样，脱身了没有，她马上就到。

而此时，豆豆和姚秘书还在斗着气——他抱着电线杆子死活不走。王璐虽然肚子里难受极了，但还是被豆豆的淘气吸引，她津津有味地看着这对“母子”斗法。男孩子猛然松开手跑开，那位“母亲”赶紧追去。

王璐百无聊赖地坐在那里，昏昏沉沉中感觉有人在喊自己，睁眼一看，只见张小葱敲打着车玻璃，不停地在喊：“王姐，王姐。”

王璐打开车门，欲下车，这才感到浑身无力，头锯拉似的痛。

“姐!”张小葱一跺脚，再一头钻进车来，埋怨道，“你怎么在这里睡着了?”一边说，一边查看着王璐的身子，好在并没有什么异样。

张小葱把王璐接到夜总会。王璐得意地拿出合同炫耀。张小葱看了看合同，不屑地说就这么一点儿数目还把自己搞得这么危险，值得吗?

“没钱，一分钱都是好的。”王璐说。

几人一直玩到十一点才罢休，当王璐再次拿起手机时，只见好几个未接电话，都是父母打来的。

原来王璐迟迟不归家，这急死了父母，特别是母亲陈桂花，她本来准备今晚和女儿决一死战呢!

父亲王长丰当然害怕，他现在的心里是秫秸打狼——两头怕，既怕老婆吃亏，也怕女儿吃亏，这两个女人可都是他的心头肉！他今晚舍弃了自己平生最大的爱好——下围棋，坐在客厅里小心地陪着老婆，心想关键时刻自己能够出手解围，虽然不能一举定乾坤，但也能下点雨，希望浇灭家里的战火。

到了夜里十点多钟，还不见女儿回来，母亲与女儿决斗的决心和瞌睡虫同场厮杀着，但还是决心占了上风。她坐在那里唠叨着，说女儿已经这么大了，还不懂事，让她的心都操碎了；又说某某，比自己还小几岁，孙子都抱上了！现在这个男人条件那么好，既帅又有钱，用当下的流行语来说，那是真正的高富帅，简直是打着灯笼都难找，她居然相亲都不愿意，简直是……陈桂花后面不说了，找不到合适的语意来形容女儿的无知愚蠢。

面对老婆的唠叨，这时候，王长丰一贯的对付方法就是装聋作哑。他默默坐在一边埋头吸烟。二人就这么等着，到了十一点左右，依然不见女儿回来。

“你死人呀，还不赶快打电话问问!”陈桂花催促道。

这时候，王长丰不再聋哑，拿起手机，可是打了半天，居然没人接。王长丰拿着手机无奈地向老婆摇着头。

“这死丫头，肯定故意躲着我们!”陈桂花道。然后发狠地说：“今晚，我就在这里等，有本事就不要回来!”

二人继续等着，这时候，瞌睡虫占了上风，陈桂花一个哈欠连着一个哈欠打。

到了十二点左右，依然不见女儿回来，二人有点儿慌了，因为女儿从来没有这么晚回来过。他们交替着用手机打电话，直打到手机发热，打到没电，依然没有人接。

母亲的怨气跑到九霄云外去了，现在，唯一剩下的就是担心。一个意识在脑海里冒出：难道出什么事了？又一个意识赶忙出来否定：不会，不会，怎么会呢？

陈桂花再一个电话打过去，可是还是没人接，这下是彻底慌乱了，骂道："这死丫头，死到哪里……"赶忙伸手捂住嘴，因为自己的一句话里出现了两个"死"字。

"还不想办法！"陈桂花冲着丈夫喊。

"整天女儿这个，女儿那个。"王长丰嘀咕道，然后在手机里翻了半天，终于翻到张小葱的电话号码。

"还不赶紧向你家老佛爷报平安，看你回去，他们怎么收拾你！"张小葱提醒道。

王璐拨通了父亲的手机，报了平安，然后驱车往家赶，心想等待她的肯定是暴风骤雨。果然不错，一开门，母亲陈桂花劈头就问："怎么现在才回来？"父亲则站在一边，关心地看着王璐。

王璐理亏，赶紧解释说和几个朋友在一起玩。

母亲听了心里盘算着：和几个朋友玩？里面肯定有男孩子！说不定有未来的女婿呢！女孩子是应该多交际的，这样一想，气减少了很多。

父亲王长丰发现女儿脸色苍白，憔悴了许多，依然不放心，再次问今晚怎么不接电话。

"歌厅，太吵，听不见。"

父亲也不再多问了，可是陈桂花心里依然装着刚才男孩子的问题，问道："朋友中有没有合意的男孩子？"

母亲的一句话，叶祥那色眯眯的样子潜水艇似的在脑海中冒出，不由厌恶，叫道："妈！"

"怎么？没有？"

"没有！"王璐响亮地回答。

陈桂花的希望如外面夜空中的流星，滑了一道亮光，便被黑暗吞没，语气不由大了点，说："那还是去见见你欧阳阿姨介绍的……"话还没说完，只见女儿已经冲进自己房间里去了。

陈桂花见了不由更加气恼起来，冲到王璐门口，对着门大声嚷："这次，不去也得去，由不得你！"

王长丰赶紧上来拉住老婆，说这么晚了，该休息了，明天还要上班呢。

“上个狗屁班!”陈桂花一屁股坐下，“我都没脸见人了!”陈桂花说着双手捂住自己那见不得人的脸。

王长丰一看就知道有事情，忙问怎么了。

原来今天上午，陈桂花参加了几个姐妹的聚会。女人们在一起，聊天的内容无非是两样——丈夫和孩子，这就是女人的全部。大家口吐白沫大谈自己的孩子如何如何（实际上在展示自己的成果），唯一陈桂花坐在那里一声不吭——害怕大家问她女儿的事。

真是怕什么来什么，老同学张星语过来问她女儿在干什么。

“在一家大公司当经理。”陈桂花夸大地回答。她这么一夸大，才算和大家打了个平手。

大家纷纷夸赞说璐璐有出息，说璐璐这个孩子小时候就聪明，从小看大。接着大家问该成家了吧。

这一问，如一根刺，戳到陈桂花心头上，无奈，只好如实回答：“还没呢。”

“那肯定有男朋友了。”

“没有。”陈桂花破罐子破摔地回答。

大家彼此望了一眼（当然没有逃过陈桂花的眼睛，她敏感着呢），然后纷纷猜测说肯定是璐璐的眼光太高了。

“那是!”陈桂花不无得意地回答。说过才后悔，因为她本想要她们给女儿介绍几个男孩子呢，这下好了，路堵死了。

事情并没有按照她想的那样发展。也许做媒是女人们的本能之一吧，也许是她们恶意而为之（至少陈桂花有这个感觉），姐妹们开始主动热情地操心起来！有的说大家一起努力，为璐璐介绍男朋友；有的说大通路上有大龄青年相亲会，璐璐可以去看看；还有的说电视相亲也不错……陈桂花坐在那里，就如一个乞丐，大家在施舍她。

陈桂花越想越气，拍着自己的脸，发狠地说：“告诉你，王长丰，我这张老脸都丢尽了！这次小冤家不去相亲，我……我就不活了!”说着一阵风地冲进自己的卧室。

声音是如此大，连王璐也听到了。她躺在床上心烦意乱，眼睛呆滞地四下望。朦胧的月色透过纱帘飘进屋子里来。那一点的朦胧白在王璐心海里掀起涟漪，不由得被吸引，站起来到窗口，掀开窗帘。

春末的夜晚是美好的，春月如情人的眼睛，是那么含情脉脉，可是又是那么遥不可及，周围的星星一闪一闪的，宛如一颗颗钻石在等着情人们来采摘。

看着那些钻石，王璐不由悲怆起来，自己曾几何时也拥有这月亮般情人眼睛的注视，也拥有这星星般的钻石啊！只是……唉！

初恋是刻骨铭心的，特别是对于一个涉世未深、情窦初开的女孩子。王璐的初恋是高中的同学，他叫刘一鸣，瘦而高，戴着一副深度眼镜，于是王璐从来不叫他名字，只喊他“眼镜”。

眼镜最吸引王璐的地方是他的头，确切地说是他的头发。他的头发黑、密、长，如郁郁葱葱的森林。眼镜有个习惯性动作，那就是每当长发垂下要遮住眼睛时，都要抬手捋一下，再猛地一甩，小眼睛眯着向上斜视，傲视群雄的模样，这在那时的王璐看来，简直是帅呆了，酷毙了。

可这只能算喜欢，而不算爱恋。真正让王璐由喜欢到爱恋的是眼镜干了一件在她看来是惊天动地的大事。

那个时候，王璐家还住在水田县县城。县里唯一的高中学校里有许多来自农村的复读生，他们仗着自己资历深，有的还是回了两三次锅的老油条，根本不把学妹学弟们放在眼里。下课铃一响，饥肠辘辘的他们当当地敲着饭盒，一窝蜂冲进食堂，再目中无人地一哄而上，横冲直撞地挤进买饭队伍的最前面，那阵势简直和土匪差不多（实际上刘一鸣他们背地里也是这么叫他们的），大家对“土匪”们是敢怒而不敢言。

一天早晨，四个“土匪”又来插队，正好插在眼镜的前面。眼镜早就看不惯他们的行径了，见他们排在了自己前面，上前一步，身子一顶，把其中一人顶到了一边，再一顶，又一个站在了旁边。

四个“土匪”怒目以对，其中一矮而胖的“土匪”手指着眼镜问：“你想干什么？”

眼镜也手指着反问道：“你想干什么？”

二人就这样身体越来越靠近，小个子冷不防抡起拳头砸在刘一鸣的眼镜上。瞬间，刘一鸣看一切都是花的了。虽然这样，毫不示弱，抡起饭盒开始反击。

噼里啪啦，眼镜以一对四大战在一起。

人群中不知道谁喊了一声：“打！”

于是，几十个饭盒里的稀饭泼向“土匪”，几十个大馍飞向“土匪”，一时间，食堂里爆发了稀饭、大馍大战。几个“土匪”寡不敌众，带着满头满身的稀饭落荒而逃，连饭盒都丢下不要了。

吃了亏的“土匪”不甘心要来报复，他们聚集了全部人马，向眼镜他们下了战书，说放学后在校外小树林里见。

很多人胆子小，不敢应战。

放学后，眼镜居然一人向校外的小树林而去。望着那孤单的身影，王璐冒出“大风起兮云飞扬，壮士一去兮不复返”的诗句来。可是后来眼镜却笑眯眯、屁颠屁颠地回来了，他居然毫发未伤！原来“土匪”们见眼镜一人来战，觉得胜之不武，没有动手，并且还愿意讲和，再后来，眼镜和那几个“土匪”成了最好的朋友。这真是应了那句：不打不相识。

就这么的，眼镜成了王璐心目中的英雄。

自古美女爱英雄，王璐这朵校花开始暗恋眼镜。那时候，学校严禁男女亲密接触，王璐用了个正大光明的理由——借书靠近眼镜，一借一还，可以有两次接触机会，于是王璐不断地向眼镜借资料。眼镜倒是很乐意借给她。

眼镜的学习成绩比王璐好，后来考上了南方一所名牌大学，而王璐则考上了本地一所不好不坏的大学。

大学比高中好的之一就是谈恋爱可以公开化。不久，那埋藏许久的爱情火山似的爆发了，且一发不可收拾。

坠入爱情之河的二人互诉衷肠——其中当然要回顾高中阶段二人彼此的感觉。王璐坚决不承认自己那时候喜欢眼镜，反而说眼镜那时候就是只丑小鸭，现在变成了猪八戒，掳掠了自己的人，也掳掠了自己的心。接着，王璐采用挤牙膏的战术，得知原来眼镜早就喜欢上她了，这家伙，表面看着老实，原来也是花花肠子！这样，王璐在心理上有了优势，爱情上也占了上风。

爱情是美好的，一切都是美好的。美好的时光过得分外快。三年很快就过去了，马上要面临毕业，二人商定，毕业以后立马结婚，永不分开。

那是大四春天的一个晚上，月亮和星星就如今夜一样美好，眼镜在QQ聊天中告诉王璐，作为重点培养对象，学校准备派他去美国留学，他已经拒绝。

“干吗拒绝呀？多好的机会！”王璐道。

眼镜说爱情和学业，他选择了爱情。

王璐听了，感动的眼泪扑闪。为了亲爱的的前途，她竭力劝说眼镜千万不要放弃这千载难逢的机会。

“古代，很多英雄还舍弃江山爱美人呢!”眼镜振振有词地说。

王璐千百次地劝他，最后站在家庭长远的角度劝道：“为了我们的未来，亲爱的，你也不能放弃!”

苦口婆心地口水说掉几大脸盆，最后，眼镜在王璐软硬兼施下，终于同意再次申请留学，居然获得批准。

王璐至死也不能忘记那天送眼镜出国的情景。那时，她才真正领会到古代女子送郎远行的情愫。心中千言万语，临别默默无语。最后眼睁睁地看着眼镜消失在人群中，她跑到一边，大声哭了起来，似这一别，就永远失去他似的。

这样，王璐和眼镜天各一方。但是，无论多忙，每天晚上，他们都要用电脑聊天。就在这个时期，王璐喜欢上了夜晚的月亮星星，她认为那些月亮和星星是眼镜派来探视她的。

“亲爱的，我好想你，真的，真的好想你!”无数次，王璐就这么对着月亮星星喃喃私语。

三年很快就过去了，王璐感觉到眼镜和自己聊天时的话语渐渐少了，也不再说些俏皮话。她还为眼镜开脱，认为他是搞理科研究的，研究人员潜心钻研，人逐渐就木讷了。中外那些有名的科学家无不如此。

又是一年春天到。那天晚上，倒春寒来了，外面狂风裹着大雨，其中又夹杂着栗子般大的冰雹，啪啪地打着窗户玻璃。

QQ 联通后，眼镜半天没有说话。王璐感到不对劲儿，忙问怎么了，是不是身体不舒服。还俏皮地说身体要紧，它是革命的本钱。

眼镜说千万不要这样，越是这样，他的罪恶感越强。

此时，王璐感到灾祸临头了。沉默了半天，最后说道：“我明白了。”

接着，眼镜要把自己移情别恋的经过向王璐坦白。

“我不听！我不听!”王璐说着关了电脑，冲出门外。

狂风暴雨中，王璐奔跑着，没有目的，没有方向。心里只有一个念头：自己失去眼镜了。而失去了他，就等于失去了一切。

整整八年的苦恋啊！一朝就没了。

那一晚，王璐是怎么回家的都不知道。躺在床上，浑身疼痛（已经发烧），更痛的是心里。

刚听到消息的时候，失恋如一把锋利的快刀，猛地割开了皮肉，还没觉得痛，现在，那伤口见到风，彻骨钻心地疼痛不已。

以后每个夜晚，时间又变成一把钝刀，在慢慢割着她的肉，剜着她的心。

王璐病了，整整睡了两个月！一天，眼镜的一个朋友电话里告诉王璐，说是眼镜的一个女同事紧追眼镜，眼镜不慎和她发生了关系，后来她怀孕了，眼镜要担负起男人的责任，所以就……

“他对那个女人负责，怎么不对我负责？”王璐吼道，随即挂断了电话。

可怜自己为他坚守这么多年，多少次拒绝了诱惑！想到这儿，眼泪宛如那一江春水。只是春水能流向自己的归宿——大海，而自己的眼泪呢？

最后，王璐意识到，也明白了，她和眼镜已经变成曾经，曾经是什么？曾经就是昨天，而昨天就是春天枝头上被风雨吹残的那朵绮丽香艳之花。

她发誓，今后一定要找个比眼镜好的男人！不达目的，誓不罢休，哪怕单身一辈子！

可是这一发誓，很多看起来不错的男人就被拒之门外，自己因而蹉跎了青青，现在的她就如这季节——春末。

王璐再次瞥了一眼夜空中的星月，转回来，打开电脑，播放了陈瑞的歌曲。这是她的习惯。每当疼痛难忍的时候，她都这么做，那如诉如泣的歌曲是催泪剂，她的眼泪簌簌而下。

眼泪啊，你尽情地流吧，把蒙在心头上的那些陈年灰尘全部冲刷掉吧！

今晚，睡不着的还有一人，这人就是欧阳建业。现在，他坐在客厅沙发上正生着闷气呢。刚才他狠狠地教训了豆豆——打了他的屁股。豆豆大哭着喊：“妈妈，妈妈……”跑回自己的房间，然后锁上了门。

原来今晚，姚美丽终于答应豆豆去肯德基。到了肯德基门口，姚美丽掏出手纸捂着鼻子进去，但是，还有些气味突破封锁钻进她的鼻子，让她“啊啊”不止。豆豆脸上溢出了胜利的笑。

买了炸鸡翅、炸土豆后，姚美丽丢下豆豆躲到门外，一会儿，她认为豆豆应该吃完了，回来一看，只见那些炸鸡翅、炸土豆居然一动未动！大惊，问怎么了。豆豆说现在他又不想吃了。

“这个小东西！”姚美丽心里骂着，然后问豆豆想吃什么。

“我要吃麦当劳。”豆豆理直气壮地回答。

姚美丽知道这是豆豆成心的，气得肺都要炸了，可是又没有办法，只好深呼吸几下，心里一个劲儿地劝自己：“要冷静，要冷静，冲动是魔鬼，小不忍则乱大谋，等以后……哼哼，咱们骑驴看唱本——走着瞧。”然后带着豆豆驱车前往麦当劳。

到了麦当劳，豆豆没有办法找碴了，再说，小肚子也经不住美食的诱惑，只好乖乖地吃了。在他吃的时候，姚美丽一刻不停地玩着手机。一会儿，一个电话接着一个电话打。豆豆看在眼里，气在心里，然后把手伸向桌子上姚美丽的钱包。

吃饭完，姚美丽来拿钱包欲走，突然感到钱包凉凉的、软软的，一看，吓得哇哇大叫，丢下钱包就跑。

地下，一只蜥蜴爬出钱包。

看着那蜥蜴，再看豆豆脸上恶意的笑，姚美丽当然明白了，再也忍不住，大声呵斥：“你要干什么？”然后上来拉着豆豆就往外走。

一回到家，豆豆不给姚美丽告状的机会，立即和欧阳建业大闹了起来，质问他为什么说话不算数，答应他去开家长会的，怎么食言了。

欧阳建业解释说自己很忙。

“同学们都说你不是我的亲爸爸。”

“怎么会呢？我就是你的亲爸爸呀。”

“他们还说，你准备给我找个后妈。”

“他们凭什么这么说？”

豆豆没有回答，而是继续说：“他们还说你不正经，勾引女秘书。”

“什么？！”欧阳建业瞪大眼睛站了起来，脸变成猪肝色，“你们……你们这些小孩子怎么……”他哪里知道那话是儿子杜撰的。

“我明天不去上学了。”

“敢！你再说一遍。”

“不去，不去，就是不去！”

欧阳建业站了起来，这时候手机响了，拿起一看，是姚美丽打来的。电话里，姚美丽添油加醋地把陆老师今天所说告诉了欧阳建业。欧阳建业半天没有说话，突然放下手机，冲到儿子面前，抱起他，抡起巴掌，啪啪……

现在，欧阳建业冷静了下来，他坐在那里，不由自责起来，不该打儿子。豆豆之所以走到今天这样地步，自己应该负全责，比如今天的家长会，自己再次食言了，像这样的情况也不止一次，这几年以来，自己参加的家长会总共不过四五次，怪不得让人多疑，让豆豆同学瞎猜。

唉，都是自己太忙了！特别是最近，金融危机对房地产影响之大，大得如一座大山压在自己的身上，自己得硬撑着，稍有松懈，那座大山就会把自己压垮。

同时，在欧阳建业看来，金融危机又是一把双刃剑，给公司带来巨大压力的同时，也给公司带来了新的机遇。金融危机期间，房地产市场大洗牌，很多中小公司纷纷倒闭，这样，给本来饱和的市场留下了一定的空间，这一点，欧阳建业早就认识到，正在着手进行长远的规划。

今天之所以没有参加豆豆的家长会，就是与此有关。

唉，自己对孩子关心太少了，闹得父子之间都产生了距离。刚才豆豆不是怀疑自己不是他的亲爸爸吗?

现在，欧阳建业感到太疲倦了——身体的和心理的。他站了起来，走过去倒了一杯红酒，再坐下，慢慢地啜。他以前是很少喝酒的，可是自从妻子车祸后，烟酒都沾染上了。

“要是安娜在，一切都会好的！”欧阳建业这样想，眼睛在屋子里四处望。妻子虽然离去已经四年了，可是，这屋子似乎到处有她的影子。实际上，这屋子的一切都是安娜设计摆设的——完全是古典式风格，这几年也没动，因为害怕天堂里的妻子不同意。

眼睛扫过正面墙，欧阳建业走了过去，望着墙面，那里挂着妻子巨幅相片。相片中，妻子正微笑着注视着他，注视着全家。在欧阳建业看来，妻子的微笑是那么迷人！蒙娜丽莎的微笑算得上什么?

“亲爱的，我想你了。”欧阳建业对着相片喃喃地说，“你可知道，孩子也想你了?”想到刚才的一幕，欧阳建业不由眼睛一湿。相片中，安娜还是那样迷人地笑着，好像在说：“嗯，亲爱的，我知道了。”

夜深了，嫦娥不舍地慢慢走着，又飘过来几丝云彩，给她穿上霓裳，使她更加美轮美奂。整个世界也因此更加美丽了。

欧阳建业端着酒杯，望着月儿，那不是月儿，分明就是妻子安娜。她在默默注视着自己。欧阳建业举起酒杯，对着安娜扬了扬，道："亲爱的，干杯！"一口而下，接着再次举杯邀请，再一饮而尽，不一会儿，一瓶酒只剩下一点儿。

此情此景好像缺少什么，醉意朦胧的欧阳建业四下看了看，蹒跚地走进卧室，半天，从角落里拿出一个小提琴盒，自从安娜车祸后，他就没有再摸过。打开盒子，拿出小提琴，轻轻抚摸了一下来到窗口，对着月儿拉了起来，如痴如醉。

《梁祝》的曲调婉转悠扬，如泣如诉。欧阳建业拉着拉着，眼泪翻滚。月儿躲进一堆云彩里，似乎是安娜在掩面而泣。

二、盯　　梢

夜里十一点多，张小葱和男朋友把王璐送回家后，驱车往家赶，走到一个小巷口，开着车的男朋友突然说："刚才好像看到你的同事老蒋了。"

"在哪儿?"

"朝小巷子里去了。"

张小葱对酱油蒋不感兴趣，加上今晚酒喝了不少，头昏昏沉沉的，坐在车上眯着眼。

"他老婆看上去很年轻，也很漂亮。"

对于男朋友这样关心别人的老婆，张小葱白了男朋友一眼，说道："是吗?"

男朋友不敢再说，专心开车。

突然，张小葱坐直了身子，手比画着嚷道："转回去！快转回去!"

张小葱的话就是圣旨，男朋友不敢不听，转了回去，在那个巷口停了下来。

张小葱下了车，朝小巷子里走去，寻了半天，也没找到酱油蒋的踪影。

"这个死酱油蒋，跑到哪里去了?"张小葱站在那里嘀咕着，然后问男朋友是否看错人了。

男朋友说有可能，劝张小葱回去吧，有什么事，明天再找他。

"你知道什么!"张小葱说着继续找，可是找了半天依然找不到，只好往回走，走到一个岔口，里面传来一阵香，闻着那诱人的香气，嘴里不禁一阵潮湿，再走近一看，原来是卖米线的。

"我要吃米线!"张小葱撒娇道。

男朋友赶紧去买，进去不到五秒，又出来了，看着男朋友空空的两手，张小葱问他米线呢。

男朋友回答道："没有米线，有酱油蒋。"说着指了指小饭馆里面。

张小葱一听，立即向小饭馆扑去，走近，蹑手蹑脚，探头探脑。

男朋友见她这么神秘，告诉她在第二个房间最里面呢。

张小葱这才堂堂正正地走进小饭店，然后溜到第二个房间门口，伸头探视，只见酱油蒋正陪着一个年轻女子在吃米线。二人一边吃，一边说笑着。

张小葱退了出来，把手里的手机递给男朋友，吩咐道："你进去，偷偷给他们拍几张照。"

男朋友虽然有些不情愿，但还是接过手机进去，一会儿出来，做了个OK的手势。

张小葱拿过手机，看了看，兴奋地喊："耶!"然后抱住男朋友的头吻了一下，算作对他的奖赏。

太阳公公也许昨夜打麻将赢了，早晨，对全世界露出笑脸，于是整个世界灿烂而辉煌。王璐、欧阳建业正常去上班，昨晚的痛苦，就如这春天里的露水，只能在夜里生成、肆虐，见了阳光就消失了。

王璐来到办公室，张小葱正在给她的那盆宝贝君子兰浇水，清洗叶子。见了王璐，关心地看着她的脸。只是王璐的脸上用了底粉，上面再扑了一点儿暗红粉，倒并没有显出憔悴来。这就是做女人的好处——容易掩盖自己。

外面阳光明媚，白云朵朵，微风习习。可是这好天气并没有给金天公司带来好运气。一会儿，销售部派到H市出差的金婉、李萌萌、邵婉约三人回来上班了。三个姑娘虽然人长得花枝招展，现在却一个个愁眉苦脸，看来此次出征不利。

三人先去严三强那里汇报，一会儿来到王璐面前。

"怎么样?"王璐问。

金婉轻轻地摇了摇头。

"我们根本打不进去。"李萌萌嘴快，回答道。

接着，金婉把此行的经过向王璐做了汇报，她说得很详细，不放过任何一个细节。因为她知道自己三人在N市待了这么长时间，却无功而返，有点儿说不过去，她之所以这么做，就是要证明一点，那就是：她们三人是付出了十二分努力的。

听着金婉的报告，王璐脑子里冒出：这下，又不好向金总交代了!

三人汇报完，王璐问：“严主管那里怎么说？”

“严主管吩咐说一切听你安排。”金婉回答。

王璐心里明白，像这样光开花不结果的事，他严三强躲还怕来不及呢，还会过问吗？如果金婉她们这次成功了，他会跑着向金总汇报还嫌自己的腿太短呢！

王璐想了想，吩咐道：“你们三人去金总那里汇报一下吧。”

“我们去不合适吧？”

李萌萌、邵婉约平时见金天雷就如老鼠见了猫，现在听说要她们去汇报，脸上露出恐惧，小身子一个劲儿都往后缩，连忙说：“对，我们去不合适，我们向您汇报，您再向金总汇报，一级一级的。”

看她们那模样，王璐不由好笑，说道：“你们是当事人，你们汇报会更真实更具体些，小李、小邵，你们二人不要怕，一切有她呢。”王璐说着指着金婉。

原来金婉是金天雷的亲侄女。

金天雷有一儿一女，他读书连初中都没毕业，他的儿女比他有所进步——初中居然毕业了！但是，金天雷对他们的评价是：好吃懒做，一对败家子。

金天雷弟兄三人，他排行老大，因为要挣钱养家糊口，所以早早辍学来到城里当建筑工，早年，他一块一块地码砖，做梦也没想到居然码出一个金天公司来！

现在，那两个弟弟还在农村，他们的子女中唯有金婉鹤立鸡群，考上了大学，去年毕业，她的父亲把她送到了金天雷面前。

金天雷这些年学到不少东西，有意把金婉安排到销售部当一个普通的职员，目的就是锻炼她，指望她以后能在金天公司里独当一面——现在，他已经不指望自己的儿女了，他心里清楚，如果把公司给了他们，早晚会被他们败光。

谁知道二弟不能领会金天雷的良苦用心，整天在父母面前唠叨，埋怨大哥说这算什么呀，不给金婉二把手当也就算了，怎么能当一个普通的职员呢？和打工仔有什么区别？自己家的公司，又不是别人的。

假话说过千遍都成真理了，更何况是真话，老父亲经不住二儿子千百次的怂恿，特地赶到城里质问大儿子。

金天雷听了，不敢在父亲面前发火，半天，指着农村家的方向，只说了三个字："他们啊……"

金婉最终还是留在了销售部当了一个普通的职员。但是，她是皇亲国戚，地位当然不一般。比如严三强就特别讨好她，简直到了巴结的地步，又比如这次去H城，金婉也是三人中的领导，虽然资历不如其他二人。

金婉害怕金天雷并不比大家差，听了王璐的话，赶忙说："不要！不要！我自己都是泥菩萨过河——自身难保，大伯他六亲不认，大家又不是不知道。"

"金婉，我教你一招，保证金总不会对你们怎么样。"王璐说道。

"什么？"

"金总这人是刀子脸，豆腐心，如果他发火，你这个侄女就和他撒娇，再不行，就和他胡闹，看他能把你怎么样！这次订单没有拿下来，也确实不是你们的责任，你们已经尽力了，你们先去汇报，然后我再去说明一下。"

金婉觉得王璐说得有理，也不再说什么了，起身带着李萌萌、邵婉约向金天雷办公室而去。李萌萌、邵婉约一边走，一边回头求救地望着王璐，那可怜的样子似乎她们这一趟是去赴汤蹈火，有去无回。

三人前脚刚走，张小葱后脚溜到王璐面前低声问："怎么，又没成功？"

"唉！"王璐叹了口大气，"我们是屡战屡败，屡败屡战，看来公司日子是要不好过了。"

"今年的奖金算是彻底没戏了！"张小葱说着屁颠屁颠地走了。

"不要忘了，下午我们……"王璐提醒道。

张小葱并没有回答，而是伸出三个手指，做了个OK的手势。路过酱油蒋身边，酱油蒋问张小葱下午她们要干什么。

酱油蒋这么一问，倒是提醒张小葱昨天和王璐的约定，急中生智，说道："去吃饭！哎，酱油蒋，晚上一道去？放心，我请客！"

酱油蒋算是彻底被整怕了，赶忙摇着手道："不去！不去！白骨精请客，一准没好事。"

"不去拉倒，切，谁还稀罕？破酱油蒋，老男人。"张小葱说着往回走，突然想起什么，又折了回来，趴在酱油蒋桌子上，冲着酱油蒋嘻嘻一笑。

酱油蒋最怕的就是张小葱的笑，心里提高了十二万分的警惕，说道：

“又有什么事？刚才说过了，不去就是不去，拉我也不去！”

张小葱不说话，而是对着酱油蒋一个劲儿地眨着媚眼。

“恐怖，走，走。”酱油蒋轰着张小葱。

“既然我请你，你不愿意，那给你一次机会，你请我吧。”

“凭什么请你？”

“没有为什么。”

“没门！”

“不请是吧？后果自负！”张小葱威胁道。

“我好怕！”酱油蒋说着蜷缩着身子，“难道我酱油蒋是被吓大的？”

“要想人不知，除非己莫为！”张小葱撂下这话，抬脚就走。留下酱油蒋一头雾水地坐在那里。

远远地望着张小葱，只见她一脸轻松地看着电脑。酱油蒋开始思索自己到底干了什么事被那丫头知道了。可最近自己没干什么坏事呀！就是这几天陪客户吃饭，吃过饭又去打了几圈麻将，还有……还有……难道被那丫头看见了？按说不会吧。可也不一定，这个世界说大也大，说小也小，说不定偏偏就被那丫头撞上了。

酱油蒋老婆对酱油蒋极其苛刻，苛刻到把自己的丈夫向别的女人怀里推！酱油蒋打麻将时认识了一个女人，其丈夫长久不在家，二人眉来眼去就熟悉了，昨天晚上打完麻将后，他邀请那女人去吃夜宵。

难道被白骨精张小葱撞见了？怎么办？酱油蒋思考着，他现在拿不定主意，是去问问为好，还是不去为好，因为那丫头诡计多端，说不定在玩空城计。

不怕一万，就怕万一，假如被那丫头看见了说出去，那就糟了，嗯，还是去探探底吧。酱油蒋这么想着，起身向张小葱这里走来。

酱油蒋的一举一动都被张小葱看到，她刚才装着在看电脑，实际在偷觑酱油蒋，现在见酱油蒋这条鱼儿上钩了，心里一乐，身子更加放松。

“白骨精，我做了什么了？”酱油蒋率先发难，其实他这是心虚，所以用火力侦察。

“吾知吾不言。”张小葱胸有成竹地回答。

“我酱油蒋一身正气，两袖清风，出淤泥而不染，世界上绝种好男人。”

“就你？我呸！告诉你，酱油蒋，就你做的那些破事，一切都在本姑娘的掌控之中。”张小葱说着，伸开手掌再攥成一个小拳头。

酱油蒋望着那个小拳头问：“我做什么事了？”

“欧力文公司的那些事，你到底隐瞒什么了？隐瞒对你、对我和王姐、对公司有什么好处？”张小葱一边说，小手一边往桌子上拍，没承想使劲过猛，小手拍得深痛，强忍住，厉声喝道：“还不快快如实招来，否则，你死得很有节奏！”

酱油蒋听了，松了口气，心里的石头落地，心想：原来是这个呀，切。转身欲走。后面传来不紧不慢的声音：“某人深更半夜不知道在做……”

酱油蒋来了个紧急刹车，再转回头来到张小葱面前，疑惑地问：“我做什么了？”

“比如说和某个女人深更半夜在一起吃饭，那热乎劲儿，啧啧。”

“瞎扯淡什么？”

“有证据的。”张小葱说着，把手机里的相片找出，对着酱油蒋扬着。

酱油蒋看了相片，傻眼了，四下看了看，好在同事都在聚精会神地干活，并没有注意这里，压低了声音问：“在一起吃饭怎么了？我不是经常和你在一起吃饭吗？”

“少啰唆，酱油蒋，你告诉我，你们在欧力文公司到底怎么了？为什么他们那么对待我们？”

“该说的我已经说了，不明之处，请去问严主管，我只是一个跑腿打酱油的。”

“不说？好吧，那你就等着晚上回去跪搓衣板吧。”

酱油蒋知道后果的严重性，脑子急速扩散开来想办法，半天也没有想出来，于是只好采取了拖延战术，说道：“那晚上吃饭的时候再告诉你吧，但是你得把那相片删去了。”

“你告诉我欧力文公司的内幕，我自然会删除。”

“行，行。”酱油蒋答应着，然后揉了揉头，苦笑着说：“我这辈子，怎么碰到你这个白骨精了！”

“还有，今晚你请客。”

“我请客可以，消费限制在一百块钱之内。”酱油蒋说着掏出钱包对着张小葱翻着，再叹了一口气，“唉，穷人！”

“窝囊的老男人，只要你告诉我欧力文公司的内幕，本姑娘买单！”

此时，金天雷也在问严三强同样的问题。

刚才，金天雷听了金婉三人的汇报，不由火冒三丈，但他并没有冲着李婷婷、邵婉约发火，而是只对着侄女金婉一个人。金天雷是只老狐狸，他之所以这么做，就是给人看的，说明他金天雷不避嫌，不避亲。

金婉用王璐教的招数来对付金天雷，每说一句话，就喊一声大伯，只把金天雷喊得没了脾气。

“你们出去干事吧。”金天雷说道。

三人本来受苦受难好比在地狱里，现在一听，马上要走。

“金婉，以后，这里没有大伯，只有金总。”金天雷对着侄女的后背教训道。

三人走后，金天雷一下靠在椅子上，闭上眼睛，伸手敲打着自己的头，N 市这个订单本来觉得是十拿九稳的事，可是现在居然又泡汤了，俗话说喜不成双，祸不单行，一点儿不假，这样势必造成公司大量库存积压，占用了很大一部分资金，现在，公司的流动资金是捉襟见肘了，这样长久拖下去，公司不倒闭才怪呢！现在，唯一的希望只有寄托于欧力文公司的订单了！只要拿下它，一切问题都会迎刃而解！想到这些，随即拿起电话，告诉严三强马上来自己的办公室一趟。

一会儿，严三强来到。金天雷劈头就问：“你们在欧力文公司前期到底做了些什么？”

严三强刚才接到金天雷的电话，猜测肯定是王璐那丫头通过金总在追问欧力文公司的事，于是想好了对策这才过来。

“我已经全部向您汇报了呀。”

“全部？”

“全部！金总，您还不相信我呀？我在您手下这么多年了，什么时候向您隐瞒过什么。”

“那你解释一下欧力文公司为什么这样排斥我们金天公司？他们好像把我们公司拉进黑名单了。”

“这个我哪知道？”

“真的不知道？”

“真的，不过我猜测了一下，有可能是……”

金天雷雷公似的眼瞪着严三强，催着他赶快说。

“这个涉及私事，也怪我们公司倒霉，正巧赶上。”

严三强越说，金天雷越糊涂，他看着严三强，示意他继续说。

严三强站起来，走到金天雷身边，把嘴对着金天雷的耳朵一阵叽咕。

“啊！有这事？”

“嗯。”严三强十分肯定地点了点头，然后重新回到自己的椅子上坐下。

“既然这样，孩子掉进虎群里——没有指望了，那么，我们还有必要让王璐她们继续下去吗？”金天雷问。

“金总，还是让她们试一试吧，欧阳建业不是喜欢女人吗？那我们就让王璐、张小葱她俩上，也许能成。不过得给她们施加些压力，有了压力，她们才有动力，她们才会付出更大的努力，女人嘛……”严三强意味深长地说。

金天雷当然明白严三强话里的意思，不过没有说话，而是点了点头。

“还有，时间不能给她们过长，那样，太过于浪费公司的人力物力。”

金天雷想了想，最后拍板说道：“时间短了也不行，我看就给她们一年的时间吧。”随即拿起电话通知王璐过来一趟。

王璐手里拿着叶祥公司的订单向金天雷办公室走来。在过道上，和严三强碰个正着。二人彼此心知肚明此行是干什么，但是都装着糊涂，彼此点了一下头就过去了。严三强回到办公室，心里狐疑王璐又要在金总面前说自己什么了。

“唉，你这个梁天成，生意没有给我做成，还给我带来这么多的麻烦！”严三强心里嘀咕道，想了想，拿起电话……

王璐进到金天雷办公室，二话没说，直接把手里的订单放到金天雷面前。金天雷一看，千百天来第一次露出笑颜，大赞王璐能干。（要知道金天雷的夸赞那是千金难买啊！）又亲自过去给王璐倒了一杯水。

王璐受宠若惊，但是也知道这个小订单，对于公司来说简直就是杯水车薪。眼下，欧力文公司的事最重要，她猜测，金天雷今天把她叫来，就是为了此事。于是说：“金总，我刚才遇到严主管了。”

金天雷明白王璐的意思，说道：“他刚才已经说了一些欧力文公司的情况，也并没有什么秘密，就是我们的价格高了些。”

“可是，价格高也不至于他们那么排斥我们吧？金总，您说呢。”

“那个梁副经理依仗上面有人，平时飞扬跋扈，欧力文公司老总欧阳建业早就看不惯他了，因而借故开了他，他一走，所以就……你也知道，现在的人都很势利，都很现实，不过没关系，他一走，我们现在就可以集中全部精力来公关欧阳建业了。”

“这些都是严主管刚才告诉您的？”

“他告诉了一部分，我也去了解了一部分。”

“哦，这样啊。”王璐半信半疑地说。

“小王啊。”金天雷语重心长地说，“公司目前的情况你也知道，这样下去，坚持不了多长时间，所以，你和张小葱还得抓紧时间，争取早日拿下欧力文公司的订单，这次我就全依靠你了。”

金天雷是谁？天上的雷公，有着金刚不败之躯，他肯屈尊求自己，王璐感到身价陡然增长了N倍！大有刘备托孤的感觉，自己应该怎么做呢？应该像诸葛亮那样鞠躬尽瘁死而后已。这样一想，心颤身热地说道：“金总，请您放心，我和小葱一定会加倍努力，不辜负您的期望！”

“好，好！你们应该不惜一切代价，不惜一切血本拿下欧力文公司。”

“金总，我觉得我们也不能一棵树上吊死，万一……我们还得遍地开花才行。”

“那当然，这个就交给其他人去做，你和张小葱目前的任务就是全力去攻克欧力文公司这个大客户，不过呢，时间不宜过长，那样公司经受不住，这样吧，我给你一年的时间，一年之内，务必拿下这个订单，怎么样？”

王璐知道这是金天雷给自己套上了金箍，他对自己寄予这么大的希望，如果到时候拿不下来，自己心里过不去不说，恐怕金天雷也不会轻易饶过自己，这样想，刚才金天雷托孤的感受跑了个精光！

回到办公室，王璐还在琢磨着金总的话语。不惜一切代价不惜一切血本是什么意思？难道让我们不择手段？就是身体本钱也用上？在销售领域有这样的人和事，可我王璐才不会呢！

中午，借着吃饭的时机，王璐把金天雷今天上午所说告诉了张小葱。张小葱一听，蹦了起来，说道：“姐，你不能这么答应！”

“我也再三想了，这个项目是有些困难，但是也是我们的机会，假如我们成功了，奖金之类就不用说了，更能说明我们的能力，他们办不成，我们却成功了，人活在世上，就是图这口气，不是吗？”

“谁说不是，可是我们得有一点儿机会啊？现在，我们两眼一团黑，压根一点儿光明都看不到！你看欧力文公司那些人对待我们的嘴脸，还有那个油盐不进，看来是真的油盐不进，三阎王和酱油蒋都拿不下来，我们能行吗？你也知道三阎王和酱油蒋的本事的，他们俩可是比孙猴子还厉害呢。”

“孙猴子不行，那现在就轮到你这个白骨精出场了，呵呵，凡事要倒过来看，油盐不进难道真的是石头、铁坨吗？那还称得上人吗？再说，我们只是道听途说，还没有真正接触欧阳总裁，不必一棍子把他打死。”

“我看还是有点儿悬。”

“小葱，你太悲观了，这可不是你的性格。我们得先有信心不是？事在人为，道路就在你脚下，我们一起努力，把荒山踏成平川，把沙漠踏成大河，让它绿荫满地，开花结果。”

“理想是美好的，现实是残酷的，姐，我觉得太难了。”

“那你说说愿意不愿意跟我干吧？”

“姐，不要逼我，这个我还真的需要好好想想。”张小葱说着走开了。

现在，见自己最好的姐妹都这样犹豫，王璐不由也悲观起来，后悔自己上午不该在金总面前说那些保证之类的话。

下午，张小葱再也没有来到王璐面前过，这可极不正常，她哪天不是溜过来几次？看来是真的选择退出了，失去了盟友，整整一下午，王璐都是恍恍惚惚，郁郁寡欢。

正在王璐胡思乱想的时候，张小葱拎着包走了过来，说道：“姐，走吧。”

这话倒把王璐说糊涂了，问：“到哪里去？”

张小葱指了一下办公室的挂钟，回答道：“欧力文公司，已经四点了，再不走就来不及了。”

王璐这下彻底明白了，精神一振，站了起来，喜笑颜开地说道：“对，对，走，走，快走！”

二人急速地走着，王璐还是不放心，问：“小葱，你真的愿意参与进来，和姐一起拼？”

“姐，我跟定你了！要死，一块儿死！”

“什么话？我们一定会成功的，相信姐！”

二人钻进车里，发动车子，加大油门，向欧力文公司疾驰而来。此时，夕阳西下，晚霞四射。整个世界沐浴在一片金黄之中，林立的高楼大厦四处反射着这金黄，更加灿烂耀眼，H市像用黄金堆砌而成。

王璐、张小葱驱车来到欧力文公司门口，已经快到五点半了，下班的人流开始向外涌，二人心里怀疑是否来迟了。

二人各自坐在自己车里，向门口张望着。张小葱突然想起什么，发了个短信：姐，油盐不进长什么样？

原来二人今天是来堵欧阳建业来了！

这一问，倒把王璐问得直拍自己的脑袋，赶紧下了车，钻进张小葱的车里，说道："我也不知道！"

"那我们来堵个球啊！"

"智者千虑必有一失，嘻嘻，让我想想，我打电话问问酱油蒋。"王璐说着打开手机。

"算了，你看见那辆奔驰了吗？肯定是油盐不进的座驾，跑得了和尚跑不了庙的，只要我们盯着那辆车就行了。"张小葱指着前面的一辆车说。

"鬼丫头，精明！"王璐夸赞道，伸手拍了拍张小葱的小脑袋。

张小葱被夸奖得忘乎所以，说我是谁，白骨精也！再仔细地观察那辆车，只见那辆车的车牌后面三个数字是999，嘴里不由嘀咕道："999，好车牌。"

"小葱，记下这个车牌号。"王璐吩咐道。

"放心好了，白骨精是过目不忘的！"

二人就这么紧盯着那辆999，急切地盼望车的主人就如盼望着情人似的赶快出现。可是左等不来，右等不至。

一直等到六点钟，只等得心都荒芜了，可是，999车的主人还不现身。王璐不由怀疑地说："这车不一定是那个油盐不进的。"

"不是他的是谁的？你看见了吗？那辆奔驰是这里最好的，也只有油盐不进这个一把手才配坐吧。"

王璐一听有理，不再说话，二人就这么耐心地等待着。

到了六点半，夜的帷幕慢慢拉下，远处小区的高楼已经是万家灯火。可是依然不见999的主人出现，二人心里似着了火，可是干着急，没办法，只好由着那火蔓延。现在二人恨不得上去把欧阳建业掳掠下来，再塞进999车里。

望着空洞的大门，张小葱嘀咕道："这个油盐不进，到底怎么了？死在上面了？"

“这样的人都是工作狂的，再等等吧。”

“姐，我们俩不能在这里白等，不如进去看看!”张小葱指着大门说。

王璐一听有理，反正那两个前台已经下班，于是二人下车，向门口走去，刚走到门厅，突然电梯门打开，从里面走出一位西装革履、戴着眼镜、手拿公文包的中年男人。

二人感觉此人可能就是她们千呼万唤的油盐不进，于是站住貌似在等电梯，眼睛却在偷偷观察着他，只见那个男人径直走向999。这下，二人更加肯定他就是油盐不进了，可是又不敢回头跑——怕他起疑心，只好装模作样地站在那里，眼睁睁地看着那个男人钻进999里，然后开车向街道上驰去。二人这才急转身子，各自跑向自己的车子，向999驰离的方向急追而去。

可是追了半天也不见999的踪影，难道跟丢了?二人又各自开着自己的车，不好商量，只好一路向前。

前面是十字路口，红灯，停了很多车子。张小葱伸出头看着王璐，征求她往哪里走。王璐脑袋急速地扫描着，这周围只有前面御景湾是高档别墅区，油盐不进这样的精英人才可能住在那里，于是手向前指了指。

过了十字路口，前面，一个熟悉的车牌——999如刁蛮调皮的情人似的忽隐忽现。张小葱可不就是见到了情人！伸手向王璐使劲儿地挥了挥手，再指向前面的999。

王璐当然也看见了，大有“山重水复疑无路，柳暗花明又一村”的兴奋，向张小葱做了个大大的OK手势。

还别说，两个女孩的判断是正确的，坐在车内的就是欧阳建业。王璐说得也没错，欧阳建业就是工作狂，人家下班了，可是他却一人待在办公室里继续工作，他的信条是：今天的事今天做完，绝不拖延到明天。

女秘书姚美丽要陪他，欧阳建业委婉地拒绝了。实际上，欧阳建业知道姚美丽的心思——单独在一起，从她那火辣辣的眼神就知道了。

一次出差，晚上应酬回到宾馆已经很晚了，姚美丽借故说要为他洗衣服而留了下来。欧阳建业才三十多岁，可谓年轻气壮，晚上又喝了酒，躺在床上，听着洗手间哗啦啦的水声，只觉得自己体内的血液也在哗啦啦地流，他有一股莫名的冲动——冲进去抱住姚美丽，他知道姚美丽是不会拒绝的。

姚美丽藤蔓的身姿、鼓鼓的屁股、高耸的胸脯、漂亮的脸蛋在欧阳建业脑海里不断闪现，越想，体内的血液流得越快，心潮澎湃着澎湃着，最后沸腾了！只燎烧的欧阳建业再也躺不住，他坐了起来，看着洗手间的门。

洗手间里，姚美丽在忙碌着，身影一闪一闪的，那修葺的美腿、鼓鼓的屁股也跟着闪现。欧阳建业只觉得身体里全部沸腾的血液齐向裆部涌去。他再也坐不住了，随即站了起来。可是又立即坐了下来，因为裆部一个家伙已经把裤子顶得老高，让人家看见，多难为情啊！

他就坐在那里，心里一千只蚂蚁叮咬似的难受，此时，他觉得自己就是一座火山，体内的岩浆要喷发出去，要不，就会把自己憋死。

可是，欧阳建业还是没有冲进去，他还是有定力的，要不，能做一个拥有几十亿资产大公司的老总？

为了转移注意力，他打开电视看了起来，可是电视里的内容只入他的目，没入他的心，他的心思都在洗手间了，那里面，哗啦啦的水声不断传来，不由得一望，只见姚美丽白皙的酮体一闪一闪的，她居然在这里洗澡！还没有关门！这个女人这么做，不是要了他的命吗？

欧阳建业那个难受，似身处大火里——浑身欲火难焚，即使这样，还是握紧了拳头坚持着，心里一个劲儿地劝自己："不能，不能，上下级不能这样，平时自己不是这样要求公司员工的吗？"

可是裆部那个家伙不争气，不停地挣扎着，要突破裤子的封锁。

洗手间内，姚美丽一直在偷看着欧阳总裁呢！见他焦躁不安，不停地抓耳挠腮，不由得意起来，用力地把身体拍得"啪啪"响。心里道:嘻嘻，看来唐僧今晚终于逃不过我白骨精的手掌心了！

那啪啪声就是招魂声，只把欧阳建业的魂魄勾引去，他松开了拳头。

洗手间内，姚美丽已经做好了准备。嘿嘿，只要过了今晚，明天，自己的身份就会蜕变——丑陋的蛹变成美丽的蝴蝶，到时候在公司里飞啊飞。

欧阳建业站了起来，准备扑向洗手间，突然，手机响了，拿起手机，"嗯嗯"地接着电话。

"谁的电话？早不来，晚不来！可恶。"姚美丽躲在洗手间里骂着。

电话是家里的保姆打来的，说豆豆又调皮了，把邻居家的小猫打得哇哇叫。欧阳建业知道那只猫是女邻居苗凤凰的命根子，就是打她也不能打她的猫。

欧阳建业让豆豆接了电话，狠狠训斥了他一番，然后又给苗凤凰去了道歉的电话，被苗凤凰狠狠训斥了一顿，说如果她的猫有个三长两短，她也不活了。欧阳建业只好一个劲儿地安慰她，再一个劲儿地赔不是。

洗手间内，姚美丽听着，现在她把一肚子的火撒在豆豆身上，心里道：“这个小东西，简直就是个小牛魔王，等以后自己和欧阳建业那个了，非好好治治他不可！”然后一心盼望着欧阳建业赶快放下手机。

等到欧阳建业放下手机，可是，他的这座火山也慢慢熄灭了。

今晚，姚美丽的戏就这么白演了！

但是自从那晚以后，姚美丽对自己更加有信心了，认为欧阳建业迟早是她姚美丽的人！他现在就是网里的鱼、案板上的肉。而欧阳建业呢？对姚美丽的感觉就如青苹果——酸而涩，不过有发展的潜力、上升的空间。

在众多候选女人中，姚美丽算一位佼佼者，这就是欧阳建业对姚美丽的感觉。不是非常好，但也不讨厌。她算得上漂亮美丽，也很体贴、细心。作为秘书她是称职的，可是作为妻子嘛，还需要进一步考察。

有时候欧阳建业觉得对姚美丽是不是要求苛刻了，她上得厅堂，下不了厨房。可是现在有几个女孩子能二者兼备？

还有一个人让欧阳建业一直不敢碰姚美丽，这个人就是豆豆。他一直不喜欢这个姚阿姨，二人简直到了水火不相容的地步。这一点，欧阳建业觉得是自己儿子的不对，自从他的妈妈不在了以后，他和谁能相处得很好？唯有那些小动物：青蛙、癞蛤蟆、蜥蜴、蛇……越是稀奇古怪的越喜欢。有时候欧阳建业想再也不带他去宠物市场买这些动物，可是想到豆豆怪可怜的，听说宠物可以疗伤，所以，还是偶尔带他去买。谁知道豆豆养的宠物越来越多，越来越稀奇，越来越恐怖。欧阳建业不给他买了，可是小家伙自有妙招——他和同学在一起交流，彼此交换宠物。

姚美丽火辣辣地盯看了欧阳建业一眼，觉得他很安全，没有女人前来打扰后就走了。欧阳建业埋头工作，一直忙到六点半才忙完。

她哪里知道外面有两位美女正在等着欧阳总裁呢，只等得天荒地老。

欧阳建业驱车向家疾驰，今晚回去，他要和儿子进行一番长谈。今天下午放学后，他又用癞蛤蟆吓哭了邻居家的小女孩毛丫丫。

王璐、张小葱紧紧跟在后面，向着御景湾小区而去。此时，王璐只为自己的聪明而折服不已，因为自己刚才的判断是如此正确！现在，只恨张小葱恰在身边，要不事后好好向她炫耀一番。

999奔驰车进了小区大门后一溜烟不见了。王璐、张小葱开着车想闯进去，可是却被门卫拦了下来。

门卫说不是本小区的车一律不许入内，张小葱霸道地说：“我找人。”

“找谁?”

张小葱指了指刚才999驰离的方向。

“你们找18号楼?”

王、张二人对望了一眼，彼此告诉对方油盐不进住在18号楼，然后冲着门卫点了点头。

可是门卫并没有放她们进去，而是走进门岗，拿起电话，一会儿后出来，说18号楼的主人不认识她们，然后就威严地挡在她们车子前面。

王璐、张小葱被揭穿老底，不好意思再待在那里，只好倒车撤离了。

门卫得意扬扬，用怪异的眼光看着二人离去。这样的事，屡见不鲜。唉，有钱就是好啊！美女都要自己送上门。只恨自己只是门卫，而不是小区里的富翁。

二人开车来到一块空旷地停了下来，王璐胜利地一笑说今日不虚此行，终于见到油盐不进的尊容了。

“天哪，还是个帅哥！那么年轻！真正的高富帅！”张小葱惊叫道。

“怎么？动心了?”

“切，我张小葱是那样的人吗？我白骨精可是阅人无数的。”

“我认为男人的纯要放在第一位的。”

“那当然，三心二意的男人谁要？那么第二位呢?”

“才，男人离不开才气的。”

“对，对，蠢猪没人稀罕？还有吗?”

“第三那就帅。”

“哈哈，姐，我还以为你是天上仙子，不食人间烟火呢，到底还是凡人一个，纯、才、帅呀，纯、才、帅呀，王姐的纯、才、帅，你快快来啊，快快来。”张小葱唱歌似的反复说。接着，二人开始研究起欧阳建业的帅气来。王璐说他的头发乌黑乌黑的，发型也好看。张小葱说她特别喜欢他的鼻子，笔挺笔挺的，像外国人，还有他的身材极其标准，不像有些中年男人大腹便便，看着就腻歪。

二人评论来评论去，都说欧阳建业是一个标准的美男子，不知道哪个女人幸运地嫁给了他。

最后，张小葱终于发现了欧阳建业的短处，说她不喜欢戴眼镜的男人。王璐说男人戴眼镜显得斯文。

张小葱叹气地说油盐不进的西服很得体，不知道什么牌子的，想给男朋友买一件。

王璐说他走路的姿势很酷，目不斜视，气宇轩昂的，酷毙了。

“显得很高傲。”张小葱说，然后问：“姐，看到他的脸了吗？阴沉得……”张小葱说着抬头看了看，指了指暮色浓厚的天空，“和那个差不多，看来是个难缠的对手，怪不得严主管和酱油蒋败下阵来。”

“但我们今天终于迈出了一小步，后面就是一大步！”王璐鼓励地说。

张小葱受到鼓励，指着欧阳建业家的方向，恶狠狠地说道：“油盐不进，我让你油盐都进！”说着攥起小拳头。

二人就这么对欧阳建业品头论足着，殊不知此时，欧阳建业正在家里生闷气呢！回到家里，赶紧拉上豆豆去给毛丫丫道歉，走到半路上，迎面而来毛大头一家三口，原来他们兴师问罪来了！

毛大头见了欧阳建业父子二人，气不打一处了，上来劈头盖脸地狠训斥了一番，并要欧阳建业保证以后决不再有此类事发生。

欧阳建业说都是小孩子，顽皮，不懂事，言下之意，他并不能保证。

毛大头的爱女受到豆豆欺负，宛如豆豆用刀戳到他的心上，现在一听更加来气，说了些子不教父之过之类，丫丫的妈妈也在旁边帮腔。欧阳建业本来理亏，又加上现在以一对二，根本不是人家对手。

毛大头夫妇有理，有理声音就大，并且话语里带着刀、枪、剑、戟……十八般兵器。

欧阳建业站在那里受着煎熬。

“哇！”豆豆突然一声惊叫，三人循声望去，只见豆豆和丫丫正在一起津津有味地看着一本漫画书。丫丫也“哇哇”地跟着惊叫。

欧阳建业指了指两个孩子，意思是刚才自己的话很有道理，现在，事实证明了一切。

毛大头见状不再发火，而是直奔过去，拉起女儿，夺过漫画书，说道：“走，回家，不跟他玩！”说完抱起女儿，一家三口扬长而去。

这边，欧阳建业也拉着豆豆回家。一到家里，便开始训斥儿子。豆豆说丫丫是他的好朋友，他拿出癞蛤蟆只是想让她惊喜。

欧阳建业在公司里可谓一言九鼎，现在居然连儿子都降服不了，又想到刚才毛大头子不教父之过之类的话，不由怒发冲冠，抱起儿子，按倒在沙发上，抡起巴掌，一阵噼里啪啦狠揍。

豆豆挨打却一声不吭，待到爸爸打完，站了起来，冲进自己房间，“咚”一声关上门，晚饭也不出来吃。

“唉，全乱套了！”欧阳建业坐在那里呆想，“看来得给这个家找个女主人了，要不，自己顾前不顾后，长久下去，儿子岂不荒废了！不成才也得成人啊。”

几个女候选人一个接着一个地在欧阳建业脑海里出现。她们都太年轻，也太娇气，她们自己都像小孩子似的需要别人照顾，又怎么能照顾豆豆？还是给豆豆找个家庭教师吧，要不，等段时间把他送到国外寄宿学校去。

和往常一样，秘书姚美丽打来电话问欧阳总裁吃饭没有，有没有需要她做的事。欧阳建业还真的想让她过来陪自己说一会儿话，探讨一下怎么教育豆豆，可是想到豆豆一见姚美丽就厌恶，还是放弃了打算。

姚美丽还不甘心，问欧阳建业晚上有没有空。欧阳建业问她有什么事。她说想请欧阳总裁喝咖啡。

欧阳建业想了想，于是答应了她。实际上如果不是豆豆和姚美丽闹得那么僵，他早就接受了她。

那边，姚美丽那个高兴啊！放下手机，冲进化妆间，工笔画似的描摹起来。批判性地望着镜子里的自己，心里可没闲着，她在思考着穿什么衣服，是旗袍呢，还是短裙？又琢磨着配什么首饰，穿什么鞋子，只恨时间太短，来不及去商店买新的。她是这么高兴，这么兴奋，这么忙碌，忙碌得连煮好的面条都忘了吃。实际上她也可以不吃的，因为等一会儿欧阳总裁的帅气可以当晚餐。

“小葱，走，我请你吃饭，庆贺，庆贺。”王璐看着饭店门口的人流说。

张小葱一听，惊叫道：“呀，坏了！”赶忙拿起手机，拨着号码。

放下手机，王璐问小葱为什么要请酱油蒋吃饭。张小葱把白天在公司上演的一幕春秋笔法地说了一遍。

王璐拍了拍张小葱的脑袋，叹服地说：“你这个脑子呀……”

“今晚，酱油蒋再不如实招来，我张小葱白骨精就烤了他吃！”张小葱说着龇牙咧嘴着。

“酱油蒋的肉有什么好吃的，骚男人。”王璐打趣地说。

“蘸点椒盐、芥末酱就不骚了。”

“哈哈……”两个美女笑着走向自己的车子，然后驱车向约定好的饭店而去。

来到饭店，酱油蒋已经在门口等着她们了。张小葱不忘取笑他，说道：“听说有吃的就这么积极了，来得这么早!”

“吃不积极？你说什么积极？人生，食色性也，所以，吃，永远排在第一位的，这也是人生第一大课题。”酱油蒋说着一身轻松地往里走。

三人进到饭店坐下后，酱油蒋埋怨张小葱请客没有诚心，说好晚上请他吃饭的，等到自己端了饭碗才打电话通知他，又叫嚷着今晚要吃点儿好的。

王璐问他要吃什么。酱油蒋说相声似的把天上飞的、地上跑的、水里游的报出一长串。张小葱爽快地答应，但是警告地说吃不了到时候再算账。

酱油蒋听话里有话，不再吭声，他知道对面白骨精的厉害。看到张小葱面前的一包中华烟，一把抢了过来，抽出一根，点燃，仰靠在那里享受地吞云驾雾着。

一会儿要从酱油蒋嘴里套出有价值的情报，王璐点了红烧肉、烤乳鸽、清蒸鳜鱼，这样，天上飞的、地上跑的、水里游的都有了，又要了一盘花生米，外加一份野生蘑菇汤。

三人吃喝着，张小葱吃着烤乳鸽，望着酱油蒋的啤酒肚，说比烤肉好吃。王璐附和说：“那是，那是。”

张小葱接着说：“蘸上椒盐、芥末酱可能都掩盖不住那种肉的骚气!”

王璐听了，脸上抑制不住地笑，说：“可能。”

二人就这么调侃着，酱油蒋哪里知道其中的门道？问什么肉。

“人肉!”张小葱回答。

“你要吃人肉？也不怪，你是白骨精，吃人的。”

“我不吃骚人。”

酱油蒋听了，脸上黄、红、白、绿杂陈，如一块色彩斑驳的油画布。

王璐装着不知道，端起酒杯，说道：“蒋哥，我敬您一杯。”

“你们还是叫我酱油蒋吧，叫我蒋哥，后背发凉!”

“您是我们销售部的老前辈，想当年您和金总一起打拼，可谓劳苦功高，敬您一杯应该的。”王璐说着一口而尽。

张小葱也端起酒杯，难得地恭维道：“是啊，蒋哥，你没功劳也有苦劳啊，这么多年，不容易，来，我也敬你一杯。”说完酒杯往前一伸，“当”的一声和酱油蒋碰杯，然后一口而尽。

酱油蒋听了，嚷道：“白骨精，你在夸我，还是在损我？”

“狗咬吕洞宾——不识好人心，夸赞你还听不出来？脑残！”

“有你这么夸赞人的吗？我酱油蒋是谁？老江湖了，不知道你们的小九九？你们俩不就是想知道那事的底细吗？”

王璐、张小葱都不说话，眼睛盯着酱油蒋的嘴，意思是：知道了还不快说？

酱油蒋抿了一口酒，再夹起一颗花生米，慢慢地嚼，脖子处的喉咙一伸一缩的。张小葱性急，恨不得上去拨了那喉咙，再拎起酱油蒋倒竖过来，把他肚子里的话悉数倾倒出来。

可是酱油蒋依然不慌不忙享受地吃着。王璐见他老是不说，把鳜鱼的嘴巴夹给酱油蒋，意思不言而喻。可是酱油蒋却没能领会，慢慢地吃着鳜鱼的嘴巴。

张小葱见了又把烤乳鸽的嘴巴夹给酱油蒋，说道：“把这个吃了，赶快说。”

酱油蒋这才明白过来，可是并没有显得难为情，他早已习惯了王、张二人的作弄。作弄他也有好处，那就是不知道吃了多少白食。

酱油蒋吃饱喝足，揉了一下鼓鼓的肚子，说道：“那个事牵扯到很多人的私事，你们得首先保证不外传。”

王、张二人信誓旦旦地说一定，整得如证人出庭做证时一般严肃、认真。

“唉，都说女人是祸水，一点儿不假，那事没成，都是女人惹的祸！”酱油蒋剔着牙说，白了张小葱一眼，算作对她平时欺负自己的报复。

张小葱听了要出言反驳，但还是强忍住了。

“到底怎么回事？”王璐问。

“是这样的，那个油盐不进现在不是单身嘛……”

“单身?!”王、张二人惊骇地打断酱油蒋的话。

“是的，老婆前几年车祸死了。”

“哦！”王、张二人惊叹道，再也不敢说话——害怕打断了酱油蒋。

“他有个女秘书，叫姚美丽的。”

王璐、张小葱脑子里马上出现一道七色彩虹。欧力文公司前台的话又在耳边出现：“姚秘书说没有这样的事。”原来那个女的就是欧阳建业的女秘书，天！

酱油蒋又抽出张小葱的一根烟送到鼻子下闻着。张小葱怕耽误时间，赶紧给他点燃，果然，酱油蒋抽着烟，继续说道：“欧阳总裁很喜欢这个女秘书的，有人说早晚一天，她会成为欧阳夫人的，可是，偏偏梁副经理不识时务，也喜欢上了姚秘书。”

“所以，那个油盐不进就吃醋了，借故开了梁副经理。”张小葱为酱油蒋补上事情的结果。

“聪明！”酱油蒋夸赞说，心里道：聪明才怪呢，骗你没商量！

原来酱油蒋今日所说都是严三强所教。严三强也是这么对金天雷说的。他从金总办公室出来后，赶紧打电话告诉了酱油蒋，这样才能够不露馅。

酱油蒋正在为晚上是否赴宴而愁苦不堪，听了严三强的嘱咐，高兴得恨不得抱起严三强亲他一口，一连声地答应，然后一身轻松地来赴宴。

“梁副经理结婚了吧？”张小葱问。

“结了。”

“那还勾引人家青春美女？吃着碗里的，瞧着锅里的，你们男人啊，就是猪！”张小葱说完，心里一阵畅快，这算作对刚才酱油蒋说女人是祸水的报复。

这话虽然说梁副经理的，可是酱油蒋听了，脸如一幅浓墨重彩的山水画。

“这事严主管知道吧？”王璐突然问。

“当然知道了。”

“哦”了一声，王璐不再说话，而是默默站起来去买了单。

酱油蒋害怕时间待长了会说漏了嘴，抬手看了一下手表，说时间不早了，该回家了。王璐吩咐张小葱顺道捎带他。

春夜的 H 市分外美丽、热闹。十点多了，夜生活才刚开始。街道上，车水马龙，行人嚷嚷。七彩的霓虹灯把一切都映照得斑驳陆离变了形。

王璐站在街道上，不远处飘来一阵烧烤的刺鼻味，让她不由感到恶心。可是即使如此，她也不想现在就回家，她心里还装着事，得找个清静的地方好好想想。

她上了车，前往自己喜欢的紫罗兰咖啡屋。可是因为是周末，今晚紫罗兰咖啡屋里人也爆满，好在咖啡屋里的服务员早已熟悉了她，客气地把她领到她所喜欢的靠窗的位子上坐下，然后端上一杯不加糖的咖啡外加一盘梅子干、一盘香辣牛肉干——王璐的老三样。

第一次和眼镜在这里约会，二人就是点了这三样，那天眼镜突然说："咖啡代表着苦，梅子代表着酸甜，辣牛肉干代表着辣，这就是人生。"

现在王璐来到这里不是体悟人生的，而是想捋顺刚才自己的一个疑问。这也是她刚才沉默的原因。

酱油蒋今天所说看起来顺理成章，严三强不告诉自己实情那是情有可原，因为那是他的本质。可是，金总为什么不告诉自己实情？严三强不是告诉他了吗？

王璐坐在那里思考着，揣摩着金总葫芦里到底卖的什么药。思来想去也不明白。接着把今天金天雷的话仔细地回味了三遍，最后得出两种截然相反的结论：这是金总在淡化问题的严重性，缩小困难，鼓励自己尽快拿下欧力文公司的订单。

可是即使如此，也不应该隐瞒呀，找不到问题的根结，我们怎么入手？王璐这么埋怨金天雷。

难道欧阳建业也是个好色之徒？王璐接着想。公司老总和女秘书之间的关系微妙得很，很多女秘书身兼两个职位：白天是秘书，晚上是情人。这在现在社会也不再新鲜。可是今天看欧阳建业那个长相、那个气质，似乎很正派，不会干那些偷鸡摸狗的事的。转念一想，欧阳建业是单身，即便和年轻的女秘书有那层关系，别人也不能说三道四的。关键是这层关系是在他老婆死之前就有的还是老婆死后发展的，二者有本质的区别。

王璐在这里揣摩着欧阳建业和姚美丽的关系，那边，姚美丽正在咖啡馆等待着欧阳总裁。

"怎么还没来呀？"姚美丽坐在那里疑惑着，又看了看手表，已经十点多了，按说应该到了，该不会出车祸吧？姚美丽心里莫名地想。

不会，不会，怎么会呢？要出车祸也等到自己和他修成正果，那样，即使出了事，他的那份家产，嘿嘿……

姚美丽实在坐不住了，又来到咖啡馆门口张望。远远的一辆车灯雪亮地射来，心里道："肯定是欧阳总裁的汽车！"可是，那辆汽车驰近，并没有停下来的意思。心里那个失望！又走过来一人，看身影似乎是欧阳总裁，欣喜地迎上一步，可是再一次失望。姚美丽就这么在希望和失望交替中站在那里。

他到底怎么了？姚美丽看着手里的手机，想给欧阳总裁打个电话问问，可是作为下级是不便催自己的老总的。

正在姚美丽一筹莫展的时候，手机响了，一看是欧阳总裁的，她知道今天的约会又不成了。

果然不错，电话里，欧阳总裁告诉姚美丽，说他临时有急事要处理，不能来了。

放下手机，姚美丽愣愣地站在那里，心绝望得如今晚那漆黑的天空。

半天，她慢慢走向自己的车子，一屁股坐进去。心里道："什么事呀？早不来，晚不来。"

欧阳建业还真的有事，而且不同寻常。

欧阳建业开车前来和姚美丽约会，走在半道上，电话响了。

电话是公司副总打来的。张副总告诉欧阳总裁，说下午收到技术质量监督局人的电话通知，说他们明天要来检查蓝月亮工程项目。

"那个工程不是验收过了吗？全部优良。"欧阳建业问。

"谁说不是，我也和他们说了，他们坚持说需要再检查一遍。"

欧阳建业感觉到事情的重大，其中肯定有蹊跷，要不，不会这样的。欧力文公司还没发生过类似的事。其他公司倒是发生过，虽然说没有检查出什么，但也麻烦不断，并给公司的信誉带来不小影响。

欧阳建业责怪张副总为什么现在才告诉自己。张副总说他接到通知后，感觉也不寻常，于是亲自前往技术质量监督局询问情况。

"探听到什么情况没有？"

"询问了半天，最后他们终于肯透出点消息，说有一个客户投诉我们公司偷工减料。"

欧阳建业一听，马上命令似的说道："我这就去办公室，你通知公司其他领导立即赶到会议室！"

放下电话，欧阳建业马上掉转方向，向公司驰去。事情来得这么突然，这么紧急，以至于把和姚美丽约会的事忘了个一干二净。

赶到公司，立即召开了会议并通报了情况。负责那个项目的副总早已用电话把项目部经理招来。项目部经理说一切按照图纸设计施工的，这一点他可以保证。大家这才放心不少。

欧阳建业还是不放心，吩咐项目部经理明天务必找到那个投诉的客户了解情况。要做到热情、周到、细心。

忙完后，已经快到十一点了，大家散去，欧阳建业这才想起和姚美丽约会的事，赶紧打电话通知她。

姚美丽心情沮丧地钻进自己的车子，俗话说:女为悦己者容。可是今晚这么好看的妆白化了，想起来就恼怒。她不由得狠狠拆下自己的耳环扔到一边，那两只美丽的耳环滚到手机边，只把手机勾引响了。

电话里，一个熟悉的声音邀请姚美丽去玩。

“没心情!”姚美丽冲着电话这么说，就挂断了电话，然后驱车往家赶。

此时，王璐也往家赶，一边开着车，一边想下一步怎么办，到了自家小区，也没有想出所以然来，没办法，进屋躺下再想想吧。

可是一进家门，就感觉到气氛不对劲儿。只见母亲陈桂花正一脸冰霜地坐在那里，父亲王长丰在一旁小心地伺候着。

见到女儿回来了，母亲严正地问:“你到底去不去相这个亲?”

“不去!”

“好!”母亲说着站起来，一阵旋风地冲进自己房间，“咣”的一声，重重关上门。

父亲王长丰看了看房门，走到王璐身边，小声地哀求道:“璐璐，你就不能委屈一下自己吗?”指了指房门，“喏，你妈今天一天都没吃饭!”

王璐这才知道原来是母亲绝食了!

即使这样，也没有让王璐松口，据理力争地说:“你看她介绍的那几个，哼哼……我说过，我的事不要你们管，你们非得管不可。”

“我们这不都是为你好吗?你都这么大了还没男朋友。”

“你们直接说我是剩女好了!”

“我……”父亲翻着白眼珠。

房门突然打开，从屋子里传来呼啸的声音:“给我回来!”然后再次“咣”的一声关上。

“唉，你们俩呀……”父亲无奈地说，看着女儿，再看看房门，慢腾腾地走进自己的房间去了。

王璐进到自己房间，仰脸躺在床上，望着天花板，呆呆地想：老妈绝食了，看来她这次是和自己彻底杠上了！假如自己和她死磕，老妈有什么三长两短，自己岂不成为天下第一罪人了。如果妥协吧，实在不甘心，就老妈那眼光，简直……就拿她最近介绍的几位来说吧，不要说让自己怦然心动了，就是看了都如稻草人！一次去和一个搞研究的人相亲，那个男的坐在那里一声不吭，不看王璐，只看茶水壶，王璐问他在看什么。他说在研究茶和水的分子结构，你说搞笑不搞笑？还有最近的一次，就是那个“癞蛤蟆”，想想现在身上还起鸡皮疙瘩！

可是不答应又能怎么办？难道让老妈活活饿死不成！不如像父亲所说，前去应付一下？可是……唉，老妈怎么想起绝食来了呢？

陈桂花确实在闹绝食，她也是这么对丈夫说的，然后就躺下不起。丈夫哄小孩似的劝她，她就是不听，说饿死算了，省得操心。

丈夫把饭菜端到床边，苦口婆心地劝。陈桂花突然坐起，指着丈夫鼻子，厉声指责道：“你怎么老是劝我？怎么不去劝劝你那宝贝女儿？”然后再次躺下，执拗地说：“她不答应，我就不吃！”

丈夫没有办法，只好坐在客厅里，等候着王璐回来。陈桂花看着身边的饭菜，嘴里一阵潮湿，肚子一阵咕咕叫，恨不得伸手过去，想到女儿的前程要紧，还是忍住了。

到了十点多钟，陈桂花实在饿得不行了，翻身起来，偷看丈夫坐在客厅里还在着急地等候着女儿，她悄悄打开橱柜，拿出一包点心，几个水果。

这是陈桂花早就预谋好的，俗话说不打无准备之仗，绝食前，她就计划好了，和女儿闹，饿死划不来！

陈桂花躲在被窝里大吃起来。吃饱，精神大振，只等女儿回来。

王长丰一直等到十一点钟，依然不见女儿回来，不由走到窗口向外望，只见女儿的车驰来，冲着房门说道：“璐璐回来了。”

屋子里的陈桂花听见了，有心躺下，哼哼唧唧，装成饿得快要断气了，可是又一想，不如出去给女儿下最后通牒，假如女儿不同意，再和她闹。于是披衣起来，“艰难”地走进客厅，“艰难”地坐下。这样就有了上面的一幕。

现在陈桂花见女儿还是不松口，躺在床上开始哼唧。丈夫在一边劝道：“你这是何苦呢？”

陈桂花不回答，只是一个劲儿地哼唧，那气息奄奄的样子，似乎真的马上要断气了。

“哼……哼……”陈桂花不断地哼唧着，盼望女儿能听见。

“当当”敲门声响起。

女儿！陈桂花心里一震，哼唧得更加孱弱。

王璐端着饭碗走了进来，她刚才去了厨房，煮了一碗面条，卧了两个鸡蛋。

王长丰见了，一个劲儿夸奖道：“看你女儿多懂事，多心疼你。”看到老婆犀利的白眼，赶忙住嘴。

“老妈，吃饭。”王璐把饭碗伸到妈妈身边说。

“不吃！”陈桂花身子一抖，翻过身去。

“老妈，你这闹的哪一出呀？”

“你说闹的哪一出？”

“好，好，都是我的错，我知道老妈对我好，我不该不听老妈的话。”王璐说着推揉着母亲的身体，撒娇地说：“老妈，老妈。”

陈桂花心中乐开了花，但依然保持着战略上的统一性——睡在那里一动不动。

“那你说说那个男的的情况吧。”王璐无奈地说。

女儿让步了！陈桂花猛地一跃而起，倒把王璐吓了一跳。

陈桂花顾不得前面的演戏，大声地说：“这个男的条件真不错！”

王璐怪异地看着母亲，心里道：“她这是在绝食？没搞错吧。”

母亲对女儿怪异的眼神视而不见，继续介绍道：“人家可是一个大公司的老总！”

“有钱怎么了？我又不是和钱结婚。”王璐不屑地说。

“人长得也非常不错，和你正般配！”

“就是结过一次婚，还带个孩子。”父亲王长丰插嘴说。

“什么？”王璐瞪大眼问。

“结过婚怎么了？带个孩子怎么了？只要人好。”陈桂花冲着丈夫吼道。

“难道你们的女儿只配找个二婚头？”王璐恼火地说。

王长丰刚才多嘴，害怕老婆饶不了自己，赶紧将功赎罪地说：“先见个面，合适继续谈下去，不合适就算了。”

王璐心里是一千个不情愿，可是害怕说出来老妈会继续绝食下去，那样家里会闹得鸡犬不宁，老爸和自己都没有好日子过。她不说愿意，也不说不愿意，抽身走了出去。

“你呀，成事不足，败事有余！”老婆指点着王长丰的脑袋训斥着。

王长丰揉着自己的头，一个劲儿傻笑，把面条端到老婆面前，讨好地说道：“吃吧，吃吧，吃过我们俩……”

“滚！”陈桂花说着，夺过饭碗，狼吞虎咽地吃了起来，突然想起什么，赶紧放下饭碗，拿起电话，报喜地说自己的女儿已经搞定。远在美国的好姐妹欧阳芙蓉说自己的侄子也已经搞定。随即二人爆发一阵得意的笑。

接着，二人商量着相亲的时间、地点。谁知道欧阳芙蓉比陈桂花还心急，拍板说就定在本周六晚上七点好了。陈桂花定了地点——本市滨河路上的红屋子咖啡屋。二人又商量了接头暗号——男的手里拿一朵红玫瑰，女的拿一本书。这样寓意比较好：男的送花给女的；女的送书给男的，所谓男才女貌才能成双成对。

放下电话，陈桂花和丈夫一计算，周六居然就是明天，天！

天啊，他们竟然给自己找了个二手货！可笑！

这离自己的理想中的男人简直相差了十万八千里！不去！不去！坚决不去！

可是老妈那里怎么交代？看来她这次彻底疯狂了，也不知道那个男的给她使用了什么迷魂药。

“唉，烦死了，烦死了！”王璐抓狂地叫喊，可是又无计可施，眼睛四处求救地望。

朦胧的月光突破窗帘的封锁，飘进房间来。王璐走了过去，打开窗帘，再关了灯，然后坐下，让自己的身子完全沐浴在清辉中。

月亮依然似情人的眼睛，含情脉脉地注视着她，情由境生，过去和眼镜的点点滴滴又涌现，假如当初……哪有现在这种情况？想到这儿，鼻子一酸，眼泪簌簌而下……

王璐的眼泪就是这春天的毛毛雨，一觉醒来，雨止天晴。今天是周六不上班，一直睡到十点多还不起床。她脑子里在放电影——昨晚的故事。至于晚上怎么办？走一步算一步吧。

客厅里老爸王长丰见女儿老不出来，要来催，却被老婆制止住了，说女孩子多睡一会儿，皮肤好，显得年轻。为了不吵醒女儿，陈桂花一改往常做事大起大落、果敢利落的作风，现在做什么事都是轻手轻脚。丈夫王长丰一不小心碰了一下椅子，招来老婆无数个白眼。

王璐躺在床上胡思乱想着，最后停留在油盐不进身上。下一步怎么办？怎样才能再靠近他？千万次地想始终不得法，正在一筹莫展的时候，金天雷打来电话，要王璐晚上过去和他一起陪客户吃饭。

这样的纯应酬王璐经历无数次了，实在厌恶得不行。时间她赔得起，关键是那种场合不适合单身姑娘参加。

过去，人们聚会是为了吃喝，现在，聚会除了吃喝之外，还吃美色，有“离开美女不成席”之说。

酒席场上，大家吃喝着，谈笑着。吃的是荤素搭配，谈的也是荤素搭配。有素质一点儿的男人还好些，说得比较含蓄，可是有的男人两杯酒一喝，比如严三强之类，大谈荤段子，有时候简直就是赤裸裸的语言强暴！王璐觉得自己的耳朵被他们的语言强奸了，坐在那里心里厌恶，但是还要硬挤出几声笑来做陪衬。

还有一样让王璐不愿意参加，金天雷是农村出身，俗话说江山易改本性难移，他认为请人吃饭，菜要好，酒要足，这就是所谓的待人之道。酒席上，他豪爽得似水泊梁山好汉，大口喝酒，大口吃肉，除了自己不停地敬客人酒外，还要自己手下和他一样。否则，第二天定会给你脸色看。

“金总，我晚上还有事。”王璐推辞道。

“什么事啊？”金天雷不高兴地问。

“我……我晚上有一个约会，我妈给我介绍了一个……”王璐鬼使神差地实话实说，说过才后悔。

“相亲啊！哦，哦，这个不能耽误，这个不能耽误。”

挂断电话，王璐觉得金天雷有时候还是很可爱的，人情味十足，这恐怕也是自己至今没有离开金天公司的原因之一。

金天雷的电话彻底搅了睡意，起床，刚洗漱完毕，老爸拿着一张纸进来，说道：“你看看。”

王璐不觉好笑，老爸做了一辈子教师，说话做事离不开老本行。她接过那张纸看着，只见上面工工整整地列着今晚相亲的时间、地点、接头暗号、注意事项等等。

“我可没答应去!”

王长丰听了，把手指放在嘴上“嘘”的一声，再警觉地看了一下房门：“乖女儿，你就去应付一下，就当喝一杯咖啡好了。”

“和那样的人相亲，掉价!”

“乖宝贝，你就当为了老爸我。”王长丰面露为难之色，一副可怜巴巴的样子。其实这是他使出的最后撒手锏。

还别说，这一招还真好用，王璐不再吭声。王璐知道老爸肯定是老妈派遣来的，而且还下了死命令，不成功虽然不至于成仁，但也够他受一阵子。在学校，老爸是老师，在家里，老妈就是老师，就是女皇。谁让他结婚的时候跪地说：“陈桂花，你就是我的女皇!”

害怕女儿再反悔，王长丰说道：“就这么着了，就这么着了。”然后赶紧溜了出去。

“哼!”王璐把那张纸朝床上扔去，那张纸在空中飘荡着，飘荡着，再一头钻进床下。

王长丰出来，老婆陈桂花满眼睛里都是话，见丈夫点了点头，大喜，冲着女儿的房门大喊：“吃饭啦!”

吃过饭，王璐说下午自己要出去一下。老爸老妈彼此对望一眼，告诉对方女儿这是出去打扮一番，为晚上的相亲做准备。二人一时高兴得不得了。

陈桂花走进房间，一会儿手里拿着一沓钞票出来，往女儿面前一递，说道：“拿着。”

这可难得，王璐一把抢了过来，嘻嘻一笑，说道：“感谢老妈。”然后进屋拿起包，换了鞋子冲出家门。

王璐开着车来到步行街溜达，一个人太无聊了，于是打电话问张小葱起床了没有。

张小葱身子往被窝里缩了缩，却说：“早起的鸟儿有食吃，我天不亮就起床了。”

“怎么样？吃饱了吗?”

“太饱了!”张小葱说着打着饱嗝。

“滚!”王璐骂道。

张小葱被骂得嘻嘻笑，问有什么事。王璐告诉她赶快来陪自己逛街。

喜欢逛街是女人的天性。张小葱一听，马上说道：“等我!”然后跃起。

一会儿，张小葱打的来到步行街。王璐问她车呢，她说被男朋友开回农村老家去了。王璐不禁敬佩起眼前这个小丫头片子来，找了个赤贫的男朋友，一年不知道要贴多少，可是一点儿也不在乎。

爱情看来真的和金钱无关！

张小葱带着王璐直奔一家寿司店，买了一份寿司大吃起来。王璐看着她那吃相，问："早起的鸟，你不是说天不亮就起床了吗？"

"早起的鸟早饭吃了，可中午饭还没吃呢，嘿嘿。"

张小葱吃过后，二人一个服装店接着一个服装店地逛。二人只试穿不买，只让那些店员空欢喜一场。等到一条街服装店逛完，已经四点多了。二人回到车里。张小葱问现在干什么？王璐说不知道。

"我们去御景湾吧。"王璐突然说。

"去干吗？找那个油盐不进？可人家不给进！"

"反正闲着也是闲着，也许我们这次能混进去。"

"不干，好不容易有个周六！姐，你真是的，工作是工作，休息是休息，要区别开的，现在是休息时间，You know?"

王璐好说歹说，口水说掉两大碗，张小葱还是不情愿，最后，王璐来硬的，发动车子向御景湾而来。

来到御景湾门口，张小葱说停车。王璐问为什么。张小葱指着御景湾里面的别墅说："住在里面的哪位不是大富豪？你这车十来万，对于他们来说我们就是穷鬼，门卫让我们进去才怪呢，这次看我的！"

二人停好了车，张小葱领着王璐理直气壮地向小区大门走去。

今天二人算运气，门卫换了一个人。那个门卫怀疑地看了看张小葱、王璐，上来拦住问找谁。

"十八号楼，欧阳总裁！"张小葱甩给他这句话，继续往前走。门卫犹豫了一下还是让开了道。

进了小区大门，二人胜利地一笑，向十八号楼走去。

十八号别墅好气派！二层的红墙绿瓦小楼掩映在翠绿中。绿海里不时传来群鸟的鸣唱。房子前面是一片茂竹林，竹林的前面是人工湖，湖水在阳光的照射下，泛着粼粼银波。而房子的后面是一座人工堆砌的假山，放着各种嶙峋奇石。

"后靠大山，前放聚宝盆，典型的中国式建筑。"王璐道，又指了指竹林，“宁可食无肉，不可居无竹。这个油盐不进挺那个的。”

“住在里面是享受！”张小葱看着如画的风景感叹地说。

接着二人议论着这里的别墅值多少钱，一千万？两千万？再用自己工资一比算，天啊！简直是人比人得死，货比货得扔！

二人围绕着欧阳建业家的房子转了一圈，最后又回到门前。张小葱胆子大，欲走过去看看，王璐赶忙制止，因为她看到巡逻的保安走了过来。

二人装着若无其事地走着。欧阳家的大门突然打开，欧阳建业走了出来，好险！

欧阳建业并没有注意王、张二位美女，而是径直走向自己的车子，开了车向小区大门驰去。

张小葱望着欧阳建业的车屁股，喃喃地问：“姐，你猜这个油盐不进现在去干什么？”

“还能干什么？应酬呗。”王璐聪明地回答，“他们这样的人，身不由己的，不应酬都不行，有时一顿饭都要赶几个场，不知道他们的胃是怎么受得了的！就是钢铁做的，也经不住老在酒精里泡。”

“酒精考验，酒精考验！”张小葱说。接着二人同为自己不身处那样的境地而庆幸不已。

欧阳建业这个目标走了，二人也就无心再待下去了。出来上了车，张小葱问现在去哪里。王璐看了看外面，暮色已下，华灯已上，说：“我们去吃饭吧。”

正要发动车子走，手机响了，二人同时寻找手机，半天，张小葱说：“你的。”

王璐接了电话，原来是老爸打来的。老爸问王璐现在到了红屋子咖啡屋了没有。

王璐这才想起还有相亲这回事！

电话里一阵沉默，老爸劝道：“好孩子，赶快去吧，我和你妈在家等你胜利的消息。”

王璐知道这个电话是老妈指使的，现在老妈肯定正威风凛凛地站在老爸面前。她有些可怜老爸，竟然找了个天敌为妻。

放下电话，王璐对张小葱说道：“小葱，送我去红屋子咖啡屋。”

“去喝咖啡？饭前喝咖啡不好的，伤胃。”

“不是去喝咖啡。”

“那去干吗?”

王璐不作回答。张小葱看了看王璐，见她低头不语，腮部似乎有红晕，恍然大悟地说：“噢，去约会吧!”

王璐见瞒不下去，坦白地说：“不是约会，是相亲。”

张小葱一听，“呀”的一声，小身子一振，比自己去相亲还兴奋，连声说好，然后发动车子，向红屋子咖啡屋而来。

此时，一辆奔驰车也正向红屋子咖啡屋疾驰而来，开车的人是欧阳建业。来到红屋子门前，看了一下手表，差一刻钟到七点，他没有下车，而是拿起身边的一朵玫瑰伸到鼻子处闻了一下，苦笑着摇了摇头。

原来今天和王璐相亲的人不是别人，而是欧阳建业！那个让王璐日思夜想企图靠近的油盐不进。天啊，这个世界怎么这么小?

原来，欧阳建业的姑姑欧阳芙蓉是王璐母亲陈桂花初、高中的同学，后来去了美国，最近一次回国，和陈桂花联系上。陈桂花当然要尽地主之谊，宴请欧阳芙蓉。

宴席上，欧阳芙蓉问起小时候的小可爱——璐璐现在的情况。俗话说家丑不可外扬，可是那天晚上陈桂花酒喝高了，把这条古训忘了个一干二净；再说，几十年的老友见面，话如开了闸门的滔滔洪水，一发不可收拾；并且陈桂花还有私心，她知道欧阳芙蓉出身名门，见多识广，也许能为自己女儿介绍一个呢，于是把女儿的情况如实告诉了老同学。

“切，美国有什么好? 反正我在那里待了这么多年没有感觉到。那个男孩子不要我们璐璐，我们找个比他好的!”欧阳芙蓉愤愤不平地说。

陈桂花一听高兴地咯咯笑，赶忙问她有目标没有。欧阳芙蓉十分肯定地说有，而且保证王璐能看得上。

这下，陈桂花兴奋得几乎要蹦起来了，强压制住兴奋，询问那个男的情况。欧阳芙蓉只说是一家公司的老总，妻子三年前车祸死了，有一个小男孩。其他一概没说，因为她知道这样的事八字还没一撇，一切要等到二人见过面，互相看上再说。

欧阳芙蓉的话如种子在陈桂花的心里生根发芽，不断催促欧阳芙蓉。欧阳芙蓉说我办事，你放心。

昨晚，欧阳建业回到家里，保姆说刚才美国的姑姑打来电话，让他回来后马上给她回个电话。欧阳建业说知道了，然后准备去洗澡，拿了换洗衣服正要往洗手间去，电话响了，原来是姑姑，她已经等不及了！

“小丑孩。”电话里传来姑姑的声音。

原来欧阳建业的小名叫“丑孩”。

怎么起了这么个小名？

原来欧阳家不缺钱，但是缺人——几代都是单传！因而男孩子显得尤为金贵。过去农村，一般男孩子都有一个小名，比如石头、黑蛋、狗剩之类，取意命坚、命挺、命硬的意思。欧阳建业父亲的小名就叫铁蛋。

其实，小时候的欧阳建业一点儿不丑，不但不丑，而且还很英俊，正是这英俊，才让欧阳家的人忧心忡忡——害怕阎王勾了去。于是反其道，取了这么个小名，阎王看了恐怕都要心生厌恶，不肯接纳。

姑姑是学中文的，知道比兴手法，她寒暄地问了侄子生活情况，N次地阐述了家里女主人的重要性，最后告诉侄子：明晚去相亲。

“相亲？和谁相亲？”欧阳建业莫名其妙地想，半天，才明白过来，前几周姑姑就和自己提起过。这让欧阳建业哭笑不得，心里感叹姑姑的手太长了，居然伸过了太平洋。

欧阳建业父母都不在了，现在只剩下这个姑姑，他要尽孝道，孟懿子问：“何为孝？”子曰：“无违。”还有，他还认为姑姑在和自己开玩笑，因为从小她就喜欢和他开玩笑——没大没小地开。于是答应道：“好啊。”他怎么也没想到这次姑姑来真的了！

“那好，就是明晚七点，红屋子咖啡馆，你手里拿着一朵红玫瑰，对方手里拿着一本书。”

“姑姑，你说的是真的啊？”欧阳建业大惊道。

“你认为我在和你开玩笑？丑孩儿，你可是答应我的，我这里也已经安排好了，男子汉大丈夫，一言既出驷马难追，人而无信不知其可。”

这一反一正的引经据典，欧阳建业不去都不行了，但是依然不甘心，说：“姑，真有你的，就你侄子这样的还需要相亲？太小看我了吧，我可不小了。”

“你就是一千岁在我跟前也是小孩子，因为我是万岁。”

“吾皇万岁，万岁，万万岁！”

“不要转移话题，你该有个老婆了，豆豆也需要一个妈妈了，这个女孩子真不错，老同学的女儿，知根知底的，保证会对豆豆好。”

这么一说，欧阳建业还真的有些动心，那么多女人追求自己，自己之所以迟迟没做决定，就是害怕豆豆受到委屈。

接着欧阳芙蓉再次告诉了侄子明晚相亲的时间、地点以及所必须准备的玫瑰花。最后还不放心，说自己是要检查的，假如发现欧阳建业明晚不去，拿葛优的一句台词来形容：后果很严重。

欧阳建业虽然答应了姑姑，可是心里还是极不乐意，都什么年代了，还来相亲这一套！虽然心不诚、情不愿，但是样子还是要做做的，所以下午提早出门，准备路过花店买朵玫瑰。

到了六点五十五分，欧阳建业下了车，向红屋子咖啡店走去，这是他的多年的习惯，严格遵守约定的时间，不早，也不晚。

而此时，王璐和张小葱正在往这里赶。一路上，张小葱的小嘴就没闲过，不停地问这问那。比如那个男的是干什么的，长的什么样，多大了，谁介绍的，等等。

无论张小葱怎么问，王璐只用一句话回答：不知道！

“这也不知道，那也不知道，那相什么亲？”

“等会儿你亲自问问他不就知道了。”

“你让我进去？合适吗？”

“有什么不合适的？”王璐淡然地说。

张小葱看了看王璐的脸。王璐问她看什么。张小葱嘻嘻一笑，说道：“我看你压根就没有诚心，哈哈，我知道了，肯定是伯母拿着棍子赶你来的。”

“这话从何说起？”

“有你这么相亲的吗？衣服还是平常的衣服，妆还是平常的妆。”

“白骨精！”

张小葱听了并不火，而是耸了耸肩膀，说道：“没事能瞒过我的，切！”

说话的工夫，车子快到红屋子咖啡屋了，这时候，王璐才想起自己没带接头暗号——书本。这可怎么办？

张小葱就是张小葱，车子一转就来到一家书摊前，车子也不熄火，下车奔到书摊前，也不问价，丢下三十块钱，拿起一本钱钟书的《围城》跑回车内，开动车子就跑。书摊老板追着要找零钱，张小葱摇摆着手说不要了。

“你中五百万了？这么大方！”王璐好奇地问。

“不是我大方，而是我会算账，刚才那里不让停车，被警察发现，二百块！用几块钱换回二百块，你说赚了还是赔了？”

二人再次驱车来到红屋子咖啡屋门前，停好了车，张小葱率先下了车，看了看手表，催促道：“快下车吧，七点一刻了！”

可是王璐却坐在车里一动不动。

“怎么了？女生能迟到，但是也不能过分的。”张小葱老练地说。

“我觉得……觉得还是不见面为好，没什么意义的。”王璐吞吞吐吐地说。

“到底怎么了？”

王璐犹豫了一下，勾着手指，把张小葱的耳朵勾引到近旁，然后对着她的耳朵叽叽咕咕说了几句话。

“啊！”张小葱惊呼着，一屁股坐上车，一连声地说，“不能进去，打死也不能进去！”

“那……那我们走吧？”

“走！走！走！”张小葱小嘴钢刀切萝卜地说，然后发动车子，一溜烟驰离了红屋子咖啡屋。张小葱一边开车，一边数落着：“伯母怎么能这样？居然给你介绍了二婚头！姐，你也真是的，怎么就答应来相亲了呢？你的标准呢？纯、才、帅呢？”

王璐被说得耳红面赤，低头不语。唉，今天简直窝囊透顶了！

张小葱看到王璐那样，安慰地说：“姐，走，喝酒去，我请客！”

所谓红屋子咖啡屋，就是里面布置得温馨、浪漫，是少男少女们约会的天堂，分手后，也是他们回忆的天堂——粉红色的回忆。

欧阳建业进来后，四下看了看，感觉怪怪的，也许是年龄的缘故。拣了安静的角落处坐下，要了一杯咖啡，拿出随身携带的报纸看了起来。这也是他的老习惯，平时没时间看报纸、杂志，所以只能把零碎的时间用上了，比如床上、车上、厕上，习惯成自然，当前来说，他坐马桶上，如果手里没有报纸、杂志之类，压根就方便不出。

一页报纸看完，欧阳建业抬手看了一下时间，已经七点二十了，他四下望了望，见女孩子们人手一部手机，就是没有拿书的，不禁感叹起来，这年头，读书的人凤毛麟角，像自己这样坐在这里看报纸，简直成了怪物了！

他继续看着报纸，等到把一份报纸全看完，依然不见拿书的女孩出现。心里道：“这个女孩子好大架子！”再次看了看时间，现在是七点三十五，如果到了四十还不来，立马撤！

到了七点三十九，欧阳建业心里开始倒计时，三、二、一……正要起身，手机却抢先一步响了，想：肯定是那个女孩的。打开手机一看，却是张副总。电话里，张副总告诉他，说蓝月亮的那件事又节外生枝了。

“怎么了？”欧阳建业神色凝重地问。

“这个工程配套设施有点儿问题，没有按照原来的设计施工，是经过修改了的，业主们知道了此事后，向我们公司讨说法，开始只是个别人在闹，后来闹的人越来越多，现在他们准备联名举报。”

“你们是怎么办事的？怎么现在才向我汇报？图纸修改了？谁修改的？”

张副总被问得灰溜溜地站在那里，半天，憋屈地说道：“这个项目是梁副经理负责的。”

欧阳建业一下明白过来，肯定是梁天成在报复！他知道事情的严重性，心里骂道:卑鄙的小人！然后告诉张副总，自己马上赶到办公室。

心急火燎地赶到办公室，张副总已经在门口等着他了。欧阳建业一进办公室，屁股还没坐稳，就问：“到底是怎么回事？”

张副总汇报说蓝月亮小区有一块空地，本来按照图纸设计是用来绿化的，现在改成停车位了，而且还收了钱，业主们很有意见。

“我怎么不知道有这么一回事？收的钱呢？入账了吗？”

“这个我还不知道，只有明天问会计了。”

“你把这件事调查清楚立即向我汇报！”

张副总点头，然后望着欧阳建业，征求地问：“欧阳总裁，您看这件事怎么处理？”

“马上整改！严格按照图纸设计去做。”

“好的。”

“那个偷工减料的事怎么样了？”欧阳建业问。

“这个没问题，质量监督局的人来过，我们是严格按照图纸设计做的。”

“那还有人投诉？”

“只是个案，那家的水管没安装好，漏水，影响了墙面，一摸，可不就是粉末状，所以怀疑我们偷工减料，今天，我已经派人去维修了。”

“以后，决不允许这样的事再出现！质量是我们的生命，欧力文公司也是一直打着质量这张王牌，周一会议上需要再次强调一下，和我们合作的安装公司是哪家？”

“鸿鹄安装公司。”

“马上解除合同！”

“这……这……这样不妥吧？”张副总面露难色。

“怎么了？”

“总裁，你忘了吧，鸿鹄公司是市里您老同学介绍来的，不看僧面看佛面，再说，这家公司一直和我们合作得很好，这次纯属个案，给他们一个机会吧。”

“不行！我们给他们机会，客户给我们机会吗？按照我说的做吧，是他们破坏了游戏规则，老同学那里我自会去解释。”

“那，好吧。”张副总无奈地答应着，接着一脸疲倦地问，“欧阳总裁，还有事吗？没事我去吃饭了。”

说到吃饭，欧阳建业这才想起自己晚饭也还没吃，肚子“咕咕”地抗议了几声，说道：“今天你辛苦了，一起吃吧。”

张副总受宠若惊地点头，心里道：总算还有点儿人情味，要不，就真正成为赚钱机器了！

二人出来，准备去一家五星级饭店，张副总去旁边接了一个电话，回来告诉欧阳总裁，说自己今天出来已经一整天了，现在家里有点儿事，然后告辞离开。其实，张副总在撒谎。他觉得和欧阳总裁在一起压力太大了。再说与其和一个没有情趣的人在一起吃大餐，不如找个好友去吃大排档。

张副总走后，欧阳建业也不去那家五星级饭店了，而是直接打道回府。回到家里，吩咐保姆煮了一碗素面，津津有味地吃了起来，分外香，俗话说晚食可以当肉，一点儿不假。

正在吃着面，姑姑欧阳芙蓉打来电话，询问相亲的结果。

“连个人影都没见到。”欧阳建业如实地说。

本来欧阳芙蓉满怀着的希望就如吹满气的气球那么膨胀，侄子的话只让那气球瞬间瘪了，半天，疑惑地说：“怎么会呢？她母亲告诉我她已经去了红屋子呀！”

肯定是侄子的原因，欧阳芙蓉大义灭亲地想，问：“你带玫瑰花了吗？”

欧阳建业这才想起那朵玫瑰花丢在车里忘拿了，呵呵地干笑着。

“我就知道是你的原因！你呀，压根就没有诚心。”

“可是我也没看到那位拿书的姑娘呀。”欧阳建业申辩道。

“自始至终？”

“是的。”

“你在那里待了多长时间？”

“七点到七点四十。”

“这怎么回事？我问问她母亲吧。”欧阳芙蓉说着挂断了电话，拨通了陈桂花的电话。

今天相亲不成怪自己的侄子，可是欧阳芙蓉并没有把玫瑰花的事说出来，而是说自己介绍的男生在红屋子等了很长很长时间也没见到你家璐璐。

陈桂花一听，大惊，嘴巴张成O形，幸亏欧阳芙蓉看不见。心想：难道自己的女儿临阵脱逃了？说问问女儿情况，然后就挂断了电话。

王长丰在旁边听着两个女人之间的通话，有些丈二和尚——摸不着头脑，问怎么了。

“怎么了？你那宝贝女儿今晚没去！气死我了，气死我了！”

“可是下午璐璐答应去了呀，这怎么了？”王长丰摸着自己丈二和尚头说。

“你问我，我问谁去？还不给你那宝贝女儿打电话！”陈桂花咆哮道。

老婆的话就是圣旨，王长丰赶紧拿起手机。

离开红屋子后，王璐心里就一直恐惧着。她知道回家没法交代，一场家庭大战看来不可避免了！现在，她有些后悔听了张小葱的话。

随着黑夜的加深，王璐的恐惧愈发加重，怎么办？

都是这丫头惹的祸！王璐望着对面的张小葱，只见她正在把今晚的美食图片放到微博上。解铃还须系铃人，这丫头鬼点子多，说不定有办法蒙混过关。王璐这样想，于是说道：“喂，微博控，今晚你惹祸了！”

张小葱吃惊地望着王璐，又打量了一下自己身子，再四下看了看，想知道祸在哪里。可是一切都平安无事呀。

“我说的是你把我推到火海里了。”

张小葱这才明白过来，反问："我怎么把你推到火海里了，我那是救你，知道吗？"

"那你就救人救到底，送佛送西天吧，说，我回家怎么对付老妈老爸？"

张小葱嘻嘻一笑，说道："这个，小菜！"

"快说！"

张小葱眼睛转了转，说道："你回去就说你去了红屋子，可是没见到人。"

"他们会相信你这鬼话？你当他们像小孩子一样好哄啊？老到着呢！"王璐本来要说"老狐狸"可是觉得不妥，赶紧来个急转弯。

"那你就说公司临时有事。"

"不行！"

"那就说我出车祸了，你把我送到医院耽搁了，呸呸，这个不能说。"

接着二人又想了几个点子，可是都不妥，绕来绕去，又回到第一个上面，王璐说："真的不行，我就说去了没见到人。"话音刚落，手机响了，一看号码，瞅着张小葱说："来了！"然后接了电话。

电话里，王璐告诉老爸说自己今晚去了红屋子咖啡屋，等了足足有一个多小时，可也没见到那个拿着红玫瑰的男人！为了把戏演得逼真，一连声地问："老爸，你说这到底怎么回事，那个介绍的人靠谱吗？那个男的靠谱吗？不是拿我开涮吧？"王璐知道自己的老妈肯定在旁边听着，最后补充了一句："下次再也不听老妈的话了！"然后"气愤"地挂断电话。

王长丰被问得大眼瞪小眼，小眼对着老婆的眼。陈桂花刚才已经命令老公把手机打到免提上了，听了个一清二楚，心中之气不由消失殆尽。赶紧拿起手机跑到隔壁房间向远在美国的欧阳芙蓉汇报去了。

首先，陈桂花问欧阳芙蓉那个男生靠谱吗，怀疑地问欧阳芙蓉了解他吗，毕竟隔了这么远的距离。欧阳芙蓉说这个男生是自己很近很近的亲戚，非常了解，靠谱得很，要不，就不会介绍给璐璐了。陈桂花这才放下心来，也很高兴，能和欧阳家很近的亲戚结成亲家，也就等于间接地和欧阳家有了关系。她心里琢磨着一定把这事搞定。

搞定可不容易！两个中间隔着太平洋的女人在一起想啊想，可是想了半天也没有想出今晚到底怎么回事，最后，她们英雄所见略同地认为：这两人中肯定有一人在撒谎。

欧阳芙蓉当然要呵护自己的侄子，说：“我可以保证我介绍的人说的是实话！”

这等于间接地说王璐在撒谎，陈桂花听了很不高兴，也嘴硬地说自己的女儿如何如何老实，如何如何听话，简直是乖乖女。这样，二人算打了个平手。

最后，二人达成协议——再来一次相亲会，前提是搞清楚谁在撒谎。

实际上，陈桂花一直在心虚，因为女儿是自己用绝食的方法逼去相亲的。她跑到女儿房间乱找了一通，企图找出什么蛛丝马迹来，可是找了半天，什么也没发现，于是回到自己屋子躺下，仔细地想了起来，怎么才能知道女儿今晚到底去没去呢？

这下把陈桂花难住了，只恨自己不能像孙悟空那样变成一只苍蝇跟随着女儿，想到孙悟空，陈桂花灵机一动，大喊：“有了！”身子一跃，坐了起来，兴奋得手舞足蹈。

“什么有了？”正在看电视的丈夫莫名地问。

“我有了。”陈桂花现在高兴，和老公开起了玩笑。

“啊！”王长丰惊叫着来看老婆的肚子。

“滚！”陈桂花一脚把丈夫踹开，然后躺下，心里扬扬得意地道，“嘿嘿，再狡猾的狐狸也逃不过高明猎人的手心！”

老妈设好了圈套等着王璐回家来。此时，王璐和张小葱从夜总会里出来。张小葱望着王璐，不放心地说：“姐，要不，今晚就不要回去了，到我那里去凑合一宿吧。”

“诸葛亮怀疑自己的计谋了？都是你惹的祸，这下害苦我了！唉，是祸就是祸，是祸躲不掉！”

张小葱赶紧安慰地说：“没事的，刚才他们好像相信你说的，肯定能蒙混过去！”

王璐想想也是，放心不少，一头钻进车里。她得首先把张小葱送回去。

“姐，欧力文公司的棋我们下一步怎么走？”张小葱问。

“这个我还没想好，你回去也想一想，想好了告诉我。”

“要不，我们像特务一样打进欧力文公司！”

“怎么打进？”

“我……我也没想好。”

回到自己家的小区里，已经十点多了。虽然刚才和张小葱商量好了对策，但是，此时的心还是忐忑着如鹅卵石上行驶的汽车。待到进到家门后，一切大大出乎她的意料，老妈老爸并没有像往常一样在客厅里“恭候”她，听到动静，二老出来也没有过多盘问。奇迹！进到自己屋子，不相信地揉了揉眼睛，长叹一声道：“没搞错吧？”

陈桂花的举动让丈夫王长丰也感到奇怪，难道老婆大悟大彻了？我佛如来需要面壁三年，而老婆只躺了那么一小会儿！唉，女人的心，海底的针！

正在七想八想的时候，老婆起身走了出去，手里似乎拿着东西。王长丰好意地问她要到哪里去，换回来老婆一句枪弹似的话：“睡你的觉去！”

一会儿，老婆回来，脸色铁青得似刚出土的战国时期的青铜器。

“怎么了？”王长丰小心翼翼地问。

本来陈桂花就是一座待喷发的火山，丈夫的一句问候，火山正好借机喷发。

“气死我了，气死我了！我不活了，我不活了！”女人大闹一般分为一哭、二闹、三上吊三个步骤，陈桂花是三个步骤同时上演。

王长丰大惊，以为刚才老婆出门受到了非礼，赶紧抱住老婆，问：“到底发生什么事了？”

“都是你那宝贝女儿干的好事！”陈桂花咆哮着，手一伸，“当”的一声，一把钥匙丢在桌子上。

循声望去，王长丰知道那是自家车的备用钥匙。他有些莫名其妙，疑惑地望着老婆。

“她压根今晚就没进红屋子！还撒谎，我瞎了眼，还信了她！还居然找欧阳芙蓉说理了，还保证地说她如何如何老实，这下我怎么有脸见人啊！”陈桂花双手捂住那见不得人的脸。

老婆怎么知道璐璐今晚没去红屋子？跟踪了？可没有啊！难道她长了千里眼了？望着那把钥匙，王长丰明白了，老婆刚才肯定下去查看行车记录仪。记录仪可不就是千里眼!。

王长丰真的说对了！晚上，陈桂花只恨自己不能像孙悟空那样会变身。如何才能知道璐璐晚上的行踪呢？行车记录仪呀，它就是孙悟空呀！于是不动声色地埋伏下来，只等女儿把车开回来，刚才，悄悄下去，打开行车记录仪了，只见自己的女儿在红屋子附近压根就没有下车，天啊！

这个点子老婆都能想到，太有才了！王长丰苦笑着摇了摇头。

“我找她算账去!”陈桂花说着欲往外冲，被丈夫一把搂住，哀求道：“明天再说吧，孩子累了，让她休息吧。”

夜深了，七八个星天外，两三点雨窗前。

陈桂花躺在床上思考着如何向欧阳芙蓉解释，如何才能让他们再相亲一次。

而此时，王璐正躺在床上苦思冥想着如何才能靠近欧阳建业一步。思来想去也没有好办法，她辗转反侧着。

不行就放弃吧。可是如果自己这么做，金天雷不会放过自己，严三强会变本加厉地嘲笑，自己也无法在公司立身，毕竟自己在会议上当着众人的面接受了这个任务。

怎么办?

“要不，我们像特务一样打进欧力文公司!”张小葱的这句话又在王璐的脑海里浮现。可是怎么才能做得到？王璐沉思着，沉思着，一个计划在脑海里酝酿着，酝酿着。

陈桂花一夜没睡好，第二天早早就起来了，因为她知道中国的早晨就是美国的傍晚，得抓紧时间和欧阳芙蓉联系。

电话里，陈桂花告诉欧阳芙蓉，问题可能出在自己女儿身上。原因是：当女儿听说对方带着个孩子，所以就……你也知道，我们的璐璐人长得漂亮，条件也高，不过呢，自己正在劝女儿，争取说服她。

欧阳芙蓉一听，几乎忍俊不禁，这两人倒好！一个忘记带玫瑰花，一个临阵脱逃，看来他们之间没有这个姻缘。于是也坦白地说也不全怪璐璐，那个男生把玫瑰花忘在车里了。

“俗话说好事多磨，你说是不是?”陈桂花试探地说。

“算了，强扭的瓜不甜，唉，太可惜了，这个男生太优秀了，他的公司几十亿呢。”

“钱不是主要的，只要人好。”陈桂花富贵不屈服地说。

放下电话，一个有着几十亿的女婿就这么没了，陈桂花越想越气，坐在客厅里摆好架势，只等女儿出来兴师问罪。然后再去求欧阳芙蓉，毕竟是老同学，好说的，让她撮合撮合看是否能再相亲一次。

一直等到上午也不见女儿起床，陈桂花忍不住了，敲门，可是半天也没有反应，于是硬冲进女儿房间内。

里面空无一人!

这丫头跑哪里去了？难道知道自己要找她算账，早早就躲出去了？陈桂花呆呆地望着空空的床上这样想。

王璐是早早地就离家出来了，可并不是躲着老妈，而是来到了御景湾小区门前，来实施昨晚制订的计划!

由于过于心急，驱车来到了御景湾，天还没亮，只好坐在车里打盹儿。一会儿，东方深红，继而橘红。御景湾小区门前，到附近包河公园锻炼的人陆续而出。王璐钻出车来，一边装模作样地做锻炼前的准备动作，一边观察着那些人。

“不知道那个油盐不进锻炼不锻炼？按说有钱的人对身体更重视。”王璐这样猜想着，半天也不见油盐不进的人影，大失所望，不由心急地伸头往里看，远处一个熟悉的身影，心里一咯噔：欧阳建业！油盐不进!

欧阳建业越来越近，王璐心里一千只小兔子跳跃着，扑腾着，赶紧背过脸去。

欧阳建业一身白色运动装从王璐身边擦过，然后向公园跑去。王璐赶忙紧追了过去。

王璐刚才猜对了，欧阳建业是喜欢锻炼。每天早晨，他都要围着包河公园里的人工湖跑三圈，这是他多年的习惯，可谓冬练三九，夏练三伏，除了出差，一天不落。

昨晚的小雨荡涤了轻尘，公园里，花草树木的嫩叶上挂满了雨珠，在阳光中折射出七彩之光。湖的岸边，柳树长发飘飘，几对小麻雀情侣躲在绿色的被窝里叽叽喳喳地谈着恋爱。湖里，新荷已经吐出新月般的叶子，是那么清新、那么可爱。

这么美好的景色王璐无心欣赏，她的心思全放在前面的油盐不进身上了！可是他的身影却越来越远，一会儿变成一个小白点了。

王璐使出吃奶的力气追啊追，一会儿便气喘吁吁，身上的汗小溪似的流淌，不服气地望着渐行渐远的欧阳建业，心里道：“你个油盐不进，我就不信追不上你，追!”撒开脚丫子猛力跑了一段，前面那个白点虽然大了些，居然能望见欧阳建业运动服的牌子了，可是痛苦也更大了，简直上气接不了下气。无奈地停下，趴在树上，咳咳地干咳着。眼睁睁地望着前方那个白点一点一点缩小，最后消失在绿海中。

书到用时方恨少，力到用时方恨小。王璐这么感慨着，坐下休息，十几分钟才缓过气来，想：油盐不进肯定回家了，自己也该回家了。站起来往回走，不料迎面一个白点跑来。油盐不进！原来他跑了一圈，居然又要跑第二圈！

王璐赶忙躲到湖边柳树下，装着欣赏湖里无尽的风景。一会儿，身后传来一阵嚓嚓脚步声。

嚓嚓，王璐好像听到自己的心脏也这么跳跃着。

嚓嚓，脚步声再次渐行渐远，有了上次的教训，王璐不再追了，而是再次坐了下来，一边欣赏着湖里的风景，一边等着看油盐不进是否会跑第三圈。

果然，一会儿那个白点再次出现，也再次消失。

王璐抬手看了一下时间，现在是七点半，记得油盐不进是六点整出来的。不知道他是否每天都这样，有待继续观察下去。王璐这样打算着往回走，一动，脚心深痛，身体散了架似的，心里不由佩服起油盐不进来，他居然跑了九十分钟！按照他的速度，十七八公里看来绰绰有余，天！

回到家里，一屁股坐在沙发上。父亲看见女儿一身运动装，眼睛睁得鸡蛋那么大，说："去锻炼了？"

王璐不做回答，也没力气回答，只是艰难地点了点头。

"咦？"父亲疑惑地说，把头伸出窗外，"今天太阳不是打西边出来的呀？"

"以后，太阳每天都从西边升起。"王璐说着站起来准备去洗澡，然后再准备去补一觉。

"咚"一声，老妈的房门重重打开，陈桂花一脸冰霜地走了出来，再威风八面走到板凳边，一屁股坐了下来，一副盛气凌人的架势。

王长丰一见势头不对，小心翼翼地站在一边。

"璐璐，坐下！"陈桂花命令道。

"我要洗澡。"

"坐下！"一股不可抗拒的力量。

"什么事呀？"王璐问，无奈地坐下。

"昨天晚上，你真去红屋子了？"

"去了！"

"进到咖啡屋里面了？"

王璐一听，感到大事不妙。老妈怎么问这个问题？难道她知道了？看她那架势，似乎知道了。她怎么知道的？张小葱告诉她的？不可能。那怎么……

“我问你进没进咖啡屋内？”

王璐知道瞒不下去了，如实地回答：“没有。”

“为什么？”

“丢不起那人！你知道同事都是怎么说我的吗？”

“丢人？谁丢你人了？人家有几十亿的资产呢！丢你人吗？”

“几十亿又怎么了？我找的是人，又不是钱！”

“你……你……”陈桂花颤抖着手指着女儿。

“几十亿，现在的小姑娘爱钱的多了去了，为什么还要人介绍？我看不是什么好货色！”

“告诉你，这个是我靠着几十年的老交情争取来的！你认为人家死乞白赖地求你啊？”

“我不需要他求我！”

陈桂花见硬的不行，只好来软的，口气温和了许多，说：“不要和钱过不去，璐璐，妈是过来人，告诉你钱是硬道理，只有结过婚才会明白这个道理，你是我的女儿，我还会害你？”

“不稀罕！我宁愿坐在三轮车里笑，也不愿意坐在宝马车里哭泣！这就是你的女儿——我！”王璐说着站了起来，径直走进自己屋子。

“气死我了，气死我了，这个丫头，我不活了，我不活了！”陈桂花说着要撞墙。王长丰赶忙飞身拦住。陈桂花顺势把头往丈夫怀里乱撞。

王璐一觉醒来，已经是傍晚。王长丰进来叫王璐吃饭。王璐来个义正词严地拒绝。王长丰拿出对付不听话的学生的方法来对付女儿，动之以情晓之以理地说女儿和母亲争吵几句，这是很正常的，嘴唇和牙齿还经常磕磕绊绊的呢，犯不着不吃饭，别饿坏了身子等等。

“有钱怎么了？钱能买来幸福？老妈就是看上了人家的钱！”王璐愤愤不平地说。

“有钱并不是不好，如果有钱，人也好，那岂不两全其美了。”

“想得美，鱼和熊掌不可兼得的！”

“钱、人与鱼、熊掌不是一回事，鱼和熊掌是一对绝对矛盾体，而钱和人并不是，历史上……”

王璐知道说大道理自己根本不是当语文老师的老爸的对手，如果让他继续说下去，他会搬出今中外一大堆证据出来，赶忙打断父亲的话，问：“老妈这次没有绝食吧？”

“没有。”

王璐放下心来，老妈没绝食，那就有资本和她继续斗下去。于是问：“老妈怎么知道我昨晚没去红屋子？”

王长丰把行车记录仪的事告诉了女儿。王璐听了，心里道：“老妈还有这手！国家安全局怎么不招她进去？”

“出去吃饭吧。”父亲央求说。

王璐跟着父亲出来，只见老妈已经吃上了。老妈陈桂花看到女儿，本着道不同则不在一桌子吃饭的道理，端起饭碗躲进自己屋子里了。吃了两口，觉得不对劲儿，自己是有理的一方，再说自己还是老妈——家里的一把手，凭什么是自己躲着？这不是在气势上就输给对手了吗？不行！她端着饭碗又气势汹汹地出来，眼睛里没有父女俩，狠狠坐下，再“咚”的一声重重放下饭碗。

王璐知道母亲在耍给自己看，只得低头默默地吃饭。气氛怪怪的，饭菜味道当然好不到哪里去。冷战时期，心是凉的，饭菜也是凉的。

老妈吃过饭，丢下满桌子的残羹冷炙径直走进自己屋子。王璐心疼老爸，匆匆吃完，站起要收拾饭桌。老爸赶忙制止说：“我来吧，回屋休息去。”

王璐回到自己屋子，躺在床上感叹着：“难道那个家伙真的有几十亿？不可能，不可能！像他这样的人还缺女人？美女们还不是挤破头往他怀里钻？上次媒体报道说富翁们相亲，要过十几道关口呢！他对我王璐一点儿不了解就答应来相亲，其中肯定有蹊跷！唉，不管他，反正那样的人不是我想要的。”

正在胡思乱想的时候，张小葱打来电话问家里的关口过去了没有。王璐把今天家里发生的一幕告诉了她。张小葱一听，嘻嘻一笑，赞道：“你老妈，聪明！有才！”

“这次被你害苦了！”

“你还后悔没进去？切，进去后会更后悔——后悔终生！”

王璐本想把几十亿的事说给张小葱听，害怕说出来会招来更多的事端，只好放弃，只是说那人很有钱的。

“有钱怎么了？我们平时见到的有钱人还少吗？男人有钱变坏的举不胜举！姐，你那么在乎钱吗？”

王璐当然说自己不在乎，可是就这么和老妈打冷战也不算一回事，接着向张小葱讨教办法。

“我找这个穷光蛋男朋友起初老妈也不愿意，她闹得比你老妈还要狠，哭啊，闹啊，要死要活啊，唉，那些天，比八年抗战还艰苦，可我硬是挺过来了，我很坚强吧？”

“后来呢？”

“后来，过了一段时间后，我老妈也就慢慢接受了现实，我老妈说了，无论怎样我还是她身上掉下来的一块肉，总不能不要这块肉了。”

“哦，这样啊。”王璐似乎明白了。

“姐，欧力文公司的事想出好办法没有？我昨晚想了大半夜，也没有想出什么好办法。”

王璐说自己正要告诉她呢，接着，把早晨跟踪油盐不进的事说了一遍。

“聪明！有才！不输于你老妈，继续，加油！”

“我现在还浑身痛呢！”王璐终于逮住了诉苦的对象，开始大诉特诉起来，忘了电话里张小葱看不见，一边诉苦，一边配合着身体，居然觉得更加痛了。

“舍不得孩子套不住狼，舍不得身子逮不住流氓，嘻嘻。”那边传来张小葱嬉笑声。

“说得好听，明天早晨你陪我去！”

“姐，你不如拿刀直接杀了我吧，我一天只靠早晨睡那么一会儿支撑着，其他的都好说，这个真的不行，我能做的就是在背后默默支持你。”

既然张小葱这丫头这样无能为力，王璐只好同意单独行动。

第二天早晨五点二十，王璐缩在被窝里睡得正香，突然被手机闹铃声吵醒，艰难地睁开眼，又拼死拼活地起床，洗漱完毕，下楼来，天还没有亮。小区内一片寂静，连个人影都不见，心里感到有些憋屈，想自己这是何苦呢？缩在被窝里多舒服！

出了小区，看到朦胧的街灯下，贩菜的小贩、卖早点的已经忙活开了，心里才好受了些。想他们和自己一样，为了生活而辛苦着，奔波着。

一个念头在心里荡过：假如有钱，那么就不需要这样辛苦了。难道老妈说得对吗？嫁给一个几十亿的男人，生活会是什么样？

此时，陈桂花起来方便，发现女儿已经不在家了，心中很是愤愤不平，自己这样痛苦不堪，女儿居然好像什么事都没有，还有心思去锻炼？这个没心没肺的丫头！想象中，女儿应该比自己更痛苦才是。

王璐赶到御景湾小区门口已经快到六点了，东方已经现出鱼肚白。王璐下车探头探脑地看，一个朦胧的白影突然出现在面前，吓得她赶紧躲进自己车里。

欧阳建业一往无前地向公园湖边跑去。王璐赶紧下车，害怕人家怀疑，装模作样地做了一番准备动作，然后追了过去。

追到公园，已经不见油盐不进的踪影了，王璐知道追不上他的，想了想，向着油盐不进的反方向跑去，她要迎着油盐不进跑。

与其说跑，不如说走。因为王璐跑得实在太慢了！昨天早晨的疲劳非常热情，一直跟着她呢。现在，双腿如灌了铅似的。想自己现在跑姿肯定很难看，人家看了一定会笑掉大牙。这样想着，不由发力地跑了起来。

其实王璐多虑了。此时的她已经成为这个公园里风景中的一部分，因为她是美女，外加一身桃红色的运动装，很是惹眼，似万绿丛中一点红。

跑了一会儿就跑不动了，前面柳树下有一个石凳，王璐想过去坐一会儿，突然，一个白影迎面而来，油盐不进！王璐一下子兴奋起来，浑身的疲惫一扫而光。

二人越来越近，王璐的心跳越来越快，不知道怎么了，王璐一见油盐不进，心里的小兔子就开始折腾。真是怪啊！

相遇是短暂的，“嗖”的一阵风，二人擦肩而过。王璐觉得一个白影子一闪而过，心里一热。跑过来后，心想：也不知道这个油盐不进是否注意到我了。她很是矛盾，一方面希望油盐不进注意到自己，另一方面又希望他不注意到自己。

欧阳建业是注意到了王璐，刚才，一抹红一闪而过，他觉得奇怪，以前没见过这个女孩呀，肯定是附近新搬来的住户。这个城市，哪天没有新鲜血液注入？想到这里，欧阳建业有些高兴，有些得意，就是他们给本市房地产行业带来勃勃生机。

和油盐不进迎面相遇给王璐带来动力，她坚持跑着，只不过她跑了一圈，而油盐不进跑了三圈！每撞见一次，王璐胆子就大了点，第三次相撞时，她居然回头偷看了他一眼，只见他后背上的肌肉一块一块的，脖颈处的汗珠在阳光的照射下，一闪一闪地发出晶莹的亮光。

三、好事多磨

一天之计在于晨，一周之计呢？在于周一。当欧阳建业来到公司时，张副总过来报告说他已经查清楚了，蓝月亮车位的钱款已经收了，但还没有入账。

“钱到哪里去了？”欧阳建业问。

“这个梁天成可能清楚，可是联系不上他。”

欧阳建业听了，摇铃叫来姚美丽，让她立即联系梁天成。姚美丽意味深长地瞧了张副总一眼，一声不响地走了出去。

“欧阳……欧阳总裁。”张副总吞吞吐吐地说，似有难言之隐。

“怎么了？”欧阳建业说着望了张副总一眼。

“最近，网上出现对我们公司不利的帖子。”

“什么帖子？哪个网站？”

“本地论坛。”

欧阳建业快速打开电脑，搜索着，在张副总的指引下，终于找到那个帖子。欧阳建业认真地看了起来，眉头越来越紧，脸色越来越难看。

帖子的大致意思是无良商人欧阳建业及其欧力文公司见利忘义，压缩蓝月亮小区公共用地，用来做停车位，高价出售给业主，等等。后面是一系列的跟帖，都是大骂欧阳建业和欧力文公司的。

“居然捅到网上了！谁干的好事？”欧阳建业拍着桌子吼道。

“肯定是那些业主。”

“我不是让你派人去整改了吗？”

“今天早晨我已经派人去了，昨天是周日。”

“都是那个梁天成干的好事！”

“看那个写帖子的人言语如此极端，不像是揭发，好像在泄私愤。”

“骂就骂吧，谁让我们有把柄在人家手里呢？苍蝇不叮无缝的蛋，应该从自身找原因，这个事件从反面说明我们的工作做得不到位，暴露出我们公司管理上还有漏洞。”

“欧阳总裁，要不我去活动一下，删除了这个帖子?”

“不必了，我们整改后，这个帖子自然就废了。”

“这给我们公司的名誉带来不小的负面影响。”

“教训是惨痛的，下次再也不能有此类事情出现了！还有一定要找到梁天成，把事情调查清楚！他居然背着公司干了这样的事，简直岂有此理!”

姚美丽敲门进来，一看气氛不对，欲退出去。欧阳建业已经看到她，问有什么事。姚美丽说梁天成没有联系上。

“他的手机号码换了，看来是在有意躲着我们。”张副总说。

“如果是携款潜逃，就报案吧。”欧阳建业吩咐说。

“欧阳总裁，张总，我再联系联系?”姚美丽突然插嘴道。

欧阳建业轻轻点了点头，姚美丽快速地走了出去。

姚美丽刚才说没有联系上梁天成，那是在撒谎！梁天成换了手机号码后，第一个就告诉了她！在梁天成的心目中，姚美丽是自己的心腹。因为姚美丽之所以能当上欧阳总裁的贴身秘书，那是他慧眼识珠，举荐给了欧阳总裁。

姚美丽出生在农村，大学毕业后考上了公务员，分配在一个小县城当秘书。那时候的她清纯得似一张白纸，两眼看一切都是美好的。可是别人看她，那就不一样了。女人看她，绝望得不忍再看；男人看她，鬼才知道他们心里想着什么。反正有一次一个男人看到她，感慨地说：“娶了这样的女人当老婆，少活十年也愿意!”

秀色是可餐的，一次饭局中，几个男人把县城的美女们一个个排名，最后得出县城四大美女，姚美丽位列之首。姚美丽因此而一举成名。

作为县城招牌的姚美丽因为要经常接待领导，需要歌舞方面的技能。县城扶贫办有一个叫阮怀勇的男人，能歌善舞，能言善辩，能写会画，能掐会算。姚美丽于是向他学习歌舞技能。阮怀勇把姚美丽作为“扶贫对象”进行“扶贫”，一年后，姚美丽知识、技能丰满起来，但是她的肚子也丰满起来——她怀孕了!

这个消息不亚于一颗核弹在县城爆炸开来，很多男人愤愤不平，要找阮怀勇算账。可是男女之事，你情我愿，别人不好明地里插上一竿子，于是暗地里告诉了阮怀勇农村的老婆。

阮怀勇的老婆可不是一般人物。她有着《水浒传》中母大虫孙二娘的勇，母夜叉顾大嫂的敢，苏格拉底老婆的泼，林肯老婆的辣。她跑了过来，在县政府里当着众人的面把姚美丽的衣服撕成叫花子似的，又把她的脸抓成大花猫。

事情闹大了，领导怪罪下来，要处分阮怀勇。阮怀勇的老婆拿了一根绳子跑到县委书记办公室说要上吊，再拎着两瓶农药坐在县长办公室说要喝。

领导无奈，只好大事化小，小事化了。行政记大过处分了阮怀勇，再让姚美丽回家休息一段时间，避避风头。

本来姚美丽满怀希望地等着阮怀勇离婚和自己结婚呢！现在看到阮怀勇和他老婆站在同一战壕里共同作战——共同对付县委书记、县长，希望彻底破灭，绝望跟随而来。绝望回到农村老家，绝望躺下。

村子里的人本以她为荣，现在以她为耻了。父母觉得自己的老脸都丢尽了，暗地里不知道骂过女儿多少回。

家里待不下了，心高气傲的她觉得回到那个小县城也已经不可能了。姚美丽觉得大城市有自己的一份天地，于是来到 N 城，大城市天地是大，可是没有她姚美丽的份，一连寻了几个工作都不如意，不是太累，就是薪酬太低，要不就是老板色眯眯的眼神和老板娘戒备的眼光。

姚美丽的一个闺蜜整天无所事事，但是一身名牌，还披金戴银，这让姚美丽羡慕不已。最后在她的一再怂恿下，姚美丽一狠心跟着她去了一家夜场当了陪酒公主。

一次，作为人力资源部部长的梁天成来到 N 城市出差，晚上去夜场玩，被姚美丽所吸引，于是点了她来陪酒。梁天成除了要姚美丽陪酒外，还要她陪更多的，可是都被姚美丽断然拒绝了。

女人对于男人，越是得不到，越是觉得珍贵。有心的女人只要能够抓住这一点，就会让追求自己的男人茶不思、饭不想，心欲碎、肠寸断。梁天成便是如此，他每次只要一到 N 城，都会去夜场找姚美丽，二人因此而渐渐熟悉起来，谈话也渐渐深入。

一次，姚美丽在梁天成面前说不想在夜场干了，问梁天成有没有好的工作介绍一份给她。梁天成说找对人了，然后问起姚美丽的简历来。当听说她在某县当过秘书，心里不由一震，欧阳总裁的秘书刚刚辞职，招聘了几位，但是欧阳总裁都不满意，梁天成正在为这件事而犯愁呢，不如让她试试，反正死马当作活马医，这样也许可以从姚美丽那里得到便宜。于是满口答应了姚美丽，然后亮明了自己的真实身份。

姚美丽听了当然万分高兴，能在H城一个全省响当当的房地产公司当总裁秘书，天啊，做梦都想不到！赶紧讨好地说遇到贵人了。梁天成说贵人需要报答的。

“梁部长，你需要什么?”姚美丽明知故问。

“你知道的。”梁天成说着瞥了一眼姚美丽鼓鼓的胸脯。

“你不说，人家怎么知道嘛。”姚美丽撒娇地说。

“附耳过来，我告诉你。”

姚美丽听话地把脸伸过来，“啵”的一声，梁天成亲了一口。

“你讨厌，你讨厌。”姚美丽气恼地用拳头捶打梁天成的肩膀。

“哈哈……”梁天成大笑着一把搂住姚美丽，再把手放到姚美丽胸脯的大馒头上。

那一晚，梁天成要带姚美丽去宾馆。姚美丽说以后吧。

“以后是什么时候?”

“以后就是以后。”

“见了兔子再撒鹰?”

“梁哥，你怎么这么势利啊?”姚美丽摆脱了梁天成搂抱的手说。

本来梁天成是在敷衍姚美丽，更直接地说想潜规则她，没想到欧阳建业见到姚美丽后，对她的长相挺满意，看过了她的履历后，答应试用一段时间。这样，姚美丽就在欧力文公司留了下来。还别说，姚美丽还真能耐，欧阳建业对她的工作很满意。

事情成功了，梁天成耿耿不忘姚美丽答应自己的事情。几次约了姚美丽出去，可是她陪他吃饭喝酒，就是不陪他上床。梁天成恨不得把她在N城夜场工作的事告诉欧阳总裁，可是想到以后也许还有机会，所以到底没说出来。

姚美丽有把柄在梁天成手里，所以平时小心地应付着梁天成。不久，梁天成升为副经理，她更加不敢得罪了。

而梁天成呢？姚美丽成为欧阳总裁身边的人，当然不敢再乱来，只是有时候忍不住摸摸搂搂罢了，后来，姚美丽成为欧阳夫人有力的竞争者，连摸摸搂搂也不敢了。梁天成想：平时里二人互相支持，利益共享，假如姚美丽当上了欧阳夫人，那会怎么样？

天有不测风云，梁天成居然一不小心出事了！姚美丽心里大骂：你这个梁天成，为了那点蝇头小利而丢了饭碗，值吗？简直不知道西瓜芝麻的大小！想到那个事情自己也有份，头皮一麻，心里一咯噔。那时，她只恨梁天成赶快死了！

刚才，姚美丽用了缓兵之计，现在，她拿起手机，装着给梁天成打电话，再装着没打通，然后悄悄给他发了短信。

“梁哥，出大事了。”

梁天成回短信：“什么事？”

“蓝月亮停车位款项的事，欧阳总裁要报案抓你！”

“晚上见面说，老地方见。”

“不行，晚上我没时间！”

可是等了半天，梁天成再也没有发短信过来，看来他是来硬的了。

欧力文公司周一遇到了棘手的问题，相比起来金天公司遇到的难题更让人头疼。水田县县城一个房地产商因为资金链断裂而跑路，他可欠着金天公司一大笔建材款！屋漏偏遇连阴雨，本市一个建材商因为经营不善而倒闭，他是金天公司为数不多的大客户之一。上午，金天雷坐在办公室里听完严三强的报告，心里冒出：得，这是快死的节奏！

现在，金天雷、严三强二人坐在那里，脸阴沉得能挤出雨水。

“真他娘的邪门了！最近诸事不顺，就连昨晚打麻将还输了一万多。”金天雷深有感触地说。

“运气不好啊！”严三强说，然后四下里张望着，最后眼光停留在窗外的大厦上，“金总，看到没有，自从前面青山大厦盖起来后，我们公司就诸事不顺。”

金天雷想想也是，于是问：“你是说影响了我们公司的风水？”

“金总。”严三强说着站起来，来到窗口，指着外面说，“看到没有，早晨，它遮了我们公司的阳光，下午也是如此。”

金天雷站了起来，来到窗口向外望了望，可不是，每天上午九点后，办公室才能见到阳光，而到了下午四点后，阳光又不见了。阳光好像是金天公司的一位员工，朝九晚五地按时上下班。

“你是说它挡住了我们的财运？”

“风水这东西，不可全信，但也不可不信。我农村老家的人每当遇到一系列的难题都要找风水先生看看的。有一年，我二大爷家的猪死了，接着鸡鸭闹瘟疫，后来二婶病倒了，儿子相亲人家看不上，反正没有一样顺心的，二大爷怀疑自己家的风水有问题，于是去找了风水先生来看。风水先生看了半天，最后说是因为邻居家的新房子压住了二大爷家的龙头。二大爷照着风水先生所说，改变了大门的朝向，并且盖了高大的门楼，还在门楼上装了一面大镜子，从那以后凡事都顺多了！”

严三强这么一说，倒让金天雷想起自己农村老家的事情来。李二蛋和赵黑狗家是邻居，一年，李二蛋盖的新房子超过了赵黑狗家房子一砖头。赵黑狗坚决不同意，说新房子挡了他家的风水，非要李二蛋家扒了新房子不可。两家因此而大打出手，只打得头破血流。还有一个例子，张铁柱家门前坚决不让孙富贵家过雨水，说会冲了张家的龙脉。

“你会看风水？”金天雷问。

“我哪会？不过，我倒是认识一位，非常出名，大师级别的，不要说本市很多达官显贵，就是很多影视大明星都找过他，很灵的！”

“那找来给我们看看。”

“大师，出场费很高的，至少六位数。”

“钱不是问题。”

“那好，我就去安排。”严三强说着站起来欲走，不料金天雷问：“欧力文公司订单的事，王璐她们做得怎么样了？”

严三强只好重新坐下，回答：“刚才听说有进展。”

“好！”金天雷拍着桌子叫道，“王璐这个女孩子还是挺有上进心的。”

金天雷这么一夸奖，严三强的脸宛如名画《最后晚餐中》的犹大，出来，到了办公室，金天雷的话还在他的心里藤蔓似的缠绕着。

严三强刚才说有进展是听酱油蒋说的。早晨，王璐赶到办公室，一屁股坐了下来，感觉浑身散了架似的，好像比昨天更严重了。张小葱过来，看了一眼满脸疲惫的王璐，惊呼道：“姐，你真的又去跑步了？”

“你倒认为我在和你开玩笑呀。”王璐说着指了指自己的脚板，“痛得要命！”

“嘻嘻，辛苦了，辛苦了！今晚，我请你去洗脚屋洗脚，哎，怎么样？和油盐不进接触上了吗？”

“有那么容易吗？才开个头。”接着，王璐把自己在公园所见告诉了张小葱。

“有戏!”张小葱竖起大拇指。

“我还不知道戏在哪里，不过我已经决定了，先跑着吧。”

“会有机会的，姐，我挺你！家里的事怎么样了?”

“能怎么样？冷战着呢。”

“我的青春我做主，再说老妈又不是外人，老妈就是老妈，不需要怕的!”

“我被你害苦了!”王璐苦笑着说。

“见过了说不定更痛苦呢。”张小葱说完离开了。

张小葱不经意的一句话，倒让王璐想了半天，细琢磨，不无道理。很多事情，都是这样，不做后悔，做过了更后悔。比如上次去旅游，看宣传册上的画面非常美丽，简直如诗如画，宛如天堂一般，可是去了之后，也只不过尔尔！回来后，只后悔花钱买罪受。这样想，心里宽慰多了，安下心来做事。

张小葱路过酱油蒋面前，看到他脸上一道红一道白的，知道他又遭老婆虐了，又见他可怜兮兮地低着头似乎在躲着自己，不想在他伤口上撒盐，想一声不吭地走开算了。

酱油蒋怕老婆那是公开的秘密，现在，他本着虱多不痒，债多不愁的思想，看到张小葱，说道：“小辣椒。”

酱油蒋不叫白骨精而叫小辣椒，张小葱听了很诧异，很不习惯，止住脚步，惊奇地看着酱油蒋。

“那事进展得怎么样?”

“什么事?”

“欧力文，油盐不进。”

“顺利，顺利得很，按部就班在进行，一切都在本姑娘掌控之中!”

酱油蒋不说话，而是斜目以视张小葱。

“哎，酱油蒋，你们是怎么做事的？怎么你们做不成的事，我和王姐怎么就能顺利拿下呢？唉，人比人得死，货比货得扔!”

“吹牛！继续。”

“好，好，我吹牛。”张小葱不再搭理，径直走开了。

建材经营商的事一直是酱油蒋负责的，现在倒闭了，酱油蒋正犯愁不知道如何向严主管汇报呢，现在听了张小葱的话，莫名地增加了些愁苦。

他站了起来，硬着头皮向严三强办公室走来。

严三强听了汇报，悲叹道：“这下好了，今年，我们销售部全军覆没。”

“还有希望的。”

“希望？哪里？”

酱油蒋于是把刚才张小葱所说告诉了严三强。

“但愿她说的是真的而不是吹牛。”严三强这样说，心里却泛起葡萄酸。

“她们是和欧力文公司哪个接触上的？”

“我哪知道？不过，自从上次我们东窗事发后，听说现在是油盐不进亲自抓订单的事。”

“难道她们攻克了油盐不进这座堡垒了？”严三强似在问，又似在自言自语问，再自己回答，“也许她们使用了些特殊手段，女人嘛……”后面的话严三强不说了，而是意味深长地一笑。

酱油蒋见了，眉头皱了一下，嘴巴动了动，到底没说什么。

酱油蒋走后，严三强还在想着这件事。真的如她们所说进展顺利吗？假如她们成功了，自己这个主管的位子能坐稳吗？这个王璐，这个剩女，哼！严三强的眼神深沉下去，深沉下去……

严三强刚离开金天雷办公室，金天雷便通知三璐过来。王璐一进来，金天雷千金地一笑，只把王璐笑得愣住了。

“听说欧力文公司订单的事有进展？哈哈，我早说了，你行的！”

“金总，您听谁说的？”

“哪个说的不要紧，关键是事情有了眉目，哈哈，恭喜你呀，加油，我们公司上下都在等着你胜利的消息呢。”

王璐真是哭笑不得，想此事八字还没一撇呢，谁这么长舌？让自己骑虎难下！真是的。于是辩解道：“金总，事情是有了一点儿进展，但只是一点点而已。”后面要说“你不要抱太大希望”，可是犹豫了半天，还是没说出来，害怕扫了金总的兴。

“前面有了一小步，后面就会有一大步的！听说你们一切都按照计划进行，好！好！继续加油，走，开会去。”金天雷说着站了起来，王璐想辩解已经没有机会了，只好跟着他向会议室走去。

周一公司例行领导层会议上，通报了两个坏消息，大家不由士气低落，为了鼓舞士气，金天雷把王璐的事迹说了出来，接着大夸特夸了一番，号召大家都应该像王副主管这样，不屈不挠，迎难而上，同舟共济，共渡难关。

金天雷一般不轻易夸赞人，物以稀为贵吧，被夸者脸上一般如艳花绽放。可是王璐现在脸上并没有花朵绽开，而是阴云笼罩。心里骂道："这下苦了！等会儿一定找出那个长舌之人，非把他的舌头割了不可！"

最后，金天雷强调，关键时刻，方能显现一个人的能力，金天公司一贯是只重视结果，不管过程。金天雷说着，眼睛威严地扫了一圈。大家的身子宛如秋叶被西风扫过瑟瑟颤抖着，压力山大啊！尤其是严三强，他感受到的是泰山压顶。

商场如战场，胜者王侯败者寇。散会后，大家纷纷过来热情地和王璐打着招呼，有的还赤裸裸地恭喜讨要升职酒喝。

王璐真是有口难辩，嘴里"嗯，啊，哪里有"应付着。而严三强呢？失落得似落水之狗、落汤之鸡，悄悄地溜走了。回到办公室，一屁股坐了下来，点燃一支烟深深抽两口，再猛地吐出，好把刚才受到的屈辱排除，可是排除得还不彻底，破口大骂道："你妈的王剩女，喜欢出风头吗？好吧，老子奉陪到底！"随即拿起电话。

王璐气冲冲地回到办公室，端起冷开水猛喝了两口，这让她冷静了许多，仔细地一想，此事也只有张小葱知道，肯定是她透露出去的，于是隔着老远，向张小葱勾着手指。

张小葱被勾引过来，问什么事。

"是你对别人说了欧力文公司有进展了？"

"没呀，哦，说了，对他。"张小葱说着指了一下酱油蒋。

"你呀，没心没肺，怎么能乱说？"

"早晨他问我，我就吓唬吓唬了他，咦，怎么了？"

王璐把今日之事说了一遍，最后说："死丫头，我被你架到空中了，这下好了，下不来了！"

"背水一战，置之死地而后生！"

"你呀，成功了，我们会安全落地，假如不成功，会跌个大跟头的，也许会粉身碎骨！"

"怕什么？我张小葱自打生下来后就不知道什么叫怕字，你王姐不也是，我可是一直敬仰你的胆量的，姐姐你大胆往前走，往前走，莫回呀头！”张小葱小声地唱了起来。

“现在，不往前走也不行了。”王璐苦笑着说。

下午下班，王璐一身疲惫，想尽快回家休息，可是想到要见到老妈，又有些不情愿就这么早回去。

开着车无目的地走，抬头一看，居然来到了御景湾小区门前，天啊，难道对那个油盐不进着魔了？

既来之，则安之，她就在小区门口等着油盐不进。可是一直等到万家灯火，也不见999车子现身，只好离开。

驱车来到自己所喜欢的那家比萨店，要了一个水果比萨，慢慢地吃着。旁边，一对情侣依偎在一起卿卿我我着，似乎和面前的水果比萨一样，水果中有比萨，比萨中有水果。那个男生不时献殷勤地喂着女生。这让王璐好生羡慕。哪个女孩子不想让男孩子宠着、爱着？可是看看这里，只有自己孤身一人。这样想，那水果比萨索然无味了。

出门来，街道上灯火通明，人流不息。脚下，道路四通八达，可是她不知道往哪里去。想了半天，最后驱车向着一家会所而来。

而在这个时候，姚美丽也驱车向郊外而去。一会儿来到一家叫灶王的农家乐饭店。梁天成已经在那里等她了！

进了包间，梁天成锁上门。姚美丽戒备地四下望了望。梁天成说这里很安全的，不会遇到熟人，说着过来一把搂住姚美丽，手伸向她的胸前。

“你干什么？”姚美丽厉声叫着用力挣脱开。

“怎么？有了新人忘了旧人了！哦，忘了，你快要成为欧阳夫人了。”

“讨厌！不要动手动脚！”

“怎么了？我们以前又不是没有这样过。”梁天成说着又一把搂住姚美丽，亲了一下她的脸蛋。他现在有一种快感，玩他欧阳建业的女人，就是对他最大的报复！

“你再这样我就走了！”姚美丽说着站起来，拿起包。

面对姚美丽的威胁，梁天成一点儿不慌张，而是异常镇定地说：“你走呀，我可告诉你，蓝月亮的事你有份，铂金湾的事你有份，程村的事你有份，金天公司的事你也有份！”

“你……你在威胁我？”

“我没有威胁你，你自己要走的。”

“好好说事。”姚美丽说着重新坐下，“说吧，蓝月亮的事怎么办？”

“你说怎么办？”

“我哪里知道？不过得抓紧，要不，欧阳总裁报案就麻烦了。”

“我现在是死猪不怕开水烫的。”梁天成无赖地说，然后瞟了姚美丽一眼，“反正我已经离开欧力文公司了。”

“跑得了和尚跑不了庙的，还是赶紧想办法解决吧。”

“我怕什么，我是死猪。”

“你……好吧，这事与我无关，这是你给的二十万，现在，物归原主。”姚美丽说着从包里掏出一大堆钱来。

梁天成看着那些钱，伸手拿了一沓在手里掂量着，说道：“你不觉得现在晚了些？”

“梁哥，不要吓唬我，我一个小女人，经不住事的，求求你，把这些钱收下吧。”

“收下就没你事了？”

“你要怎么样？求求你看在你我这么多年的分上，饶了我吧。”

“我没说害你呀，我怎么舍得害你呢。”梁天成说着再次伸手搂住姚美丽。

姚美丽没有再拒绝，反正他以前也这样，于是老老实实地坐在那里。梁天成得寸进尺，把手伸进姚美丽的衣服里揉着两个雪白的大馒头。心里恶狠狠地骂道：“欧阳建业，你炒了老子鱿鱼，老子就玩你的女人！嘿嘿……”这样想着，手不由加了劲道。

姚美丽被揉得哼哼叫，但是依然不忘那事，问：“梁哥，那事到底怎么解决？”

梁天成一边贪婪地揉着，一边回答：“我会解决的，并且保证大家都没事，只不过要你配合。”

姚美丽一听赶忙问怎么配合，这时候服务员敲门问客人到齐没有，要不要点菜。姚美丽不等梁天成开口，抢先回答说到齐了，现在就点菜。梁天成这只狼只好暂时放过姚美丽。

菜上来了，姚美丽再三问怎么配合。梁天成就是不说，只是回答说吃过饭再告诉。姚美丽知道没有好事在等她，可是又没有办法解脱，谁让自己上了他的贼船呢！

吃过饭，姚美丽再次催问，梁天成说回城里找个安静的地方说，这里人多耳目多。姚美丽无奈，只好同意。

二人驱车往回赶，途中，前面的梁天成突然向一条小道驰去，姚美丽犹豫了一下，然后跟了上去……

王璐来到的这家会所叫棋魂会所，是专门为围棋爱好者开的。王璐大学的时候有三大爱好：看书、围棋、旅游。现在这三大爱好全军覆没，因为工作太紧张了，一点儿闲暇都没有，即使有，也想睡觉。

王璐的围棋是前恋人眼镜教的。开始的时候，王璐不愿意学。眼镜说等你学会了，你才知道所有的游戏都是低智能游戏。围棋，博大精深，融合了中国所有的文化和智慧。

王璐极不情愿地学了起来，没想到一头钻了进去，不能自拔，棋艺突飞猛进，连眼镜这个有着十几年棋龄的人也不敢小觑。

可是，眼镜离她而去，她也很少下围棋了。

这家棋魂会所，以前王璐经常来，已成资深会员了。王璐进来后，很多人见了都前来问候，问最近到哪里去了，怎么不见人影。王璐借口说工作太忙，没时间。

王璐到处转了转，觉得会所变化很大，商业化更强了，麻将室占据了会所的半壁江山，另外还有茶饮室！搅得会所乌烟瘴气的。

王璐觉得会所失去了围棋的灵魂——淡泊、清静。可是转念一想，这是个商业化的社会，一切的人和物都离不开社会的。所谓物竞天择，适者生存。

一个矮而胖的男人见到王璐，大呼小叫着过来，说已经等了王璐几年了，只等得他花儿都谢了。王璐看了他，不由大惊，几年不见，怎么头发全无！于是指着他的光头说："你早就谢了。"

大家一阵笑。

"谢了，明天就会再开，来一盘?"

此人叫赵忠厚，因为旅日棋手赵治勋是其本家，他又是赵治勋的粉丝，所以人称赵治勋第二。棋如其人，赵忠厚的棋风敦厚、扎实，善于治孤，在 H 市很有名。四年前，会所举行擂台赛，三番棋，他被王璐剃了个光头！被一个名不见经传的女流之辈欺负成这样，赵忠厚连自杀的心都有了。

为了不忘这个耻辱，他从此留了个光头。这几年，卧薪尝胆，潜心学习，只等向王璐报仇，一雪前耻，可是，王璐却一直没有现身。

王璐说自己已经几年没有摸棋了。大家哪里会相信，特别是赵忠厚，认为王璐在谦虚，或者在躲避。不由分说，一屁股坐在棋盘边，然后指着对面的椅子，做了个请的手势。

王璐只好坐下，一时间，围过来很多人。

猜先，赵忠厚猜得黑棋，用错小目布局。王璐用二连星应对。到了中盘，赵忠厚实地领先，王璐在右边已经成势，局势两分。赵忠厚打入王璐阵营。王璐知道不灭了他的大龙，自己肯定输了。其实大家认为这盘棋应该结束了，看来女人就是女人，和男人比还是差远了。

王璐不动声色，前期做了几手准备。谁知道赵忠厚一毛不拔，寸土不让。

机不可失，失不再来，王璐一个回马枪，向赵忠厚的大龙发起猛烈进攻！

顿时，战场硝烟弥漫，杀声阵阵。

此时，棋盘边已经被人群围了个水泄不通，大家屏住呼吸，看着棋盘上的风云变化。有的为赵忠厚刚才的一毛不拔而惋惜着，有的为王璐的力量大而感叹着。只恨自己不能亲自上阵搏杀。

赵忠厚闪展腾挪，左冲右突。

王璐不顾一切要歼他的大龙，看样是宁为玉碎不为瓦全，最后，形成打劫杀。

半个小时后，赵忠厚默默地抓起一粒黑子，再默默放到棋盘上——他投子认负了。

“承让，承让。”王璐说着端起茶杯喝着，刚才太紧张，连水都顾不上喝。

赵忠厚的脸变成紫茄子色，默默站起，默默离开。

王璐也站了起来往外走，大家群星捧月地送她。王璐风光无限，但要引起效应，没有停留就出了会所。会所老板紧追出来，递给她一张金卡，说一定请她经常光顾，茶水等一切免费。

今晚太刺激了，太高兴了！王璐一边开着车，一边哼着小调，一边想着刚才的棋局。惊险无比啊！眼看要输了，最后居然赢了。爱拼才能赢！人生有时候又何尝不是如此呢！但愿欧力文公司的订单经过自己的努力能够拿下。想到欧力文公司，欧阳建业的影子又出现在脑海里。王璐想自己现在就是在和他博弈，也希望打劫宰了他！

回到家里，洗好澡，躺在床上还在想着今晚的棋局，老爸敲门进来。

“传令兵，说吧，有什么事？”

老爸被说中，呵呵一笑，坐下，怪罪道：“你这丫头，不能给老爸留点面子？我是听你老妈的话，为什么我不以为耻而反以为荣呢？这就是爱，知道吗？”

“爱过头了，你自己都被淹没了。”

“这是爱的奉献、爱的代价。”

“好了，好了，说不过你，说吧，有何贵干？”

“你老妈说，你能不能再去相亲一次。”

“和谁？还是那个二婚头？”

老爸不置可否。

“坚决不行！老爸，你也劝劝老妈，钱重要还是你们的女儿幸福重要？钱虽好，但不是万能的！”

“这个我知道，你老爸也不是钻钱眼里的人，不过，你老妈确实认为这个男的不错。”

“你们还不如说，我现在是临下市的菜，可以贱卖。”

“怎么能这样说呢？我女儿金贵着呢！璐璐，我觉得你应该从刘一鸣的阴影中走出来了，都这么多年了。”

“这个不关他的事。”

“不识庐山真面目，只缘身在此山中，旁观者清的。”

“老爸，你们要是真的为了我好，我个人的事你们就不要操心了，我自己会解决的。”

“你自己有了？”

“没有。”

“那就是了，还是去见见吧。”

“绕来绕去，怎么又绕回来了，不去，就是不去！”

“你老妈这次是吃了秤砣——铁了心了，她不会就此罢休的。”

“今晚她没绝食吧？”

王长丰摇了摇头。

“那就是了，老爸，我要睡觉了，明天还要上班呢。”王璐说着用被子蒙住头。

“你这孩子，你这孩子。”王长丰无奈地走出房间。

原来，今天早晨陈桂花又和欧阳芙蓉通了电话，二人小时候彼此相悦，现在，二人表示如果做了亲戚岂不更好，于是商量着准备再相亲一次。欧阳芙蓉说自己保证做好男生的工作，陈桂花拍着胸脯说这次一定让女儿如期而至。

刚才，陈桂花派了丈夫去打头阵，现在正等着丈夫汇报呢。

王长丰推门进来，陈桂花赶忙问：“怎么样？答应了吗？”

王长丰轻轻摇了摇头。

陈桂花见了，不由恼怒，大声吼道：“她不答应，我和她没完！”

“唉，还是让孩子自己选择吧！”

陈桂花一听，看怪物似的看着丈夫，半天，说：“你刚才说什么？让她自己选择？她选择的时间还不够长吗？还要选择到什么时候？王长丰我告诉你，女孩子过了三十岁，人家真的不要了！不要认为我整天多事，到时候看你怎么办？”

“你介绍的这个真的不怎么样，结过婚的。”

“你看不上人家，人家还不一定看上你呢！”

“有钱并不一定好。”

“没钱肯定不好，我告诉你，那个男的是欧阳芙蓉的亲戚，知根知底的，人肯定不会错。”

“哦，这样啊，那怎么连张相片也没有，发张相片过来，先让璐璐看看，觉得满意，她自然就会去了。”

“要相片干什么？有看真人保险吗？”

“那可以把他的电话号码或者QQ告诉璐璐，让他们彼此先了解一下。”

“人家当老总很忙的，哪有时间上QQ？再说人家是有身份的人，有顾虑的。”

“这么说，非得相亲一次不可了？”

“反正我和欧阳芙蓉都觉得应该如此，你得和我统一战线，坚决不能当叛徒，否则，我……”陈桂花用掌作刀，切着丈夫的脖子。

“我可是一直对你忠心耿耿的。”

“那好，过来。”陈桂花拍着身边的枕头说。

王长丰认为老婆要亲热，欢天喜地睡下，伸手要搂老婆。

“干什么呢？”陈桂花推开丈夫的手，然后对着他的耳朵叽叽咕咕说了一阵子。

王长丰“嗯嗯”地答应着，最后问：“还有吗?”

“没了。”

“没了就干正事。”王长丰说着一把搂过老婆来。陈桂花象征性地挣扎了几下，然后开始变阻击为主动出击。美事开始了。

夜深了，夜的黑沉淀了都市的喧嚣，城市里少有的安静，只不过时不时传来的汽车马达声碾碎了许多人的美梦。

姚美丽拖着疲惫的身躯回到家，然后冲进卫生间，拼命地冲着，洗着，她要把今晚所受到屈辱全部冲刷掉，可是，心里的呢？恐怕要永远留在那里了。

汽车在漆黑的小路上行驶着，汽车的灯在黑暗中挖出两条隧道来，招来无数的夏虫。姚美丽开着车想：这是要到哪里去呀？莫不是……不由望了一眼那装钱的包，又在车里到处看了看，企图找出可以防御的武器，可是转念一想，刚才给他钱他没要，于是放心了不少。正在姚美丽胡思乱想的时候，前面的车突然停下，姚美丽也只好停下，伸头望了望，知道这是南郊，前面就是著名的天鹅湖，怎么来到这个鬼地方？

梁天成敲着车门。姚美丽知道放他进来等于放虎狼进来，可是想到现在是非常时期，有求于他呢，于是打开车门，梁天成一头钻进来坐在后面。

“梁哥，怎么到这个地方?”

“这个地方安静。”梁天成说着伸手搂住姚美丽的肩膀。

“不要。”姚美丽呻吟着说，“就在这里说吗?”

“是的，到后面来。”

“我在前面一样。”姚美丽防备地说。

“前面不方便，过来。”

“一样的。”

“你不过来，我就说不告诉你!”

姚美丽无奈，只好下车转了过来，坐在梁天成的旁边。梁天成饿狼似的一把将姚美丽搂在怀里。

“说呀!”姚美丽催促道。

梁天成放开姚美丽，一本正经地说：“美丽，说之前，你得答应我一件事。”

“什么事？”

“今晚你陪我。”

“不可能！”

“那我就不说，到时候拔出萝卜带出泥的。”

“你……你怎么是这样的人？”

“我是怎么样的人？没有我，你姚美丽有今天的地位吗？有这豪车？有那么大的房子吗？还有，你那些兄弟姐妹七大姑八大姨有现在这么好的工作吗？没有我，也许你还在夜场呢，说不定成了什么样的货了！”

姚美丽哑口无言。梁天成见了，知道挥出的大棒有效果了，马上又抛出胡萝卜，说道：“只要你今晚答应了我，我们之间以往的事一笔勾销，你走你的阳关道，我过我的独木桥。我们井水不犯河水，你可要想清楚了，总裁夫人可在等着你呢！”

姚美丽依然一句话也不说。

“你可以拒绝。”

姚美丽知道拒绝的后果，假如拒绝了他，他这只落水狗肯定不会善罢甘休的，到时候自己……现在，唯有沉默。

沉默就是默许，梁天成身子慢慢压过来……

初夏之夜是不安分的，天上，银河斜挂；地上，夏虫聒噪。

汽车颤动着，颤动着，微微传出一个女人“啊啊”的叫声。这叫声混搭在夏虫的聒噪声中，为这夏夜更增加了许多不安分。

第二天晚上，姚美丽来到欧阳建业的家里，说负荆请罪来了。

欧阳建业大惑不解，问怎么了。

姚美丽告诉他，说有一天，梁天成来总裁办公室汇报蓝月亮停车位的事，总裁您不在，于是要她转告，后来因为事多，她把这件事忘了，那几天，梁天成出差，总裁您也正好出国了，所以这件事就搁浅了，没想到后来发生了很多与此有关的事。

“哦，这样啊。”欧阳建业将信将疑地说。

“都怪我，总裁，您处罚我吧。”

“你和梁天成联系上了？”

“是的，通过他的一个朋友。”

“那笔款项他怎么说？”

“他说那天就是向您汇报那笔款项的事。”

欧阳建业沉默了。姚美丽看他的脸并没有变得更加严峻，心里放心不少，问：“总裁，您看怎么办?”

“他有私吞这笔款项的嫌疑，不过呢，既然他准备向我汇报，我也不追究了，告诉他，马上把那笔款项打进公司账里。”

姚美丽听了，强压制住内心的高兴，连忙答道：“好的，好的。”

“告诉梁天成，从此以后，他与我们欧力文公司两清了。”

“好的，总裁，都怪我疏忽大意，您处罚我吧。”姚美丽戚戚怜怜地说。

欧阳建业瞥了她一眼，说道：“算了，下次细心一点儿。”

“嗯。”姚美丽乖巧地答应着，出来后，长长舒了一口气，没想到这么轻易就过关了，那个梁天成的鬼点子还真管用！想到梁天成就想到昨晚，心里一阵厌恶。但她还是拿起手机，给梁天成去了电话。

此时，陈桂花在家也在打着电话，电话是打给欧阳芙蓉的，问她那件事准备得怎么样了。欧阳芙蓉告诉陈桂花，说最近自己介绍的那个男生公司里遇到点事，需要往后推推。

“他不是在敷衍吧？如果这样就算了，弄得好像是我们求他似的。”陈桂花嘴硬地说。

“不，不!”欧阳芙蓉说。

“那好，再等等吧。”

欧阳芙蓉听出老同学有些不高兴，马上安慰道：“桂花，好事多磨的。”

就这样，陈桂花和欧阳芙蓉的计划暂时搁浅，王璐也暂时得到清静。每天早晨，照常去公园跑步。半个月下来，身体慢慢适应，并且逐渐感受到跑步能带来很多的快乐。一整天，神清气爽，吃得香，睡得好。这也算意外收获吧。

虽然好处多多，但是，关键的事情却毫无进展。欧阳建业依然是油盐不进，每次总是从身边一闪而过。此时的欧阳建业对于王璐来说就是水中花、镜中月、树上的葡萄、乌鸦嘴里的肉。

为了配合王璐和张小葱的工作，金天雷费尽心思地找了朋友，朋友又找了朋友，最后终于找到了欧阳建业的一个朋友，企图请欧阳建业出来吃饭，可是每次都被委婉地拒绝。

不给朋友面子，那么肯定会给领导面子吧？金天雷通过关系，找到了市里一位很有分量领导的秘书，再通过他请那位领导晚上出来吃饭，然后打电话邀请欧阳建业，说晚上某某领导在场。金天雷的用意就是傻子也明白。欧阳建业不是傻子，当然明白。

一会儿，那位领导打来电话问金天雷请他吃饭的目的是什么，然后就挂了电话。金天雷听出了领导语气里好像有责怪的意思，惴惴不安起来，打电话给那位秘书询问情况。秘书没好气地说："我们的领导可不是拉皮条的！"金天雷这才明白原来是欧阳建业把晚宴的事求证了那位领导。

这下好了，偷鸡不成蚀把米，欧阳建业没请到，还得罪了那位领导！

金天雷不由哀叹道："欧阳建业啊欧阳建业，你就是油盐不进！"

金天公司的状况如得了重病的七八十岁老人——每况愈下，现在，只有把全部的希望寄托在王璐、张小葱身上。金天雷不断催问二人进展情况。王璐只好如实汇报，这让金天雷焦躁不安起来，交代王璐停下手里一切工作，全力以赴攻克油盐不进。

"看到了吧，假如你我这次不成功，便成仁了。"王璐对张小葱如此说。

"唉，压力山大啊！姐，你得赶快和油盐不进接触上呀。"

"怎么接触呀？"

"我哪知道！"

"接触上也不一定成功的！"

"不接触上就一定不会成功！"

王璐想了想，张小葱的话不无道理。可是怎样才能和欧阳建业接触上呢？这个问题如这春天的野草似的，欣欣向荣地长在心里。

下午下班后，王璐驱车来到包河公园。下了车，一个人慢慢散着步，希望从中能发现和油盐不进接触上的线索。

公园来，柳树不再稚嫩，而如十七八岁的大姑娘，已经自成风景。树上的鸟儿也不再卿卿我我地谈恋爱了，而是成双成对地恩爱着，看样已经恋爱成功，各有归属了。湖里，莲花的叶子一天一天地变多，变大，变深绿。不由感叹道："春天太短暂了，古人云春光易老，一点儿不假，还没感受到就已经到夏天了，这样想着，不由反躬自照，自己的青春可不就是这样！"悲怆之情油然而生。

找了半天也没有找出能和油盐不进交集上的线索，只好打道回府。打开家门一看，不由大吃一惊，只见家里鸡、鸭、鹅满地，旁边还有一个大水桶，水桶里泛着白浪，仔细一看，里面全是巴掌大的鲫鱼。水桶的旁边，放着几个塑料桶，释放出梅干菜的味道。

“璐璐，你表舅、表舅妈、表妹，还有你表侄来啦!”老妈陈桂花嚷道。

接着，从里屋走出表舅、表舅妈、表妹——她怀里抱着一个孩子。

王璐笑着和他们一一打着招呼，再看那些鸡、鸭、鹅、鱼，高兴得不得了。

表舅叫张富贵，家住在几百里路外的农村，以前家里穷得叮当响，每年都要来几趟。表舅不识字，进了城就晕头转向，宛如刘姥姥初进大观园。刘姥姥说：“老刘，老刘，食量大如牛，吃个老母猪不抬头。”这位表舅饭量和刘姥姥不相上下，每次来，陈桂花都要换个大锅煮饭，再做一大锅红烧肥膘肉。表舅吃得满嘴流油，说城里就是好。

陈桂花当然要怜悯自己的这位表哥，所以每次都不会让他们空手而回。只是表舅最近几年来得少了，听说农村发展得不错。

晚饭，王长丰夫妇一边陪着表舅喝酒，一边拉着家常。表舅不胜酒力，几杯酒下肚，两眼通红，如两个红灯泡。

红灯泡望着王长丰和陈桂花，说：“他姑，他姑夫，你们还认我这个穷亲戚吗?”

王长丰、陈桂花大惊，忙问怎么了。

表舅指了指王璐，说道：“我这表侄女办事怎么不通知我?”说着把手里的酒杯重重地放下。

“办事，办什么事?”王长丰不解地问。

“大事呀。”

王长丰明白了，赶紧说自己的女儿还没办事呢。

“还没办事啊，我还以为办过事了呢，天!”表舅说着自残地拍了一下头，再稀奇地望了一眼王璐。王璐被望得低下头去。按说话应该到此为止，可是表舅却并没有打住。

“我这表侄女应该……应该二十好几了吧? 不是我这个当表弟的说你们，早应该给她说婆家了，看看，”说着指了指自己的女儿，“小云比你们家璐璐小好几岁呢！她孩子都这么大了，第二个马上就有了，女孩子，不能在家养太大的。”

表舅的话就是一把火伸到王长丰、陈桂花、王璐屁股底下，现在他们坐在火上，身发热，脸发烫，心发痛。王长丰敷衍地答道：“那是，那是。”陈桂花呻吟了一下，再大声地说：“吃菜，吃菜。”王璐借故说要接个电话，回到自己的房间，再也不出来了。表舅妈不知道其中的缘故，还吩咐女儿去叫表姐来吃菜呢。

“我可告诉你们，等璐璐办事，一定请我来喝喜酒！”

王长丰夫妇赶忙说：“一定，一定。”

吃过饭，王长丰害怕张富贵再胡言乱语，赶紧把他一家领到宾馆住下。夜深了，表舅热情丝毫不减，拉着王长丰的手不放，语重心长地说：“妹夫，你家璐璐的事还得抓紧啊，不要说我没有提醒你，那么大的闺女养在家里，人家会笑话的。”

王长丰好不容易挣脱开张富贵的手，逃难似的逃回家，看到老婆独自坐在沙发上对着那些鸡、鸭、鹅、鱼呆呆发愣。那些鸡、鸭、鹅可能初次来到城里，神经错乱，两只老公鸡引吭高歌，此起彼落，鸭子不甘示弱，“嘎嘎”叫个不停，特别是那两只老鹅，“啊哦啊哦”叫着一刻不歇！

王长丰还以为老婆对那些鸡、鸭、鹅、鱼无从下手呢，忙说：“我来。”

“来什么？富贵的话听见了吗？我都没脸见这些亲戚了！”

“农村人和城里人认识不一样的，这些年你还不知道？”

“人家说的是大实话！”

王璐出来倒水，皱着眉头说：“满屋子的腥气，带这些东西来干什么？谁稀罕！”明显地，她不能原谅表舅张富贵所说的话，恨屋及乌，现在，她把自己的不满撒在那些鸡、鸭、鹅、鱼上了。

张富贵可是陈桂花的亲戚，爱屋及乌的，听了女儿的牢骚，喝道：“两年之内，把个人的事情给我解决了！”

王璐今晚受的气太多，现在有那些气顶着，敢顶撞老妈了，扭着头回应道：“我偏不！”

“你敢！”

“偏不，偏不！”

陈桂花再也控制不住，站起，疯了似的扑向女儿，“啪！”一声耳光鞭炮似的响，王璐捂住自己的脸。

王长丰见大事不好了，赶紧把老婆拉回到沙发上。陈桂花挣扎着坐下，随手拿起一个茶杯摔在地板上。“啪”的一声，让人意想不到的是那个茶杯居然没有粉身碎骨，只是跌破了嘴唇，磕坏了牙口，骨碌碌钻到茶几下去了。

耳光把王璐打懵了，她万万没有想到老妈会打自己！捂着脸站在那里，半天反应过来，“噔噔”跑进屋，“咚”一声关上门。旋起的风把陈桂花的火扇得更旺，追到门口，叫道：“在家撒什么野?！难道你表舅说的不是事实吗？有本事不让人家说呀！”

今日这突发的意外谁也想不到！

王长丰把那些鸡鸭鹅鱼安排好，进屋来。责怪道：“你怎么打人呢？璐璐已经不是小孩子了。”

陈桂花也正在为刚才打了女儿而后悔不跌，那么冲动！难道真是更年期？心里这样想，可是嘴上还是强词夺理地说：“你没看见刚才她那样?”

“再怎么也不能打！”

“我都快被她气死了。”陈桂花说着捋着自己的胸脯。这样做当然给丈夫看的。

“气什么？和自己的女儿？你呀……”王长丰说着，拿起一个药瓶，倒出一粒药递给老婆。

陈桂花喝了药，躺下，忽然又坐起来，说：“那件事，你赶快安排，要不，下次再来一次亲戚，再丢脸一次，我这条老命肯定就丢了！”

“行，行，明天我安排。”王长丰说着出来安慰女儿，敲了半天门，一点儿动静都没有，也不管女儿听见听不见，站在门外解释说是你老妈更年期的缘故，请女儿多谅解，等等。

夜深了，王璐躺在床上，睁大了眼怔怔地望着天花板。

脸还在火辣辣地痛。一个意识重章叠句地出现：老妈居然打我了！老妈居然打我了！羞辱，气愤，恼怒一股脑地涌现。

家里不能再待了！王璐这么想。打电话给张小葱，问她男朋友是否在。张小葱说自己就一个人。

“我马上就到。”王璐说完就挂断了电话。

正在收拾东西，忽然，外面一道白光闪过，接着轰的一声巨响，只感到大楼在丝丝颤抖，心也跟着颤抖，耳朵里鸣响，半天才消失。

要下雨了，王璐来到窗口望去，只见西边天空，几朵打头阵的乌云在城市灯光的照耀下，饥狼似的面目狰狞地扑来，后面，黑压压的狼群在闪电引导下，一哄而上。

下雨也走！王璐这样坚定地想，拿起行李走出自己房间，正要打开家门，后面一个颤抖的声音："璐璐，这么晚了，到哪儿去?"

原来是老爸王长丰。王长丰是了解女儿的，她受到欺负肯定不会就此罢休，所以一直留意着外面的动静，刚才外面一个细微的声音，赶忙出来。

王璐没有吭声，而是继续向大门走去。

"璐璐，能不能不走?"王长丰可怜巴巴地望着女儿，几欲落泪。

面对老爸的哀求，王璐不由站住，低头，一声不响。

"你妈打你是她的不对，刚才我已经批评她了，但她毕竟是你妈。"

王璐依然站着，低头不语。王长丰好像见到女儿眼泪扑闪着，心里滴着血，走了过去，轻声细语地说："回房间吧，乖。"说着拉住女儿的手。

王璐没有拒绝，默默跟着父亲回到房间。

外面，电闪雷鸣，风雨大作。屋内，父女二人在这风雨的陪伴下，促膝谈心着。王长丰不愧是优秀教师，动之以情，晓之以理说了很多，无非是女儿大了，有自己的主见了，按说当父母的不应该掺和进来，可是呢，孩子再大，在父母面前都是孩子，可怜天下父母心，天下哪个父母不想让自己的孩子幸福？哪一个父母不想让自己的孩子出人头地？这个，也许你现在还没有体会，等你将来做了母亲，一切你都会懂的。接着，王长丰把过去老妈陈桂花对王璐的疼爱一一搬出。

王璐默默地听，虽然没有原谅老妈，但是心里就如此时外面的天空，乌云稀薄了许多。

"你就原谅你老妈这一次吧，我保证没有下一次了！"王长丰盯着女儿的脸说。

王璐还是那样低头不语。王长丰"唉"的一声叹了一口气，无奈地出去了。

王璐躺下，脸颊还在隐隐地作痛，心也跟着痛，鼻子一呛，拿起被子盖住自己的头号啕大哭起来。

"啪"的一声，好像什么东西摔碎了！

原来，王长丰并没有进卧室，而是坐在客厅沙发上默默地抽烟。女儿伤心欲绝的哭泣声传来，他再也控制不住自己，冲进卧室，拿起茶杯重重摔在地上。

陈桂花平时在丈夫面前飞扬跋扈惯了，现在见老公这样，不由恼怒，说："怎么？想造反啊？"

"我就是想造反，怎么的？"王长丰头一抬，脖子一僵，斗鸡似的摆好战斗架势。

千百天来，丈夫这么敢顶撞自己，陈桂花不由心虚，可是嘴上却硬得很。二人随即爆发口水大战。

王璐听着父母吵架的声音，心里不再悲伤，而是担心起来，害怕老爸吃亏。他哪里是老妈的对手？

咦，怎么没有声音了？王璐倾耳以听，可不是，外面出奇地寂静，寂静得心发慌。这时候她有一股冲动，想跑过去看看。突然，客厅里传来脚步声，想肯定是老爸落荒而逃了，说不定还负伤了，扒开门缝偷觑，只见老妈一个人默默坐在沙发上发呆。难道她失败了不成？

老妈的失败使得王璐平静了许多，也想了许多。想：最近家里发生许许多多的不愉快都是因为自己而起，看来真的要抓紧时间解决个人问题了！

晚上的风雨，来得快，去得也快，第二天早晨，天空中居然一丝云彩也没有！干干净净的马路和青绿的树叶是昨晚风雨留下的痕迹。

王璐准时被手机铃声吵醒，脑子里一个意识：起来跑步啦！可是身子却缩在被窝里迟迟没有动。昨晚的风雨还在脑海里盘旋，不久，重点发生变化，昨天下午和金天雷的对话浮现，这样压力终于战胜了懒惰，艰难爬起来，换上运动装。害怕回来再遇到表舅一家，于是把正装带上，打着哈欠驱车来到包河公园。

公园里，树木更加郁郁葱葱，一眼望去，满目苍翠。湖水涨了很多，也清澈了许多。莲叶上逗留了几滴多情的雨水，银珠似的；有的莲叶半掩在水中，犹如手执琵琶半遮面的少女。莲下微微地在动，这就是"鱼戏莲叶间"。

湖中小洲中，玫瑰花绽放开来，远远望去，一簇一簇的红，灿烂而悦目。

王璐站在那里，如那不专心学习的学生，一边欣赏着美景，一边左顾右盼地等待着油盐不进的出现！

一直等到六点十分，依然不见他的踪影，难道今日不来了？看来这个油盐不进并不是无懈可击，也有变卦的时候！

欧阳建业之所以今天早晨来晚了，是因为昨晚喝醉了酒。不是和别人，而是和金天雷邀请不成的那位市里重量级领导贾海，除他之外，还有一位美女——欧阳建业的孜孜追求者翁倩玉。

翁倩玉是贾海的远方亲戚，开了一家小建筑公司，因为有了贾海的关照，这几年发展得很快。

听说上帝造人的时候，给人长处，又给其短处。翁倩玉公司发展顺利，可是个人感情却历经坎坷，虽然她貌若天仙。

一次，翁倩玉和丈夫上街，一男见了翁倩玉的美色，感叹道："娶了这样的老婆，简直要成神了！"

丈夫听见了，走过去对那人说："我和她结婚已经七年了，却并没有成神，相反，我可是一直生活在地狱里！"

不久，二人就离婚了。

翁倩玉本以为离婚后再找一个白马王子那是手到擒来的事情，可是，她想错了。找对象可不是找青菜萝卜，找了几个，不是她不满意，就是对方不满意，因而就这样一直单着，现在才感觉到前夫的好，可是晚了，前夫已经和一个比他大好几岁的女人结婚了！翁倩玉气得要喷血，难道自己还不如那个老腊肉！

欧阳建业妻子去世后，贾海有心撮合二人，于是介绍了翁倩玉给欧阳建业认识。欧阳建业见了翁倩玉的姿色，倒是很满意，二人开始交往。开始的时候，翁倩玉温柔得似一只温柔乖顺的绵羊，可是随着时间的流淌，她的母狼似的尾巴渐渐露出，而狼族是靠母系维系的。经过打听，欧阳建业得知翁倩玉以前从来不干家务事，没离婚前都是男主内，女主外。欧阳建业犹豫了，他要的是老婆，而不是交际花，更不是一个狼王。

昨晚，贾海打电话给欧阳建业说小聚一下，人不要太多。贾海是欧阳建业的直接领导，平时下请帖都难请到的，现在肯屈身与民同乐，欧阳建业当然表示很高兴，放下电话，叫来秘书姚美丽，要她在喜来乐饭店定一桌高档些的饭菜，然后给她两张篮球票，要她晚上陪儿子豆豆去省体育馆看篮球赛。并要她转告豆豆，下次老爸一定陪他去看。

姚美丽对篮球一无所知，也不感兴趣，对豆豆更是不感兴趣，和那个小家伙在一起简直是煎熬，可是对欧阳总裁感兴趣呀，满口答应着去办了。

下午五点钟欧阳建业准时下班，牢记领导的话，孤身一人去了饭店恭候着贾海大驾光临，一会儿，贾海带着翁倩玉姗姗而来。

菜还没上来，大家闲聊着。贾海今日谈意颇丰，谈到中外古代战争，说战争后方非常重要，为了证明还背诵了诸葛亮的《出师表》其中的一段。

欧阳建业一听就明白了，贾海是在暗示他和翁倩玉这样的人在外面打拼，后方很重要的，什么是后方呢？当然是家庭，怎么样才能算安定的家庭呢？嘿嘿……

翁倩玉不信佛，没有禅悟出来，也插不进来话，只好在一边听着。

一会儿，菜上来了，欧阳建业请示喝什么酒。贾海说："当然是白的了，今晚就我们三人，放开了喝，都是一家人。"

最后一句貌似不经意的话，欧阳建业听了心里感到怪怪的。翁倩玉听了感激得心里已经给她的贾海哥磕头无数了。于是拿起家庭主妇的架势来，叫服务员出去，自己亲自斟酒。

贾海说话算数，带头喝酒，欧阳建业只好奉陪，翁倩玉巾帼不让须眉，三人推杯换盏着，一会儿，两瓶十年藏五粮液便喝完了，然后又喝了两瓶拉菲，三人都醉意十足。

这时，贾海接了一个电话，说要去应付一下，站起，对自己的表妹吩咐道："好好照顾欧阳总裁。"便离去了。

屋子里只剩下欧阳建业和翁倩玉。翁倩玉说："今晚，不醉不罢休。"二人又喝了几瓶啤酒。

最后，翁倩玉提议道："我们去唱歌吧。"

欧阳建业坐在那里，对面的翁倩玉人影闪动，房子也似乎在动。肚子里浊浪翻滚。一个大浪涌上，漫过咽喉的封锁，赶忙强压制住，回答道："不了，不了，我要回家。"说着站起来，一个踉跄几乎跌倒。翁倩玉赶紧过来搀扶住他，二人走出饭店。

旷野中，太阳烧烤着大地，地上，欧阳建业爬呀爬，前面就是一个水塘，他要爬过去喝水，明明就是那么一小段路，可是怎么爬也爬不过去。

"水，我要喝水。"欧阳建业挣扎着喊。一挣扎，猛地醒来，发觉自己原来在做梦。口干得厉害，头也锯拉似的痛，四下看了看，企图寻找水来喝，这才发觉自己躺在一个陌生的地方。

这是哪里啊？欧阳建业想，然后动了动身子，手触摸到一个温润的东西，扭头一看，汗都被惊吓出来了。

旁边居然睡着翁倩玉！

口干和头疼忘了个一干二净，一骨碌爬起来，仓皇逃出那家宾馆。

坐在出租车里，一路上都在竭力回想自己昨晚干了些什么。

自己对翁倩玉没干什么吧？欧阳建业忐忑着，看了看自己的身子，衣服还是很整齐的，仔细地回忆，翁倩玉好像也是衣装整齐，这样，才稍稍安心。

到了家里已经两点多了。自己到底对翁倩玉做没做那事，这个问题一直让他纠结着，宛如偷盗了人家的东西，只后悔不该喝那么多酒，都说酒多乱性，可不是！这样自责，头愈发痛，睡意当然全无，懊恼地去冲了一个凉水澡，重新躺下才感觉好些，想明天去问问情况吧，假如真做了，那么就应当承担起这个责任，这样想着，慢慢睡去了，一觉醒来，已经快到六点了，本不想去跑步了，可是跑步习惯了，一天不跑，身体就难受，还是艰难地爬起来，这样，就迟了十分钟。

而此时，王璐等得心都要荒废了！远处小区门口一个白影出现，欧阳建业！心中这么大喊，犹如中了五百万彩票那么高兴。

欧阳建业还是像往常那样逆时针方向跑，以前，王璐对他这样做很是纳闷，因为一般人都是习惯性地按顺时针方向跑，难道他这么做是为了标新立异？后来上网查了，说逆时针跑有利于训练左脑，而且还可以预防脑血栓之类的疾病。

王璐望了一眼前面的白影，稍微犹豫了一下，随即迈开步向前面的白影追去。她要改变战术！

以往，欧阳建业那是健步如飞，王璐很难追上。可是今日，王璐和他之间的距离越来越小，这让她惊诧不已，惊诧过后不由暗暗欢喜，看来是自己有所进步了，而且进步还不小！

二人距离越来越近，王璐能看到欧阳建业勃颈处的汗珠了，也似乎能听到他喘息的呼哧声，王璐心里的小兔子又开始折腾了！

是就这么在他身后跑，还是超过他？王璐犹豫不决。欧阳建业好像听到了后面的动静，头好像扭了一下，至于他有没有看见自己，王璐不能确定。

“就这么在他身后跑，他会怀疑的！”王璐做贼心虚地想，超过他！这样想着，猛地加力，从他身边冲了过去。

欧阳建业跑着，腿脚好像被注入铅了，身上汗如雨注，心里发誓以后再也不喝那么多酒了，太伤人了！突然感到身边一阵疾风，一道粉红飘过，接着，一个粉红身影展现在眼前。

咦，这不是每天都遇到的那个女郎吗？今日怎么改变方向了？

王璐貌似心无旁骛地跑着，其实，心里的眼睛一直在留意着后面。二人之间距离越来越大，可是不久，她便气喘吁吁，脚步慢了下来。而欧阳建业呢，瘦死的骆驼比马大，一直匀速地跑着，一会儿，二人之间的距离又缩小了，似乎听到了后面的脚步声。眼睛的余光往后瞥了一下，不好，他就在身后！

不能让他超过自己！王璐这样想，猛力往前冲，二人之间的距离随即又拉开了。

欧阳建业跑着，觉得前面的粉红女郎怪怪的，好像在和自己赌气似的。这个小女子，不能输给她！欧阳建业如此想，脚上加力。二人之间距离随即在逐渐缩小。

欧阳建业的动机被王璐发现，于是使出吃奶的劲儿往前跑着。

如此反复三次，最后王璐实在跑不动了，只好眼睁睁地看着欧阳建业从身边擦过，并且发现他嘴边似乎挂着一丝不屑的笑意，他在嘲笑她？还是……有心再超过去，无奈心有余而力不足，眼巴巴地看着那个白影越来越远，最后变成一个白点。

虽然败下阵来，王璐还是很高兴，因为油盐不进已经注意到了自己。现在，她放松地小跑着，优哉游哉，似闲庭散步，随便欣赏路边的风景。太阳高挂着笑脸，给远处的树木罩上一层红晕，湖中，莲叶上的雨珠折射出七彩之光。鱼儿被吸引，一个大鲤鱼跃起跳龙门，褶皱了一湖之水。

哇，太美了！王璐尽情地欣赏着，不由感慨道：“原来美就在我们身边！只不过我们有时候懒惰而已。”现在，她倒是要感谢那个油盐不进，是他让自己能够有机会发现这美。

想到油盐不进，王璐猛地想：“他人呢？”往身后一看，只见远处绿丛中一个小白点一闪一现，天啊，他要比自己快一圈了！立即迈开脚丫子小兔子似的跑了起来。欧阳建业似乎发现了前面的小兔子，腿脚上开始加力。

快跑，不能让他追上，要不，肯定被他讥笑！理由是这样充足，王璐再也不敢懈怠了。跑了一会儿，再回头，发现白影不见了，嘴角现出胜利的笑。

太阳已经一树高了，王璐看了看手表，已经七点了，想还要去浴池洗澡，于是往后看了看，扬了扬手，道："不陪您玩了，拜拜了您。"

上午，王璐来到办公室，在外出差十几天的金婉回来了，见了王璐，大吃一惊，凑过来问："王姐，几天不见，怎么变得这么漂亮？我的天！"

女人最喜欢听这样的话，王璐当然也不例外，心里惊喜，伸手摸着自己的脸说："哪有。"

"真的瘦了，皮肤也更加光滑了，快告诉我，用的什么减肥药，用的什么牌子的化妆品？"

张小葱也凑了过来，端详了王璐一阵子，说道："是瘦了，精神头也不错。"

"人家是人有喜事精神爽！"酱油蒋不远万里插嘴说。

"去，去，女人的事与你有什么关系。"张小葱向酱蒋油开炮说。

既然张小葱、金婉都说自己瘦了，那么自己肯定瘦了，王璐心里乐滋滋的。此可谓有心栽花花不成，无心插柳柳成荫。

"姐，恭喜呀。"张小葱说。

"姐，告诉我呀，可不带保密的，我最近又胖了二斤，唉，不知道怎么搞的？喝凉水都长肉。"金婉一脸忧愁地说。

"我替王姐告诉你吧，王姐的秘籍就是每天早晨跑步一个多小时。"张小葱说，然后对着王璐挤眉弄眼。

"是吗？"金婉不相信地看着王璐。王璐只好轻轻点了下头。

"我可不行，都说睡一辈子不如早晨睡一会儿子。"金婉说着，惆怅地走了。

"哎，姐，昨晚怎么了？说好到我那里去，后来怎么没来？"张小葱问。

王璐于是把昨晚发生的一幕简要说了一遍，其中删去了被老妈打的情节。

"哈哈，你这个表舅呀，真是哪壶不开提哪壶！"

"还笑呢。"

"今早晨怎么样？"

王璐正要回答，办公室走进来几个人，二人见了赶忙分开。

走进的是金天雷、严三强，还有一个中年男人，王璐她们虽然不认识他，可是对他却印象深刻。

此人四五十岁，胖得似一尊佛，却不是光头，相反，留着长发，黑白参半，像花狗的屁股，在脑后挽了一个髻，髻上插一截树棍，懂行的人知道那是檀木钗。

要说此人最特别之处就是胡子和眉毛。虽然蓄了胡须，可是只有稀稀疏疏的几根，而且枯萎得似干稻草，相反，他的眉毛却如春草般欣欣向荣，且长过胡须。让人看了，以为眉毛和胡须安错了。

此人怎么这么的？王璐她们心里不觉好笑，其实王璐她们不知道，这正是此人最为得意之处，为其增加了不少玄机。

此人穿着也是让人刮目相看。一身崂山道士的打扮，却不是玄色长衣，而是白色唐装，可是脚上却穿着皮鞋，而且是价格不菲的名牌。

此人气宇轩昂地在办公室踱步，眼睛微闭，嘴唇微动，宛若老和尚在念经，最后来到王璐的办公桌前，眼睛猛然睁开，露出黄黄的眼珠。王璐心里不由一振，好邪恶的眼神！

此人扫视了王璐办公桌一周后，再次恢复状态，然后一声不响地走了。金天雷和严三强小心地跟在后面。

三人走后，办公室顿时炸开了锅。大家纷纷说是奇人，然后猜测是干什么的。有的猜是崂山道士，有的猜是和尚，有的猜是算命的先生……酱油蒋幽默地说此人是四不像（他本来要说是杂种的），引得大家一阵笑。

“白骨精，你可得当心了，此人是来抓妖精的。”酱油蒋冲着张小葱吓唬道。

“切，谁抓谁还不一定呢。”

此人到底是干什么的呢？为什么金总、严主管对他那么谦恭？大家一时猜摸不透。

王璐坐在那里一直没有吭声，此时她心里似吃了个死苍蝇，因为刚才那人打量她的那种眼神神秘加诡异再加淫荡！她有一种被剥光的感觉，由此断定此人肯定不是什么好东西！也冥冥感觉到他此行与自己有关，因为只有到自己这里，那讨厌的眼睛才睁开。

王璐的心因此而惴惴不安起来。

惴惴不安的还有欧阳建业。此时他坐在办公室里却无心工作，望着身边的手机，犹豫着，纠结着，最后，鼓起勇气拿起手机。

电话是打给翁倩玉的，欧阳建业抱歉地说昨晚自己喝得太多，做的什么事都忘了。

“哈哈，你忘我可没忘。”

欧阳建业一听，吓得身上汗毛竖起，忙说：“可我没做什么事呀。”

“你做的事太多了，呵呵。”

“啊！”的一声，身上微汗变大汗，“对……对不起啊。”

“没关系。”翁倩玉大度地回答。

放下电话，欧阳建业已经六神无主了，不断地敲打着自己的头，怎么办？怎么办？唉，都是酒惹的祸！

姚美丽进来，见欧阳总裁脸色苍白，忙问怎么了，是不是病了。

“没什么，没什么。”欧阳建业回答，然后拿起她送来的文件开始工作。姚美丽虽然好奇，但是没有敢再问，过去倒了一杯水放在欧阳总裁面前，然后一脸疑惑地走了。

欧阳建业看着文件，文件上的字迹个个清晰，可是没有一句能知晓其意，气得扔下笔，千百天来第一次爆了粗口。

到底和翁倩玉有没有发生关系？这成了欧阳建业心头大患。他开始再次回忆昨晚发生的一切，放电影似的一遍又一遍，不放过任何一个细节，然后倒着放，可是依然不能判定。

咦，记得那天早晨自己的衣服很整齐的，好像翁倩玉也是，也许自己并没有对她做什么。这样心里又充满了一丝希望，宛如溺水之人抓到了一根救命稻草。

这时候，电话响了，难道是翁倩玉？欧阳建业心里害怕，身子往后缩了缩，但最终还是接了，原来是姚美丽打来的，告诉他为豆豆找的家教老师来了，问要不要见见。

一会儿，姚美丽带着一位五十多岁的眼镜男进来，这让欧阳建业有些不高兴，自己不是吩咐她找位女教师吗？

欧阳建业之所以这样安排那是有自己考量的，他认为豆豆从小便没有了妈妈，也许找个女性他会听话些，再说自己家明显阳盛阴衰，找个女家教，可以平衡一下阴阳。

本来姚美丽按照欧阳总裁的指示选中了一位著名大学的女生，后来放弃了，因为她嫌那位学生过于年轻，也过于漂亮。现在的女人很没有分寸的，也很容易越界，孤男孤女在一起也容易出事的。家教，家教，千万不能成为家庭主妇！姚美丽真细心啊！真正做到了防微杜渐。

因为是重金聘请，所以应聘者络绎不绝，后来，姚美丽相中了一脸威严的甄老师，问他教学理念，甄老师回答说只有一个字：严！这让姚美丽很高兴，记得自己在农村中学念书的时候，语文老师就是这样，学生们个个都怕他，他布置的家庭作业，学生们没有敢不做的，所谓严师出高徒就是这样！

姚美丽已经觉察到欧阳总裁的不高兴，赶忙介绍说这位甄老师是全市著名的高级教师，非常有水平。

甄老师为了证明姚美丽不是虚夸，从包里掏出一大沓奖状、荣誉证书放在欧阳建业的桌子上。

欧阳建业一一看完，不由动心，说道："好吧，先试一试吧，每周三晚，每晚两个小时，每小时三百，如果效果好，可以再追加，甄老师有车吗？"

甄老师轻轻地摇头。

"姚秘书，你安排一下，准时接送甄老师。"

一会儿，甄老师从欧力文公司出来，心里默算着：每小时三百，一晚就是六百，乘以三，那就是一周一千八，再乘以四，天啊，一个月有七千二！难道天上掉馅饼了？甄老师不相信地望了望天空，天空中哪有什么馅饼，只有几朵懒散的云彩罢了。

"乖乖，有钱就是任性！"甄老师感慨地回头望，然后火速离开了，他得赶紧回家向老婆汇报这个好消息。她听了肯定会高兴得跳起来的！

四、较　　量

王璐冥冥感到那个高深莫测之人与自己有关，她的直觉奇准！此人正是那天严三强向金天雷举荐的著名风水大师令狐夏丹，听名字就不一般。

此时，令狐大仙已经把金天公司走了一遭，回到了金天雷的办公室。

“怎么样？大师。”金天雷赔着小心问。

“严重，相当严重！”令狐大师直截了当地说。

“哦，哦，那烦请大师点拨点拨，指点迷津。”金天雷说着敬上一支烟。

令狐大师点燃，吞云吐雾着。烟雾笼罩住他的崎岖不平的脸，从长长的眉毛处升腾，更增加些神秘。

大师一支烟抽完，吞了一口水漱口，然后咳嗽一声，疏通了“管道”，指了指外面的大楼，说道：“贵公司面南背北，本是风水宝地，只是嘛……只是嘛……”

“请大师明示，请大师明示。”金天雷说着又敬上一支烟。

“只是前面的这座大楼挡住了贵公司的阳气。”

严三强一听，得意在心里流淌着，讨好卖乖地望了金天雷一眼，意思是：我说得没错吧，大师说的居然和我说的一样！

“还有，还有……”大师讳莫如深地说。

大家的眼一起望着大师的大嘴巴，急切地想听下文。可是大师就是不说，好像在等待着什么。

金天雷似乎明白了，从抽屉里拿出一沓钞票。

“东边的污秽之气压住了这里的紫气。”令狐大师望着那沓钞票说。

金天雷不明白，于是说：“弟子愚钝，请大师明示。”

“如果山人没算错的话，贵公司东边存有污秽之气。”令狐大师眼睛微闭着说。

“哦。”金天雷恍然大悟，公司的洗手间可不就是在东边！

“还有……”

金天雷又拿出一沓钞票。

“上佳的住宅，皆是后有大山，前有聚宝盆，贵宝地东高西低，肥水自然流到外人田了。”

“对！对！还烦请大师劳神破解。”金天雷说着再次拿出一沓钞票。

令狐大师本来微闭的眼睁大一些，瞄了一下桌子上的三沓钞票，心里估摸着那些钱的数量，六沓，三万还是六万？看样是六万，于是站起来到窗口，指着外面说道：“山人可以把阳气引过来。”

“怎么引？”

“这里安装一面镜子即可。”令狐大师指着过道说。

“好，好！”金天雷如获至宝地答应着。

“金总，东边的那个污秽之气怎么处理就不要本人直接说了吧？”

“不要，不要，我马上通知他们把卫生间移到西边，不过大山和聚宝盆还请大师指点迷津。”

令狐大师指了指西边，说道：“那里挖个蓄水池。”又往后面指了指，“那里堆叠一座假山即可。”

“好，好，我马上通知下去。”

三条建议，前后只要一个小时，六万块，可是金天雷觉得值，太值了！看来公司以后肯定会一帆风顺，财源滚滚了！

“令狐大师，你看还有吗？”金天雷不放心地问。

“对，对，还有吗？”严三强附和说。

令狐大师没有回答，而是站起来踱着步，然后慢条斯理地说：“最近，贵公司产品销售遇到点困难了吧？”

连这都知道，简直神了！金天雷心里叹道，于是说：“是啊，大师如何知道？”

令狐大师重新坐下，眼睛微闭，一尊塑像似的，慢吞吞地说道：“天机不可泄露也。”

“那是什么原因？”金天雷说着又拿出两沓钞票放在大师面前。

“看您金总这么心诚，实话相告，此乃有人挡道也，贵公司之财运被截断。”令狐大师一边说，一边画了一条横线，再用掌作刀，拦腰砍断。

“有人当道？谁？”

“这个……”令狐大师装着一副天机不可泄露的姿态。

“大师，请指点，请指点。”

“请问你们公司有剩女吧？”

“剩女？”金天雷说，脑子开始搜索。半天，说道：“对，是有一个，在我们的销售部。”

“剩女销售产品？”

“这个……”金天雷不知如何回答。

“至于怎么做，你们自己看着办吧，别的不多说了，这个给你们，镇宅降妖、逢凶化吉的。”令狐大师说着从怀里掏出几张符。

“多谢，多谢。”金天雷说着走过去恭敬地双手接住。

“好了，我走了。”令狐大师说着站起来拍了拍屁股往外走。金天雷、严三强赶忙起身恭送。

接下来几天，金天公司进行了大整改。不久，镜子安装上了，卫生间搬移了，假山堆好了，聚宝盆挖好了，可是有一样让金天雷很纠结，那就是怎么处置王璐。

一方面，令狐大师说得很有道理，剩女，自己都推销不出去，又怎么把公司产品推销出去呢？难道真的是王璐那丫头挡了公司的财运？另一方面，王璐这几年确实为公司出了不少力，再说眼下公司正需要她，确切地说需要欧力文公司的订单，而她正在努力地做，而且有所进展。

怎么办？金天雷犹豫着，最后打定主意，还是等段时间再说吧，如果王璐能够把这个订单拿下，那就继续留用；如果拿不下来，那只好请她离开。

这本是公司小范围才知道的事，谁知道在公司悄悄传开了，成了公开的秘密！大家私下里纷纷议论说:剩女，自己都推销不出去，还当什么销售部副主管？听说金总要请她走了……

王璐还蒙在鼓里，但是感觉有些异常。人们望她的眼神总是怪怪的，走近，问怎么了，那些人呵呵一笑，说没什么。还有一样让王璐感到很诧异，那就是金婉她们几个，平时在办公室放肆得似没人管的孩子，好像她这个领导根本不存在一样，吩咐她们做事，她们总是懒洋洋的，逼得紧了，她们总是说等会儿向严主管汇报一下。

这里面肯定有文章！王璐断定。中午休息时间，她把张小葱叫了出去，问最近发生什么事没有。

张小葱回答说没有，如果说有那就是风水大师的事，可这件事王姐你知道呀。最后，张小葱问："怎么了？姐。"

"我感觉到有些不对劲儿。"

"怎么不对劲儿了？"

王璐于是把自己的感觉说了出来。张小葱一听，说王璐过于敏感了，一切再正常不过了。

"我的感觉一般都挺准的，小葱，你消息灵通，帮我打听打听吧。"

张小葱回答说："这是我白骨精的特长！"

下午下班，张小葱看到酱油蒋走了出去，赶紧追了过去。

"哎，酱油蒋，今晚有活动吗？"

"公司都这样了，还有什么活动？"

"就是公司这样，我们才更要活动！只要做成一笔订单，奖金抵得上你三年的工资！"

"唉，我现在是人穷志短，马瘦毛长，奖金的事根本不敢想了！哪像你和王副主管，只要把欧力文订单拿下，三年不愁，哎，那事进展得怎么样了？"

"顺利，顺利得很。"

"是吗？"

"怎么？怀疑吗？

"不，不，我怀疑什么？"

"我和王姐一定成功的，你就等着吧！"

"这么敢肯定？"

"那是！"

"呵呵。"

"笑什么？"

"没什么？"

"听说最近公司有人在闹什么幺蛾子，说王姐这个，说王姐那个，我看是不怀好意！"张小葱用火力侦察着。

酱油蒋躺着中枪，赶紧摆脱地说："这事与我无关。"说过才后悔，匆匆离开。

张小葱听出什么来了，追上去，问："什么事与你无关？"

酱油蒋恨不得抽自己的漏斗嘴几下，说没有什么事。

“此地无银三百两，说！不说我就这么跟着你回家，正想和嫂子叙叙话呢，比如某些人……”

要说酱油蒋是条牛，那么张小葱就是抓住牛鼻子的人。酱油蒋恐惧，赶忙停下脚步。

“蒋哥，我们开玩笑是开玩笑的，但是有些事是开不得玩笑的，平时王姐对你不错吧？”

酱油蒋点了点头，说道：“她为人实在，心眼也好。”

“那是！”张小葱说着四处望了望，“这里不是说话的地方，我请你吃饭吧。”

“不去，你请我吃饭从来都是没有好事的！”酱油蒋嘴上断然拒绝，可是径直走向旁边的一家饭店，心里想着今晚非狠狠吃她一顿不可！想到吃，嘴里一阵潮湿。张小葱在后面窃笑不止。

吃着饭，酱油蒋把令狐大师之言说了一遍。张小葱一声不吭地听着。一顿饭吃了张小葱三百多，可是她并不心疼，反而觉得很值得，心里惊叹道:公司里发生了这么大的事，可是自己却被蒙在鼓里，白骨精白当了！赶紧打电话给王璐，二人商定在紫云轩咖啡馆相见。

听完张小葱的叙说，王璐坐在那里脸色煞白，低头不语。张小葱见了想安慰，却一时不知从哪里说起，只是说：“姐……”

二人陷入沉默，空气凝滞得似宇宙未爆炸前的世界。为了减轻这凝滞，二人不停地用汤匙搅着咖啡，可是并没有往嘴里送。半天，王璐抬起头，说道：“小葱，你先回去吧。”

“姐，我再陪你一会儿。”

患难见真情，王璐不由感动，说道：“谢谢，我有你这样妹妹也知足了，唉……”

“姐，不要难过，他们狗嘴吐不出象牙来的，封建迷信你也信？金总也是，无端去找什么风水大师？”

“人家是著名大师，很灵验的，既然大师都那么说，说明我的命真的不好。”

“妄自菲薄！姐，我们不信那一套的，走，回家去！”

“你先回吧，我需要好好静一静。”王璐说着摆了摆手，张小葱只好站起离开了。

竟然发生了这样的事！怪不得他们看自己眼神怪怪的呢！怪不得金婉

她们对自己那么冷淡呢！怪不得金天雷总是不断地催问欧力文公司订单的事进展得怎么样了呢！自己最近怎么这样倒霉？之前被老妈打，今天公司里又出现这样的事！

“我是剩女，我是剩女。”王璐嘴里默念着，“剩女连自己都销售不出去，能销售公司产品吗？呵呵……”王璐笑着，泪水慢慢盈满眼眶，整个世界都模糊了！

“你在继续和他缠绵，不顾我泪流满面……”咖啡馆里，陈瑞的歌声为今晚更增加了悲凉的氛围，王璐猛地趴在桌子上。

“女士，您没事吧。”

王璐抬起头，见一个服务员站在自己身边关心地望着，也发现周围有很多双眼睛在注视着自己。

“没事。”王璐说着拿起包快速离开了咖啡馆。

幽幽的路灯下，躺着一个身影，是那么孤单，那么冷峻。到哪里去呢？王璐站在四通八达的路口，呆滞地望着。

南面天空黑暗堆里，一闪一闪地露出血红，看来暴风雨要来了。

王璐钻进车内，握着方向盘，眼睛迷惘地望着前方，前方的路一眼望不到尽头。发动车子，机械地、无目的地开着。

大都市的夜晚，车流、人流川流不息，到处熙熙攘攘，到处霓虹灯闪烁，王璐觉得自己无处藏身。她方向盘一打，钻进一个小道。

汽车以三十码的速度行进着，耳边反复回荡着“剩女挡了公司的财运”这句话。为了赶跑这句话，王璐把音响开到最大，可是并没有赶跑它，气得她猛踩脚刹，然后颓然倒在方向盘上。

我是剩女，我连累了公司！王璐脑子里塞满了这句话，再也控制不住自己，疯狂地拍打着方向盘。

发泄了一会儿，心里好受了些，向外看着，咦，怎么到了这个地方？原来，王璐不知不觉地又来到了包河公园。

今晚受到了屈辱，而这里有包公包大人，他可是正义的化身，妖魔鬼怪都怕他的，世间多少冤屈都被他平反了。也许是这个潜意识的作用，王璐下了车。

可能是暴风雨快要来的缘故，公园里游人稀少，这让王璐愿意往公园深处走。现在，她最怕的不是撞见鬼，而是怕见到人。

她在幽暗之处的一方石凳上坐了下来，夜风渐渐加大，风里夹杂着水汽，这让王璐冷静了许多，能够想一想下一步的打算了。

“大不了辞职不干了，活人没有被尿憋死的！今晚回去就写辞职信，明天就交给金天雷！”王璐这样打算着，然后站了起来，拍了拍屁股，正要抬脚走，一阵风吹来，送来一缕清香，闻香而动，四处张望，原来是湖里的莲香。

闻着莲香，王璐突然想起什么，来到曲桥上，最后驻足呆呆望着湖面。这引起旁边茶摊老板大妈的注意，以为眼前的这个女孩在临清泉而萌短见。

其实，王璐在寻找自己心目中的那朵莲花，那朵莲花她是看着一天天长大的，就如她的孩子一般。

可是，那朵莲花不见了，她被黑暗吞噬了。

“她在休息。”王璐这样宽慰自己。

“出淤泥而不染，濯清涟而不妖，中通外直，不蔓不枝，香远益清，亭亭净植……”王璐对着黑暗的湖面诵导着。

莲花似乎听到了，黑暗中沙沙声响。

“莲花啊，我该怎么办?”

“沙沙……”

“我应该辞职吗?”

湖面静默下来，一道闪电划过，一朵白色的莲花在湖里亭亭玉立！

我看到我心目中的莲花了！她还是那样美，还是那样孤芳自傲！王璐感动得热血沸腾，一股不服输的勇气随即涌出，再蔓延开来，遍布全身！给了她无穷的力量，望着远处的暴风雨，心里呐喊着：“我为什么要辞职？我为什么要躲避？我为什么要退出战场？我就是一朵莲花，我就是出淤泥而不染！不行，明天非找他们问问清楚不可，不带这样糟践人的，他们这是在人身攻击！我王璐在金天公司这么多年，拖公司后腿了吗？哪一年绩效不是优秀?”可是转念一想，她再次犹豫起来，因为自己的命是风水大师断定的，大师是什么？他不是人，他神通广大，能够通天的！

轰隆隆，一声雷响，倾盆大雨而至，扯天扯地垂落，整个世界哗啦啦一片。

雨越下越大，王璐站在那里，任凭大雨淋浇着。豆粒大的雨点劈头劈脸地砸下，有些痛，她站在那里咬紧牙关坚持着，坚持着。老妈的耳光、公司里人的闲言碎语、他们怪异的眼神……一一在脑海里呈现。

暴风雨，我王璐不怕你！你来吧！来吧！我就在这里！王璐心里呐喊着。突然，头顶的雨停了！诧异地抬头一看，只见头顶上居然罩着一把伞！红色的，是那么显眼。

“姑娘，进去躲躲雨吧，没有过不去的坎。”后面一个声音说。

王璐回头一看，原来是茶摊大妈，胖胖的脸上满是慈祥，眼睛里充满关切。王璐好生感动，一阵温暖弥漫全身。

茶摊大妈指了指自己的茶摊，商量地说：“姑娘，进去躲躲雨吧。”

“不了，我走了，谢谢您。”王璐说着向自己的车子跑去。钻进车子，见茶摊大妈还站在风雨中望着自己，王璐的眼睛模糊了，不由感叹道：这个世界还是好人多，就如这位茶摊大妈，长得平凡，穿着平凡，职业平凡，这样的人甚至被有些人看不起，但是，她的平凡之中透出不平凡。我们有时候认为伟大离我们非常遥远，没有想到伟大和平凡之间的差别是如此细微，细微得就在于我们平时一句话，一个动作！

现在到哪里去呢？干脆去宾馆得了！正要启动车子，手机响了，拿起一看是父亲打来的，问王璐怎么不接电话，他都打了十几个了。

王璐告诉父亲手机落在车里了。

“落在车里？你现在在哪里？在干什么？还在和你妈怄气？快回家来吧。”

“不想回去。”

“璐璐，怎么说她都是你妈。”

“那也不能打人！”王璐大喊，随即挂断电话，可是，电话马上又响了，还是老爸，掐断，又响，如此反复三次，最后，王璐只得接通电话，里面传来王长丰焦急的声音：“孩子，回来吧，我和你妈都急死了！”

沉默。

“好孩子，听话，回来吧。”

沉默。

“你妈已经后悔了，她会向你承认错误的，我可以保证……”

“爸……”王璐再也受不了，憋在心里的千万委屈一起爆发，号啕大哭起来，眼泪翻滚，如车外的狂风暴雨。

“怎么了？怎么了？发生什么事了？”王长丰一连串地问，知女莫若父，王长丰是知道女儿的，这丫头倔强，轻易不会哭，除非发生什么大事了，现在，他恨不得长了翅膀飞到女儿身边。

“没……什么。”王璐说着擦了擦眼泪。

“快回来吧。”电话里传来父亲孱弱的哀求声，虽然在电话里，但是，王璐知道父亲此时也哭了。

拖着疲惫的身躯回到家里，父亲见女儿落汤鸡似的，浑身瑟缩着，感觉天都塌下来了。一时不知道怎么办，只是瞪大眼睛望着女儿，半天才反应过来，大喊：“璐璐，你这到底是怎么了?!”说着眼泪翻滚。里屋的陈桂花听了惊恐地跑出来，看女儿那样，赶忙跑过去拿来干毛巾要给女儿擦湿漉漉的头发。哪知道王璐身子一扭，躲开了。陈桂花罪犯似的站在一边，一声不吭。半天，默默地走进厨房，默默地煮着姜汤。唉，真不该打女儿啊！假如她有个三长两短，自己活着还有什么劲儿?

“赶快去洗个热水澡，千万不能受凉了！”王长丰催促着。

王璐默默地走进卫生间，外面传来老爸的咆哮声：“都是你干的好事！”奇怪，没有听到老妈的反驳声。

洗好澡出来，躺在床上，身体好受了许多，心里也好受了许多。老爸端来姜汤，一个劲儿劝说趁热喝。

唉，家是爱的港湾，只有在风雨的时候才能体现出来。这是王璐此时的感受。她不知道此刻老爸老妈正躲在屋子里较劲着。老爸硬是要陈桂花去向女儿道歉。

“不!”陈桂花赖在床上说，再翻过身去，用冷冷的后背对着丈夫一脸的怒气。

望着老婆肥实的后背，王长丰束手无策，音调提高了八度，说：“去!”

谁知道他的这一句话却换回老婆的三句话。“不！不！不!”

“你……”王长丰说着扬起手。

这本是王长丰的虚招，料想老婆不会看见，哪知却被陈桂花觉察到，一骨碌翻身起来，把脸迎着丈夫的巴掌，眼神似利剑地望着丈夫，喝问：“怎么，想打人，给你打，给你打!”说着把头向丈夫怀里撞。

王长丰的锐气这些年已经被陈桂花磨平了再压榨干了，见了她这样，无奈地放下手。

既然硬的不行，那就只好来软的，接下来，王长丰如对待学生那样苦口婆心地劝老婆。

老婆是老婆而不是学生，口水说掉几大盆，最后却换回老婆的一句话："告诉你，道歉？没门，我是妈，妈，知道吗？"

古人云：道不同，则不相为谋。王长丰现在是道不同，则不睡一床。他跑到客厅沙发上睡了！哪里睡得着？他心里装的全是女儿，她今晚可是受了天大的罪了！

此时，王璐正犹豫着要不要把公司里发生的事告诉老爸。犹豫了半天，最后还是放弃，因为刚才看到了父亲的眼泪，如果告诉他，说不定他会担心成什么样。

"唉，自己的风雨自己担待吧。"王璐躺在那里想。

此时，外面，大雨还在我行我素地下着，狂风裹挟着雨滴打在窗户玻璃上啪啪作响。王璐心里也在下着大雨。眼睛迷惘地望着窗外，心想："为什么？为什么把公司的责任全部推在我一人身上？难道真的是我王璐连累了公司？不，他们在找替罪羔羊，他们这是明目张胆地在欺负人！难道我王璐这么好欺负吗？不，我不是沉默的羔羊，明天一定找他们说清楚！再把辞职信狠狠摔在金总的面前！"这样想着，再也睡不着，起身来到窗口，拉开窗帘，只见窗户玻璃上挂着无数的瀑布。

打开窗户，想看看外面的世界，谁知道外面的世界混沌一片，大雨掀起的雨雾笼罩了一切。楼下，那棵大树被风雨摧残得不成样子，那盏路灯呆呆傻傻地立在那里，雨点似一个个飞虫不断扑来，随生随灭，前赴后继。

望着混混沌沌的世界，王璐的心也迷惘了，沉沦了。明天到底是去争论还是辞职？

"只因为在人群中多看了你一眼……"手机响了，拿起手机，原来是张小葱。

电话里，张小葱首先安慰了王璐一阵子，最后说："姐，你感觉到有什么不对劲儿的地方没有？无风不起浪的。"

王璐听了心里惭愧不已，事情发生后，自己只剩下愤愤不平了，没有去分析事情的前因后果。

"小葱，你觉得有什么地方不对劲儿？"

"我还没有想出来，但直觉告诉我，没有这么简单，所谓风水大师都是骗人的！媒体的报道多了去了，他是怎么知道你是剩女的？又怎么知道你是副主管？"

"你是说我们公司有人……"

“肯定，一定，确定！”

“小葱，你觉得会是谁呢？”

“这个我还没搞清楚，但是肯定是与你有利害冲突的。”张小葱虽然这么说，脑海里，三阎王的秃头像潜水艇似的冒出。

王璐听了，严三强的光头似外面的路灯在脑海里闪现。

“姐，你下一步打算怎么做？”

“我……我想辞职。”王璐把自己当初的打算说了出来，她知道张小葱肯定会阻止，现在，自己穷途末路，脑子也愚钝了。小葱脑瓜子灵，鬼点子多。

果然不错，张小葱一听，愤愤地说：“逃兵？姐，这不是你的风格，你走到今天容易吗？一走了之，看起来不错，但简直窝囊死了！你这一走，正好中了人家的圈套，人家会喝酒唱歌庆贺的！如果你真的要走，那也得把事情调查清楚再走！”

张小葱的提醒拨云见日，使得王璐豁然开朗，心里不由感慨道：旁观者清，当局者迷，一点儿不假！于是继续问：“小葱，我已经六神无主了，你说我到底怎么办呀？”

“怎么办？凉拌！姐，这时候千万不能冲动！冲动是魔鬼，重要的事情说三遍：冷静，冷静，再冷静！无论如何都不能辞职，放心吧，一切有你这个妹妹呢，非把事情调查个水落石出不可！看我怎么收拾那个人，切，敢欺负咱姐妹的头上了！”

有了张小葱的这番话，王璐不由底气增加，最后说道：“那好吧，就按照你所说的办。”

张小葱的提醒使得王璐冷静了不少，现在能够躺在那里好好想一想了。

难道真的是严三强在背后捣鬼吗？可是，那些话明明出自于风水大师之口。想来想去没有想出所以然来，最后，叹了一口气，自言自语地说：还是明天见到张小葱再说吧。

外面的风雨渐渐停了，从乌云的隙缝中，露出几颗稀疏的星星，给人以无限的惊喜和希望。

今晚充满希望的还有欧阳建业。

六点半的时候，甄老师西装革履地来了。欧阳建业郑重地把他介绍给豆豆。豆豆没有说话，老实乖巧地站在老师面前。他这样可很少见，看来被名师征服了。欧阳建业一时高兴得不得了。

两个小时很快就过去了，甄老师出来告辞。欧阳建业悄悄把他拉到一边问情况。

“欧阳总裁，你儿子很聪明。”

“是吗？是吗？”欧阳建业咧着嘴问。天下哪个父亲听到这样的话不高兴！

“可是，不好教！”

“哦，哦。”笑容立即消失。

“我会把他教好的！”

“好，好。”笑容再起。

“欧阳总裁，我得告诉你，豆豆同学数学令人担忧。”

“是吗？”欧阳建业诧异地问，因为自己家几代人擅长的都是理科，豆豆基因里应该有这个成分。

“是的！”甄老师断然回答，然后往外走，欧阳建业屁颠屁颠地跟在后面一直把他送上车。他这样，可是稀罕得很啊，唯有省里几个总量级的领导才能享受这个待遇。唉，可怜天下父母心啊！天下事大，没有大过儿女的。

甄老师坐在车里，心里忐忑着，看来，一个月七八千块钱不好挣！

原来今晚七点钟，家教正式开始。甄老师要了解豆豆的整体学习情况，于是欲问他学习中的一些问题，可是没想到小家伙带头发问：“老师，癞蛤蟆属于什么科、什么目？为什么前脚短、后腿长？”豆豆说着拿出一只硕大的癞蛤蟆放在桌子上。

那只癞蛤蟆睁着高凸的大灰眼，下颌一张一翕地望着甄老师，似乎把甄老师当作了一只虫了。看着它满身的癞疙瘩，甄老师心里满是癞疙瘩，厌恶地说：“拿开，快拿开！”

豆豆默默地拿起那只癞蛤蟆装进一个盒子里。看样，很不高兴。

“我不是生物老师，所以不回答你的问题，眼下，最重要的是语、数、外，知道吗？”甄老师说着进入正题。他提问了一些问题，可是每次豆豆都是答非所问，相反，他提出一些稀奇古怪的问题，比如外星人长得什么样诸如之类。甄老师哪里能回答上来！很狼狈，也很恼火，严重警告他不许这样。

豆豆受到警告，不再提问题，却一会儿要喝水，一会儿要撒尿，一会儿要吃东西。甄老师精心设计的教学方案被搅得七零八落。

开始问数学问题了，豆豆一问三不知，气得甄老师问："一加一等于几?"

豆豆呆滞地坐在那里，半天，胆怯地回答："三。"

甄老师知道豆豆在故意耍弄自己，气得脸色如生了锈的菜刀，却又无可奈何。

甄老师走后，欧阳建业把豆豆叫过来问他对老师的感觉。

"他什么都不懂!"

"怎么?"

于是豆豆把那些问题重新说了一下。那些问题，很多就连欧阳建业这个博士都回答不上来。心里又好笑，又气愤，说道："以后不许再问老师这些问题了!"

"爸爸，我不要这个老师教了。"

"不行!"

现在，欧阳建业躺在床上，反复体会甄老师今晚对豆豆的评价。看来，儿子学习成绩不好，不是因为脑子不好，而是没有正确引导。可是怎么才能正确引导他呢？自己工作太忙，实在抽不出时间，现在唯有指望家教老师了，可是这个甄老师，老学究似的，会带好现代的孩子吗？特别是豆豆这个不安分的孩子。

唉，等段时间再说吧，不行，再换。

欧阳建业拿定好了主意准备睡觉，手机响了，是翁倩玉打来的，问他在干什么。欧阳建业回答说正要睡觉，问她有没有事。翁倩玉说没事就不能打电话了，然后一阵浪浪的笑。

放下电话，翁倩玉那深意的、连串的笑声还在耳边袅袅不绝，简直要绕梁三日了。不由大惊，这么晚了，没事打电话给他，这个世界敢的人不多，好像她在问候自己，关心自己，俨然一副特殊身份的姿态，想到这里，不由怀疑：难道那晚自己真的和她做了那事?

欧阳建业就这么躺在那里胡思乱想着，外面的雨噼里啪啦地响。

第二天早晨，雨还在放肆地下着。王璐准时醒来，躺在那里听着外面的雨声，心想：今天不能跑步了。

离上班时间还早，她躺在那里想着今天到公司应该怎么做，要不要去找严三强。

是真的他在使绊子吗？王璐想，又有些犹豫了，转念一想，即使不是他所为，最起码他是幕后推手，去拐弯抹角地警告他，最起码能做到敲山震虎，让他收敛一些。

打定了主意，她就躺在那里等着时间，等时间也叫杀时间，明明觉得已经过了很长时间了，拿起手机一看，才过去了二十分钟。好不容易挨到六点半，起床了，她要去包河公园看看油盐不进今天是否和自己一样没去跑步。

来到客厅，放暑假的老爸也已经起床，见到女儿，满眼睛都是关切。

“璐璐，听说你们公司遇到了一些困难，我有一个学生是做建材生意的，我已经和他联系了，他已经同意和你们谈谈，这是他的手机号码。”老爸说着递过来一张纸条。

这个消息是茫茫苦海中的一叶绿舟，王璐听了心里不由大喜，默默接了过来。

“不要再生气了，下午早点回来，我们出去吃饭。”王长丰望着一脸憔悴的女儿说。

这可难得，父亲在学校里做着不大不小的官——教导主任，即使是这样芝麻粒一样大的官，也应酬不暇，他早已厌倦，除非迫不得已，他是不会出去的。王璐知道吃饭只是借口，父亲恐怕要和自己谈一谈。现在自己内外交困，和父亲谈谈也不错，至少能得到不少慰藉，于是点头同意，然后出门。

外面是雨伞的世界，缤纷五彩地流淌着。驱车来到包河公园，大雨居然停了，只是偶尔有几滴多情缠绵的雨点落下。空中望去，太阳硬是从乌云堆里撕开一道口子，世界由此而亮堂了很多。

弃车来到公园，湖里的水涨了不少，也混沌了不少。莲叶半掩在水中，让人好生爱怜，只担心它们溺亡了。倒是路边的小草疯长了不少。

因为是雨天，公园里行人稀少，平时在这里锻炼的老人也不见了踪迹，因此公园稀罕地这么安静，安静得让人心慌。

观望了半天，那个白影也没出现，看来油盐不进今天真的没来跑步，这让王璐放心不少，但也有点儿失落，莫名地。呼啦啦，一阵猛雨扑来，赶紧躲进车子里。

离上班时间还早，王璐坐在车子里百无聊赖着不知干什么，突然想起父亲刚才递给自己的纸条，拿出一看，原来是一个手机号码，她拨通……

通话完毕，王璐高兴地亲吻着手机，这真是喜从天降！随即修改了自己的行动计划。

八点半，来到公司门口，正好遇到张小葱。张小葱向王璐来的方向望了望，问怎么从那里来的。王璐只好如实回答。

“姐，你已经到了这个地步了，还这么卖力?!”

“当一天和尚撞一天钟，这是我做人的起码原则。”王璐说着向旁边的一家茶馆走去。张小葱随即跟了过来。

茶馆里，王璐把自己的行动计划和盘说出。

“姐，能行吗？假如雷公同意呢?”

“放心，他不会同意的。”

“为什么?”

“因为咱有秘密武器!”王璐说着对着张小葱的耳朵一阵叽咕。

“还有这事啊，好！好!”张小葱高兴地一蹦三跳，再一招手，“姐，走，我们闹他一下去!”

二人有了秘密武器支撑着，昂首挺胸走进公司，再昂首挺胸地走进办公室。

好戏马上要上演了！

首先，王璐把金婉喊来，吩咐说：“你下午去N市，请SUNNY公司把所欠的余款尽快打进我们公司账里。”

“这个恐怕不行，我今天还要去银座公司做客户回访呢。”

“这个我会安排其他人的，你必须去，马上!”王璐一板一眼地说。

金婉已经明显感到王副主管今天不一样，话语硬邦邦得如铁似钢，而不是穷途末路的软柿子，于是改口说：“那我去向严主管汇报一下。”

“不必了，我是你的直接上司，你对我负责，你得听我的!”王璐说着，眼睛犀利地扫射着金婉。

金婉显然害怕了，答应道：“那好吧。”然后快快地走了出去。

小李他们几人见了，大吃一惊，心里感慨着：乖乖，这么强势，连金总的侄女都敢K！一个个老实了下来，安安分分地做着事。

“以后，办公室里谁要是违反了纪律，一律扣除半个月奖金。”王璐大声宣布，眼睛威严地扫了一周。

办公室里鸦雀无声。

酱油蒋知道其中的缘由，不停地喝着水，虽然他并不渴。张小葱偷偷地向王璐竖起大拇指。

五、柳暗花明

这些天来，金天雷心里一直纠结着怎么处置王璐。有心开了她，可是人家并没有犯什么错误，并且她一直都挺努力的。有心留着她呢，心里惶惶的，不怕一万，就怕万一，万一就是王璐这个剩女挡了公司的道呢。令狐大师不是人，他可是神，而神的旨意不可违啊！

现在，王璐对于金天雷来说就是鸡肋，弃之有味，食之无肉。

“剩女，剩女，鸡肋，鸡肋。”金天雷嘴里叨咕着。

说曹操，曹操到。王璐敲门进来，金天雷心里一惊，怔怔地猜疑着：她不会听到自己刚才的话吧？

金天雷是老江湖，会见风使舵，鬼见了都自叹不如，呵呵一笑，说道：“今天早晨一出门就听到喜鹊喳喳地叫个不停，料想今天肯定有什么好事在等着我，王副主管，你给我带来什么好消息了吧？”

王璐一听就知道金天雷在撒谎，早晨，下着大雨呢，喜鹊早不知道躲到哪里去了。

“一个好消息，一个坏消息，金总，你先听哪一个？”

“先听好消息吧，这些天尽是坏消息了，用你那个好消息冲冲晦气，这个鬼梅雨天，人都要上霉了。”金天雷说着敲打着自己的风湿腿。

“金总，我刚才拓展了一个新客户！”王璐坐下说。

“啊！是吗？”金天雷精神一振，坐直了身子，“快告诉我，怎么回事。”

“双门公司您知道吗？长江批发市场里的。”

“知道，知道，那是一家很大的批发公司，可是我们公司的产品几次都没打进去。”

“双门公司已经同意代理我们公司的产品了。”王璐说着把一份协议书呈了上去。

“是吗，是吗，太好了，太好了，哎呀，想不到，想不到。”金天雷看着协议书，不相信地摸着自己的头说，“王副主管，你真是雪中送炭，年三十晚上送砧板啊!”

“金总，这是我分内之事。”

“坏消息是……”金天雷小心翼翼地问，害怕坏消息惊吓了自己似的，做好了思想准备，抽出一支烟，点燃，抽了一口。

“我要辞职。”

“啊!”金天雷手里的烟掉落在桌子上，赶忙拿起，又抽了一口，才反应过来，问，“为什么?”

“没什么，是我个人的原因。”

“你个人的原因？什么原因?”

王璐低头不语。金天雷见了，催促道：“快说呀，急死人了!”说完，赶紧起身去给王璐倒了一杯水。

王璐喝了一口水。水下去，话出来，张口道：“我不能胜任目前的这个职务，我这个剩女挡了公司的道，所以我……”

金天雷听了，心里骂着：“是哪个乌鸦嘴?”

“没有的事，你这些年做得很好呀，不要听人家瞎说。”

“连大师都这么说的。”

金天雷明白王璐已经知道了一切，再也瞒不下去了，于是坦白地说：“风水大师是有这么一说，可是，我并没有听他的呀。”

“金总，您不信邪，这个我知道，关键是现在公司里已经传得沸沸扬扬，我的工作已经开展不下去了，所以，我非辞职不可!”

“他们不听你的话？敢!”金天雷拍着桌子咆哮道，脑子里冒出双门公司的事，好不容易才有这么一喜，千万不能让它飞了，先稳住她再说！于是坚决地说：“王副主管，你辞职，我是坚决不会同意的!”

王璐无可奈何地耸了一下肩膀。

金天雷见王璐决心已下，知道得用非常手段挽留不可，于是装着一副可怜相，哀求道：“王璐，公司现在什么样你也知道，简直就是风雨中飘摇的一片秋叶，眼看就要支撑不住了，能帮助我的人又不多，唯有你才能助我一臂之力，你不能见死不救吧?!”这就是金天雷的非常手段——悲情牌。他知道王璐的秉性——吃软不吃硬的。

金天雷这么一说，王璐倒是感动了许多，沉默了一会儿，说道：“金总，那么大师的话……”

“大师的话也不是完全正确！”金天雷再次瞄了瞄协议书说，“王主管，你辞职我是坚决不答应的！”

“可是那些流言蜚语，我实在受不了。”

“怎么？怕了？这不是你的风格啊！你是谁呀？冰雪玫瑰，不畏风寒的，我看这样吧，假如你有好的下家，我不阻拦你，所谓人往高处走，水往低处流。但是如果还没有，还是请你留下来帮帮我吧。”说着，眼睛露出悲哀。

金天雷这样深明大义，倒让王璐无话可说了（实际上也是她的意料之中），喝了一口水，说道：“既然金总这么看得起我，那我就暂时留下。金总，我们不是有协议吗？如果在一年之内我拿不下欧力文公司的订单，到时候你就同意我辞职！”

这是金天雷求之不得的，马上答应道：“好，好，就这么定了，如果你到时拿下了，我金天雷保证不会亏待你的，你回去好好工作，我马上召集销售部开会，看谁以后还敢不听你的吩咐？反了他！”

“那就这么定了。”王璐说着站了起来。

接下来，事情的发展完全出乎了王璐的想象。会议上，金天雷肯定了王璐的工作，鼓励大家要像她一样为公司分忧，同时强调公司员工应该各司其职，下级必须服从上级，要不，趁早滚蛋！最后说年底公司要进行人事调整，严格按照本年度的绩效进行。

金天雷无疑在为王璐辟谣，为她树立威信，大家心里明镜似的，看样子她年底升职有望了，王璐升职，那么严主管呢？大家就不明白了，局势怎么就瞬间发生了戏剧性的变化？明明她就要抬腿走人的呀！

事情的发展也完全出乎了严三强的意料，本来认为这次肯定会撵走王璐的！可怎么会这样？自己好不容易找来的风水大师，难道偷鸡不成蚀把米？

“陈大头啊，陈大头，令狐大师啊，令狐大师。”严三强坐在办公室里嘴里默念着。

原来，令狐大师不姓令狐，而是姓陈！大名精神，小名大头，也有叫他神经的，因为他从小就神经质，疑神疑鬼，终于把自己当作神鬼了。陈精神家离严三强家不远，二人打小就认识，也打小就出来混，而且混出个人模狗样来，在农村老家可算得上精英人物。

精英人物要拉关系，要资源共享以求利益最大化，所以二人平时来往频繁。

严三强按照金天雷的吩咐去找令狐大师。谈到价格，令狐大师要五万，回扣给严三强两万。

严三强说给六万，而且自己分文不取。

令狐大师虽然不把自己当人，但也知道天下没有免费的午餐，严三强肯定有求于自己，于是要他直说。严三强只是说自己的部门最近很不好，怀疑与一个人有关。令狐大师当然要问那人是谁。

“我们部门的副主管——王璐，切，一个剩女，连自己都推销不出去，怎么能把公司产品推销出去?”

令狐大师本来就多疑，现在，心里明镜似的，知道是王璐威胁到了自己这个老乡的地位，诡秘地一笑，捋着胡须说：“山人自有妙计!”

这样，就有了上面的那一出戏。可是，严三强万万没有想到会有如此结果，现在，他有一种为王璐作嫁衣裳的感觉。

事情也如他的感觉那样，一整天，小李他们几个都对王璐毕恭毕敬的，对于吩咐的事情也不再拖拖拉拉。

下午下班前，王璐给父亲去了电话，告诉他今晚不能陪他吃饭了，自己要去请他的那个学生吃饭，然后叫来张小葱，要她陪自己一块儿去，并且说这个事情成功后，奖金一人一半。张小葱坚决不同意要奖金，但是非常乐意陪王璐去吃饭。二人喜气洋洋地往外走，恨不得一路歌来一路唱。到了公司门口停车场，考虑到今晚可能要喝酒，所以二人商量着开谁的车，不想，酱油蒋从后面小跑着追了上来。

酱油蒋把今日的一切都归功于自己的告密，现在，他要邀功请赏——要王璐请他吃饭！再说了，今天金总那么夸奖王璐，那么就不怕和王璐亲近了。

“二位美女，人逢喜事精神爽啊!”

“那是!”张小葱回答道。

“有这么高兴的事，你们可得请我吃饭!”

“一边去!”张小葱的小嘴小刀似的锋利说。

“忘恩负义，忘恩负义!”

“切，当初我问你，你为什么要躲着?”

“我没躲呀。”酱油蒋冤枉地耸着肩说。

“算了，小葱，让蒋先生和我们一道去吧，这顿饭，反正金总已经批准了从公关经费里出。”王璐说。

“便宜了你！”

“嘻嘻，我就知道你们俩美女不会忘恩负义的！”酱油蒋说着一头钻进张小葱的车内。三人驱车向喜来登饭店而来。

到了喜来登饭店门口，三人下了车，酱油蒋看了看饭店门牌，大惊，说请自己不需要这样高级饭店的，太破费了！

“你认为请你呀？你当自己是谁啊！”张小葱扔下这句话，径直往里走去。酱油蒋呵呵一阵尴尬笑，然后屁颠屁颠地跟着走进金碧辉煌的大厅。

老师们N个解不开的迷惑中，其中就有一个，那就是成绩差的学生好呢还是成绩优秀的学生好。

对此，有的老师认为还是学习差的学生好点。

有些人可能有点儿费解。

成绩好的学生，功成名就后大多远离老师而去，而且他们认为自己成绩好，那是自己努力的结果，所以毕业后，很少来看望老师。而成绩差的学生呢？大多留在了老师周围。不知道怎么了，就是这些整天被老师批评挨罚的学生，毕业后遇到老师，分外地客气。只要老师一声招呼，他们总会过来帮助老师，一点儿含糊都不打。

张剑就是这其中的一个。

他是单亲家庭，少了父亲约束的缘故吧，抽烟喝酒打架那是家常便饭，因为这个被班主任王长丰无数次批评罚站，最严重的一次屁股被王长丰打肿了，这可严重违反教育法的！

和其他成绩差的学生命运一样，张剑没有考上大学，整天在社会上混。一次，因为打架砍伤了人而被关进看守所。母亲束手无策，唯有哭泣。她知道再这样下去，儿子真的就无药可救了。可是儿子脾气倔强，没有人能劝得了的，想到唯有还能听进去高中班主任王长丰的一言半语，于是哭着来找王长丰。

第二天，王长丰带着一些东西去看守所看望张剑，并和他进行了一次长谈。王长丰语重心长、苦口婆心地说着劝着，可是张剑一句话不说，只是沉默着。

王长丰猜测自己此行是竹篮打水——一场空，后来因为忙碌，就把这件事忘了！三年后的一天傍晚，王长丰骑着那辆除了铃不响其他部位都响的自行车回家，突然一辆大奔拦住他。车里下来一位戴着墨镜的五大三粗的汉子。王长丰见了胆怯，以为自己得罪了什么人，人家报复来了，三十六计——走为上策！王长丰转身想跑。

“王老师！”大汉大喊着把眼镜摘下。

“张剑，我的天！”

接着，张剑非要请王长丰吃饭不可。王长丰这才知道原是茅坑里又臭又硬石头的张剑从监狱里出来后进到海里——商海。那些年房地产吃香，可是他没有本钱，仰仗着自己在本地小有名气，于是给人家工地送建筑材料。人家害怕惹事，多少给他一点儿面子，这样慢慢做大起来。最后说这一切多亏老师那天的一番劝说，自己一辈子都忘不掉，只要老师一声招呼，他绝不含糊。

前天晚上，王长丰要以实际行动安慰女儿那颗受伤的心，突然想起张剑来，马上电话联系了他。张剑一听，响亮地回答说：“没问题！”

现在，王璐三人进到喜来登饭店，正要订房间，王璐的手机响了，原来是张剑，说房间他已经订好了，八楼888。

三人进到888房间，房间里已经有几个人了。

王璐不认得张剑，而张剑是认得自己老师的女儿的，一进门，张剑冲着王璐热情地招呼道：“妹妹来了！”

王璐做梦都没有想到自己今天受到如此礼遇，接下来，张剑左一声妹妹，右一声妹妹叫着，伺候着，然后把王璐介绍给其他人，说：“这是我的亲妹妹！”几人见张剑如此对待王璐，也是客气异常。

经张剑介绍，王璐得知那几人都是张剑的哥们，也都是做建材生意的。原来张剑受到老师的托付后，受宠若惊，于是把几个哥们一起叫来捧场。这几个人原先都跟着张剑混的，张剑从良后，他们跟着张剑后面挣钱吃饭，后来，张剑帮助他们另开了公司，现在，他们都在本地经营着建材生意。王长丰不知道，他找了张剑这只鸡，指望下个蛋来帮助女儿，却不承想这只鸡又带来另外的几只鸡一起来帮着下蛋。

酒过三巡，菜过五味，要进入正题了，张剑单刀直入，说我亲妹妹的建筑钢材销售遇到一点儿小小的困难，哥几个看看能不能帮上忙。

几人都说小菜一碟，表示愿意代理金天公司的产品，并且保证优先向客户推荐。

很快，几方达成口头协议，只等明天签订书面合同。张剑不放心地强调说千万不能像念书的时候那样交白卷。那几人说放心吧，难道这几年白混了。

王璐三人做梦都没有想到今日会如此，简直天上掉馅饼正好砸在自己的头顶上了。酱油蒋庆幸着刚才在公司门口的一举，心里盘算着拿下这几个订单后自己能得到多少奖金。

吃过饭，王璐对张小葱一使眼色，张小葱会意，起身准备去买单。却不料张剑说单已经买了，还说请妹妹吃饭还要你买单？那自己这个哥哥岂不白当了，走走，唱歌去！

凌晨一点，王璐回到家，父亲居然还在等她，见到女儿，问今晚怎么样。

“老爸，你太牛了！”王璐大喊着上去抱住王长丰狠狠地亲了一口。

王长丰被亲得晕头转向。很久没有受到宝贝女儿这个待遇了，猛地这么来一下，眼泪几乎都被亲出来了。回到自己房间，不睡沙发了，而是示威地睡在床上。而老婆陈桂花却认为丈夫终于向自己妥协了，于是伸腿压在丈夫的身上。

今晚兴奋得过头了，现在，王璐怎么也睡不着，心里还在惦记着那几个口头协议，想着明天赶紧签订书面合同以免夜长梦多，又想着把这件事告诉了金天雷，他会是什么样子，大家对此的反应又是什么样。

“谣言会不攻自破的！”王璐心里拨弄着算盘。

最后，心里惶惶地道：“他们不会反悔吧？”心里赶紧来否定说：“不会的，不会的。”

现在的王璐犹如一个穷光蛋得到了一千块钱，大喜之后，一时不知道藏在哪里，放哪里都不放心，生怕丢了。

王璐今晚如此高兴，可是有一件事让她不愉快，那就是今晚一个叫贾财宝的人不断对张小葱大献殷勤，而且那种殷勤是那么赤裸裸——睁着红灯笼的眼睛愣愣地望着张小葱。张小葱可是名花有主了！

贾宝玉多情，没想到这个贾财宝也居然这么多情！咦，好像张小葱并不反感！而且把自己的手机号码和 QQ 号告诉了他，嗯，明天得提醒一下那丫头。王璐这么打定主意，慢慢睡去了。

梅雨暂时停歇，今晚天空群星难得聚齐。一颗颗钻石似的镶嵌在黑色帷幕上，熠熠生辉，大地上热闹非凡，夏虫彻夜都在弹琴唱歌。

但愿这美好一直持续下去，可是天气预报说:今明两天晴天，未来几天，小雨转大雨。

第二天早晨，王璐照常去跑步，也照常遇到油盐不进，也照常没有交集，但是，王璐却没有那么焦急了，现在，毕竟有张哥他们罩着，毛毛雨虽小，但能解燃眉之急。这样，她能轻松跑步，顺便欣赏了公园的早景，她觉得公园的景色从来没有这么美过！垂柳更加妩媚动人，鸟鸣更加动人心弦，湖中的莲简直就是上天派来的精灵，在晨晖中随风曼舞着。

欧阳建业可没有王璐那么轻松，他心情沉重着呢！都是因为儿子豆豆。

昨晚，甄老师按时来家教。一会儿，甄老师气冲冲地出来，找到欧阳建业，摇着头摆着手说自己教不了贵公子，还是另请高明吧。

欧阳建业赶忙问发生了什么事。原来，甄老师给豆豆补语文，他提出一些问题让豆豆回答。豆豆呢？一报还一报，也提出了一系列的问题要老师回答，那些问题不要说甄老师，就是一般的国学大师也一时难以解答。甄老师回答不上来，豆豆一脸轻蔑，也不再回答老师的问题，说除非老师能回答他的问题。甄老师知道小家伙在故意刁难他，说到底就是不满意他，说白了就是要他滚蛋。

世界上最侮辱人的莫过于学生看不起老师。甄老师平时认为自己学富五车，博古通今，为学生所崇拜，是教育界的楷模，为五斗米折腰那是因为老婆对自己微薄工资的看不起。现在，他彻底忘了老婆，而把折腰的事放在第一——他负气而走了。

欧阳建业当然不会轻易放过豆豆，一顿暴打，可是豆豆居然一声没哭！看来撵走了老师的高兴要胜过挨打的痛苦。

怎么样才能让自己这个儿子走上正轨，这是欧阳建业目前最大的心病。还有，翁倩玉今晚又请他出去吃饭了，他怕见她，担心一见到翁倩玉自己就彻底举手投降了，只好借故推辞。

晚上，姚美丽例行公事地来到欧阳家，检查完保姆所做的家务，又吩咐她应该注意的事项后，过来陪欧阳建业聊天。

欧阳建业肚子里的委屈无处倾诉，于是把豆豆的事向姚美丽说了，并请教她该怎么办。

姚美丽终于逮住机会把自己蓄谋已久的计谋说出来了，她冠冕堂皇地告诉欧阳建业，不如把豆豆送到国外寄宿学校去，这样有利于豆豆的学习和成长。

欧阳建业听了沉默不语。姚美丽见了说仅供参考而已，然后匆匆离去，激动得宛如吃了长生不老的人参果，因为她是深知欧阳总裁的秉性的，他没有立即否定，说明他动心了，正思考中！豆豆一走，嘿嘿，绊脚石自然搬除，到时候，欧阳家就是她姚美丽的天下！

正如姚美丽预料，她走后，欧阳建业陷入沉思。姚美丽的建议不失为明智之举！可是把儿子送到国外，自己又有些舍不得，现在父子俩可是相依为命啊！再说送走了豆豆也对不起天堂里的妻子。但是，如果不把他送到国外，由着他这样发展下去，恐怕既成不了才，也成不了人！现在，暑假开始了，豆豆整天疯玩，又撵跑了家教老师，简直要成野孩子了！

怎么办？早晨跑步的时候，欧阳建业还在想着这个问题。

八点多，王璐来公司上班。

小李她们几个本来如群雀一般在叽叽喳喳聊天嬉闹着，王璐进来，似苍鹰飞临雀群，群雀顿时哑然无声，再四下纷飞而去。

张小葱见了，对着王璐会心一笑。酱油蒋见了深有感触，心里叨咕着："老虎不发威，当我是病猫啊！"然后站起来，大声宣布道："诸位，鄙人现在宣布一个好消息，我们销售部有救了！"

大家的目光聚焦到酱油蒋身上，满眼里都是疑惑。

王璐知道他要说什么，正要制止，可是已经来不及了，酱油蒋把昨晚的事简要地说了一遍。

大家听了，心里五味杂陈，纷纷向王璐投来敬佩、畏惧、羡慕的目光。

酱油蒋说完，来到王璐面前，征询合同现在要不要拟定。王璐说等会儿向金总汇报后再说吧。然后静下心来开始梳理昨晚之事，半天才梳理完毕，正要站起来去向金天雷汇报，谁知道金天雷比她还急，来电话催去他办公室。

来到金天雷办公室，金天雷劈头就问："你老爸那个学生的事昨晚进展得怎么样了？"

"基本搞定。"

"好，太好了！"金天雷说，高兴得几欲跃起。

"并且我们还是鸡下蛋，蛋下鸡。"

“什么?”

“鸡下蛋，蛋下鸡。”

“你是说……你是说……?”金天雷半天没有明白过来。

王璐于是把昨晚的情况做了汇报。

这是这些天来，金天雷遇到的最高兴之事，高兴得恨不得过来拥抱王璐再亲她一口！半天，还是那句：“好！太好了！”

“今天我们准备就和他们签订合同，金总，你有什么要吩咐的吗？比如给他们的回扣点。”

“没有，没有，至于给他们的回扣，你就看着办吧？尽快签，尽快签，不要夜长梦多，节外生枝。”

“我准备给他们最高的回扣点，这样，他们的积极性会高些，多出的部分从我们的奖金中扣除。”

对于王璐这样牺牲自己的利益，一心一意为公司着想，金天雷不由感动起来，问：“这样妥当吗?”

“妥当，等我把合同拟定好了，请您过目。”

“行，行！哎，王主管”这是金天雷第一次没有在主字前放一个副字，“你估计这几家公司一年能帮我们销售多少产品?”

“二三百吨我想应该是没有问题的。”

金天雷听了，拿起计算器飞快地点着，点完，看着计算器，说道：“也不算少，可是也不能解决我们公司目前的困境，这一年多来，公司积压的货太多了！”

王璐心里明白金天雷话里的意思，他在告诉自己，欧力文公司的订单才算大！于是说：“我和张总他们说一下，尽量多销售一些我们公司的产品，至于欧力文公司，金总，请您放心，一切按照我们的协议办。”

“哦，哦，尽力吧，尽力吧。”金天雷说，他心里现在已经改变了主意，即使王璐拿不下欧力文公司的订单，他也舍不得放她走。

“金总，这事要不要我去向严主管汇报一下?”

“这个……你就不要亲自去了，等会儿我告诉他。你现在就回去，抓紧时间把合同拟定好。”

回到办公室，王璐立即召集大家开会。一会儿，严三强也匆匆赶来参与。刚才金天雷已经对他说了这事，严三强趁机说：“看看，令狐大师的做法多么灵验！天，聚宝盆和假山这才建成几天呀！”金天雷听了并没有说什么，只是白了严三强一眼。

会上，王璐传达了金总的指示。严三强本来要问一些问题，听王璐这么一说，话到嘴边又咽了回去，大大的喉结在挪动，如蛇吞了猎物。此时，他这个“局外人”坐在那里，听着王璐吩咐这吩咐那，心里的葡萄酸洪山般地泛滥着。

严三强就不明白了，王璐从哪里拉来的这些关系，虽然说解了公司的燃眉之急，但是，此时的他已经感觉到自己的位子岌岌可危了！这样想，不由得扭动了一下屁股。

合同很快就签了，皆大欢喜。为此，金天雷晚上宴请了张剑等人。张剑酒喝多了，对金天雷说：“你可不能欺负我这个妹妹，哥几个是不会答应的！”

“对，对。”其他几人附和着说。

“王主管在我们公司就是一个宝，我怎么会舍得欺负她呢?”金天雷说，然后瞟了一眼身边的王璐，意思是：对不对呀?

“对，对，王主管在我们公司销售部可是顶梁柱！”酱油蒋适时插话说。

王璐被夸得脸上彩旗飘扬！羞涩地低下头。

严三强气得脸如外面漆黑的夜空。

夜深了，夏虫你方唱罢我登台，好一个热闹的仲夏之夜！

王璐躺在床上，金天雷、酱油蒋的夸赞之言还在耳边飘荡，心里美滋滋的。现在可不就是风雨之后见彩虹，而且还是彩虹满天！这件事多亏了老爸，谁说教师一无是处？嗯，明天去给老爸买条好烟吧。

正在胡思乱想的时候，电话响了，讨厌，这么晚了还来电话！拿起手机一看原来是张小葱的男朋友胡兵打来的。电话里传来胡兵焦急的声音，问王璐今晚是不是和张小葱在一起。

“是啊，今晚我们在一起吃的饭，怎么了?”

“她到现在还没有回家呢！”

“啊！那赶快联系呀。”

“她关机了。”胡兵哭憋着说。

“不要着急，不要着急，也许手机没电了，再稍等一会儿，也许就会回去。”王璐安慰地说。

王璐这么说是有根据的，张小葱猴精猴精的，只有她要别人的份，没有别人要她的本领。

放下电话，王璐给张小葱去了电话，果然关机了。难道被人劫持了？不会！不会！今晚那么多人呢，张哥他们也不是一般人。那怎么一回事呢？这丫头关机肯定是故意的！王璐断定。可她为什么这么做呢？王璐思想过滤着张小葱今晚的一言一行，不由大吸一口凉气，难道……难道……

记得宴席开始的时候，贾财宝赴汤蹈火似的抢着坐在张小葱的身边，然后对她大献殷勤，不时给她夹菜。张小葱呢？公主似的坐在那里受用着，宴会结束的时候，二人落在后面，难道张小葱跟着贾财宝去玩了？

赶紧给贾财宝打了电话，电话里传来嘈杂的音乐声，王璐知道这是在夜总会。随即传来贾财宝的声音："喂，哪位？"

"贾总，小葱是不是和你在一起？"

"是呀，怎么了？"

"那我就放心了。"王璐说着便挂断电话。

王璐说放心那是假的，现在她更加不放心了！而且还悬在外面黑夜的半空中——为胡兵悬的。

接下来，给胡兵去了电话，告诉他没事，他的小葱一会儿就会回家去。放下电话，心想：明天无论如何都要找小葱好好谈谈！

"我们好好谈谈。"此时，梁天成电话里这么对姚美丽说。

"我们不是两清了，还有什么要谈的？"

"谈人生，谈情感。"

"我和你没有什么情感可谈！"

"刚做过就忘了？那么好忘事？我可没忘，刻骨铭心！"

"你……你龌龊，你卑鄙！"

"我是龌龊，我是卑鄙，我一遍又一遍看那晚的事，看得我心潮澎湃，现在还想……"

"无耻，下流，你……你录视频了？"

"记录我们之间美好的风流韵事。"

"把视频给我！"

"可以，你来拿。"

"你在哪里？"

“宾馆。”

姚美丽知道相信梁天成的话，就等于相信太平洋里没有水，撒哈拉沙漠里没有沙子。如果去了宾馆，不知道等待她的又是什么，于是说：“不去！你不给，我可要报警了！”

“好啊，你报警吧，光脚不怕穿鞋的，我马上把视频传到网上，并且给你那位欧阳总裁送一份过去。”

“千万别，求你了，你到底想怎么样？”

“我想你现在就过来陪我，告诉你，我在胜利宾馆608房间。”梁天成说完就挂断了电话。

“无赖！流氓！”姚美丽放下手机，骂道。她现在肠子都悔青了，那天晚上让梁天成得逞，现在这个流氓要得寸进尺了。

怎么办？姚美丽无头苍蝇似的在房间里乱窜着。如果不去，梁天成真的会把视频传到网上，传送给欧阳总裁，这个流氓是做得出的！她是知道他的，心狠手辣着呢！到那时候会是什么样？想到这个后果，姚美丽遍身起了一层鸡皮疙瘩！她抓起桌子上的凉开水猛灌，凉水让她冷静了许多，重新坐下，想了想，拿起手机……

梁天成说有那晚的视频是假的，目的是想吓唬一下姚美丽，顺便再讨点便宜。现在，他躺在宾馆的床上，想姚美丽肯定被吓得不轻，虽然看不见姚美丽，但是可以想象她的脸被吓得扭曲变形，想到那张漂亮的脸蛋，又联想到她挺拔的胸脯以及雪白的大腿、茂密的草丛……梁天成的裆部雄起了。

他不能肯定姚美丽是否会来，但是，今晚要发泄那是肯定的，于是上网进到一个QQ群里，和一个上门的女孩聊了起来，正在谈价格，当当敲门声，打开门一看，竟然是姚美丽站在外面！

梁天成现在是饥渴难耐，二话不说，一把拉进姚美丽，关上门，抱起她去床上，风卷残云地脱了她的衣服，姚美丽美丽的胴体赤裸裸地呈现在他的眼前，欣赏了片刻，再饿狼似的扑了上去……

姚美丽躺在那里任凭梁天成折腾着。梁天成呢，全身心地享受着，正要变换一个姿势，突然，手机响了，他望了一眼手机，并没有接，在他看来，什么事也没有现在这个事重要。

姚美丽躺在那里，心里怪罪着梁天成的手机响得太迟，怎么到现在才打来！

梁天成发泄完，姚美丽伸着手说道：“视频呢？拿来！”

“什么视频？没有呀。”

姚美丽知道上当受骗了，羞辱难当、气愤难耐，抡起巴掌照着梁天成的脸扫了过去。谁知道梁天成早有防备，往后一闪，躲过。姚美丽没打着，跃起，准备穿衣服离开，梁天成老鹰抓小鸡似的抓住她，再把她压在身下。姚美丽拼命挣扎，终于挣脱开，迅速穿了衣服，逃出魔窟……

“哈哈……”梁天成望着姚美丽慌不择路的样子大笑着，关上门，喊道：“欧阳建业啊欧阳建业，你的女人过瘾，带劲儿！哈哈……”然后拿起手机，拨通那个未接电话。他不知道这个人是姚美丽搬来救火的，可是晚了一步。

姚美丽逃到外面，外面电闪雷鸣。她打小就怕打雷，到现在还是怕，一打雷就紧闭门窗，找个东西堵住耳朵，再用棉被捂住头，这样，外面的雷电就不存在了。现在，姚美丽不顾那些雷电，一往无前地冲进暴雨中，因为她怕梁天成比怕打雷更胜一筹！

这雨一直下着，而且越下越老成，第二天早晨，依然如注地下着。

王璐准时醒来，听着窗户上“啪啪”的雨声，知道跑不成步了，料想那个油盐不进也跑不成，心里释然，缩在被窝里看本市新闻，可是跑步惯了，突然停下来，居然不适应，于是下床，一边绕着房间跑，一边看新闻。

新闻里报道说某些地段积水，王璐因而没有开车，而是提前出门准备坐公交去上班。地上白花花，天上阴沉沉，天地之间是雾蒙蒙的，王璐打着伞低头冒雨前行，突然，风雨中一人穿着雨衣魔鬼似的迎面而来，差点儿和王璐撞了个满怀。王璐吓得惊叫着赶紧躲在一旁，却不料那人早就发现了王璐，站住，冲着王璐龇牙一笑，说道：“王璐，告诉你，我中了五千万！”原来又是马天放！

王璐哭笑不得，说道：“好，好，恭喜。”

马天放N次神秘地四下看了看，N次地低声吩咐说：“千万不要告诉别人！”

“好。”王璐N次地答应着，随即离开。后面，马天放又逮住小区里的一人，对他说着自己的秘密。

王璐走着，心里可怜着马天放，好端端的一人就这样鬼迷心窍而毁坏了，成了别人的笑柄。自己千万不能那样，如果那样就买瓶老鼠药喝了！

她不知道像马天放那样的人整天高兴还来不及呢，又怎么能想到自杀！

好不容易挤上公交车，想着今天该干的事，嗯，今天无论如何都要找张小葱谈谈，胡兵哭憋的声音还在耳边荡漾着呢。

来到办公室，眼睛直视着张小葱。张小葱装着没看见，低头干着事。这不由加重了王璐的怀疑，心里道:这丫头，什么时候这么愚钝过，心里肯定有鬼！想到这儿，王璐拿起手机躲了出去，她这是给张剑去了电话，询问贾财宝的情况。

中饭休息的时候，王璐走了过去，说道："小葱，走，外面吃去。"

如果放在平时，张小葱肯定会爽快地答应，可是这一次却例外，张小葱揉着眼睛说道："姐，不去了，瞌睡死了。"

"知道你瞌睡死了。"王璐眼睛X光似的扫描着小葱。

张小葱见王璐眼光异样，又细琢磨王璐的话，感觉到话里有话，问道："有事吗?"

王璐没有回答，而是径直往外走。张小葱犹豫了一下，还是站起跟了出去。

王璐并没有去那家熟悉的小餐馆，而是舍近求远，来到平时很少光顾的一家餐馆。张小葱见了，知道王璐有话要对自己说。

进到餐馆，在一个僻静的地方坐了下来，王璐特意点了两个特色菜，可是张小葱却一点儿胃口都没有。

"昨晚喝多了?"

"姐，我知道你要问什么，昨晚我是和贾财宝一起去夜总会玩了，怎么了?"

王璐千万没有想到张小葱会不打自招，一时不知道怎么办，半天，才说道："我们都急死了！还认为你被劫道了呢，手机没电了?"

"有！告诉你，我那是故意关机的，咦，你怎么知道这件事的？是胡兵告诉你的?"张小葱说完，对着服务员招手，说要两瓶啤酒。

"故意的？天，小葱，你和贾财宝才认识几天？就跟着他一起去夜总会了!"

"姐，你是说我不该跟着他去夜总会？为什么?"

"这几天我都看出来了，贾财宝一直对你大献殷勤。"

"献殷勤有什么不好？女人嘛，都喜欢男人这样。"

"可是，你马上要和胡兵结婚了。"

“结婚？我怎么不知道！”这时候，服务员拿来啤酒，张小葱打开，猛喝起来。

王璐见了，感觉不对劲儿，问道：“怎么？和胡兵闹别扭了？”

“我们可能要散。”

“啊！怎么会这样？为什么要散？”

“他这人，烦死了，整天对我不放心，特别是最近，每当我回家，他总是盘问我今天干了什么事了，和哪些人在一起，等等，还有，周六周日我不能单独出行，他非要跟着我不可，说白了，那是监视我。”

“他那是没有安全感，小葱，你可是万人迷啊！”

“可是也不能那样啊，现在，没结婚我就没有自由了，等结婚了，那就更没有自由了，情人、夫妻间信任应该第一，就是结了婚，丈夫也不应该反对妻子和男人的正常交往，姐，你说对不对？”

“我没情人，也没结过婚，所以不能回答你，但是，你说的似乎在理，可是，小葱，我得替胡兵说两句，他非常在乎你，在你面前，他感到自卑，他毕竟是农村的，工作也不如你，追求你的人又那么多。”

“如果我在乎这个，当初就不会和他好了，现在才发现我们俩根本不合适，也许我们生活的环境不同，对事物的认识也就不同，我张小葱可不是他的私有物品！”

“爱情是自私的，也是排他的，不是吗？不要逞一时之气。都这么多年了，说散就散啊?！你们当初那样，公主和青蛙，可是让我羡慕，也让我对你佩服得很啊！不要再说什么散不散的，胡兵我会找他谈，让他以后多注意一下，行吗？”

张小葱沉默不语。

“我觉得呢以后少和贾财宝来往。”

“为什么？”

“没有为什么。”

“这是胡兵的话吧，他呀，哼，我再次强调一下，在没有结婚前，我有权和任何男人交往！”

“你呀，说什么好呢，吃着碗里的，瞧着锅里的不是？和其他男人来往我不反对，但是你得少和贾财宝来往，这个必须听姐的！”

张小葱似乎嗅出什么，答应道：“知道啦，我的老姐，啰啰唆唆，比我老妈还厉害！”

“不要带老字，听着别扭，我现在是风声鹤唳，草木皆兵，人家都叫我剩女嫁不出去了，你也跟着后面瞎起哄?”

“嘻嘻，那个油盐不进在等着你呢!”

“再说这个，看我不撕破你的嘴!”王璐说着手欲伸过来。张小葱身子往后一缩，一语双关地说：“姐，我的感觉很准的，你和那个油盐不进有戏!”

王璐明白不了糊涂了地回答：“但愿如你所说，我们能拿下他的订单。”

二人回到办公室，酱油蒋见了，端着一杯咖啡过来，问：“二位美女，出去吃什么好吃的了?”

“大餐!”张小葱干脆利落地回答。

“是吗?”酱油蒋说着把手里的咖啡递给王璐。

“酱油蒋，你怎么不给我倒杯咖啡?姐，看到了吧，有人开始拍马屁了!”

王璐是被拍的人，坐在那里心里扬扬得意，脸上夏花灿烂，呵呵地笑着。酱油蒋老底被揭穿，倒并没有显得难为情，而是说：“狗屁、猪屁什么屁都臭，只有马屁不臭。”

“嗯，马屁香，只有王姐感觉到，我这个旁观者闻起来，倒是不臭，但是酸，酸得我浑身起鸡皮疙瘩!”张小葱说着咧嘴挠着身子。

酱油蒋似被利剑刺中，呻吟一声，不作声了，半天，说道：“姑奶奶，我怕了你还不成!我这就给你端咖啡去。”说着走开了。

王璐望着酱油蒋离去的背影，说道：“白骨精，欠孙猴子降服你!”

“白骨精实实在在的，孙猴子在哪里?找来呀。”

“你这张嘴呀……”

下午，张剑来电话，要王璐晚上和他一起去参加一个晚宴。王璐犹豫不决，因为刚才棋魂会所老板打来电话，要王璐晚上过去玩，于是回答说晚上有约了。

张剑还是不甘心，说晚上都是同行业的人，也许对她的销售很有好处。王璐听了不免动心，可是刚才已经答应了棋魂会所老板，一时不能决定，于是回答说下班的时候再说吧。

到了临近下班的时候，王璐打定了主意，不去赴宴了，因为自己已经答应了棋魂会所老板，还有，下棋比吃饭要快活很多，一个是物质享受，一个是精神享受，二者不在同一档次上。下班的时候，正要给张剑回电话说自己不去了，这时候金天雷走了过来，要王璐陪他去吃饭。王璐不好当面拒绝，于是拿张剑做挡箭牌。金天雷一听，蚂蚁上树——顺着杆子爬，说道："他们人多吗？不多，我也过去！"

王璐万万没有想到金天雷会这样草船借箭，急中生智，热情地说："他们几个私人聚会，金总，我们一道过去。"

金天雷说既然是私人聚会那算了，然后离开。

王璐收拾东西正要离开，张小葱走了过来，说道："看到了吧。"

"什么？"

"喏。"张小葱说着眼睛四下一扫。

王璐顺着她的眼光望去，办公室里空荡荡的只剩下她们两人了，望了一眼墙上的挂钟，说道："时间到了，都下班了。"

"非也，她们是被人家请去了。"

"请去了？谁请的？"

"还有谁，三阎王呗。"

"哈哈，阎王请客有什么好啊，我情愿永远不去！"

"人家这是笼络人心！人家看到你春风得意，敏感着呢！"

"小葱，这个我们不管，干好自己的工作就行！嗅，阎王怎么没有请你去？"

"我是你的跟屁虫，怎么会请我？"

"跟屁虫，你怎么知道阎王请客这回事？"

"酱油蒋告诉的呗。"

"酱油蒋也去了?!"

"这个家伙，老油条，墙头草！"张小葱说，这时候手机响了，看了看，说："姐，我有事先走了。"然后匆匆离开。

王璐本想问电话是不是贾财宝打来的，可是张小葱一溜烟不见了，只好作罢。她迅速收拾好东西，急着往家赶，因为有个定式搞不清楚，得回家看看围棋书。

急着往家赶的还有欧阳建业。因为今天姚美丽又给豆豆找了个家教。

来到家里，见到了家教老师。这次是个女的，四十来岁，长得一般，戴着高度数眼镜，听说眼镜的深度与学问成正比（姚美丽就是这么认为的），欧阳建业并没有反感。她自我介绍说复姓欧阳名欣悦，在一家省级示范学校任教。欧阳建业一听是本家，潜意识里感觉亲近了些。这正是姚美丽特意所为，她认为同姓的男女该不会胡来吧。

欧阳建业好意地提醒说自己的儿子有点儿调皮，不好教，要欧阳老师有个心理准备。

欧阳老师倒是谦虚，说先试一试吧。

豆豆被叫来，小家伙小眼睛挤了挤，望了一眼老师，低头站在那里一句话不说，一副老实巴交的样子。

七点钟时分，欧阳老师带着豆豆去了，家教算正式开始。欧阳建业心里忐忑着，探头探脑地看，可是豆豆房间的门却紧关着，只好倾耳以听，里面静悄悄的，看来，这次豆豆很听话，不由松了一口气，坐下，抽支烟庆贺着。

突然，“妈啊!”一声，房门随即打开，欧阳老师冲了出来，嘴里喊着：“我教不了你儿子！教不了，你另找人吧。”不等欧阳建业回话，人已经冲出门去，消失在黑暗中。

欧阳建业知道豆豆又给老师下套了，冲了进去，只见豆豆手里拿着一条硕大的花蛇玩着。原来，开始的时候豆豆很听话，如实回答老师的提问。一会儿，欧阳老师去洗手间，回来后，一屁股坐下，感到裙子底下软软的、凉凉的，好奇地一看，一条大花蛇昂头吐着蛇信，尾巴还缠绕在自己的腿上。

欧阳欣悦平生最怕的就是蛇，“妈啊”一声厉叫躲开，只见豆豆哧哧地笑，知道豆豆在耍她，随即冲出房间。

“你……哪儿来的?”欧阳建业吼道，却不敢接近，因为他也怕蛇。

“和同学换的。”豆豆说着伸嘴亲了一口那蛇，“爸，无毒。”

欧阳建业见了恶心，说道：“赶快拿开！赶快拿开!”

豆豆起身拿来一个盒子，小心翼翼地把蛇装了进去，再小心翼翼地放在角落里。欧阳建业这才放心，冲了过去，拎起那个盒子扔进外面的垃圾桶里，再冲进豆豆的屋子里，把那些虫子、青蛙等一股脑扔进下水道里。

豆豆见了拼命上来挽救，被欧阳建业按到沙发上，一顿暴打。

姚美丽在外面听了，坐在那里嘴角挂着笑，半天才进来，虚情假意地劝说道：“不要再打了，不要再打了。”

“蛇的眼泪，这里不需要你，滚!”豆豆冲着姚美丽吼道。

姚美丽气得七窍生烟，又不好发作，咬着牙离开，心里恨恨地说：

"打，狠劲儿地给我打!"

欧阳建业好像听到了姚美丽心里的话，再次抡起巴掌，噼里啪啦。豆豆痛得实在忍受不住，挣脱开，跑去抱起桌子上妈妈的相片，呼唤着："妈妈!"

欧阳建业见了，颓然坐下，双手捂住头……

王璐驱车来到棋魂会所，赵忠厚已经等候她多时了！他要报一箭之仇，这些天来卧薪尝胆地学习，自以为差不多了，于是来到会所，怂恿会所老板给王璐打电话过来玩。

"来一盘?"赵忠厚说，话语虽然是在商量，可是人却已经坐下，做出一份决战姿态。

王璐知道赵忠厚要报仇，有心不应战，那么就如打麻将赢了钱不想再玩，人家会说闲话的！只好坐了下来。

赵忠厚要报仇了！这下，会所里可就热闹了，人们纷纷前来观战，还没开盘，王、赵二人已被围了个水泄不通。

猜先，王璐执黑先行，以二连星开局。赵忠厚以自己擅长的错小目还以颜色。二人落子如飞，没到半个小时，三十手棋落定。

左上角王璐占了便宜，这得益于她回家搞清楚了那个定式。可是赵忠厚行棋厚实，无懈可击，所以，局面暂时两分。

中盘阶段，进入厮杀。棋盘上虽然只有百来颗黑白子，但是，处处硝烟弥漫，血肉横飞。

二人紧盯着棋盘，身体前倾着，头几乎要碰到一起，比时是为最为关键时刻，一着不慎，就会招来满盘皆输!

大家观看着，姿态各一，其紧张程度丝毫不亚于对弈双方，有几个赵忠厚的粉丝急得抓耳挠腮，恨不得推开赵忠厚自己亲自上阵搏杀!

一番搏杀下来，王璐看了看盘面，实地已经明显不够了，于是君子风度地投子认输。

赵忠厚就是忠厚，呵呵一笑，为王璐解围地说："一比一。"

"赵名人名不虚传。"王璐恭维地回答。

二人准备复盘，王璐的手机响了，原来是胡兵打来的，跑到一边接了电话。胡兵问小葱是不是和她在一起。

王璐竟然神使鬼差地回答说在一起。

"哦"的一声，胡兵挂了电话，虽然电话里看不到胡兵的神情，王璐猜想他此时可能放松地一屁股坐在沙发上！

王璐不知道刚才善意的谎言对不对，猜想：这丫头该不会又和贾财宝在一起吧？

王璐猜对了！傍晚下班的时候，张小葱接的那个电话就是贾财宝打来的，邀请她去看电影。

张小葱本不想去，可是想到胡兵疑神疑鬼的样子，心里道："你不让我出去，我偏出去给你看！哼，还居然向王姐告我黑状了！"

二人看了一场无聊的电影，出来后，二人都感到扫兴，贾财宝要补偿，强拉张小葱去歌厅唱歌。

《红楼梦》里的贾宝玉琴棋书画样样精通，贾财宝和贾宝玉只有一字之差，可是在音乐方面却有着天壤之别。但是，贾财宝可不是这么认为的，他自认为自己是张雨生、张学友、张信哲，因而霸占着麦克，卖弄着他的那副老鸭嗓子，却没有一句着调的！

张小葱坐在那里听着，心里想到小品中的那句话："别人唱歌要钱，贾财宝唱歌要命！"可是看着贾财宝那如痴如醉的样子，心里又不禁好笑。人活在自己的套子里有时候很快活很幸福，比如现在的贾财宝。这样想，张小葱倒是觉得贾财宝傻得可爱了。

一曲终罢，张小葱巴掌拍得噼里啪啦，放鞭炮的响。贾财宝自认为自己的歌声征服了美女，过来坐下，端起酒杯和张小葱碰杯，然后要张小葱唱一首。

张小葱千万次地说自己不会唱歌。贾财宝说不会唱不要紧，但要学，然后硬是把话筒往张小葱怀里塞。

盛情难却，张小葱说我唱首王菲的《传奇》吧，然后站了起来："只因为在人群中多看了你一眼……"张小葱忘情地唱着，眼睛一扫，发现贾财宝大灰狼似的眼光发亮地盯着自己看，心咯噔一下。

接下来，贾财宝的眼睛越来越亮，张小葱的心越来越咯噔得厉害，似乎心里有千万只小鹿乱突乱撞，又似有千万只蜜蜂一起飞扬。一时间，手足无措，歌也打折不少。好不容易一首唱完，贾财宝的掌声"啪啪"响，然后拿起一瓶啤酒递给张小葱，自己又拿起一瓶，说吹了，不等张小葱说话，自己咕嘟咕嘟地喝了起来，喝完，把空酒瓶对张小葱扬着，意思是要她和自己一样。

张小葱也是性情中人，咕嘟嘟一口气喝完，肚子里的气一个劲儿地往上冒，头晕晕地靠在沙发上，感觉后面沙发上一个东西，张小葱知道那是贾财宝的胳膊，她不自觉地把身子往旁边挪了挪。

“贾总，我们走吧。”

“早呢，再玩一会儿，我给你再唱一首吧。”不等张小葱回答，贾财宝已经站了起来，点了歌，音乐响起，首先来一段告白：“我把这首《冬天里的一把火》献给最最可爱的张小葱女士。”随后，老鸭嗓子唱起：“你就像那冬天里的一把火……”唱着还学着歌星费翔，把手指点着张小葱。

张小葱只好坐在那里“受用”着，可是她并没有被冬天里的一把火点燃着，而是心里道：“唱完这首，无论如何都要走了!”然后开始收拾东西。贾财宝见了，依仗着酒的豪气和放肆，过来一把夺过张小葱的包扔在一旁，然后继续忘情地唱。

张小葱哭笑不得，但是也没有怪罪贾财宝，她甚至挺喜欢他这样霸气的。男人，需要霸气！只可惜胡兵，只知道一味地谦让巴结讨好。她张小葱是谁？白骨精转世，需要强大的力量才能征服的!

张小葱不再提走，二人一曲一曲地唱，酒一瓶一瓶地喝，只喝得二人酒嗝不断。贾财宝再次把胳膊伸过来，张小葱没有再拒绝，因为她已经不知道身后有只胳膊了。

贾财宝得寸进尺，环绕的胳膊轻轻放在小葱的肩膀上，手指弹琴似的拍着她。张小葱醉意朦胧，哪里能感觉到？现在，她抱着话筒忘情地唱着。歌声是如此动人，只把一个声音引来，原来是手机，打开一看，是王璐打来的，问她在哪里，在干什么。

“姐，唱……唱歌呢，你……你过来吗?”

“喝多了吧。”

“没……没，呵呵……”

“你在哪个歌厅?”

“火把歌厅，203。”

半个小时后，王璐来到203房间，眼睛一扫，问：“就你们两人唱到现在?!”

张小葱低头不语，贾财宝客气地过来，要为王璐倒酒点歌。

“散了吧？都快到十二点了。”王璐说着搀扶起张小葱往外走，哪知道她已经不能走路了。

王璐、贾财宝两人好不容易把张小葱搀扶到楼下。张小葱闻到了新鲜空气，只感到嗓子眼有一股腥气，“嗷”的一声，呕吐不止，连王璐身上都喷溅到了。贾财宝更惨，整个鞋子都埋没了。

小葱蹲在那里呕吐了二十分钟，最后只剩下黄黄的水了，才站起来，居然能站直了。王璐把她搀扶进自己的车里坐下，心疼地说：“喝那么多酒干什么？”说着发动车子，向张小葱家的方向奔驰。

“人生能有几回醉？”

“几回醉？我看你是在活受罪！”

张小葱仰靠在那里双眼微闭，手捂着额头，说道：“痛，并快乐着。”

“快乐吗？说来听听你是怎么快乐的。”

张小葱没有回答，而是扭曲着嗓子，把贾财宝唱歌模仿了一下，倒是惟妙惟肖，刚模仿了几句，“嗷”的一声，赶紧捂住嘴。

听着那歌声，王璐开着车，不能腾出手来捂住耳朵，忍俊不禁地说：“这就是你所谓的快乐啊！”

“快乐，太快乐了！咦，姐，这么晚了怎么想起给我打电话？”

“我再不给你打电话，说不准今晚你会成什么样！哎，哎，我不是告诉过你，不要和贾财宝在一起，今晚怎么又在一起了？”

“我知道姐为我好，贾财宝以前是在社会上混的，可是人家已经改邪归正了。”

“不是混不混的问题，揭人家短不是我王璐的风格，反正我已经告诉你了，再继续和他交往，后果自负！”

张小葱没有回答，而是嘴角扬起，一副不服气的样子。王璐正在开着车，没有发现。

到了张小葱家楼下，正要搀扶往电梯里走，突然从黑暗中窜出一人，把王璐吓了一跳，以为是劫道的，待到那人走近，才发觉是胡兵。原来他放心不下张小葱，一直潜伏在楼下等着她，现在可是快到夜里一点了！真难为他了。

“好了，好了，物归原主了。”王璐说着把张小葱往胡兵手里送。

回到家里，父母居然还没有睡！王璐见了心里发怵，难道这两人又要闹什么幺蛾子不成？

老妈那个耳光还在心里啪啪响呢，眼睛里全然没有她，对着父亲王长丰打招呼说：“爸，看电视啊。”

“怎么到现在才回来?”

“去下棋了，后来张小葱喝醉了，把她送回去。”

“下棋，怎么不叫上我?”王长丰怪罪道，他也是棋迷，只不过女儿让他六个子居然还不是她的对手！气得他七窍生烟而又没有办法，谁让自己技不如人呢！于是大度地自我宽慰道：“今胜于昔，明胜于朝，青出于蓝而胜于蓝，只有这样社会才会进步。”

“整天公司事，别人事，什么时候是自己的事！”老妈唠叨道。她忘了现在正处于冷战时期。

王璐瞥了老妈一眼，径直冲向自己的房间，再“咣当”一声狠狠关上门。陈桂花见了，“呼”地站起要冲过去，丈夫这个消防队员见了一把拉住，轻声柔语地哄劝道：“我来，我来。”然后半拥着把她送回他们的房间。

“都是你惯的!”陈桂花吼道。

“是，是，都是我的错，我罪大恶极，我坦白从宽。”消防队员继续灭着火。王长丰不愧是灭火高手，只见老婆一屁股坐床上，躺下，把后背对着丈夫，“那件事我不管了，你去!”

“看我的!”王长丰讨好地说，然后走出房间，坐在那里佯装看电视。

王璐冲着凉水澡，凉水让她冷静了许多，后悔刚才不该那样，自己毕竟是女儿，现在细想起来，老妈的话也不无道理，整天忙碌，哪一件是自己的事？咦，今晚下棋不是自己的事吗？唉，中盘时候形势一片大好，可惜第八十五手是败招。洗好澡出来，只见老爸还在客厅看电视，于是过来坐下，道：“谢谢老爸，张剑他们搞定!”

“哦，哦，搞定了？那是要感谢我的!”

“说吧，要什么?”

“请我吃饭。”

“小菜一碟!”

“我不吃小菜一碟。”王长丰打趣地说，“我要吃大餐。”

王璐被逗乐了，和老妈的不快忘了个一干二净，也和老爸逗了起来，说道：“不给这样剥削我们穷人的，老爸，你什么时候成周扒皮了!”

王长丰见女儿中了自己的圈套，心里那个高兴！害怕女儿畏缩，豪气地伸手去掏钱，可是腰间并没有钱包，只好拍着桌子说：“放心，你请客，我买单!”

“那好，就定在本周六晚上，古井假日酒店。”

“可说好了，不给再变卦的!”

“拉钩。”王璐说着伸出小拇指。

“拉钩上吊，一百年不许变!”

王长丰屁颠屁颠地回到自己房间，睡在老婆身旁，讨好地说：“一切搞定，周六晚上，古井假日酒店。”

“真的?”陈桂花说着伸嘴亲了老公一下，算对他的奖赏，然后一骨碌爬起来，拿起手机，她要趁着美国现在是上午，好与欧阳芙蓉商量……

回到房间，躺下，王璐才后悔刚才答应了老爸，到时候吃饭，老妈肯定在场，而自己和老妈水火不相容。

“唉，在一起吃顿饭也好，可以缓缓和老妈的紧张气氛。”王璐这样想，心里不自觉地转移到张小葱身上，想假如自己今晚不及时赶到，到底会发生什么?那时候她一进203房间，看到贾财宝竟然半拥着张小葱!

“唉，张小葱呀张小葱，你这个不知好歹的丫头。”王璐心里呐喊着。

远处的张小葱好像听到了王璐的呐喊，给她发来一条短信：“姐，我要和胡兵散伙!”

王璐大惊，赶忙拨通张小葱的电话，一连串地发问：“怎么了?怎么了?”

“他……他居然要打我!”

“胡说什么?借给他一千个胆也不敢!”

“真的，我现在死了的心都有了，我要坚决和他散!”

“到底怎么一回事?”

原来，张小葱回到家，又开始呕吐，可是什么都没有吐出来，躺下，头锯拉似的痛，哼哼唧唧地呻吟着。胡兵小心地在旁边伺候着。父母被吵醒，过来责怪说怎么不爱惜自己的身子。然后问和谁在一起。

“一个朋友。”张小葱随口回答。

胡兵听了脸色阴沉。待到父母走后，胡兵这才问：“王璐不是说今晚你们在一起吗?”

张小葱这才想起王璐刚才的嘱咐，心里后悔不迭，可是晚了，只好说：“那是王姐害怕你多心，故意骗你的。”

“你今晚到底和谁在一起?”

“一个朋友。”

“男的女的?”

“问这个干什么?”

“男的吧?”

“是的，还是帅哥!”张小葱赌气地说。

胡兵听了，心里的酸如决堤的洪水似的，问：“叫什么名字?”

“问这么多干什么？走，走。”张小葱说着抬起脚蹬向胡兵，谁知道用力过大，咕咚一声，胡兵一屁股跌坐在地板上，头也磕在床框上。

胡兵屁股火辣辣的，头嗡嗡的，一时失去理智，爬起来，扬起手。

“怎么？想打人?”张小葱眼睛直视着那扬在空中的手。半天，那只手泄气地慢慢垂下，再猛地冲出房间。

听完张小葱的叙述，王璐责怪道：“告诉你不要和贾财宝在一起，你就是不听！你对他了解多少？知人知面不知心的。”

“我不需要了解那么多，我只是和他在正常交往!”

“还正常交往？我都看见了。”

“你看见什么了?”

“我看见他对你图谋不轨。”

“切，我怎么不知道?”

“你不知道的多着呢！你要……”

可是那边，张小葱却挂断了电话。

这个张小葱，看样子要一路往前走，不撞南墙不回头了，不行！王璐这样想，拿起手机给张剑去了一个短信，说明天要和他见面谈件事。

一会儿，张剑回短信：好的，明晚我请你吃饭，七点，滨湖路28号玫瑰山庄见。

第二天早晨，太阳顽皮得似孩子，一会儿露出头，一会儿又躲在云朵后面。王璐驱车来到包河公园，下了车，开始跑步。桑拿天，才跑了一会儿，身上的汗毛就被汗水溺亡了。

跑了一圈，还是没有看到那个熟悉的白点，咦，怎么了？他居然没来！王璐不由放慢了脚步，那个白点对她来说就是动力，现在没有了动力，顿时感到心里空落落的。一边跑着步，一边四处张望，一边无底洞地想：“他……他怎么了?”

欧阳建业昨晚见豆豆那么喊妈妈，不由后悔打了他。孩子虽然调皮，但也太可怜了！别人家这个年龄的孩子，整天倚在妈妈的怀里撒着娇，可是豆豆呢？自己整天忙，很少有时间照顾他。孩子成现在这个样子，自己有着不可推卸的责任，也对不起天堂里的妻子。

“妈妈，妈妈。”豆豆抱着安娜的相片呼唤着，眼泪啪啪地滴落在安娜的脸上。

欧阳建业再也抑制不住，扑了上去，抱起豆豆号啕大哭起来，豆豆也跟着哭，父子二人哭成一团。

“豆豆，是爸爸的不对，爸爸不该打你。”

豆豆依偎在爸爸的怀里，瘦弱的身体抽搐着，小手紧紧抱着妈妈的相片。

欧阳建业拿过来妻子的相片端详着，半天，喃喃地说：“安娜，对不起，我没照顾好豆豆，我现在对你发誓，以后我再也不打儿子了！”

安娜微笑着，似乎在说：“亲爱的，应该这样。”

“爸爸，我想妈妈了！”豆豆泪眼扑闪地说。

欧阳建业没有说话，红着眼睛来到客厅，倒了一杯酒猛喝着。姚美丽见了，吩咐保姆端来两碟小菜，然后默默地陪着他喝。

二人就这么喝着酒，欧阳建业不出声，姚美丽不敢说话，一直喝到十二点，一瓶酒喝了个精光！姚美丽望了一眼墙上的挂钟，踉踉跄跄地站起来准备离开。

“太晚了就不要走了。”欧阳建业说。

什么？姚美丽简直不相信自己的耳朵，疑惑地望着欧阳建业。

“今晚就不要走了。”

这下，姚美丽听清楚了，高兴得简直要哭了，这正是千百天来自己所企图的！刚才自己装着踉踉跄跄也是想要这个结果。一个男人对一个女人说晚上不要走了，意思不言而喻，难道……难道……姚美丽脸上的红晕似杯中的红酒，羞涩地低下头，嗓子里冒出：“嗯。”可是接下来的一句话让她大失所望。

“你去客房睡吧。”欧阳建业说着走向自己的房间，刚回到房间，手机响了，是美国的姑姑欧阳芙蓉打来的，还是那件事——和那个姑娘相亲。姑姑告诉他，那个姑娘一家人周六晚七点在古井假日酒店黄山松大厅吃饭。

这次，欧阳建业爽快地答应了，是该给豆豆找个妈妈了！这样，好照顾他，虽然姚美丽是个不错的人选，但是，豆豆太排斥她了！

今晚，欧阳建业失眠了！睡在那里心里一直愧疚着，觉得对不起安娜，对不起豆豆，思考着怎么把豆豆引向正道，又想着那个姑娘到底长得怎么样，一直到天蒙蒙亮，才迷迷糊糊睡去。

姚美丽也失眠了，她睡在那里心里一直在期盼着欧阳建业过来，可是左等不来，右等不来，她恨不得现在自己冲进欧阳建业的房间，紧紧搂住他！

欧阳建业一直睡到八点多才起床，他哪里知道公园里有一个人在等着他呢！

王璐见不着欧阳建业，只跑了两圈就泄气了，可是她并没有怪罪欧阳建业，而是心里骂道："这鬼天气！"然后停止了跑步，驱车回家，洗了澡后来上班。来到办公室，大家见了，眼睛东躲西藏着。王璐知道这是因为昨晚他们参加了严三强请客的缘故。王璐心里并不怪他们，认为他们夹在中间也是难办，可恶的是严三强，鬼得很，喜欢耍小聪明、小手段。

王璐也深知天时地利人和的道理，路过酱油蒋身边，打了声招呼。酱油蒋装着恍然大悟似的，抬头呵呵一笑，露出酱油色的牙齿。路过张小葱的身边，发现她脸苍白得似一张白纸，趴在那里一副心事重重的样子，心想这正印证了那句话：女孩的心思就是多。这丫头昨晚肯定没睡好，于是凑过去，悄声地说："今晚哪里都不要去，跟我去会一个人。"

张小葱疑惑地看了她一眼，犹豫了一下，点了点头。刚才，胡兵来电，说昨晚自己错了，请亲爱的小葱原谅，为了补偿，今晚去体育馆游泳消暑。张小葱问他怎么错了。胡兵想了半天，说自己不该扬起手。张小葱一听，立即掐断电话，心里骂道："没出息，一点儿男子汉的味道都没有！"在张小葱看来，假如昨晚胡兵真的把扬起的手拍下，也许自己心里要好受一些，假如刚才胡兵坚决不承认自己错了，也许自己也要好受一些，可是这些胡兵却偏偏都没有，他简直就是个窝囊废！

刚放下手机，贾财宝打来电话，问昨晚玩得怎么样，说今晚他已经安排好了，去古镇三河逛水街，吃土菜。张小葱想到昨晚王璐的话犹豫着，哪知道贾财宝霸气十足地说："就这么定了！"然后不给张小葱回答的机会就挂断了电话。

到底去还是不去？张小葱纠结着。说实在话，和贾财宝在一起感到很快乐，胡兵呢？简直是个小气鬼。可是王姐三番五次劝自己，好像她非常反感贾财宝，不知道是什么原因。

一整天，销售部都处在喜悦之中，张剑他们春风似的送来好消息，说已经和几个建筑公司达成意向，他们愿意用金天公司的产品。特别是贾财宝，报了个很大的数字。大家看了欢天喜地，一年多来，笼罩在心头的阴霾一扫而光。

王璐心里明镜似的，知道贾财宝努力拼搏只为红颜——张小葱，企图博得美人心，抱得美人归。

王璐犹豫了，今晚还带不带张小葱去和张剑见面？万一去了对贾财宝不利，他还会给金天公司订单吗？

正在犹豫不决的时候，金天雷来到销售部，一进门，满面春风地一笑，扯开公鸡嗓子大赞销售部做得好。说着的时候，眼睛望着王璐，好像那些夸赞就是对她一个人说的。

金天雷走后，王璐更加犹豫了，今晚去还是不去？上次打探，张剑貌似开玩笑地说他的这个兄弟一生只有两个爱好：钱和女人。天底下，男人喜欢女人就如刮风打雷下雨那么正常，可是王璐仔细一推敲，觉得并没有那么简单。因为贾财宝是张剑的哥们，不会直接说他就是个色鬼。张哥的话好像暗示着什么。

王璐猜对了，张剑确实是对王璐暗示着什么。上次电话里，王璐向张剑打探贾财宝的情况。张剑自以为贾财宝在追求王璐。一个是自己恩师的女儿，自己人前人后地叫着妹妹；一个是自己的兄弟，张剑很是为难，最后只好含蓄地说贾财宝喜欢女人，这等于间接递话给王璐：离他远点，他是个色鬼！

考虑来考虑去，最终，王璐还是决定带小葱去，因为她觉得张小葱的幸福要比订单重要得多！没有钱，可以再挣，可是失去了幸福，可能就毁了人的一生。

万一金天雷知道了怎么办？王璐后怕着。不管他，小葱是自己的好姐妹，她平时左一声姐、右一声姐地叫着，不能白叫的，我得对她负责！王璐就这么打定了主意。

下午五点时分，王璐来到张小葱面前。张小葱正在打电话，见到王璐，赶紧掐断电话。王璐猜测那电话肯定是贾财宝打来的。

“走吧。”王璐催促说。

人们常说离婚和流产一样有习惯性。贾财宝虽然年龄不大，却已经离了三次婚。原因是他这山望着那山高，见到美女就如飞蛾见到了火——奋不顾身扑了过去！

这一点，张剑等几个兄弟已经劝过他多次，说孩子可怜——贾财宝的前三任妻子已经丢给他一儿两女了。贾财宝虽然口头答应，可是江山易改、本性难移，见到美女就彻底忘了。

一天喝酒，张剑等人又劝说:年龄都这么大了，应该老实一些了。

贾财宝辩解说:现在是和平时期，男人不能上战场攻城略地，只好征服女人了！征服一个女人，快哉，快哉！这本是他随口一说，没有想到如此深刻，他自己都觉得要上升到真理的高度了。卑鄙的人都要为自己卑鄙的行径寻找到借口的。

有了这个真理支撑，贾财宝征服了N个女人！

其实，贾财宝追求女人并没有什么特殊手段，他的手段只有两个。一是舍得花钱，可谓不惜血本。很多女人见到男人肯为自己这样花钱，认为这个男人是多么多么爱自己！不是吗？在这个浮躁的社会里，很多的价值都是以金钱来衡量的。二是贾财宝会甜言蜜语，且丝毫不亚于贾宝玉。别看这只是嘴皮功夫，但是这个武器厉害着呢！很多女人被哄得一时晕头转向，愿意献身了。

那天晚上，贾财宝遇到张小葱，一见倾心，认为这是自己所见过的女人中最美丽最漂亮的！于是心里暗暗发誓：不得到她，决不罢休！

刚才，贾财宝给张小葱打电话，要一起去三河古镇玩，却被张小葱拒绝了。怏怏回到家里，躺在床上想：难道这两个秘密武器失灵了？“阿嚏，阿嚏。”贾财宝连续打了几个喷嚏，心里道:谁在背后说我坏话了？

此时，王璐、张小葱、张剑已经在玫瑰山庄坐下了。张剑是见过张小葱的，但是，王璐还是介绍说：“这位是我的好姐妹，你的同宗。”

三人一边吃喝，一边闲聊。刚才王璐借业务的事，怂恿张小葱和自己一起猛灌张剑酒，好麻醉他的脑子。看灌得差不多了，王璐开始想如何引出那个话题。此时，服务员端来半个烤乳猪，王璐心里一动，学着刘姥姥的样子，嘴里念叨着：“老刘，老刘，一顿饭吃下一头老母猪！”

张小葱、张剑一阵笑，接下来，话题自然转到《红楼梦》上来。王璐说贾宝玉简直就不是个东西，一个花花公子，整天在女人堆里混，一点儿出息都没有。

张剑说自己没看过《红楼梦》原著，只是看过电视剧，觉得并不好看。

“咦，张哥，你有个兄弟叫贾财宝，和贾宝玉就差一个字!”

“呵呵，虽然只差一个字，但是他们差不多。”

“哪方面?”

“我不是告诉过你吗？他喜欢女人。”张剑想都没想说，今晚的酒还真的起到了作用。

“哦”的一声，王璐貌似恍然大悟，看了一眼张小葱。张小葱这才知道今晚王璐带自己来的目的。

“他怎么喜欢女人了?”

“这个不能告诉你，反正离他远点，我的妹妹。”张剑说着，眼睛郑重地望了一眼王璐，算作无言的强调。

“说嘛，说嘛，哥，哥。”王璐撒娇着，“不说，我回家告诉老爸!”

王璐搬出自己的老爸，还真管用！张剑认为自己之所以有今天，都是恩师的那番劝说，这辈子恐怕都回报不了。千万不能让恩师的女儿落入贾财宝那个家伙的手里，张剑这样想，于是说：“他离过三次婚，孩子都有几个了。”

“啊”的一声，张小葱惊叫起来，手里的筷子几乎落地，没想到贾财宝原来是这样的人！简直就是披着人皮的狼，后怕的脊梁骨都在冒着冷汗，可是王璐却稳如泰山地坐在那里。

张剑见王璐那么镇定，以为她满不在乎，于是说：“就现在，他背后还有 N 个女人。”

“哦，哦，这个人是要离他远点。”王璐害怕地说，偷觑了张小葱一眼，只见她老实地坐在那里，脸似一幅色彩斑斓的油彩画。

“我这个兄弟呀!”张剑感叹说，然后把贾财宝的那套理论搬了出来。王璐听了，愤然道：“这是在作践我们女人!”

张小葱咬牙切齿地说：“怪不得人家说呢，宁愿相信老母猪能上树，也不能相信男人的那张嘴!”

“本来我是不该多嘴的，但你是王老师的女儿，我亲妹妹!”张剑说着，眼睛郑重地望了王璐一眼。

张小葱这才知道王璐今晚在演戏，心里的感激似刚开瓶的啤酒花，一个劲儿地往外冒。正要说谢谢，手机响了，居然是贾财宝的！张小葱只把自己的手机当作贾财宝的脖子，恶狠狠地掐断。

此时，掐断电话的还有陈桂花，不过她的心情与张小葱正好相反——她高兴得居然唱起了歌！“你是我的玫瑰，你是我的花……”刚才欧阳芙蓉打来电话，说一切搞定，那个男孩子肯定按时去，假如他看上了璐璐，后面的一切由她来负责。

一路歌来一路谣，来到书房，把消息告诉了正在电脑上下围棋的丈夫。王长丰正在激烈搏杀，嘴里“嗯嗯”应着，眼睛却紧盯着电脑，气得陈桂花伸手关了电脑。王长丰这才正儿八经地来听老婆的话。

“这件事非同一般，得叫璐璐明天好好准备一番，去买套衣服，再去美容院打理一番。”陈桂花交代说。

“这些，我当爸爸的怎么说？都是你们女人的事。”

“她不是不理我嘛！”陈桂花酸溜溜地说。

“孩子都这么大了，你还打！让你道歉你还不。”王长丰终于逮住了机会，数落着老婆。气得陈桂花伸腿踢了他一脚。

“第一次见面，不要太刻意为好，这样，会给以后认识留下空间。”王长丰老到地说。

“你这是老古董了！现在都什么时代了？讲究的是怦然心动，再说了第一次都看不上，哪里还有下一次？”

接着，就这个话题，二人鸡下蛋、蛋下鸡地辩论起来，突然房门一阵动静，二人赶快住嘴。

果如她们预料，她们的宝贝女儿——王璐回来了。陈桂花偷偷推了一下丈夫，然后起身躲进自己房间里，爬在门后偷听起来。

“回来啦！”王长丰招呼道。这一声招呼似凉白开水，淡而无味，但是可以润润嗓子，好开口说下面的话。

“哎，老爸，怎么还没睡？棋学得怎么样了？我等着你前来挑战呢！”

王长丰自知自己不是女儿的对手，只好采取田忌赛马的策略，学着蒋介石的口味说道：“下棋我不行，做菜烧饭你不行！”说完，一阵呵呵笑，倒是一点儿也不难为情。

“切！”王璐说着准备去洗澡。

“哎，明天就是周六了。”

“是啊，怎么了？”

王长丰没有回答，只是眼睛异样地白着女儿。直把王璐看得心发毛，细想一下，猛地醒悟，说道：“放心，明晚，古井假日酒店。”然后一头钻进自己屋子。王长丰望着女儿的背影，嘴动了动，到底没有说买衣服美容的事。回到自己屋子，被老婆陈桂花一把抓住耳朵拧着，说老娘说的话就是圣旨，你敢抗旨！

王长丰不敢大叫，害怕女儿听见，只是捂着耳朵小声地求饶说："耳朵要拧掉了，耳朵要拧掉了！"

让张小葱认识了贾财宝的真面目，王璐心里的石头落了地，多少天来第一次睡了个安稳觉。一觉醒来，掀开窗帘往外一看，太阳似个大火球挂在空中，四周灰蒙蒙的。看来，今天是个桑拿天，天气预报说今天三十六摄氏度。

即使这样，王璐还是驱车来到包河公园。没有一丝风，柳树没有了平时的风骚，现在垂头丧气地站在那里。湖面镜子似的平静，几条鱼儿躲在莲叶下面张大嘴巴议论着这鬼天气。

王璐小跑着，心想："这么热的天，那个油盐不进会来吗？"这样地想，眼睛往后望，哪里有那个白点？心里不由泄气。再无聊地往前跑着，这无聊催着身上的汗往外冒，一会儿身上就大汗淋漓了。

前面远处"知了，知了"，咦，好久没有听到知了叫了，乍听上去，挺新鲜的。王璐加快速度跑过去，一个白点在前面快速地移动着。

油盐不进！他……他居然早来了！

王璐不由精神一抖擞，加快脚步追了上去。油盐不进好像发觉了身后的粉衣女郎，也加快了脚步。

"好个油盐不进，非追上你不可！"王璐想着猛追上去，可是哪里能追得上？王璐快，油盐不进也快；王璐慢下来，他也慢下来，似乎在和王璐赌气，似乎也在为天下的男人争光。让这个女流之辈超过他还得了啊！那样，天下男人的脸岂不都让他丢尽了！

三圈下来，油盐不进胜利地跑向小区。王璐愤愤不平却又无可奈何，只好打道回府，车内的冷气让她冷静下来，冷静地想："看来，油盐不进接招了，接招就好办，就有戏！明天再来。"

中午时分，王璐给胡兵去了短信，问张小葱对他怎么样。胡兵回短信说他们正在外面玩呢。王璐不由好笑，看来，张小葱回头是岸了。

王璐猜得对，小葱现在是彻底不再搭理贾财宝了。今天早晨，贾财宝又打来电话，邀请张小葱去玩。

"没空！"张小葱说完就掐断了电话。听了这枪子似的话，贾财宝就不明白了，自己心目中的女神怎么了，东北风似的，说变就变。

贾财宝追女人有个心得体会，那就是男人要脸皮厚，有句古话：脸皮厚，吃块肉。女人就是那块肉！于是三番五次地打电话过来，张小葱恨不得把他的号码拉进黑名单里，但又怕得罪他而影响了公司的订单。贾财宝见张小葱三番五次拒绝自己，他身上千疮百孔，不由疑心起来，难道有人告诉她什么了。

“女神，我的女神，我不会让你从我手里溜掉的！”贾财宝暗暗发誓说，稍微考虑了一下，然后分别给金天雷和严三强打了电话。

顾客就是上帝，现在上帝来了电话，金天雷当然要说晚上请贾财宝吃饭。没有想到贾财宝居然说：“今晚还是我请你吧，把你们销售部的美女带上。”

“我们销售部的美女多呢！”金天雷得意地说。

“王副主管，张小葱。”贾财宝说。

金天雷知道贾财宝是看上二人中的其一了，假如看上了王璐，那岂不更好，她现在还没对象，既给她解决了个人问题，也为公司锁住牢固的客户，可谓一举两得。假如是看上了张小葱呢？听说她已经有男朋友，可是这无关紧要，公司利益永远是放在第一位的，于是拍板回答道：“没问题！”

王璐接到金天雷的电话说自己已经和人家约好了。金天雷死磨活缠要王璐无论如何今晚赴约，王璐再三说实在不能去。金天雷不由恼怒，扯开雷公嗓子，霹雳似的说：“你看着办吧！”

这霹雳还真的把王璐吓着了，想了一下，说：“那边我先去应付一下，然后去你们那里。”

下午，午睡后，王长丰为了框住女儿，拿出棋盘说要和王璐手谈，王璐爽快地答应。二人坐了下来开始下围棋。陈桂花见了，恨不得抽老公几个耳光，因为她一直担心女儿的衣装不够好看，面容呢也需要去修缮一下；另一方面，又担心男方不准时赴约，不顾美国现在还是午夜，躲进房间给欧阳芙蓉打了好几个电话。

王璐本想钢刀切萝卜白菜般干脆利落解决掉父亲，可是又一想，那样父亲会很泄气，不如逗着他玩。中盘阶段，故意迈出几个破绽，却不想被父亲抓住，眼看着大龙只有一口气，只好投子认负。王长丰比中了五百万还要高兴！站了起来，转了几个圈，以此庆贺。

第二盘，王璐动了杀心，抓住父亲的一条大龙，一阵穷追猛打。那条大龙丢盔卸甲四处逃窜，无奈四面八方已经被封锁得水泄不通，最后，光荣牺牲。

双方一比一打了个平手，王长丰瞎猫碰了个死耗子，见好就收。因为能和业余六段下成这样，以后自己在学校棋友中就有吹牛的资本了！王璐不甘心，千万次地求父亲再下一盘，无奈王长丰就是不答应，说时间到了，该动身了。

一家人兴高采烈地出门，陈桂花偷偷望了女儿无数次，嫌她的裙子太老气，又嫌她的脸不够红，不喜庆。

三人驱车到了古井假日酒店大厅，在预订的座位坐下。陈桂花眼睛四处张望，看见东北角一张桌子空着，知道那是未来女婿预订的，心里十五只吊桶打水——七上八下。

今日虽然是王璐请客，王长丰买单，可是陈桂花却当着家。她看了一下时间，吩咐服务员说七点整正式起菜。七点，正是那个男孩子来的时间。

王璐心里惦记着金总那里，嘴上却没有说什么，因为她不想破坏了今晚的气氛，也不想再顶撞老妈，同时她还企望借今晚这个平台能和老妈讲和呢！

离七点越来越近，陈桂花越来越不安，一会儿摸了摸脸，一会儿整了整衣服，犹如自己相亲一般。王长丰虽然没有老婆那么紧张，但是眼睛也不时朝那张空桌子偷窥着。

可是到了七点，那张桌子居然还是空着！

陈桂花心里莫名地想："该不会不来了吧。"另一个思想赶紧否定："不会的，不会的，欧阳芙蓉已经打了包票！"

七点到了，服务员过来问是否上菜。陈桂花没好气地说："再等一等！"

"还是起菜吧，都七点了。"王璐虽然是否定老妈的话，嘴却对着老爸说。

今晚的菜不能说不好，可是只有王璐一个人专心享用着。王长丰、陈桂花如上课思想开小差的学生，眼睛不时向大门口望，又不时向旁边瞧。王璐见了，对着老爸打趣道："怎么像小孩子似的不好好吃饭？咦，在等什么人吗？"说着眼睛四处张望。

王长丰赶紧说："没有，没有。"然后正儿八经地夹了菜，再正儿八经地吃着，却味如嚼蜡。

到了七点四十，那张空位子来人了——男男女女好几个人，一个个七老八十，就是没有一个年轻男士！陈桂花知道今晚的相亲泡汤了，此时，她那颗本来充满希望的心被外面的黑夜吞没了。她就不明白了，明明说好的事，怎么就成这样了?！她的思想开始发散开来想：是堵车了？还是临时有急事脱不开身？还是记错了饭店？嗯，再等等。

今晚，欧阳建业即没有堵车，也没有急事，也没有记错饭店。他五点半就从家里出发，六点四十就到了古井假日酒店门口了！正在等电梯，突然后面一个声音："这不是欧阳总裁吗?"回头一看，居然是省市几位领导！

一阵寒暄后，省里的那位重量级领导问："怎么？就你一人?"

"是啊。"欧阳建业如实说，撒谎他还没有学会。

"走，走，我们一起。"

"我还有事。"

"到这来有什么事？无非口舌之福。"

其他领导也跟着劝，还将军似的说："害怕买单啊?"

欧阳建业知道就眼前的这几位领导，一般人不要说请客，就是见一次面都难！除非在电视上。人家让你和他们一起吃饭，那是给你莫大的面子，不要不识抬举！至于相亲的事，反正就是看一眼，等会儿抽空下来去瞧瞧就是了，这样两不耽误。欧阳建业打定主意，跟着领导去了。

今晚是周末，又没有外人，一位领导说："今晚，谁不喝谁是这个。"说着，张开五指在桌子上爬着。另一位领导马上说："我不做王八，我喝。"大家纷纷表示宁愿站着倒下，也不愿意王八似的爬着。

饭局正式开始，大家豪爽地喝着，丝毫不亚于梁山好汉。领导是干大事的人，需要豪气的。欧阳建业也一大杯一大杯地喝着。到了六点半，欧阳建业准备趁大家不注意悄悄溜出来去楼下大厅，不想市里一位领导眼尖，伸手截住，大喝一声："哪里去?"其他领导见了，问："怎么?想溜?"

欧阳建业只好重新坐下，心里道："苦也，苦也。"

到了八点半，酒场终于结束。欧阳建业醉意朦胧地下楼来到大厅，远远地望姑姑千叮咛万嘱咐告诉的桌子号，只见两位中年男女坐在那里，半天也没有看到年轻姑娘，于是转身又上楼了。

其实王璐刚走，本来她要八点钟走的，不料老妈大喝一声："等会儿再走!"

王璐不知道老妈哪里来的这么大气，倒是被震慑住了，气呼呼地坐在那里，只是金天雷一个电话一个电话地催着。

王长丰问哪一个的电话。王璐如实回答。王长丰说："哦，是总经理的啊。"望了一眼老婆，商量地说："都八点多了，让她去吧。"

陈桂花沉默不言，沉默就是默许，王璐抓起自己的包小跑着去了。进到虎跃山庄999包间，大吃一惊，贾财宝在，张小葱居然也在!

张小葱见到王璐犹如见到了救星，朝着贾财宝努了努嘴，露出厌恶的神色，再耸了耸肩，一副无奈的、可怜的样子。王璐知道张小葱也是被金天雷逼来的。

今晚，贾财宝见到了日思夜想的张小葱，高兴得如沸腾的开水——咕咕地笑。他不时问张小葱菜合不合口味，要不要喝水，只是热脸碰到了冷屁股。张小葱坐在那里，爱理不理的。可这并不能冷却贾财宝的热情，依然如故地伺候着张小葱。

金天雷知道贾财宝是看上张小葱了，可是他装着糊涂，舍了服务员不要，吩咐张小葱给贾财宝倒茶、斟酒。有时候还借故出去接电话，好给二人留下单独相处的空间。

张小葱就这样夹在水深火热之中，现在，王璐来了，心里踏实了许多。她知道王璐肯定会为自己解围的!

果不其然，王璐见贾财宝不停地纠缠张小葱，斟满一大杯酒恭敬地伸到贾财宝面前说敬贾总一杯，说完一口喝下。贾财宝先前已经被金天雷灌了不少酒，看着眼前的杯酒里洪湖水似的浪打着浪，心里虽然胆怯，但是要在张小葱面前逞英雄，豪爽地端起酒杯一口而尽。

"好，好。"王璐说着，巴掌拍得"啪啪"响，金天雷也跟着拍，张小葱附和着轻轻拍了两下。

再看贾财宝，一句话也不敢说，紧憋着气坐在那里一动不动，老实多了。

这正是王璐所想要的效果，要宜将剩勇追穷寇，斟满酒，说道："贾总，再来一杯。"说完，置贾财宝摇着的手于不顾，又是一口喝了，然后亮着杯底朝贾财宝扬着。

“我不行了，我不行了。”贾财宝连声说。

“贾总，你是哥，我是妹，妹妹都喝了，哥哥是不会欺负妹妹的!”

金天雷见自己的手下这么卖力，不由高兴万分，说：“对，对!”

可是贾财宝就是不喝。

王璐知道非要使出特殊的手段不可，抖动着手里的酒杯说道：“早闻贾总是个英雄，赫赫大名如雷贯耳，难道名不副实？是只狗……”熊字还没说出来，贾财宝已经抓起酒杯，咕咚咕咚地喝了起来。喝完，“哇”的一声，一道七彩水柱喷出，金天雷躲闪不及，水柱从头淋下，身上挂满了鱼、肉、蛋、菜。

“妈啊!”金天雷大叫着冲进洗手间。

今晚酒宴到此结束，贾财宝嚷嚷着还要请大家去唱歌。金天雷出来，抖着身子说这还能唱什么歌。张小葱也说：“我和王姐还有事。”

“是……是吗？王……姐。”贾财宝问，虽然他的年龄比王璐大，但是现在，贾财宝已经把张小葱看作自己的人了，所以也跟着她叫姐。

王璐只好回答：“是的，我和小葱已经和人家约好了。”然后向张小葱挤眼努嘴。张小葱会意，带头走出房间。

贾财宝望着张小葱离去的背影拉住金天雷不放，求他多帮忙。金天雷为了及早摆脱，一口答应，然后仓皇躲进汽车，一溜烟跑了。

王璐、张小葱也是仓皇地跑开，一路庆幸着是金天雷不是自己，要不，跳到太平洋洗它一年恐怕也洗不清了！想着刚才金天雷那个狼狈样子，二人不由一阵笑。

来到星巴克咖啡馆，二人要了咖啡，互相一问，才知道都是被金天雷逼来的，也猜测到这肯定是贾财宝点的将。

“姐，你说怎么办？他整天纠缠不休。”

王璐想了半天，最后说道：“他不是经常请你出去吃喝玩乐吗?”

“是啊。”

“下次再邀请你，你把你的那个胡兵带上。”

张小葱一听，拍着头说：“还是这个办法好，我怎么没想到?”

“白骨精也有束手无策的时候?”

“嘻嘻，我都被那个家伙气傻了!”话音刚落，手机 QQ 响了，一看，又是贾财宝，问在干什么。

“和男朋友在逛街呢!”

“和你那个农村乡巴佬断了，跟我吧!”

张小葱把信息给王璐看，恨恨地说：“真是厚颜无耻到了极致!”

“看到了吧，请神容易送神难!”

张小葱没有说话，还是快速按着手机键盘，回信息说：“他虽然是乡巴佬，但是人家忠贞，不像某些人。”

那边再也没有发来信息。看来张小葱利剑似的话刺中了贾财宝的心窝。

王璐回到家里时，母亲陈桂花正在生着闷气。刚才，她给欧阳芙蓉打了电话。欧阳芙蓉说不可能，然后给侄子打了电话询问情况。欧阳建业如实回答，然后劝姑姑不要再提这件事了。欧阳芙蓉问为什么。欧阳建业回答说想自己找。

欧阳芙蓉认为自己的侄子已经有目标了，想想也是，像他这样的男人难道还缺女人吗？简直笑话!

于是，欧阳芙蓉给陈桂花回了电话，如实告诉了今晚的情况。最后说：“我看这件事就算了，两次相亲都不成，看来他们俩没有那个缘分。”

陈桂花本来要说好事多磨之类的，可是一想，那样岂不太丢面子了，好像自己死乞白赖地求她似的，于是说：“那好吧。”

放下电话，陈桂花一肚子气无处撒，冲着丈夫说：“都怪你！偏偏选在今晚，哪天不好?”

王璐洗好澡，给金天雷去了安慰的电话。金天雷说都腌臜死了，自己都洗了七八次了，可还是觉得没有洗净，想想都要吐。

接着，王璐试探着问贾财宝追求张小葱的事。金天雷警告地说：“你不要多管闲事!”这让王璐想到课本上的一句话：资本家的本质是什么?唯利是图也!

今晚自己就多管闲事了，但是，千万不要影响了公司的订单！王璐这样担心地想，但是转念又一想，如果不是自己，张小葱恐怕要陷入不复之劫难中，这样，心里坦然了许多，也就慢慢睡去了。

第三天的上午，胡兵来电说要请王璐吃饭。王璐问为什么。胡兵说要感谢她的救命之恩。因为没有王姐的帮助，他就会失去张小葱，而如果没有了张小葱，他就活不成了。

原来，昨天中午贾财宝又邀请张小葱出去玩，没有想到张小葱居然一口答应。贾财宝高兴得只嫌时间过得太慢，好不容易挨到下午四点，便来到水云轩酒店等待，处心积虑地规划着今晚的行动计划。

六点半的时候，张小葱来了。贾财宝热情高涨地起身迎接，没有想到她身后还有一个人。经张小葱介绍，原来是她的男朋友！贾财宝一下子掉进冰窟窿里，本来沸腾的心瞬间冻成了冰疙瘩。肚子里的那些ABC计划也全军覆没。

本来胡兵还不知道张小葱带自己来的用意，见今晚贾财宝只请了张小葱一人，心里的警灯开始闪烁，又见贾财宝不时偷瞄自己的女朋友，知道这个所谓的贾总在打自己女朋友的主意。

胡兵虽然在张小葱面前窝囊，但是在同性面前可一点儿不窝囊，现在，他的雄性被激起，虎视眈眈地对着贾财宝。张小葱看了欣喜不已，她恨不得胡兵狠揍一下贾财宝，以展示他的男子汉气概。

今晚，贾财宝哪像在吃饭，而是像在炼狱，原因是张小葱对胡兵那个热乎劲儿（故意的），让贾财宝这个情场上的老手也吃不消。晚饭很快便结束，贾财宝眼睁睁地望着张小葱、胡兵二人手拉手离去。“呸”的一声，对着自己的情敌背影吐了口唾沫。看来，自己和张小葱可能没戏了！他就不明白了，张小葱为什么转变这么大！难道真的有人告诉她什么了？哼，今晚你不理我，有人理！贾财宝随即拿起手机，准备给自己的一个相好打电话。手机却抢先响了，原来是张剑，要他过去喝酒。

当张剑得知贾财宝追求的是张小葱而不是王璐的时候，后悔酒多失言，以至于把贾财宝的真实情况告诉了王璐，觉得实在对不起自己这个兄弟，也埋怨王璐多事。

张剑从小就喜欢《三国演义》《水浒传》，受到毒害，知道兄弟如手足，女人如衣服。他现在打电话过来请贾财宝过去喝酒，就是抱着赎罪的心理。

合同生效正好一个月了，张剑等几个批发部的销售情况汇总到王璐这里，可是并不如意，张剑等人一共才销售了十几吨建材，而贾财宝的销售却是零！

王璐心里明白这是什么原因，心里鄙夷着贾财宝小肚鸡肠，然后把表格给张小葱看。张小葱看后，鼻子宛如空调似的一个劲儿地喷着冷气，撇着嘴嗤嗤地说：“哼，一点儿也不像个男子汉，更让我瞧不起了！”原来贾财宝依然对张小葱不死心，还是经常打电话邀她出去玩。

金天雷却不明白其中的缘故，打电话给贾财宝询问原因。

“你们公司有人坏我的好事！”贾财宝直截了当地说。

“坏你好事？什么事？”金天雷说着思考着，好像明白了，问：“谁？”

“你们那个女主管。”

“她？她怎么坏你好事了？”

“她在背后说我坏话，哼，一个没人要的剩女，自己嫁不出去也就罢了，还有时间多管闲事来坏别人的好事，什么心理？嫉妒，眼红，变态啊！告诉你金总，我们之间的合同取消了！”

“别，千万别！等我问清楚了情况再说。”金天雷哀求道。

“金总，明人不说暗话，我是看上了你们公司的张小葱了，假如我们的事成了，订单会源源不断地给贵公司送来，一年至少一百吨！”贾财宝画了个大大的馅饼。

金天雷望着这个大馅饼，表示一定帮忙。

“就怕那个姓王的妞在其中作梗。”

“贾总，您放心，我一定严厉警告她，以后绝对不会了！”

放下电话，金天雷气得呼哧呼哧喘着气。这个王璐简直就是绊脚石，难道令狐大师说的是真的？想到这儿，对着秘书没好气地吩咐道：“去把王璐给我叫来！”

一会儿，王璐来到金天雷办公室，见他脸色铁青，知道没好事。

“你背后对张小葱说贾总什么了？”金天雷劈头盖脸地问。

王璐心里明白金天雷已经知道张小葱那件事了，于是说：“我没说他什么，我只是把贾总的实际情况告诉了张小葱。”

“什么实际情况？”

王璐于是把贾财宝喜欢玩弄女人的事说了一遍，最后说：“我不能就这么眼睁睁地看着小葱跳进火坑，换了您金总，我相信也会这么做的！”

金天雷嘴上不说话，心里却道：“关你屁事，他玩的又不是你！”

王璐好像听到了金天雷心里的话，说道：“小葱是我们公司的员工，您金总平时对她疼爱有加，她也是我们销售部的得力干将，也是我的好姐妹，我觉得有责任、有义务提醒她一下，金总，您说我做的对不对？”

“这个嘛，这个嘛，怎么说呢，你可能是挽救了小葱，但是，你想过没有，我们公司损失可不小，你也看到了，贾总交了个鸭蛋。”

“公司是遭受到一点儿损失，但是，金总，你经常教育我们说钱好没有人好，我们就是受到了您平时这样的关怀，所以工作起来才分外卖力，才一心一意为公司着想。”王璐说这些其实都是她杜撰的，之所以这么说，那是给金天雷戴高帽子，也是在提醒他多一些人情味。

“我是说过钱好没有人好，但是我也说过，公司利益永远要放在第一位！特别在当下。”

“眼下是有些困难，但是我认为也不能牺牲公司员工一生的幸福！那样岂不寒了大家的心？”

“我不看过程，只看结果的！”

“金总您这是认为我做得不对喽？”

“干好自己分内的事吧。”

王璐知道金天雷间接否定了自己，愤然说：“我还是认为我做得没错。”

属下竟然敢这么顶撞自己，金天雷不由火冒三丈，“唰”一声站起来，额头的青筋蚯蚓似的蠕动着，放开雷公嗓子厉声喝问：“到底我是老总还是你是老总？多嘴多舌，给公司带来了损失还不承认？回去好好检讨！”

“既然这样，我愿意现在就辞职！”王璐当仁不让地说，拿起金天雷桌子上的纸笔开始写辞职信。

这下，金天雷傻眼了，他知道王璐辞职的后果，张小葱也会紧跟着辞职，张剑等几人的订单肯定也会泡汤，更有严重的，欧力文公司那个项目也只好搁浅。

“干吗这么大的火气呀？”金天雷口气软了下来，身子也软了下来，慢慢坐了下来。

“不是火气大，这是我做人的原则！给，这是我的辞职信，请您批准。”王璐说着把手里的辞职信递了过去。

“我不会批准的。”金天雷看都没看，把手里的辞职信撕了个稀巴烂，然后丢进垃圾桶里。

“那我再写。”王璐说着又拿起笔来奋笔疾书着，很快写好，再次递给金天雷。

这次，金天雷貌似认真地看着辞职信，实际在拖延时间，他的大脑如电脑引擎般在搜索着办法。

“你决心要辞职了？”

“是的！”王璐说着点着头。

“你……你说过的话不算数了？”

“我说过什么话？”

“忘了？你说过给你一年时间拿下欧力文公司的订单，怎么？反悔了吗？”

“这个……这个……”

“好啦，好啦，这件事到此为止吧，以后谁也不要再提了。”

金天雷既然这么说，就等于间接承认自己做得对，王璐于是借坡下驴，站起来说道：“对不起，金总，今天顶撞了您，您大人不记小人过，宰相肚子里能撑船。”

“好了，回去好好干事吧。”金天雷说着手往外挥了挥。

“哎，好的。”王璐答应着随即离开办公室。金天雷斜眼睨望着王璐离去的背影，心里道:一年后见分晓，到时候拿不下来那个订单，趁早滚蛋!

不知道是谁透露出去，王璐和金总在办公室大吵了一架的消息在公司里悄悄传开了！各人说法不一，有人说金总要开除王璐，有人说是王璐主动要辞职的，一时间，公司里闹得沸沸扬扬，大家纷纷猜测吵架的原因，但是猜来猜去也没有猜出所以然来，但是，大家都可以肯定一点，那就是王璐以后肯定没好日子过了，敢顶撞老板，那还得了！这不是光着屁股往刺窝里钻——自找苦吃吗！严三强听闻，心中窃喜，又请金婉、小李等几人晚上出去玩了一次。

张小葱也听闻了此事，冥冥中有一种预感：这事与自己有关。下午下班，她提早来到公司门口堵住王璐，问怎么回事。

王璐知道假如把实情告诉了张小葱，后果不堪设想！这丫头说不定会怎么着呢。于是说道：“不为什么，都是因为工作上的一些琐事。”

“不是因为我和贾财宝那事？”张小葱说着，眼睛扫描着王璐的脸。

“不是。”

“真的？”

“真的，咦，你怎么这么想？”

“姐，你在说谎！这么多年了，我还不了解你吗？你什么时候在我面前说过谎？看看你的耳朵，都红半边了。”

王璐摸了一下耳朵，再揉揉，似乎在毁尸灭迹，一边揉，一边说：“哪里有？”但是口气明显弱了许多。

张小葱已经猜出十之八九，二话不说，回头就走。

“到哪里去?”

张小葱没有回答，怒气冲冲地冲到电梯口等着电梯。王璐知道她这是上楼去大闹天宫。

王璐冲了过去，一把搂住张小葱，拖拽着往外走。

“姐，你拽我干什么?!”张小葱刺猬似的抖动着身子。

“小葱，你等我把事情说清楚，行吗?”

“不带这样欺负人的，把我们当作什么了? 赚钱机器吗? 简直狼心狗肺，猪狗不如!”张小葱嚷着，已经招来几只疑惑的、好奇的眼睛。

“走，走，找个地方说去。”

“不去!”张小葱刺猬变豪猪，使劲抖动着身子，挣脱了王璐，再次扑向电梯。

王璐奋不顾身上前拉住，哀求道:“算姐求你了，行吗?”

张小葱见王璐那可怜兮兮的样子，终于站住，呼哧呼哧地喘着气。王璐上来半拥着她走了出来，就近找了一家茶馆。

“说吧，到底怎么回事?”

王璐把事情的经过简要地说了一遍。

“有这样的老总吗? 为了那个订单要把我搭进去! 老娘不伺候了，明天就去辞职! 姐，道不同，则不相为谋，你也辞职吧，俗话说树挪死，人挪活。”

“金总不是后来改变主意了吗? 我和他有约定，一年内拿下欧力文公司的订单，到时候拿不下来，我会主动辞职的。”

“都这样了，你还为他卖命?”

“不是卖命不卖命的，而是为我自己!”

“为你自己?”张小葱问，一脸的疑惑。

“是的，为我自己，我已经在公司大会上承诺过的，既然承诺过，就不能轻易放弃，免得人家看不起，这也算人生的价值，人活在世上，往往就是为了这口气，再说，令狐大师的事你也知道，我要揭穿这个谣言! 做给他们看看。小葱，我劝你也不要辞职，我们共同努力，拿下欧力文公司的订单，到时候再辞职，我也不会拦你了。”

“可金天雷这样，我实在咽不下这口气!”

“换了其他公司就好了吗? 说不定比这个更坏呢。金天雷还算不错，刀子嘴，豆腐心。”

“姐，你呀，不知道说你什么好，你凡事都往好处想，人家可不都像你这样。”

“听说过一个故事吗？苏轼和佛印喜欢互相打趣，一次，苏轼问佛印，说：‘你看我像什么？’佛印答曰：‘我看你像尊佛。你看我像什么？’苏轼答曰：‘我看你像堆牛屎！哈哈……’回家后，苏轼得意地把自己作弄佛印的事告诉了苏小妹。没想到苏小妹嗤笑道：‘还笑呢，佛印心中有佛，所以看什么都像佛；你心中肮脏，所以看什么都肮脏。’从这个故事看，我们心存美好，一切皆美好，我们才感觉到世界的美丽，人生的精彩。”

“唉，我说不过你，但是拿下欧力文公司并不是容易的事，现在连个突破口还没有。”

“面包会有的，牛奶会有的，一切都会有的！”

“那好吧，我听你的，姐。”

“一言为定。”

“一言为定！”

这场风波就这样结束了，可是在严三强那里并没有结束。他晚上回到家里，分析来分析去，觉得贾财宝销售零蛋的事与王璐有关，心里打算着明天去金总办公室，再次提醒一下令狐大师的预言。

接下来几天，一个谣言又在公司里悄悄传开了，说王璐离开金天公司那是早晚的事。这样造成酱油蒋、小李等几人又疏远了王璐、张小葱不少。

张小葱把这个消息告诉了王璐，辞职的念头似一颗流星在王璐的心头一滑而过。

张小葱委屈，埋怨王璐不听自己的劝。其实，王璐早就感到压力长江之水似的滚滚而来，但是还要劝慰张小葱说：“只要拿下欧力文公司的订单，一切都解决了！”

话是这么说，谈何容易！王璐虽然每天早晨还去跑步，还是和欧阳建业较着劲儿，可是二人还是一句话都没说。

日子一天一天就这样煎熬着过，半个月又过去了，辞职的念头不是流星了，而是一颗恒星悬挂在王璐的心头。

这段时间里，欧阳建业过着舒心的日子，因为他把豆豆送到了国内最好的、最贵的夏令营。还别说，豆豆虽然调皮，但毕竟骨肉相连，分别虽然只有二十来天，心里已经非常想念他了，好在明天他就要回来。

豆豆不在家，给了姚美丽可乘之机。她现在基本上就生活在欧阳家，借其名：照顾欧阳总裁。欧阳建业呢并没有反对，但是也没有表现出过多的热情，就更不用说越轨了。但姚美丽认为自己已经在慢慢靠近欧阳建业，现在不是已经和欧阳总裁生活在同一屋檐下了吗？离睡在一个床上恐怕也不会远了！

姚美丽有两个心病，第一是豆豆，小家伙又要回来了！唉，看来自己又要搬出去住了；第二是梁天成，这个无赖经常打来电话骚扰。气得姚美丽把他的手机号码拉进黑名单了。从那以后，梁天成再也没有骚扰自己了，姚美丽认为梁天成知趣地放过了自己。

第二天下午，欧阳总裁去接豆豆了，姚美丽下班后来到超市购物。一个身影突然出现在她的面前。姚美丽一见，如见到了毒蛇，心里打了一个激灵，身子不由往后退了两步。

原来是梁天成，天啊！

几天不见，梁天成脸色煞白，好像一张新出的白纸。姚美丽心里疑惑道："难道这个家伙吸食毒品了？"

"姚秘书，别来无恙。"

"你……你跟踪我？！"

"不愧是欧阳建业的秘书。"梁天成阴阳怪气地说，眼睛瞄着姚美丽窈窕的身子，最后盯着她的挎包。

姚美丽身上鸡皮疙瘩堆叠着，眼睛四下警觉地张望看是否有人注意这里，然后小声地问："你想怎么样？"

"最近手头有点儿紧。"梁天成说着，伸出手来。

"你干公司副总那么多年，怎么借起钱来了？"姚美丽诧异地问。

"不要多问，你就说给不给吧。"梁天成说着抖动着手。

姚美丽知道不给他，他是不会善罢甘休的，赶紧打发他走为妙，免得让人看见，这样地想，打开钱包，抽出一沓钞票。

梁天成一把抓了过来，谢谢都没说，转身离开，消失在茫茫人流中。

望着梁天成匆匆离去的背影，姚美丽心里叹道："唉，什么时候才是个头啊！"现在，她连杀了梁天成的心都有。

姚美丽想尽快离开这是非之地，以防梁天成再次杀回来，迅速来到收银台，前面一个女子正在付钱，姚美丽感到脸熟，可是记不得在哪里见过。

这人是谁呢？该不会看到刚才的那一幕吧？姚美丽心里狐疑着，走出超市，猛地回头，只见那个女子跟在自己后面。天啊，难道她真的看到了刚才的那一幕，现在跟踪自己了！姚美丽这样想着，赶紧上车，一溜烟而去。

姚美丽猜对了，这个女子就是跟踪她。而这个女子就是王璐！

刚才，王璐见到姚美丽也感到脸熟，脑子里搜索着在哪里见过她，望着姚美丽七彩的衣服，猛然想起："这不是欧阳建业的秘书吗？"于是悄悄地在她后面跟着，企图找个机会靠近她，谁知道姚美丽根本不给她机会。

姚美丽的离去让王璐不由感慨万千，时间已经过去几个月了，可是现在一点儿眉目都没有，看来完成任务那是天方夜谭的事了。

上帝啊，请你给我一个机会吧！王璐望着天空，心里呐喊着。此时，天空在七彩灯光的映衬下，分外黑暗。上帝好像睡着了。

忧心忡忡地回到家里，老妈的脸和外面黑暗的天空差不了多少。

陈桂花觉得和女儿冷战有点儿太过分了——毕竟是自己的女儿，心里这样认为，可是私下里对丈夫说："她的事我不再管了！"

话是这么说，可是却时时刻刻留意着女儿的一举一动，就拿今晚来说吧，女儿回来晚了，心里莫名地想："不会是和男孩子约会去了？"这个疑问随着夜的加深发酵得愈发厉害，可是又不好直接问，好在有人替她问了。

"怎么回来得这么晚？"王长丰问。

"去超市买东西了，然后又去吃了点儿东西。"

"一个人？"

"一个人怎么了？"

陈桂花听了大失所望，抽身进到自己屋子，却没有走远，而是躲在门后竖起耳朵听着。

"爸，我和你商量一件事，我准备辞职。"

"怎么了？"

"我在公司很不舒服。"

王长丰是知道女儿性格的，这个丫头性格倔强，不会轻易放弃。她既然这么说，说明真的遇到困难了。于是说道："如果觉得真不开心，换一家也未尝不可，咦，张剑他们不是在帮助你吗？"

“张哥他们是帮了我，可是又节外生枝了。”

“到底怎么回事?”

王璐于是把公司一系列的事说了出来。王长丰听了，竖起大拇指，说道：“璐璐，你做得对!”

王璐听了不由精神一振，坐正，眼睛盯着父亲。

“天时不如地利，地利不如人和，治理天下，人和第一，治理公司也是一样的，假如一个公司利欲熏心，不顾牺牲公司员工的个人幸福，我想这个公司早晚会被淘汰，因为伤了员工的心，没有哪一个会一心一意、死心塌地地为公司卖命。”

“我就是因为这个和金天雷理论的。”

“老爸挺你，哎，离开公司，你真的想好了?”

王璐没有回答，默默地坐在那里，看来心里在做着激烈的斗争。王长丰陪着女儿坐在那里，也不出声。

此时，外面一道亮光划过，接着一声轰响，王长丰站起来到窗口向外望了望，说道：“要下雨了。”

老天爷好像听到了他的话，一个闪电过后，呼啦啦下起雨来，窗户上随即印了很多雨花。

王长丰见女儿一直不回答，知道她还打不定主意，于是转回来，说道：“璐璐，如果明天早晨你还觉得必须辞职，那就辞职好了。”说完进自己屋子里去了。夫妻二人免不了又为这事操心不止。

夜里，雨还在倾盆下着。王璐躺在床上，金天雷的咆哮，严三强诡秘的笑，小李他们躲躲闪闪的神情，张小葱怒不可遏的样子，自己的诺言一一呈现出来，这一切如万千丝麻缠绕在一起，让王璐剪不断，理还乱。既然决定不了，那就交给老天爷吧，王璐看着外面的风雨想：假如明天早晨还在下雨，那就立即去向金天雷辞职；如果是个晴天，那就继续留在金天公司！打定了主意后慢慢睡去，只等明天的到来。

其实王璐这是多此一举，一般有常识的人都知道这夏季的暴风雨不可能长久的。之所以把命运交给老天，这是她的心理在作祟。因为王璐还不想一走了之，如果那样，她就不是王璐了!

第二天早晨醒来，果然是个晴天！只不过晴得不正常，太阳似个火球悬挂在天空，没有一丝风，天边，几朵云彩似正在燃烧的棉花团飘浮在那里。

老天爷已经告诉了答案，王璐打消了辞职的念头。下楼，驱车来到包河公园，一边跑步，一边留意着那个白点。

天气太憋闷了，湖边的柳树热得呆头呆脑站在那里，湖里的莲叶半卷着叶子似久病的病人苟延喘息着，鱼儿张大了嘴边一张一翕，在湖面掀起一丝涟漪。

咦，难道他今天没来跑步？王璐心里想，眼睛四下张望。公园里，那几个老熟人冒着酷暑在锻炼着，可就是不见那个白影。

“怎么了？难道他怕热吗？”王璐胡乱猜疑着，突然，身后传来喊声：“赶快打120！”王璐回头望去，只见几个人围在一起看着地上。

王璐知道发生事了，赶忙奔了过去，拨开人群，只见地上躺着一位老人，脸色苍白，已经不省人事了。大家围在旁边七嘴八舌，但是都不敢出手相救，看来都被媒体上报道的讹人事件吓着了。

“他怎么了？”王璐问。

“不知道，他打着太极拳，突然就仰脸倒地了。”一人回答。

“打120了吗？”

“大家出来锻炼，都没有带手机。”围观的人纷纷说。王璐知道大家都没有说谎，自己的手机不是也丢在车里了吗。

“请你们赶快去借用一下人家的手机。”王璐指了指旁边的马路，然后蹲了下去。

“姑娘，这人你认识？”一人问。

“不认识。”

“那还是不要动为好，等他家来人再说吧，以免发生意外。”

王璐知道那人的好意，稍微犹豫了一下，坚决地说道：“我就不相信人家会讹我！”然后把手伸到老人的胸脯，又抓起手臂给他号脉。

大家带着敬佩和担心的眼光看着王璐。一人说：“如果这位姑娘遭到讹诈，我们大家一起做证！”

“对！对！”大家纷纷附和。

老人的脉搏非常弱，王璐知道再不及时抢救就来不及了！她学着电视上那样捶打了老人胸脯一二十下，然后俯下身子给他做人工呼吸，如此反复进行。

大家都怔住了，心里默叹着：这位姑娘是谁？这样不嫌脏！

七八分钟后，老人“嗽”的一声呻吟，再慢慢睁开眼，然后又闭上。

大家都欣喜不已，说救过来了。

“你们打 120 了吗？”王璐问。

“已经打了。”

王璐循声望去，天啊，居然是欧阳建业！就站在自己身边。他、他什么时候来的？王璐心里沸腾着。

一会儿，救护车呼啸而来。大家一起帮着把老人抬上车。

“你们谁是家人？”医生问。

大家告诉了医生实情。医生犹豫了，说没有家人陪着不好办的。

“我去吧。”王璐说。

“我也去！”欧阳建业跟着说。

医院离公园不远，几分钟就到了，老人立即被送进急救室。王璐、欧阳建业忙前忙后，一系列检查后，医生告诉二人，老人心脏病发作，多亏抢救及时，现在已无大碍。

到了九点时分，老人的家人赶来，首先声明说自己不会讹诈二人，其次表示感谢之情。不知道谁通知了媒体，一会儿，省市电视台都来人了。王璐想溜之大吉，不料被他们堵住。他们问为什么这样做。王璐回答说只是做了自己该做的事。

“你不怕被讹诈吗？”

“不怕，因为我相信这个世界还是好人多。”

考虑到上班已经迟到了，王璐摆脱了媒体的纠缠，迅速离开了医院。欧阳建业也是三言两语打发了媒体，然后跟了上来。

“这位女士，您辛苦了。”欧阳建业主动打招呼说。

这可是欧阳建业第一次和自己说话，天啊！王璐那个激动，那个高兴，一时不知所措，半天才答道：“您也一样。”

“哎，您真的不怕讹诈吗？”

“那么先生您呢？”

“呵呵”二人会心地一笑。此时，王璐觉得有那么一点儿心有灵犀的感觉，这样的场景似曾见过，梦里？上辈子？

“人间正道是沧桑！”欧阳建业感慨地说。

王璐没有回答，而是迷人地一笑，算作赞同。

“女士贵姓？”

“免贵姓王，你呢？”王璐话出嘴后才感到不好意思，觉得自己是不是太虚伪了！明明知道他叫欧阳建业来着的。

“我叫欧阳建业。”

那一段路说长不长，说短也不短，可是王璐今天觉得那一段路真的不经走，一会儿，二人来到公园出口。王璐不敢把欧阳建业引向自己的车子处，从岔口走开了。

王璐来到公司已经十点多了。金天雷对此非常气愤，当着销售部全体员工的面，狠狠训斥了王璐一番。话语之狠毒，如外面的毒太阳。王璐很纳闷，金总怎么有这么大的火气！她不知道，刚才，严三强又在金总面前煽风点火了。

王璐感到委屈，想解释一下，可是转念一想，假如自己说出来，恐怕金天雷又要说自己多管闲事，所以还是打消了念头。

虽然被金天雷训斥，但是，王璐一点儿也不感觉到后悔，俗话说：救人一命胜造七级浮屠。更重要的是终于和欧阳建业有交集了！真可谓踏破铁鞋无觅处，得来全不费工夫。皇天不负有心人啊！

王璐被金总训斥所引起的直接后果是销售部员工加重了他们的怀疑，认为王璐离开公司那是早晚的事。张小葱对此愤愤不平。中午休息的时候把王璐拽到一旁，问到底怎么一回事。王璐把今天早晨的事说了一遍。张小葱惊诧道：“姐，你胆子真大，现在谁还敢搀扶跌倒的老人！”

“今天我不是没有被讹诈吗？”

“算你运气好，咦，你怎么不对金天雷说实话？”

“我终究迟到了不是？”

“你不说，有人高兴了，真恶心！”

原来，金天雷当众训斥王璐，严三强也在场，没有控制好自己的表情——脸上微风轻拂湖面似的一阵涟漪笑，被张小葱敏感地捕捉到。

王璐知道张小葱所指，说道：“不管他，自会有公论的！”

下午，张剑打来电话，说请王璐晚上吃饭，还点名要张小葱一起来。下班后，王璐带着张小葱如期赴约。二人来到玫瑰山庄，令人惊讶的是贾财宝居然也在！

原来，张剑坏了哥们的好事，要做补救——特意安排了今晚的宴席！贾财宝本来对张剑一肚子的意见，认为他不该出卖自己的兄弟，借口拒绝。当听说今晚张小葱也在的时候，犹豫了一番，最后还是答应了。

张小葱见到了贾财宝宛如见到了癞蛤蟆，心里厌恶着，眼睛里全然无物。贾财宝可不是这样，他见到张小葱，本来死了的心死灰复燃，又开始大献殷勤。张小葱只后悔没有把男朋友胡兵带来。

菜上来了，张剑开场白说今晚没有什么事，都是哥们姐们，大家只是聚一聚。

“贾总，你给我们画了一个大大的馅饼。”王璐说着双手在空中画了一个脸盆大的圈。

“不好意思，不好意思，这个月一定努力，争取不交白卷。咦，我努力，你们也要努力呀。”贾财宝说着瞥了张小葱一眼，意思悠长而深远。

“那好，我敬你一杯。”王璐说着端起酒杯。

贾财宝勉强喝了一口酒，心里说道：“哼，臭女人，坏我好事还在这里装蒜！”

王璐见贾财宝只浅浅地抿了一口酒，她是知道这些所谓江湖人习气的，于是提议说：“小葱，你也敬贾总一杯，下次，订单一定会滚滚而来。”说着，眼睛意味深长地看了张小葱一眼，再伸手偷偷推了她一下。

陪贾财宝喝酒，张小葱心里一千个不情愿，但是王姐既然已经说了出来，不能当众不给她面子，端起酒杯，说道：“贾总，我敬你。”

“好好。”贾财宝说着端起酒杯，脸上满面春风，呵呵一笑，露出两颗黑黑的牙齿。以前，张小葱见了并不觉得厌恶，可是现在呢？厌恶得想吐！

接着，大家一边喝酒，一般东拉西扯着，可是气氛并不十分融洽。张剑随着年龄的增大，老成了许多，话也少了很多。不多会儿，酒场成了贾财宝的独角戏，他无非说自己认识这个领导认识那个领导，整得自己好像是大人物似的。大人物嘴虽然在说着话，可是手却没有闲着，他不停地给张小葱倒水夹菜。

张小葱坐在那里享受着贾财宝无微不至的伺候，却似身处火海里，想及早逃离火海，偷偷用眼睛告诉王璐。王璐虽然会意，可是苦于没有合适理由。

怎么才有正当的理由呢？王璐想，眼睛看着手机，平时不想让它响，它却频频呼唤不已，今晚急切地希望它响，它却一声不吭，这个破手机，回去就换了！

手机好像听到了主人心里的怨言，害怕被炒了鱿鱼，马上响了起来，打开一看，是老爸王长丰打来的。

此时，家里，王长丰乐开了花。眼睛死死紧盯着电视，嘴冲着里屋喊老婆赶紧过来，再拿起手机告诉女儿一个天大的消息。

现在在家看电视的还有欧阳建业和儿子豆豆。

“哇，哇！”豆豆一边看着电视，一边大呼小叫着。豆豆平时这个时候是不看电视的，今晚是什么吸引了他？

原来电视里正播放着王璐和欧阳建业扶起跌倒老人的事迹！

“这个阿姨太棒了！”豆豆喊着，手舞足蹈着。

儿子夸赞那个阿姨，也在间接夸赞自己，儿子什么时候这样过！欧阳建业心里得意、狂喜，就是拿下上十亿的工程也没有这么高兴过！强抑制住自己的兴奋，“镇定自若，不值得一谈”地陪着豆豆看电视，眼睛留意着自己的形象。他对自己的这句话非常满意：“我们大家一起努力，扭转社会上的一些不良风气，传播正能量！”

接着，一个电话连着一个电话打来，都是来祝贺欧阳总裁的，说欧阳总裁不光事业有成，而且人品一流，简直是道德模范标兵，钦佩，仰慕。

欧阳建业虽然经历了无数大场面，也风光无限过，可是也经不住大家这些糖衣炮弹的猛轰，高兴得心颤身热，得意扬扬地坐在那里，心想：让炮弹来得更猛烈些吧！这样好给儿子做个榜样，彻底征服这小子，看他以后还不听话！这样地想，抽出一支烟，点燃，慢慢地享受着，烟雾载歌载舞地升腾着，似在为他庆贺。

豆豆瞥了老爸一眼，说道：“老爸，不要得意，你不是主角，那个阿姨才是！”

这句话就如一盆凉水，当头浇下，欧阳建业身子一紧，说道：“我又没说我是主角。”

“那你怎么那么得意？”

欧阳建业一听，心想：难道刚才自己做得过分，被这个小家伙看出来了？稍微坐正了些，不甘心地说：“虽然是配角，但是，我毕竟参加了不是？”

“老爸，你认识那个阿姨吗？酷，酷毙了！”

“我当然认识了，我们是跑友。”

“跑友？啥意思？”豆豆望着老爸，一脸迷惑。

“经常在一起下棋叫棋友，经常在一起钓鱼叫钓友，我和那位阿姨每天早晨一起跑步，所以称为跑友。”

“哦，这样啊，嘻嘻，我明天早晨也去跑步。”

“干吗?”

“去认识那位阿姨呀，咦，我好像在哪里见过她。”

“是吗?”

“老爸，你和这位跑友没有什么特殊关系吧。”

“瞎扯什么?”欧阳建业板起脸说，接着教训道，“小小年纪，脑袋里整天想些什么乱七八糟的东西！好好学习要紧……”欧阳建业还在继续教训，不料姚美丽进来。

豆豆受到老爸的训斥，本来就不高兴，噘起的小嘴能挂酱油瓶了，见到姚美丽后，小嘴能挂酱油桶了，起身躲进自己屋子里。今晚好不容易才有的融洽气氛到此为止，欧阳建业只后悔自己刚才的语气生硬了些，这样下去，自己和儿子之间的鸿沟什么时候才能填平。

姚美丽很少看新闻，她只关心哪些化妆品有效，哪些衣服时尚。下班后去美容院了，接着又去买了一件裙子，想到刚才服务员说她穿这裙子非常非常好看，很好地衬托了她的性感身材，和尚见了欲破禅的，所以现在过来让欧阳总裁欣赏。和尚见了欲破禅，那么欧阳总裁呢?姚美丽企盼着。

还别说，欧阳建业见了姚美丽曲线的身子，眼睛一亮，嘴唇抽搐了一下，宛如口渴的人见到了一个杨梅，可不是吗?现在的姚美丽可不就是一个熟透了的杨梅!

这些当然没有逃过姚美丽的眼睛，身子坐了过来，问:“欧阳总裁，吃过了吗?”眼神幽幽，语气娇滴滴的似含着蜜。姚美丽不知道正是自己这一点，欧阳建业不喜欢，有点儿做作，有点儿小家子气了。

“吃过了。”欧阳建业回答，眼睛盯着电视。

“哦，看电视呢，看什么?”姚美丽没话找话地问。

欧阳建业刚想回答说在看新闻，不料豆豆屋子里传来一阵“咚咚”响。欧阳建业知道儿子在发泄自己的不满，也在向姚美丽传递信息：这里不欢迎你，赶快走人!

姚美丽听而不闻，起身去给她的欧阳总裁泡了一杯茶，然后嗲声嗲气地开始汇报工作：“欧阳总裁，明天上午市里有个会议……”

“哦，知道了。”欧阳建业回答，眼睛依然看着电视，心里想：省市领导也许看了今晚的新闻，虽然自己不是有意而为之，但是这件事对公司及本人的形象无疑大有裨益，不是有人说欧力文公司就是铁公鸡一个吗？

此时，王家，王长丰一边看着新闻，一边说：“好！好！这才是我老王的好女儿！”不无得意地跷起二郎腿，有心抽一支烟来庆贺庆贺，手刚伸向烟盒，招来老婆一个白眼，只好缩回手，吧嗒着嘴说：“看看，今晚女儿多风光！”言下之意，都是自己教导得好。

“风光是风光，假如被人家讹诈就坏了！”陈桂花后怕地说。

“那毕竟是少数，我坚信邪不压正！哎呀，璐璐这次做得太对了，为你我长脸了！”

说曹操曹操到，王璐推门进来。王长丰上前把她拉到沙发上坐下，老妈稀罕地给她倒了一杯水。

“老爸，什么好消息这么火急火燎让我回来？中了五百万了？”

“比中五百万还要好！”王长丰说着拿起遥控器，回看今晚的新闻。

王璐看着新闻中的自己，不由脸红，半天，说道：“当时就是一味地救人，没有其他想法，没想到闹得这么大！”

三人新闻一遍一遍地看，王长丰、陈桂花百看不厌，王璐留意着自己的形象。

“咦，怎么到包河公园去跑步，家门口不是有公园吗？”陈桂花眼睛盯着电视，突然发问。

一语道破天机，王长丰恍然大悟，追问道：“是呀，怎么舍近求远呀？”

王璐脑子里“嗡”的一声，心里埋怨着老妈太聪明了，简直聪明得过了头。

“我……我……”

老爸、老妈的眼睛紧盯着女儿的嘴巴。

“那里不是风景优美吗！”王璐半天才寻找到这么个理由，也不知道好坏，低头不敢看父母。

王长丰、陈桂花并没有多想，今晚，他们太兴奋了！王长丰用了逻辑推理：老子英雄儿好汉。陈桂花呢？心里在想：嗯，以后就有和姐妹们比试的资本了！

王璐好像看出了他们的心思，说道：“这事就这么过去了，不要闹得满城风雨的，举手之劳的事。”说完就去洗澡了。

今晚，母亲陈桂花还有一个疑问，自己不好亲自问女儿，于是只好求救于老公了。小声地问："那个男的是谁？璐璐认识吗？"

冷不丁地冒出这话，王长丰一头雾水，问："哪个男的？"

"还有哪个，和璐璐一起救人的那个呗。"

"这我哪知道？"

"你去问问。"

"问这干什么？"

"叫你去问你就去问！"陈桂花横眉竖眼地说。

"你呀，简直是风声鹤唳，草木皆兵，想女婿都想神经了！"王长丰嘀咕着进到女儿房间里去了。一会儿出来，向老婆汇报说那个男的女儿不认识，他们只是一起救人而已。

有人说女人有狐狸的脑袋、苍鹰的眼睛、猫的触须、狗的鼻子。这些都是形容女人的敏感多疑。陈桂花显然已经感觉到什么，冥冥中觉得自己的女儿和那个男的有着某种纠葛。她不动声色地坐在那里，心里盘算着……

台风过境，驱散了近来的酷暑。早晨，王璐来到包河公园跑步。路边，妙曼的柳枝飞扬；湖里，青翠的莲叶翩翩起舞，绽开的莲花似一团正在燃烧的火焰。

王璐心情畅快地跑着步，一只多情的红蜻蜓一直紧随着她。

前面，那个熟悉的白点在移动着，王璐知道自己追不上，于是不紧不慢地跑着，可是，二人之间距离居然越来越小了！

这是怎么一回事？

这是欧阳建业有意放慢了脚步。昨晚，儿子的话在他的心里生了根，发了芽。现在，他对这个让儿子崇拜不已的女郎好奇起来。今天早晨一到公园，他就开始留意那道粉红。

二人越来越近，欧阳建业似乎不经意地回头发现了三璐。

"早！"他打了一个招呼。

王璐万万没有想到欧阳建业会主动找自己说话——他可是油盐不进啊！心潮澎湃着，似十二级台风刮过的湖面。

"早！"她回应道。

接着，二人陷入沉默，只有"唰唰"的脚步声。共同的救人经历让二人彼此亲近了许多。

一圈下来，前面一人拦住去路，原来是那位老人的儿子！自报姓名赵本好，特意前来表示感谢，说为了聊表心意，今晚请二人吃饭。王、欧阳二人当然要拒绝，再次申明那只是做了自己该做的，不求任何回报的！可是赵本好死活不放过，说没有二人的相救，就没有了父亲，如果那样，真正就成了树欲静而风不止，子欲孝而亲不在了。

王、欧阳二人被他的孝心所感动，但是，吃饭是万万不可的。赵本好见二人态度如此坚决，也就妥协了。

二人开始重新跑步。

“王女士，你就住在附近?”欧阳建业问，问过之后才感觉是废话。

“嗯，是的。”王璐答道，心鬼浮现，脸上一阵红晕滑过，为了驱赶那尴尬，紧跟着问：“你呢?”

“我住在那里。”欧阳建业回头指着自己的小区说，接着问：“您是做什么的?”

“我……我……”王璐一时不知道如何回答为好。

看到王璐吞吞吐吐，欧阳建业才意识到自己的冒失，第一次和人家女孩接触就问这么多！咦，这不是自己的风格啊，今天算是破天荒了。

接下来，二人都不再说话，只是一前一后地跑着。今天早晨的三圈，王璐、欧阳建业都没有感觉到多长时间，也没有感觉到累，奇怪了！难道是男女搭配，干活不累吗?

六、风云再起

第二天早上上班的路上，王璐想着假如公司里的人知道了昨天早晨发生的事自己应该怎么回答。到了公司，大家居然只字未提——看来昨晚的新闻他们没看。这让王璐松了一口气，但是心里也有一丝失落。

一会儿，金天雷打来电话让王璐去他办公室一趟。

忐忑地来到金总办公室，就遭到金天雷轰天雷似的喝问：“你是怎么做事的?!”

“金总，怎么了?”

“我正要问你呢，你倒问起我来了！昨晚怎么关机了?”

王璐这才想起昨晚害怕别人骚扰，回家后就关机了，赶忙说：“对不起，昨晚手机没电了，发生什么事了吗?”

原来，昨晚张剑、贾财宝和王璐、张小葱分手后，贾财宝躲到一边又打电话给张小葱，约她单独去玩，被张小葱严正拒绝，还说以后这样的电话不要再打了。

贾财宝吃了闭门羹，心里骂道：“破女人，有什么了不起，等老子把你弄到手，到时候……”

今晚要发泄，贾财宝央求着张剑到一家酒吧玩，几瓶酒下肚，贾财宝彻底失去了控制，当面质问张剑为什么坏他好事。

张剑酒也高了，说贾财宝玩其他女人他不管，但是打他妹妹的主意不行。

“张小葱是你妹妹吗？你是看上她了吧?”

“老子就是看上她了，怎么的?”张剑赌气地说。

贾财宝最恨的是别人和自己抢女人，简直到了不共戴天的程度，随手操起一个啤酒瓶，对着张剑的脑袋瓜子拍下。“啪”一声，张剑被开了瓢，一股鲜血顺着眉骨流下。张剑何许人也，那是久经沙场的老手，三拳两脚就把贾财宝打翻在地。好在酒吧老板是他们的朋友，并没有报警，经过他的调和，贾财宝得知原来是误会一场，张剑并没有和自己争女人。但是，张剑表示从此和贾财宝一刀两断。这让贾财宝后悔不已。

贾财宝身痛、心痛地回到家里，越想越来气。他把一切都归咎于王璐，于是打电话给金天雷，说有王璐在，他永远不和金天公司合作！

听了金天雷的叙述，王璐说道："原来这样啊。"

"贾总可是一个不小的客户，张剑他们几个加起来也没有他一个多！叫你不要多管闲事，你偏要，这下好了，你这个销售部副主管是怎么当的？一点儿不为公司着想！"金天雷吼道。

从金总办公室出来，王璐辞职的念头再次冒出，回到自己座位，张小葱见她脸色难看，向着卫生间示意着。二人来到卫生间，张小葱问："怎么？又被雷公K了？"

王璐低头不语。

"还是为我那件事？"

"不是，不是，是其他的事。"

"雷公这是在故意找碴儿。"

"小葱，我想辞职。"

"你辞职我也辞职！"

"可是我又有些犹豫。"

"有什么好犹豫的？"

"是欧力文公司那件事有进展了。"接着，王璐把今天早晨的一幕向张小葱说了。

"这事金天雷知道吗？"

"刚才我只是和他说有眉目了，我想正是因为这个缘故金天雷才没有炒我鱿鱼。"

"那我们俩现在就去辞职！"

"我走后，公司恐怕会撑不长，唉，还是再等等吧。"

"你呀，就是心肠太好。"

这场风波又在公司悄悄传开了，看来，王璐离开金天公司那是早晚的事！彼消此长，严三强的气焰又高涨了起来，找了个借口，把张小葱狠狠训斥了一顿。杀鸡骇猴，酱油蒋他们不由靠近了严三强许多，只敢背后和王璐和张小葱接近。张小葱这个小精灵话语少了很多，世事的沧桑让人成熟了许多！

王璐就这么在金天公司煎熬着，可是与欧阳建业却是小火炖肉——慢慢熟了起来。每天早晨，二人一起跑步，谈话的范围渐渐扩大，程度慢慢深入，比如王璐知道欧阳建业妻子车祸去世，有个不听话的儿子。而欧阳建业也得知王璐还没有男朋友，有个当教师的父亲和一个家庭主妇的母亲。

不知不觉中又过了十来天，今天立秋。秋天是收获的季节，农村的野外，稻穗已经泛黄下垂，棉花也已经开始落花结桃。

早晨，霞光万道，微风和畅。王璐的心情出奇地好，来到包河公园，到处鸟语花香，她自己的心田里也是鸟语花香一片了！

像往常一样做了几分钟的准备动作后，开始小跑起来。

一会儿，欧阳建业追了上来，互相点了一下头算作打招呼，然后一前一后地跑着。

不知道怎么了，和王璐在一起，欧阳建业有一种想说话的冲动，这可稀罕！可是苦于没有话题，脑子里寻了半天，说今天天气不错。

“嗯，今天立秋。”王璐答道。

“啊，已经是秋天了，一点儿也没感觉到。”

“有一首歌唱得好，城里不知季节已变换。”

“你也喜欢那首《北国之春》?”欧阳建业惊喜地问。

接着，二人有了共同话题，开始对音乐进行了深入的探讨。王璐说自己喜欢小提琴协奏曲《梁祝》。欧阳建业问为什么。王璐结合自己的感受，把《梁祝》深入地剖析了一遍，简直达到专业的水准。原来琅镜去国外后，为了寄托思念之情，她无数次地听《梁祝》，而且常常是泪流满面。

这不禁让欧阳建业刮目相看了，简直遇到了知音，他频频点着头表示赞同。

“什么时候我拉给您听?”欧阳建业说，说过才后悔，因为他拉小提琴，听众只有一个，那就是妻子安娜。

“您，您还会拉小提琴?”王璐诧异地望了眼前的这个男人一眼，他可是油盐不进啊！想象中，他是一个毫无生活情趣的人。

对音乐共同的感受，再次拉近二人的距离。这样，可以一边跑步，一边说笑了。

只剩下最后一圈了，前面拐弯处，一棵大槐树耸立在那里，郁郁葱葱的。王璐突发奇想，顽皮地指着前面的大槐树说："我们比赛吧，看谁先到前面那棵大树，谁输了谁今晚请客。"

这正是欧阳建业喜欢和王璐一起跑步的原因，她宛如一个小孩子，阳光、活泼、可爱。这潜移默化地感染了欧阳建业，让他的那颗绷紧的心慢慢舒展开来。一天中，他觉得早晨是他最快乐的时候——既有运动的快乐，也有一种莫名的愉悦。

"好啊！"欧阳建业答应道。

"预备，一、二……"三字还没喊出来，王璐身子已如离弦之箭弹射了出去。

面对王璐的作弊，欧阳建业当作小孩子似的顽皮不去追究，随即撒开脚丫子开始追了起来。

二人风驰电掣般跑着，欧阳建业并不想追上王璐，因为他不想让她请客，同时逗着她玩，以满足她的虚荣心——女人都有虚荣心的，特别是青春期美女！

"我胜了，耶！"王璐站在树下挥着拳头大喊着，"你，请客！"

看着王璐那高兴万分的样子，欧阳建业有着时光倒流的感觉，曾经何时，自己和妻子不也是这样吗？只不过那种幸福一江春水似的一去不复返，没想到今日再现！

"好啊，今晚七点，希尔顿。"欧阳建业爽快地说。

"不去！太高级了。"

"那你指定一个地方。"

"吴山贡鹅酒店吧，老百姓的生活水准。"

二人分手后，王璐向自己的车子走来，突然，张小葱不知道从哪里冒了出来，嘻嘻地笑看着王璐，一板一眼地说道："我看，你们，有戏！"

"小葱，你怎么来了？"

"我来看你们表演呀，嘻嘻……"

"我呸，原来是看热闹来了！"

"姐，油盐不进看样子真的被你拿下了。"

"还早呢。"

"反正我觉得有戏！"

"凭什么这么说？"

"凭直觉，姐，我的直觉很准的！"

“希望是!”

心里有了希望，王璐、张小葱对公司人的白眼也就视而不见了。张小葱又恢复了生机，时不时拿酱油蒋开涮。这让酱油蒋大惑不解，下午快下班的时候，趁人不注意走到张小葱面前，悄悄问：“怎么这么高兴?”

“想知道?”

“想知道。”

“请我吃饭就告诉你。”

“切!”酱油蒋说完扭头就走。

王璐见了好笑，冲着张小葱说：“要他请客，除非公鸡会生蛋。”说着收拾东西准备下班，金天雷打来电话，要她晚上和自己一同去陪一个客户吃饭。

“金总，我晚上有约了。”

“那就推了!”

“恐怕不行。”

“怎么？连我的话都不听了！你不得了了?!”

王璐听了这喷火的话，正要解释说是因为欧力文公司的事，可是那边金天雷已经挂断电话。想象中，金天雷鼻子都气歪了，头发恐怕都要被大火烧掉了。赶忙打了电话过去，可是电话里传来：“您所拨打的电话正在通话中，请稍后再拨。”稍后，再打，又是如此，看来雷公真生气了。

“以后再向他解释吧。”王璐无奈地想，随即离开了办公室，钻进车子，看了看时间，还早，拿出小镜子仔细照着，头发好像很乱，脸上的粉老化，露出一朵麻雀花。她犹豫着是否去美容院。

“还是自然一点儿吧，仅仅吃顿饭而已，又不是去相亲，再说了，每天都见面的。”王璐大度地想，然后驱车向吴山贡鹅酒店而来。

此时，欧阳建业也准备前来赴约。豆豆见了，躺在沙发上嘴巴噘得老高，憋屈地说又丢下自己一个人在家吃饭了。

欧阳建业见了，说道：“要不，你随我一起去?”

“哪些人?”豆豆讨价还价地问。以前，欧阳建业也带豆豆去应酬过，由于人多，照顾不上他，害得他孤零零地坐在那里，因而以后他就再也不愿意参加了。

“你的崇拜对象——那位王阿姨。”

“救人的那位王阿姨?”

“是的。”

豆豆一听，说道：“我去！”然后一跃而起。

一路上，豆豆嘴就没有闲着的时候，不停地问这问那，比如今晚怎么和王阿姨吃饭，谁买单，等等。

欧阳建业害怕儿子胡乱猜疑，弄不好他会当面问王璐——他是会干得出了！于是如实地把今天早晨跑步打赌的事告诉了他。

“切，老爸，你怎么连个女人都跑不过？我们班没有一个女生能跑过我的！”

“天下男人不如女人的多了！比如烧饭、做衣服。”

“天下最好的厨师、最好的服装师可都是男的！”

欧阳建业听了不由感慨，小家伙怎么知道得这么多！平时小看他了。

父子俩来到吴山贡鹅酒店，王璐已经在门口等他们了。

欧阳建业见到王璐，介绍说：“来，介绍一下，这位是我的儿子豆豆，你的粉丝。”

“粉丝你好。”王璐说着大方地伸出手。

“王阿姨好。”豆豆说着也伸出手。

王璐觉得手里软软的，抬手一看，妈呀，一个毛毛虫在手心里慢慢蠕动。

王璐诧异地看着豆豆，只见小家伙正偷觑着自己，脸上浮现诡异的笑。嗬，这个小家伙貌似老实有礼貌，没想到给自己这么一个下马威！来这一套，你算找对人了！

王璐早年也是害怕这类东西的，可是自从和眼镜谈恋爱后就不怕了。眼镜家在农村，一次暑假到他家玩，眼镜开始想方设法作弄她，萤火虫、青蛙、玩具蛇……不是出现在她的口袋里，就是出现在背包里，再不就是出现在被窝里。开始时，王璐当然被吓得哭爹叫娘，后来慢慢地就习以为常了，并且她开始以其人之道还治其人之身，一次，她居然把一条真蛇放在眼镜的被窝里！结果吓得眼镜呼啸地叫着，裤子鞋子都没穿就跑了出去。

王璐望着欧阳建业，犹豫了一下，他知道把这件事告诉他的后果，豆豆轻者遭来一阵训斥，重者遭来一顿毒打，那样，大家脸上都不好看，今晚的宴席也就彻底完了！于是不动声色地走着，随手把毛毛虫丢进门旁的花盆里。

豆豆已经看到，佩服不已，心里说道:不一样，就是不一样!

欧阳建业来到服务台要包厢，王璐劝阻说就三人，坐在包厢里怪孤单的，俗话说酒要热闹茶要静，不如就坐在大厅里和大家一起凑热闹。

“是不是呀，我的粉丝?”王璐问豆豆。

豆豆点头称是，算作对刚才王璐没有举报自己的回报。

三人坐下，等菜的工夫，王璐问豆豆是不是特喜欢小动物。欧阳建业一听大吃一惊，问:“你怎么知道的?”

“因为我也特喜欢小动物呀！咦，今天算找到同道之人了，幸会，幸会！有机会交流一下。”

豆豆搞不清王璐说的是不是事实，眨着小眼睛，老实本分了许多。

菜上来了，欧阳建业问王璐喝点儿什么，如果喝红酒，自己车子后备厢里有拉菲。王璐向旁边桌子一扫，说:“入乡随俗吧，喝点儿啤酒，哦，忘了，喝酒是不能开车的。”

欧阳建业二话没说，拿起手机给办公室主任打了电话，要他九点钟后派两个司机过来。

三人吃喝着，谈笑着。豆豆居然主动找王璐碰杯，这可稀罕！作为回报，王璐说了很多乡野趣闻（那是在眼镜家，也是王璐最快乐的时候），豆豆听得入迷，欧阳建业也听得津津有味。

服务员端着菜过来，说菜齐了，祝他们全家在本店用餐快乐。

最后一句话把王璐、欧阳建业拉入尴尬的境地。按说这么过去就算了，可是豆豆如《皇帝的新装》中的那个孩子，纠正道:“阿姨，你错了，我们不是一家人。”指着王璐:“她不是我妈妈。”

王璐更加尴尬，脸上涌起胭脂红，低头不语；欧阳建业狠狠瞪了儿子一眼。

服务员连声道歉溜走了，心里纳闷道:“刚才他们俨然就是一个三口之家呀!”

这个小插曲让气氛冷却了许多，欧阳建业没话找话地问王璐喜欢吃什么。王璐没有回答，转问豆豆喜欢吃什么。豆豆见状，也不回答，转问爸爸喜欢吃什么。欧阳建业再问王璐。如此循环两次。

“哈哈……”王璐、欧阳建业不由笑了起来，豆豆“咕嘟咕嘟”开水似的笑。快乐的气氛再次恢复。

“我最喜欢吃糖醋排骨。”豆豆说。这是妈妈多年前给他做的菜，虽然家里阿姨经常做糖醋排骨，但是豆豆总觉得没有妈妈做得好吃。

“糖醋排骨我最拿手。”王璐随口说。

“真的?”

开弓没有回头箭，王璐想说不会做也已经晚了，只好蚂蚁上树——顺着往上爬，回答：“是的。”

“那阿姨你做给我吃吧。”

“豆豆，初次见面怎么就要这要那的？一点儿礼貌都没有！”欧阳建业冲着儿子呵斥道。

王璐害怕把气氛弄僵，赶忙说：“没关系，没关系，豆豆是小吃货，我是大吃货，天下吃货是一家，再说豆豆是我的小粉丝，我这个大明星是需要贿赂一下粉丝的，来，粉丝。”王璐说着给豆豆的杯子里添加了饮料。

欧阳建业、豆豆听了这双重理由，舒服得宛如这酷暑天进到空调房，再吃了冰冷的西瓜一般。女人这尤物就是怪，她们的温柔就如一把万能的熨斗，能把你身上的、心里的褶皱熨平！

“你真的会做?”欧阳建业问，这时候，他也想起妻子做的糖醋排骨来，说真的，妻子不怎么会做菜，能拿得出的也只有糖醋排骨这道菜了。

“我能煮熟。”王璐回答。

欧阳建业、豆豆听了都当她谦虚在开玩笑。

“阿姨，那你就在这个周六晚上到我们家来吧。”豆豆说着看了一下老爸。欧阳建业这次脸上倒是并没有愠色。

“这个……这个……”

“阿姨，我求你了，我求你了，答应嘛，答应嘛。”

“方便吗?”王璐问欧阳建业。

欧阳建业略一思考，说道：“方便，有什么不方便的，周六晚上我在家。”

王璐好像想起什么，冲着欧阳建业说：“我的糖醋排骨不是白吃的，你得用你的《梁祝》交换。”

欧阳建业犹豫了一下，还是点了点头。

这顿饭，吃了足足两个多小时才结束！欧阳建业认为这是最近几年以来吃得最安稳的一顿饭——豆豆没捣乱；而豆豆呢？认为是吃得最快乐的一顿饭，保不住还有更快乐的在等待他呢，因为王阿姨已经答应周六来他家了。

回到家，欧阳建业问豆豆对王璐印象怎么样。

“不一样，就是不一样。”豆豆说。

“不一样在什么地方？”

豆豆想到毛毛虫的事情，说：“保密！哎，老爸，你对王阿姨印象怎么样？”

欧阳建业只恨自己刚才的问话简直就是画蛇添足，怎么回答这个小家伙呢？他可是不好对付的，回答得不好，他又要乱猜疑了！

豆豆见老爸半天不吭声，说：“难道老爸也保密？嘻嘻……”一阵意味深长地笑。

“不一样，就是不一样。”欧阳建业俏皮地用儿子的话回答。今晚如此快活，使得欧阳建业的心舒展开来，居然和儿子开玩笑起来了！一时间，欧阳家有了和谐快乐的气氛。离周日还有两天呢，可是二人已经着手策划起周六的活动来。豆豆要这要那，欧阳建业居然破天荒地答应了！作为回报，豆豆答应老爸那时候不会胡闹。

欧阳建业父子二人如此快乐，可是王璐就没有那么快乐了！因为她真的只会把排骨煮熟！

怎么办？肯定要临时抱佛脚的！抱哪一尊佛呢？自然想到家里的那两尊佛。老爸算得上文人，文人都讲究吃喝，他做的鱼还可以，至于糖醋排骨嘛并没有什么特别之处。老妈呢？冷战还没解冻呢，不在考虑范围之内。其他人呢？自然想到张小葱，赶忙给她打电话。张小葱回答说提起吃，自己只长了嘴，没有长手。然后好奇问打听这个干什么。王璐只好把事情的来龙去脉告诉了她。

“真的?!”

“是的。”王璐点头回答，她不知道电话那头，张小葱猛地从床上蹦了起来。

“姐，我今天在办公室里给你看手相，说你是有福之人你还不相信!”

王璐害怕张小葱又要胡说八道，赶忙挂断了电话。

没有去路，只好找百度。回到家里，打开网络，查询着糖醋排骨的做法。找到几种自己合意的做法，然后来到客厅，对着正在看电视的老爸吩咐道：“老爸，明天多买些排骨，要最好的。”

王长丰问为什么。王璐回答说自己要学习做糖醋排骨。这引起老妈陈桂花的注意，因为糖醋排骨自己做得最好，简直是天下第一！陈桂花心里酸酸的，不禁寻思女儿究竟要干什么。

第二天，王璐跑完步回到家里，耳畔还响着欧阳建业的那句话：“别忘了今晚的事!”赶忙去找老爸，可是到处不见他的踪影，又不好问老妈，只是干着急，没办法。一会儿老爸回来了，原来他并没有忘记女儿的吩咐，大清早就去买排骨了。

王璐不由分说，冲进厨房开始忙活起来。煎、炸、烹、烧，一丝不苟地进行着，她什么时候这样上心过！一直忙到临近中午，终于烧出几个菜系的糖醋排骨，品尝过后居然没有一个满意的，这下傻了眼，想：自己是严格按照百度中所说做的呀！难道是自己昨晚喝酒伤了味蕾？于是把老爸喊来品尝。

“好吃，好吃。”老爸一边品尝，一边点头称赞。

“真的?”王璐高兴地问。

“是的，是的。”

“那你说说为什么好吃?”

“因为是你做的呀!”

王璐刚刚升腾的心一下跌落到谷底，看来平时不烧香，临时抱佛脚彻底没用!

陈桂花虽然一直坐在客厅里看电视，可是电视里的内容却七零八落，原因是她的心思全部放在厨房里了，听到父女二人的对话，走进厨房来，看了看，说道：“油炸之前，排骨要浸在酱油里焖半个小时，这样做出来才不老不柴。”

“我是这样做的呀。”

“你复炸了吗?”

“哦，这个倒没有。”

接着，陈桂花开始手把手地教女儿做，姜还是老的辣，不一会儿工夫，一道色香味俱佳的糖醋排骨呈现在眼前。

“谢谢老妈。”王璐伸出橄榄枝。

陈桂花听了，心花灿烂，嘴里却不依不饶地说：“谢什么，不要恨我就烧高香了!”说完走了出去。

母女二人就此摒弃前嫌。陈桂花这次的厨房之旅是破冰之旅，躲进自己屋子咪咪地笑。而王璐则挥舞着小拳头冲着老爸喊：“耶!”

要说最高兴的是王长丰，这些天来心里的石头总算落了地，看着女儿那高兴的样子，猛然想起老婆昨晚交代自己的事情来，问："璐璐，怎么突然一下子想起做糖醋排骨来了，还这么认真？"

王璐夹起一块糖醋排骨在空中，回答道："我这是糖衣炮弹！"

"糖衣炮弹？"

"是的，糖衣炮弹！"

"送给谁的？说来听听。"

"这个，您老人家就免了吧。"不待老爸说话，赶紧抽身离开。

吃了闭门羹的王长丰站在厨房里翻着白眼，心里的酸水泛滥着，莫名地想：是谁有这么大的福气？简直是横刀夺爱！

下午，王璐不早不晚地来到御景湾小区，小区内的花草树木经历了一个夏天疯长，更加郁郁葱葱，苍翠欲滴。

王璐在崎岖的小道上走着，这样既可以欣赏这里的风景，也体验一下富人的生活，又可以消磨掉几分钟，这样可以显得自己不卑不亢。挨到六点差五分的时候，她按响了欧阳家的门铃。他不知道欧阳家父子早就如饥似渴地等着她了！特别是豆豆，一会儿伸头望，一会儿跑出来瞧，一会儿又疑神疑鬼地跑到欧阳建业面前问："王阿姨不会不来吧。"

不知怎么了，欧阳建业今晚也显得特别兴奋，也特怕王璐不来，这种感觉很奇妙，很久没有这种感觉了！

门铃一响，父子二人都意识到王璐来了！打开门，果然不错。

"粉丝你好。"王璐说着把手里的礼物递过去。

豆豆好奇地打开礼物盒，一只金钱龟出现在面前。那只乌龟，见到豆豆，如见到了同类，好奇地伸长脖子，睁着芝麻大的眼睛看着他。

"阿姨，你买的？"豆豆欣喜若狂地问。

"不是，家养的。"王璐回答，确切地说是偷的，临出家门，她顺手牵羊，拿了一只老爸养了多年的金钱龟——它可是老爸的心肝宝贝啊！

"喜欢吗？"

"喜欢，太喜欢了！"豆豆回答，为了证明自己没有说谎，伸嘴亲了金钱龟一口。

接着，王璐教豆豆如何认识金钱龟的年数及饲养的方法。豆豆专心致志地听着，上课的时候何曾有这样过？

欧阳建业被晾在一边，心里道："这下好了，两人专业对口了！"

半天，王璐终于想起，说道："哦，我还要做菜呢！"说着站了起来。

“我带你去厨房。”欧阳建业自告奋勇地说。

“我也去!”豆豆嚷道。

三人来到厨房，王璐对着正在忙活的邵阿姨说：“阿姨，今晚厨房就交给我了，你回屋去吧。”然后又冲着欧阳建业、豆豆半认真半开玩笑地说：“你们也出去，你们在，我紧张，发挥不出我的最高水平。”

三人出来，厨房里，只剩下王璐一个人。虽然计划在心中已经过滤过无数次，可谓缜密，可是万事开头难，面对那些鱼、肉一时无从下手。深呼吸一口让自己冷静下来，开始从肉下手，慢慢渐入佳境。

客厅里，欧阳建业坐享其成，居然和儿子一起玩起了游戏，这可难得啊！豆豆是老手，欧阳建业虽然不经常玩游戏，但他是理科出身，手、脑敏捷。二人棋逢对手，将遇良才。父子俩如火如荼地搏杀着，惊险纷呈，“啊”“哦”声不断。一时间，欧阳家到处充满了快活的空气。

一个多小时后，只听厨房里传来：“开饭喽!”父子俩才意犹未尽地停止搏杀，坐到饭桌前。

糖醋排骨、清蒸鳜鱼……一一呈现出来。

“两位评委，请。”王璐站在旁边做了一个手势说。

谁知道父子二人还真的像评委似的，一句客气话也不说，装模作样地拿起筷子。

“怎么样?”王璐望着父子俩咀嚼的嘴巴问。

父子俩都不吭声。

“及格吗?”王璐小心翼翼地问。

“好吃，一百分。”豆豆先开口说。

“不一样，就是不一样。”欧阳建业拿了儿子说过的话来评价。

王璐紧绷的心这才松弛下来，坐下，夹起一块糖醋排骨尝试起来。嘿嘿，今天真是上帝帮忙，超常发挥了！排骨外焦里嫩，酸甜适中。

“这鱼做得也不错。”欧阳建业说，“有劳您了，真是不好意思，喝点儿什么吧?”

“不，不，晚上我还要开车呢!”

“我让司机送你。”欧阳建业说着起身去拿了一瓶白葡萄酒过来。

三人推杯换盏着，豆豆分外热情，用饮料不停找王璐干杯。一瓶酒下来，王璐已经醉意朦胧了，借着酒的怂恿不再像刚才那样拘束，而是逐渐放开，简直到了放肆的地步！趁着豆豆不注意，挠他的痒痒，豆豆“咯嘟嘟，咯嘟嘟”地笑个不停，然后适时反击。

面对二人的胡闹，欧阳建业倒显得老成许多，看着二人，报以会心的笑。

酒足饭饱后，三人坐在那里。阿姨过来要收拾饭桌，被王璐制止，说自己会收拾。刚站起来却又坐了下去，说：“这样吧，我们剪子、石头、布。谁最后一个输，谁就收拾残局。”

这激起欧阳家父子的斗志来，二人答应着开始摩拳擦掌，准备大有作为。

“剪子、石头、布！”呐喊声响起。

第一轮，王璐以一个石头砸了欧阳家父子的两把剪子。

接着，父子二人开始厮杀起来。“剪子、石头、布！”“剪子、石头、布！”一声高过一声，脖子都喊红了，搏斗的公鸡似的。最后，豆豆的一块布蒙住了老爸锋利的石头，小家伙高兴得一蹦三跳，喊道：“老爸，你输了！”再指了指饭桌，又指了指厨房，命令似的口吻道：“你，去，收拾！”

欧阳建业后悔得只拍自己的后脑勺，刚才他是想出剪子的！愿赌服输，他站起来开始收拾桌子，然后走进厨房洗刷起来，很久没有干这个了，只把碗盘弄得“哗啦啦”响，盘子还居然打碎一个！可是他并没有感到气恼，而是心情畅快地继续清洗着，一边洗，一边还吹起口哨！而此时，王璐和豆豆正躺靠在客厅沙发上，一边吃着水果，一边看着电视，一边评头论足着。

这让家里的邵阿姨大惑不解，这个女的是谁呀？第一次来就让欧阳家天翻地覆，简直不可思议！唉，要是欧阳家每天这样就好了！自己省去了不少劳累不说，主要的还是去除了自己的心病——因为姚美丽太吹毛求疵了，好像要显得她非常干净似的，不是嫌这个清洗得不干净，就是嫌那个摆弄得不整齐，反正没有一样让她满意的。

正在邵阿姨胡思乱想的时候，门铃响了，她极不情愿地走了过去开了门，果然不错，姚美丽例行公事来了。

姚美丽今天早晨一出门眼皮就老是跳个不停，心里想：右眼跳，灾！左眼跳，财！自己现在可不就是右眼跳个不歇！所以一整天她的心都惶惶的，担心出现什么灾祸。一天过去了，也没有出现什么意外，这让姚美丽放松下来，看来，农村老家的传说不可信！

姚美丽一见到王璐——这么漂亮的女孩，心里的警灯开始闪烁，可是眼睛里全然没有她。四处寻找欧阳总裁，看到他正在厨房里笨拙地忙碌着，吃惊非同小可！他什么时候这样过？难道这个女的在这里吃的晚饭？她是谁？嗯，去会会她！姚美丽这样地想，重新来到客厅。

王璐已经认出了姚美丽，站起来，大方地伸出手，说道："您好。"

虽然敌意浓厚，可是现在自己还不是这家的女主人，不好发作的，兵法上有云：两军相遇勇者胜。姚美丽拿起气势，昂首挺胸地伸出手让王璐摸了摸。

欧阳建业从厨房出来，赶忙介绍。王璐这才晓得七彩秘书原来叫姚美丽，真是人如其名！而姚美丽也知道这个女的叫王璐。

"王……"姚美丽似乎忘了，又突然想起，"哦，王璐女士，你是干什么的?"

"公司的一个小职员，给人家打工而已。"

这下让姚美丽放心不少，原本她以为王璐肯定是哪个公司的老总或者行政事业单位的领导！

王璐这样的身份，可以让姚美丽更加蔑视了——眼睛里更加没有她，好像王璐是空气似的。令人匪夷所思的是豆豆、欧阳建业父子俩对王璐却是分外热情，特别是豆豆，一声一个王阿姨地叫着，只叫得姚美丽绝望得要死。

王璐深知前客让后客的道理，她告辞要走。欧阳建业父子起身相送，司机早在门外等着了。姚美丽见了，心里道："这是怎么回事啊？居然还要公司的司机送，就是自己也不能随便享受的。"心里冒出京剧《沙家浜》刁德一的唱词来："这个女人不简单！"她就不明白了，怎么平地里突然就冒出这么个女的来了？

空气中还弥漫着残余的酒香，说明今晚他们肯定喝了不少酒，欧阳总裁是何等身份？能在家宴请，掰着手指头算算，市里能享受这个待遇的没有几个！"

王璐走后，姚美丽借汇报工作之机，旁证侧敲地问了许多有关于王璐的情况来，比如多大、结婚了没有等等。

欧阳建业深知姚美丽的心思，回答说不清楚。

这下，姚美丽如堕五里雾中，心里责怪道："这个都不知道就往家里带，太不谨慎了，假如她是坏人呢，嗯，得想个办法了解了解，不能让坏人有机可乘，自己是有这个责任和义务的!”于是去了邵阿姨的房间打探今晚的事。邵阿姨当然不愿意对她多说，搪塞地说自己只是干好分内之事，至于东家的私事她从来都不多打听的。姚美丽听了那个急啊，油锅里煎炸的肉饼似的。

回家的路上，姚美丽不由拿王璐和自己对比起来。对比了半天，觉得王璐怎么也没有自己美丽漂亮。她的眉毛太粗，牙齿也不好看，胸脯呢?也没有自己的大。这样，心里稍稍放心了些。

王璐一路上都在想姚秘书为何对自己如此冷淡，简直冷淡得不应该。想来想去只有一个原因，那就是吃醋！公司老总和女秘书的绯闻已经不是什么新鲜事，难道欧阳建业他也……可是看上去他不像那种人呀。想想欧阳建业是单身，姚美丽肯定是追求者之一，她可能把自己当竞争对手了！

王璐不由好笑，笑姚美丽找错对象了！自己和欧阳建业只不过共同救了一位老人而已。要说自己对欧阳建业有所企图那是对的，她企图的是他的订单，而不是人！

快到家了，王璐这才想起今晚没有听到欧阳建业拉小提琴《梁祝》，都是那个姚秘书搅和的。

第二天早晨跑步，王璐对于自己昨晚的表现就如刚考完试的学生对待自己的考试成绩一样，忐忑地问：“我昨晚及格了吗?”

欧阳建业没有回答，只是脸上浮现一丝笑意。

王璐捕捉到那笑，她已经知道自己的表现了——至少及格!

“豆豆太可爱了!”王璐由衷地赞道。

“可爱吗?”欧阳建业问，诧异地看了王璐一眼。说豆豆可爱的除了安娜，王璐算是第一人！天下父亲都愿意听这样的话的，不自让欧阳建业对王璐刮目相看了。

“是的，非常可爱!”

“何以见得?”

“聪明、活泼、可爱。”

“哈哈，说他活泼我赞同——太顽皮了。”

“顽皮，天下男孩子的共性，男孩子需要的，有个理论说，男孩子小时候越调皮，说明他的侵占性越强，侵占性越强，就说明他的智商越高，将来大有作为的可能性就越大。”

欧阳建业听了，来了兴趣，问：“有这个理论吗?”

“有，但是需要大人正面引导，就如大禹治水——疏，而不是堵。”

“哦，哦，这样啊！”欧阳建业怎么也没想到自己的儿子居然还是千里马，而伯乐就是王璐，不由感慨地说，“听君一席话，胜读十年书啊！以后一定多向您请教，王……王女士，您愿意吗？”

刚才王璐只不过把自己父亲的教育理论随口搬出来，哪知道欧阳建业来真的，一时不知如何回答。

“怎么？不愿意吗？豆豆可是您的粉丝啊！小家伙昨晚很听您的话的，您不知道他对其他人……”

“对其他人怎么了？”

“这个说来话长，这里不好说的，下午我们找个地方说，好吗？”

“那好吧，哎，昨晚忘了一件事，你得补上。”

“什么事？”

“《梁祝》啊！”

王璐这么一提醒，欧阳建业也想起，说以后一定补上。

一个上午，欧阳建业都在犹豫着要不要告诉王璐豆豆实情，他是有顾忌的，因为古训有：家丑不可外扬。到了下午两点十分，终于拿定了主意，什么都比不上豆豆的前途要紧，还是告诉王璐实情吧，也许能够找到对症的药。

王璐也没闲着，一上午都在向父亲请教对待调皮孩子的方法。难得女儿这么虚心好学，王长丰毫无保留地把自己这些年的心得体会告诉了她。生怕女儿不能领会，用了打比方来阐明道理：对待一个恶狗最好的办法就是你比恶狗还恶！这叫在气势上压倒他。

想到毛毛虫的事情，王璐似乎明白，说：“就这些？”

“当然不是。”接着，王长丰把“闪光点”教育法告诉了女儿。意思是抓住孩子某一个闪光点，逐渐使其放大，最后让他全身金光闪闪。

父女二人就这么探讨着，引起母亲陈桂花的怀疑：“咦，璐璐怎么打探这个？是不是还早了点，难道她有男朋友了吗？”

下午三点半，王璐怀揣着秘籍，胸有成竹地来到欧阳建业指定的地点——星巴克咖啡店。一直等到四点，欧阳建业还是没有来，怎么回事？忘了？堵车？正在七想八想的时候，欧阳建业急匆匆地来到，连声说不好意思，公司里临时有事。

“您迟到了，要惩罚的，今天的单你买了。”王璐打趣地说。

“我买，我买。”欧阳建业老实本分地回答。

二人喝着咖啡，闲聊了一会儿，心里都装着那个话题，寻找着最佳的契机，可是契机总是不来，王璐实在憋得不行，单刀直入地说：“说吧，豆豆到底怎么了？”

“他，唉！”接下来，欧阳建业把豆豆历次做恶作剧的经历如实地告诉了王璐。

王璐听了如听天方夜谭里的故事，没想到看上去那么一个小萝卜头居然能干出这样的事来！

“豆豆也太可怜，很早就没有了妈妈，俗话说：有妈的孩子是块宝，没妈的孩子是根草，他这样，我有很大的责任的。”欧阳建业说着低下头去。

看到欧阳建业这样，王璐不由感叹：没想到这么个叱咤风云的人物也会这样，俗话说家家有本难念的经，一点儿不假。看来，油盐不进这个外号有些名不副实，他还是铁汉柔情的，只不过知道的人不多罢了。

“欧阳总裁，不要难过，一切都会好起来的！”王璐说，不能拍他的手或者肩膀安慰，于是往他的咖啡里添了一块糖。

“王……王璐。”欧阳建业抬起头说，直呼其名，这可少见！看来，他已经不把王璐看作外人了，“你有什么好办法？”

“我也不是教育界的专业人士，说出来仅供你参考。”王璐说，接着，她把老爸教给自己的对待后进生的方法说了出来，其中当然省去了恶狗说。

欧阳建业听了大失所望，“闪光点”之说他已经请教过专家了，可是一丁点儿作用都不起。可是即使这样，还是表示了谢意。

时间过得飞快，不觉地已经到了六点了，欧阳建业看了看手表，客气地说道：“我请你吃饭吧。”

“还是我请你吧。”

“不，不，我请你——我是男士。”

“男士怎么了？请客专业户吗？”

欧阳建业被逗乐了，呵呵一笑不作声了。

“就我们俩吗？还是把豆豆叫过来吧。”王璐提议道。

这正是欧阳建业所想的，马上走到一边给司机打了电话，让他去把豆豆接来，又给姚美丽打了电话，要她晚上代替自己前去参加一个宴会。

“总裁，今晚的宴会都是重量级的人物，我去合适吗？”姚美丽问。其实她要探听总裁今晚有什么事，和哪些人在一起。

“你替我解释说家里有点儿事。”

姚美丽听了更加狐疑，想：家里的事？什么事？我怎么不知道？

今晚，王璐把欧阳家父子请到日本料理店。以往，父子二人在一起吃饭都像孔老先生那样——食不语，今晚就不同了，王璐提议玩文字接龙游戏。三秒钟内能够接上的，吃一个寿司；接不上的喝一口日本酱油。

欧阳建业认为这是小孩子玩的低智力游戏，不想参与进来，无奈王璐、豆豆举双手赞成，少数服从多数，也只好勉强答应了。

王璐、豆豆为了不喝酱油，抓耳挠腮，搜肠刮肚地及早做好准备。欧阳建业呢？可能是因为轻敌的缘故吧，几次虽然心里想到了词语，可是时间却超过了三秒，后果只有一个——喝酱油。这下可苦了欧阳建业，喝着酱油，啧着嘴喊：“咸！咸！”看着老爸喝药似的痛苦不堪，豆豆咕嘟嘟咕嘟嘟地笑个不停。轮到豆豆了，虽然有两次接不上，无奈王璐偏心，蒙混过关过去。这样，王璐和豆豆建立了统一战线，共同对付欧阳建业。

这一顿饭，吃得漫长而有滋有味。快乐的日子总是飞快，不觉地到了九点，大家才分手。豆豆恋恋不舍地问王璐，什么时候再能一起吃饭。

欧阳建业父子回到家里，却见姚美丽已经来了——向欧阳总裁汇报今晚的宴会情况，实际上是她不放心，借此来看看欧阳总裁家里到底有什么事。看到父子那高高兴兴的样子，心里揣摩着今晚他们去哪里了，又不敢问，心挣扎得如沸水中煮的一枚鸡蛋。

王璐回到家，人逢喜事精神爽，连洗澡的时候都哼着歌。这引起陈桂花的注意，女儿这几天神神秘秘的，快活得似神仙，女孩子这样，唯一的理由就是：找到了如意郎君了！于是把自己的怀疑告诉了老公。

王长丰这几天也注意到女儿的极不正常，听了老婆的话，连声说：“可能！可能！”

“那还不去打探一下？”陈桂花命令道。

王长丰轻轻推开女儿的房门，看到她正在上网聊天，心里不由往好处想道：“肯定在和男朋友聊天！”于是没有打扰王璐，而且悄悄退出，回屋把看到的情况告诉了老婆。夫妻二人欣喜不已，恨不得拥抱在一起来庆贺。看来女儿的终身大事有望了！

其实王璐在和豆豆聊天！他们回顾了今天晚上共同作弄欧阳建业的经过，快活地嘿嘿笑。

早晨，霞升蒸蔚，晨光迷离。王璐来上班，在公司门口遇见张小葱。张小葱指着王璐的脸嘻嘻笑着说："人面桃花啊!"

"哪里有?"王璐摸着脸说。

"坦白从宽，抗拒从严，说！和那个油盐不进进展得怎么样了?"

王璐如实地把周六的情况简要说了一下。

"哇，打进敌人的内部了！我说的嘛，有戏！太有戏了！姐，加油，我看好你哟!"

这时候，金天雷下车路过，满面寒霜地走了过去。这样的表情，自从王璐那天拒绝和他一起出去吃饭就有了，而且这表情就如高利贷——利息非常高，金天雷的脸色由原来的冷漠到今天的冷峻。既然金总都这么对待王璐，大家也就有了对王璐冷淡的理由。无风不起浪，又一个传闻在公司悄悄传开了，说金天雷准备让自己的侄女金婉做销售部副主管。

金天雷走进办公室，坐下，生着闷气——他在犹豫是否现在就炒了王璐的鱿鱼!

"当当"敲门声，王璐走了进来。

"金总，抱歉，那天我……"

"你什么?"金天雷打断了王璐的话冷冷地说。

"那天确实有事。"

"什么事有公司的事重要?!"

王璐本要说我就是为了公司的事，可是见金天雷那样，她倒不想解释了！天要下雨，娘要嫁人——随他去。

可能是金天雷感觉到自己有点儿过分了，喝了一口水。这一口水下去，浇灭了不少肚子里的火气，语气稍微缓和了些，问："欧力文公司那件事进展得怎么样了?"

王璐现在还拿不准是不是像张小葱所说的那样有戏，于是回答："正在做，有了点眉目。"

这句话似灭火器，只把金天雷的火气彻底灭了，抬头郑重地看了王璐一眼，咳嗽一声，把嗓子处的痰和痒处理了，答应一声："哦。"

"其实那天晚上之所以没有和您一起出去吃饭，就是去会欧力文公司的欧阳总裁。"

"原来是这样啊!"金天雷如梦方醒地说，然后不通情理地怪罪道，"你怎么不早说?"

“我不是现在在向您汇报吗？再说只不过刚刚开始，至于成不成还两说呢。”

“没关系，没关系，有了第一步就会有第二步，你一定会成功的！不好意思，那天……那天我错怪了你，呵呵。”

从金天雷办公室出来，王璐完全释怀了。觉得金天雷还是不错的，他的怒气就如夏天的雷雨——来得快，去得也快。只要把事情向他解释清楚了，他还是比较好处的。现在，她耳畔还回想着金天雷的话：“你尽管放开手脚去做，业务费公司全包！”

这句话猛听起来不错，可是细细琢磨一下，王璐感到压力山大。这件事，成功了，大家皆大欢喜；不成功，肯定要成仁——自己和张小葱会百分之百会离开金天公司！

“你是怎么做事的，还想在这里干吗？不想干趁早滚蛋！”王璐离老远就听到办公室里传来严三强的怒吼声。赶快进到办公室，只见严三强正怒气冲冲地站在张小葱面前，抖动着手里的一沓资料。张小葱看样忍无可忍了，站了起来准备反击。

原来刚才因为一句话，张小葱和金婉吵了起来，被严三强知道，找了过来。

“怎么了？怎么了？”王璐赶忙奔了过去问。

“怎么了？我让她做一份清单，她竟然两天都没做出来！”严三强把手里的资料扬着说。

“这个怪我，是我让她把手里的活暂时缓一缓，去张总他们那里挖掘新的客户，顺便做一下客户回访。”王璐解释道。

严三强白了王璐一眼，心里怀疑王璐这是在袒护张小葱，也在拉着张小葱共同和自己作对，恼羞成怒地说：“我交代的事必须做！”

“你是主管，你交代的事他们当然要做，但是，事情有个轻重缓急，这个清单，本周末做出来也不迟，而市场挖掘这是我们销售部门目前的重中之重！我想严主管干了这么多年，也应该知道市场瞬息万变，机会稍纵即逝的道理。”

严三强被驳斥得哑口无言，那么多人在看着自己，脸上斑驳陆离，宛如一幅水粉画，黔驴技穷还要强撑着，威胁地说：“好，好，我交代的不重要，我交代的不重要。”然后出门，向金天雷的办公室而去。

“金总，这个主管我干不了了！”严三强一进门，就开始诉苦。

“怎么了?”

严三强好像受到天大的委屈似的，气呼呼地站在那里不说话。

“干不了了? 那可是无能的表现。”金天雷不慌不忙地说，但是，字字如刀似剑刺向严三强。

“不是我无能，而是她们……”

“到底是怎么一回事?”

接下来，严三强把刚才的一幕添油加醋地描绘出来，其中当然要省却对自己不利的一面，只是说张小葱完不成任务，也隐晦地提到有人在为她撑腰，共同和自己为敌等等。

金天雷一听就知道严三强所指，问：“有这样的事?”

“不信您去问问金婉、老蒋他们。”

“我会问的。”

“金总，我准备把那个张小葱开了。”

金天雷白了严三强一眼，吩咐道：“在事情没有搞清楚之前，还是不要动为好。”

严三强怏怏地走后，金天雷迅速把王璐找来。王璐把事情的来龙去脉说了一遍。金天雷心里明白了，嘴上却和稀泥地说：“你们两个主管要相互支持，互相协调，这样才能把工作干好。”

这场风波就此过去，但是，王璐和严三强之间的冲突开始公开化。销售部两派鼎立——王璐、张小葱 PK 严三强、金婉。因为金婉是皇亲国戚，小李他们心里的天平明显倾向她那一方。酱油蒋呢? 明白不了糊涂了，两方都不愿得罪。这样，王璐、张小葱更加孤立! 大有黑云压城城欲摧之感。

“姐，我们还是走吧。”张小葱旧事重提说。

“不! 我倒是要看看他（严三强）到底能奈我何!”

“这里已经没有我们容身之地了。”

“怕什么? 我们身正还怕影子斜吗?”

“我们一心一意为公司着想，可是他们倒好，只会在背后使绊子。”

“他们做他们的，我们做我们的，用事实说话，只要我们拿出成绩，一切都会好起来的。”

张小葱当然明白王璐所指，说道：“姐，你把欧力文那个关系带上，到哪个公司都能立住脚。”

“这不是我王璐的风格!”王璐断然地说。

见王璐态度这么坚决，张小葱只好妥协地说：“那就等到年底吧。”

在公司，王璐的日子就这么煎熬着，可是在公司外，那是别有洞天。早晨陪着欧阳建业跑步，晚上陪着豆豆聊天。周四的晚上二人闲聊着，王璐随口地说：“豆豆，我教你下围棋吧。”

“不学!”

“为什么?”

“就黑白两子，有什么意思?”

“没意思?哈哈，围棋博大精深，融合了中华各种文化的精髓，我保证你学会后就会觉得其他游戏都是小儿科”王璐把眼镜的话一字不漏地说了出来。

“真的?”

“当然，阿姨还会骗你?”

接下来，王璐开始教豆豆围棋，无奈是在网上，豆豆学了一会儿渐渐失去兴趣。王璐也没当真，就此罢了，接下来，她陪着豆豆玩起枪战游戏来——这对于豆豆来说，才是真正的危险刺激。

也许是王璐所说的——“围棋博大精深，融合了中华各种文化的精髓，我保证你学会后就会觉得其他游戏都是小儿科”——这句话在豆豆心里扎下了根，第二天，他在网上搜索了一下围棋，觉得深妙，晚上聊天的时候，小家伙央求王璐周六来教他围棋。

第二天早晨跑步的时候，王璐向欧阳建业提及此事。欧阳建业一听，反对道：“不要教他，他的游戏还少啊!”

“我觉得豆豆精力过于旺盛，无处排泄，所以才去做了那么多的恶作剧。”

“精力旺盛?为什么学习还那么差?”

“这个我也不知道，但是，我觉得豆豆学围棋没有什么不好，围棋，不同于其他游戏，它有利于孩子的智力开发。”

欧阳建业听了，不好再反对；再者，王璐去了也好，可以让小家伙老实许多，于是说：“那先试一试吧。”

王璐跑步回来，陈桂花吩咐说今天哪里都不要去了，等会儿表舅要来。

“哪个表舅?”王璐明知故问。

“你还有几个表舅？”陈桂花白着眼反问。

“我今天还有事。”

“那也不行！”陈桂花硬邦邦地说。

王长丰一看架势不对，赶忙把女儿拉进她的房间说明了缘由。

原来，表舅回去后，一直对王璐这么大还没结婚的事耿耿于怀，他以前受过王家许多的恩，现在要报答，于是四处打探，要给表侄女介绍对象。皇天不负有心人，终于打探到一个——本村书记的儿子，他也在H市，并且开了一家超市，在表舅看来很有钱。于是电话告诉了表妹陈桂花。陈桂花现在是遍地撒网，答应先看看人再说。

王璐听了哭笑不得，换了衣服就走了出去。王长丰见了也没有阻拦，原来他也不同意这门亲事。

王璐开车来到街上，无目的地走。打电话给张小葱。张小葱说跟着胡兵回他农村老家玩了。

到哪里去呢？有心去棋魂会所，可是会所现在还没开门。王璐就这么失了魂似的在街上闲逛着。她不知道，现在家里已经吵开了，陈桂花怪老公没有阻拦女儿，气得她一把夺过老公嘴里的油条扔进垃圾桶里。

王璐把车子停在一处，拿起手机上网浏览着，突然，豆豆发来消息，问王璐在哪儿，能不能现在就过去教他下棋。

王璐有了久旱逢甘霖的兴奋，满口答应。下车奔向一家商店，买了一副围棋，又买了一本初学围棋的书，然后驱车向御景湾小区而来。

欧阳建业本来要出门办事，这样好腾出时间下午看王璐教儿子下棋，现在见到王璐，大吃一惊，问不是说好下午的吗？怎么上午就来了！

王璐解释说本来下午来的，但是下午可能有事，所以上午来了，并且已经和豆豆说好了。

欧阳建业听了心里大叹：这俩孩子现在已经在背着他活动了。他居然把王璐看作孩子了！可不是吗？她童心未泯，确实像个孩子。

豆豆听说王璐来了，小燕子似的飞了出来，把她拉进自己屋子。欧阳建业见状，也打消了出门的念头。

一上午，王璐和豆豆都躲在屋子里没有出来。欧阳建业有心进去看看，又害怕打扰了他们——难得儿子这么安心学习过！他就不明白了，豆豆怎么这么听王璐的话？好像就是他的天敌似的。正在胡思乱想，一个高尔夫球友打来电话，说等他多时了。提到高尔夫，手不禁痒痒的，但是最终还是忍住，回绝了那位球友。

十一点半的时候，王璐一个人出来了。豆豆呢？欧阳建业伸头一看，只见儿子一本正经地坐在那里看着棋盘冥思苦想着。

“怎么样？老师。”欧阳建业把手里的茶水递给王璐问。

“孺子可教也！孺子可教也！不出几年，水平肯定会超过我！”

“啊！你……你什么水平？”

“业余六段，本市晚报杯亚军。”

“这样啊，这样啊！”欧阳建业高兴得一时不知道说什么好。他现在恨不得跪下给王璐磕头。

“我去做饭吧。”王璐说着站起来。欧阳建业想劝阻，可是王璐已经走进厨房。欧阳建业坐在那里，听着厨房里王璐和邵阿姨有说有笑，心里不禁想：“这个女的是谁？难道是上帝派来的？”

吃饭了，可是豆豆却还是不愿意出来，王璐好说歹说，他才愿意出来，只吃了几口就又躲进房间去了。

“这下好了，入迷了。”欧阳建业对着王璐打趣说。

“也许以后不会再往人家怀里丢蛇了。”王璐开玩笑道。

“呵呵，呵呵。”欧阳建业笑着。真是难得的一笑！

只一天，豆豆就学会了围棋的基本常识。为了提高他的兴趣，王璐在网上给他申请了一个游戏号，让他在网上和人家下棋。结果豆豆连赢了几盘。小家伙高兴得手舞足蹈，问自己现在的十级是什么水平，围棋中的最高水平是什么，等等。王璐一一回答。

“我要做中国的顶尖高手！”豆豆豪气冲天地说。

“好，有志气！”王璐竖起大拇指夸赞道。

接着，王璐教他如何成为一个高手——打好基本功——每天记定式、做死活题、打谱等等。

还别说，豆豆真的按照王璐所说的去做。一周以后，他在网上下棋由十级上升到一级——进步可谓神速，这是别人一年都不一定达到的水平！再一周，又上升到二段。

这段时间里，王璐经常往外跑，让老妈陈桂花怀疑女儿真的恋爱了，于是不再提村书记儿子的事。

怀疑归怀疑，陈桂花要确定女儿的真实情况，她故伎重演——用胡萝卜加大棒的手段，威逼诱惑老公去向女儿打探情况。老婆的话不敢不听，每次王璐回家，王长丰都要跑到女儿房间里，问今天怎么回来晚了、和谁在一起等等诸如此类的问题。

每次，王璐都用一句话：“人家有事嘛！”阻挡过去。

周日上午，王璐早早地来到欧阳家。昨天晚上，她和豆豆约定，今天手谈一盘。欧阳建业看到王璐来了，推辞掉一切应酬在家陪着，他感到难以置信，王璐如施了魔法似的，最近一段时间，小家伙再也不出门，在家也老实了许多，好像彻底换了一个人似的。

手谈开始了，王璐让豆豆四子。拼杀到了中盘阶段，二人旗鼓相当。令人惊奇的是豆豆算路精准。几次，王璐设了圈套，准备围剿他的大龙，都被他一一化解。终局数子，王璐还是赢了。

“唉，赢得我一身的汗！”王璐叹道，接着大赞豆豆进步飞快，照这样发展下去，要不了多长时间，自己这个老师恐怕也不是对手了。旁边的欧阳建业听了，快活得似神仙。不停地吩咐邵阿姨给二人送水送水果。

二人开始复盘，王璐细致地给豆豆讲解，告诉他围棋并不是一味地拼杀，终究只是看谁围的空地多，要懂得取舍，并要他平时多看看《孙子兵法》和三十六计。豆豆不停地“嗯嗯”答应着，再提出自己的疑问，表现了少有的老成。

看儿子这样，欧阳建业往沙发上靠了靠，心里叹道：“唉，儿子总算走上正道了！多亏了眼前的这个王璐！”现在，欧阳建业回想和王璐认识的过程来，不禁延伸开想：正是那天无意地出手相助，才认识了这个王璐。难道是好人自有好报吗？事实证明这是真的！

不一会儿，姚美丽来了，果如她所料，王璐在。她就不明白了，怎么就半路上杀出了一个年轻的女人，竟然还轻而易举地就捕获了豆豆的心，难道是狐狸精转世吗？想到狐狸精，姚美丽心里更加警觉，欧阳总裁没有被狐狸精迷惑住吧？心里这样地想，不由表现在脸上，眼睛几次恶狠狠地剜着王璐，恨不得一口把她吃了。

恰在这个时候，王璐喝了一口水，呛着了，听着王璐不停地咳嗽着，姚美丽心里希冀地想：“噎死才好呢！”

也许是欧阳建业看出姚美丽对王璐的敌意，吩咐她上午代替自己参加一个工程的竣工典礼。

这么大的一件事都不参加！姚美丽简直不相信自己的耳朵。怏怏离开欧阳家，脑子里一个意识涌现：“看来欧阳总裁真的被那个狐狸精迷惑住了。”另一个意识赶紧来否定：“不！不会的！不会的！欧阳总裁是什么人物？怎么轻而易举地被那个丑八怪迷住呢！看看她的那个牙齿，参差不齐，狗牙似的。”

“这个女人到底是谁呀？必须尽快打探出来！”一路上，姚美丽都在思考着这个问题，半天思考不出，眼睛巴望着无边的天空，只把一个电话巴望来了，打开手机一看号码，见到毒蛇似的狠狠掐断。

下午，为了感谢王璐这些天来的辛苦，欧阳建业提议王璐和豆豆出去玩。

“你不去吗？”王璐问。

“我……我……”欧阳建业犹豫着，说真的，他也想去。自从妻子去世以后，压根儿就没有出去玩过——怕勾起回忆。妻子在世时可是一位会工作、会生活的人。无论工作怎么忙，节假日都要带着全家出去玩。公园里、郊野外，所到之处，无不洒下一家人爽朗的笑。那一时刻，欧阳建业认为自己是天底下最幸福、最快乐的人！

“老爸，你也去嘛。”豆豆央求道。

看着儿子祈求的眼光，欧阳建业终于点头同意。

“出去玩喽，出去玩喽！”豆豆嚷着，蹦蹦跳跳冲了出去。

上了车，一个问题摆在大家面前：到哪里玩？欧阳建业提议去看电影，豆豆不同意，说不如去游泳馆。王璐说老是待在城里憋得不行，不如去郊外野游，可以透透气、开阔开阔视野，回来再去游泳馆。豆豆举双手同意。欧阳建业于是方向盘一打，向着郊外疾驰而去。

在王璐的指引下，三人来到四十公里外的一个河湾处，这里，秋高气爽，一片金黄。阵阵秋风吹来，金黄滚涌着，形成稻浪。一群群的麻雀叽叽喳喳地在稻浪上飞跃着。小溪里，停栖着几只悠闲的白鹭，似这金色原野的精灵。

“哇噻，哇噻。”豆豆望着白鹭，喜不自禁地叹道，然后在草丛里寻找蚂蚱。

王璐、欧阳建业都不由大吸一口气，空气里弥漫着浓郁的稻香。

三人来到一池塘边停了下来。王璐折了一根树枝，拴上线，用豆豆的牛肉干做饵料，教豆豆钓起小龙虾来。

“动了，动了！”二人兴奋地说，又不敢大声。

“来喽！”王璐喊着，抬手一甩，一只红红的龙虾跃出水面，跌落在地面上。

“哇，哇！”豆豆嚷着，准备来抓。龙虾张牙舞爪着，豆豆不敢下手，二者就这么对峙着。豆豆绕到龙虾背后，伸手抓住。王璐慌忙跑到车里，拿了一个袋子过来。

欧阳建业坐在地上，眺望远处。蔚蓝的天空，散落着几朵洁白的云彩。看着那棉花团似的云彩，欧阳建业不由呆呆发怔。

记得有一年，也是秋天，妻子躺在地上，望着蓝天白云，莫名地说：“假如我死了，我就化作白云，徜徉在那蓝天里，俯瞰你们父子俩。”

没想到妻子无意间的一句话不多久竟然成了事实！难道那个时候她已经有了预感了？欧阳建业时不时这样想。

“安娜，你在天上一定很好吧。”欧阳建业对着一朵悄悄而来的白云默默地说，“儿子已经长大了，告诉你一个好消息，他开始学下围棋了，但愿这是良好的开端，你在天上保佑我们吧。”欧阳建业就这么望着白云。白云默默，欧阳建业感到眼角痒痒的。

“哇，哇！”传来王璐、豆豆兴奋的喊声，把欧阳建业从沉痛中拉了回来，循声望去，两人各自钓了一只龙虾。

“老爸快来！”豆豆招手喊。

“对，快来！”王璐跟着喊。

欧阳建业只好站起，慢慢地走了过去。

“给。”王璐说着把手里的树枝递了过来。

这是欧阳建业第一次钓龙虾，龙虾吃钩了都不知道。“甩，快甩！”王璐喊。欧阳建业一抬手，一只龙虾浮出水面，欧阳建业不由兴奋起来，开始全力以赴投入，技术日臻成熟，一只只龙虾收入囊中。

夕阳西下，云霞朵朵，千姿百态。三人停住了垂钓，欣赏着暮景。远处，一个老牛沐浴在金色中，悠闲地吃着草；一群大白鹅一路走来一路歌；一个老农赶着一群山羊往村里走去，村边，树上的柿子红灯笼似的悬挂着……这一切让王璐、欧阳建业陶醉了，他们忘情地欣赏着，忘却了时间。

“太美了！”王璐由衷地感叹道。

“是啊！”

“我希望我老了以后生活在这里，与这里的水，这里的鱼虾，这里的牛羊做伴。”王璐痴情地说。

这是欧阳建业第一次听王璐吐露心声，没想到她还有归隐自然的思想。自己曾经不也有这种想法吗？不免有惺惺相惜的感觉！不由看了她一眼，暮光中，她显得更加妩媚——长发飘飘，裙子舞动。心剧烈颤动一下，赶忙移开目光，为了赶跑自己的尴尬，说道："不失为明智之举。"

"今晚有龙虾吃喽！"豆豆拎着一袋子龙虾走了过来。

"我做给你吃。"王璐答道。

"你会做？"欧阳建业问。

"当然！"

"好啊，好啊！"豆豆拍着双手嚷道。

彩霞中，三人恋恋不舍地上了车，向着大都市飞奔而来。

晚饭是愉快的，三人吃着自己的劳动果实，分外的香。也许是下午的野游让欧阳建业的心野了不少，陪着王璐喝了不少啤酒。

"这个是我钓的！"豆豆抓起一个龙虾说，"王阿姨，我们下周还去钓吧？"

"豆豆！"欧阳建业呵斥道，"下棋已经占用了阿姨很多时间了，还嫌不够吗？"

"没关系，没关系，周六、周日，我一般有时间。"王璐解释道。

"那也不行。"欧阳建业说着起身去了房间，一忽儿手里拿着两沓钞票出来，放在王璐面前说道："王老师，这个您收下。"

"欧阳总裁，您这是什么意思？"王璐望着红红的钞票，脸也红红地问。

"一点儿小意思，您为豆豆花了很多心血。"

"我教豆豆下棋，就是为了这个?！欧阳总裁，没想到你还来这一套，太小看我了吧。"

"这个……这个……这个只是我的一点儿心意而已，千万不要多想，请您务必收下。"欧阳建业说着拿起钞票，双手奉上。

"欧阳总裁，你如果再这样，我就不教豆豆了！"

"这个……这个……"欧阳建业双手捧着钞票，一时不知道怎么办为好。

"收回去吧，我教豆豆下棋，小的方面来说是我的乐趣，大的方面来说，我是为我们市培养围棋后备人才，豆豆是有这个天赋的！"

"哦，哦，这倒显得我俗了。"欧阳建业说着拿起钱回到自己屋子，一会儿出来，把一张金卡放在王璐面前，说道："既然钱您不收，那么这张卡请您务必收下，健身、美容、饮食都可以。"

"这也不行！欧阳总裁，您就不要多想了，教豆豆下棋是我最大的乐趣。"

"可是您这么费心，我心里怎么过意得去？为了我能安心，您就收下吧。"欧阳建业说着把那张金卡往王璐面前推了推。

"您安心，我就不安心了！呵呵，豆豆，走，我们下棋去。"王璐说着站起来，走进豆豆的房间，豆豆随即跟了进来，留下欧阳建业一个人尴尬地坐在那里。好在姚美丽这时候进来，一眼看到桌子上的龙虾，再向豆豆的房间望去。

"今天还顺利吗？"欧阳建业自我解除尴尬地问。

"还好，只是您没有亲自参加，市里的领导好像有点儿不高兴。"姚美丽说，其实这是她在撒谎，因为她不明白这么大的事欧阳总裁居然都不参加！这在欧力文公司还是第一次。

接着，姚美丽开始汇报今天竣工典礼的情况，汇报完毕，借倒水的机会，绕到豆豆房间门口张望了一下，正如她怀疑的，王璐在！心顿时掉进黑暗的深渊里。忍无可忍，大着胆子问："总裁，那个女的到底是谁呀？"

欧阳建业坐在那里没有回答，看着欧阳总裁冷峻的脸，姚美丽后悔刚才的多嘴多舌了，因为这不是一个秘书分内之事——除非她是欧阳夫人！

欧阳建业没有再管姚美丽，起身去洗澡了。姚美丽无趣，来到厨房，犹豫了一下，把手上的一枚戒指取下，递给邵阿姨，说这个戒指没用，送给你吧。

邵阿姨一见，感到匪夷所思！半天才缓过神来，但还是没有敢伸手来接。

"拿着吧。"姚美丽抖着手说。邵阿姨这才接了过去。

"总裁他们今天下午干什么了？"

虽然姚美丽平时对自己苛刻，但吃人家嘴短，拿人家手软。邵阿姨犹豫都没犹豫，把三人下午出去，傍晚带着小龙虾回来的事说了出来。

"难道他们一起去钓小龙虾了！"姚美丽惊讶得天塌下来似的，"这个女的到底是谁？现在连总裁都被她牵着鼻子走了，天啊！"

姚美丽今晚赖在那里不走，她倒要见识见识这个女的到底是何方神圣。

九点钟的时候，王璐出来了，说时间不早了，要回去了。欧阳建业居然亲自出来相送。姚美丽躲在后面似喝了青杨梅汁，心里一个劲儿泛着酸。

欧阳建业把手里的一个袋子递给王璐。王璐问什么东西。

“没什么，就是两瓶酒两条烟。”

“欧阳总裁，你……”后面的话王璐不说了，看样是因为姚美丽在。

“拿着吧。”

王璐没有回答，而是倔强地一甩手。

“这不是送给你的，而是送给伯父的。”

“那也不要！”

“不要，豆豆就不要你教了！”欧阳建业使出最后一招。

这下，王璐倒是没招了，犹豫了一下，终于伸手接了过去，然后开车离去。姚美丽也不再停留，驱车离开，一路上都在想着那个老问题：王璐和欧阳家到底什么关系？他们下午一起出去玩了，看来关系非同一般，又想到刚才的一幕，觉得他们又有些生疏。如此煞费苦心地思考，自己的车子和前面的车子几乎来个亲密接吻，幸亏及时反应过来绕了过去，却已经闯了红灯。

王璐回到家里，把袋子里的东西一一掏出，原来是两瓶精品茅台酒、两条软中华。只把王长丰夫妻二人看傻了眼。王长丰拿起一瓶酒翻来覆去地看着，再拿起香烟不停地闻着，问从哪里来的。

“特地买回来孝敬您老人家的。”

“哦，哦。”王长丰幸福地说，准备打开香烟。陈桂花心里计算着这些需要多少钱，半天才计算出，可不是个小数目！看着老公手里的香烟，心疼得只揪心，伸手一把夺过。在她心目中，这么好的烟抽了岂不浪费了！好钢用在刀刃上，留着，好备不时之需。

王璐看在眼里，拿起一条，麻利地拆开，取出一包丢给老爸。王长丰置老婆的怒色于不顾，打开，抽出一支叼在嘴里，点燃，靠在沙发上慢慢地品尝着，感觉这时候抽的不是烟，而是幸福！一时间，幸福在屋子里升腾着，弥漫着。陈桂花嫌呛人，趁机把那两瓶酒和剩下的烟拎到自己房间藏了起来。外面传来老公的声音：“怎么？发财了？买这些东西！”赶忙躲到门后偷听起来。

“人家送的。”

“我就知道不是你买的，说，谁送的？要人家这么贵重的礼物干什么？”

“我也不想要，可是人家点名要送给你的，要不，我是不会收的。”

“点名送给我的？谁？”

“问那么多干什么？”王璐说着起身去洗澡了。

陈桂花赶忙过来把老公拉到自己房间，对着他的耳朵一阵叽咕。

“不会吧？”王长丰不相信地说。

陈桂花没有说话，而是歪着头看着老公，意思是：这还有假！

原来，陈桂花怀疑肯送这样贵重的礼物，唯一的可能是自己未来的女婿。她可真会想啊！

第二天，秋雨淅淅沥沥地下着，欧阳建业来到公司。往常，公司员工见到他，就如小鬼见到阎王似的躲在一旁站立，恭恭敬敬地说：“您好，欧阳总裁。”欧阳建业呢？也不作声，一阵秋风似的走过。今天可是个阴雨天啊！公司员工格外小心。

“欧阳总裁，您好！”楼道清洁工老赵招呼道。

“你好，你好。”欧阳建业爽快地回应。

这一声回应，只把老赵吓得愣住了，傻乎乎地站在那里不知所措。

其实欧阳建业身边的人早就发现了这个变化，欧阳总裁不再动不动就大发脾气了，而是能够静下心来听大家的话了，有时候脸上还稀罕地露出笑意！妈呀，千金难买啊！

欧阳总裁这是怎么了？是什么让他发生了如此大的变化？大家在背后七嘴八舌地议论着。议论半天也没有议论出所以然来，但是，大家都有一个共同的愿望，那就是希望欧阳总裁能够继续保持下去。

张副经理硬着头皮来到欧阳建业的办公室，向他汇报昨天竣工的情况。汇报完毕，张副经理站在那里还是不走。

“怎么？还有事吗？”

“翡翠园那个拆迁工程出现了一点儿小意外。”

“怎么了？”

“八楼二单元有一个老太太临时变卦了，不同意我们的拆迁条件，非要再补偿一个小套不可。”张副经理汇报完，低垂着头，等着欧阳总裁的训斥。

“那你们去好好劝劝她，告诉她不能漫天要价，这是有标准的。”欧阳建业心平气和地说。

“哎，哎。”张副经理答应着迅速离开，走出房间，才发觉一手心的冷汗。唉，今天太幸运了！简直是上帝保佑。张副经理望着苍天，可是天上阴云笼罩，根本看不见上帝，不知道上帝是否看见他。

欧阳总裁变了！真的变了！一路上，张副经理都在这么想。如果换成前一个月，后果不堪设想！欧阳总裁会暴跳如雷，先是劈头盖脸一顿训斥：你们是干什么的？连这个都做不了……接着一路追责下去。有的人可能要被炒鱿鱼，有的人奖金归零。

张副经理正在庆幸，手机响了，是欧阳总裁打来的，他居然要亲自去劝导赵老太太！

“我的天啊！”张副经理叹道。太好了，这样能让欧阳总裁体会一下钉子户的难缠。

张副经理陪着欧阳建业来到赵老太太家，问明了情况，最后说只要赵老太太愿意签字，他可以为她赋闲的儿子和儿媳妇在小区内安排一份不错的工作。

“你能当家做主？”赵老太太怀疑地问。

“他是我们公司的欧阳总裁，当然能！”张副经理插嘴说。

赵老太太一家喜出望外，连忙签了字。

“得，还是欧阳总裁您能干，立马摆平！”张副经理恭维道。

“这叫变通，知道吗？”欧阳建业不无得意地说，然后给王璐打电话，问她今晚是否还去教豆豆下棋。

王璐一个上午都忙个不歇。欧阳建业打来电话的时候，她正在把本月的报表汇总好，准备呈报给金天雷。

这个月公司的销售情况稍有好转，这归功于张剑他们。金天雷看了看报表，脸上的阴沉并没有像此时外面的天空那样放晴。

“这些都是毛毛雨，解决不了公司的渴。”金天雷说。

王璐心里当然明白，说道：“欧力文公司我正在竭力地做。”

“你得抓紧啊，这都过去大半年了。”金天雷提醒道。

“知道，知道。”王璐回答，出来，赶紧给欧阳建业打了电话，告诉他今晚七点准时过去。

“七点太晚了，你六点过来吧。”欧阳建业得寸进尺地说，“你在我们家吃饭。”

“那我过去做。”

“好！好!”欧阳建业占了天大的便宜似的回答，“这下我和豆豆就有口福了，呵呵。”

姚美丽进来见了，不由怀疑：什么事这么高兴？平时就是拿下个几亿的工程也没见他如此高兴过!

“欧阳总裁，今天下午城建局领导要过来检查。”姚美丽汇报说。

“好好，你通知一下张副经理下午陪同，让他晚上留他们吃饭。”

“您不参加?”

“我晚上还有事。”

“好的。”姚美丽答应着离开，心里纳闷着：欧阳总裁这是怎么了？总是有事！什么事？无非就是陪那个狐狸精！想到那个狐狸精，姚美丽咬牙切齿地恨，她恨不得现在找到王璐，暴打她一顿，让她瘫痪，这样她就永远不会到欧阳家去了。

七、棒打鸳鸯

一场秋雨一场凉，不知不觉地十月份过去了。这段时间，豆豆的棋艺突飞猛进。王璐和欧阳建业的关系呢也如豆豆的棋艺一般，闲着的时候，二人能够开玩笑了。不但如此，二人现在形成了一种依赖，比如早晨跑步，如果缺少了哪一人，那么另外一个人就会觉得跑步毫无意思。

即使这样，但并没有给王璐带来过多的快乐，因为订单的事如一块石头压在她的心头。

这段时间，张小葱破罐子破摔，和严三强、金婉针锋相对。她 N 次在王璐面前发牢骚道："姐，让你早离开你不愿意，这种地方有什么可留恋的!"

每次，王璐都安慰道："小葱，请相信我们一定会成功的!"

"假如不成功怎么办?"

"怎么办？凉拌!"

"咦，姐，你这么自信，就好像油盐不进已经答应你似的。"

这一问如一根棍子捅到王璐的心头上了。虽然和欧阳建业关系已经很是亲密，可是订单的事就是开不了口。多少次话到嘴边，想了想，又咽下去了。

王璐的纠结随着和欧阳家关系的发展而变本加厉着，她不知道当欧阳建业知道自己接近他的目的后会怎么样。气恼？鄙视？还是……

唉，假如不是带着目的和他接近就好了！无数个深夜，王璐这么想。

另一个让王璐后怕的是她现在离不开豆豆了，而豆豆也离不开她！小家伙现在一日不见她，如隔三秋也!

周五下午六点半，王璐在家已经端起饭碗，欧阳建业打来电话，告诉她到喜来登饭店。

"我已经在吃了。"

“你来吧，求你了!”

放下电话，王璐猜想到底是什么事。听欧阳建业刚才的口音，好像很着急似的，难道豆豆又调皮了？说真的，今晚自己实在不想出门，出差刚回来，累得不行，想吃点儿然后上床美美睡一觉。母亲陈桂花刚才已经听出是男的声音，催促道：“赶快去，赶快去，人家在等着呢!”说着抢过女儿的饭碗，把饭倒进自己碗里。

王璐只好驱车来到喜来登饭店，欧阳建业父子早就在那里翘首以盼了。

“发生什么事了?”王璐屁股才挨着板凳就开始问。

“好事，天大的好事!”欧阳建业说着脸上洋溢着笑。

“啊，说来听听。”

原来，今天下午欧阳建业硬着头皮参加了豆豆的家长会。他坐在拐角处做好了心理准备——等待着老师的训斥和其他学生家长的讨伐。

可是这两个方面都是迟迟没有出现，这让欧阳建业更加煎熬，巴望着赶快到来，自己好尽快地解脱。

最后，班主任说道：“今天我要重点提及一个人。”

“来了!”欧阳建业赶紧把头埋了下去。

“我们班的欧阳豆豆同学本学期开学以来，不但学习有所进步，而且遵守纪律方面有了质的飞跃!”

欧阳建业简直不相信自己的耳朵，摇了摇头，是真的啊！终于敢抬起头来，只见大家一起望着自己和儿子。

“还有，欧阳豆豆同学在这次秋季运动会中为我们班争了光，他在围棋比赛中获得了第一名……”老师还在说着，欧阳建业恍恍惚惚坐在那里，如堕梦中。这一切来得太突然了!

散会后，欧阳建业拉着儿子往回走，有一种翻身得解放的感觉。儿子这样有出息，肯定要犒赏的，到了学校门口，欧阳建业豪爽地说道：“豆豆，说，今晚想吃什么?”

豆豆没有回答，而是说把王阿姨叫来吧。

“对，对!”欧阳建业恍然大悟，儿子之所以有今天，都是王璐的功劳。

听完欧阳建业的叙述，王璐冲着豆豆竖起大拇指，夸道：“好样的!”

今晚，欧阳建业看着菜谱，这个那个地点着菜。王璐一个劲儿在旁边劝，说吃不这么多的。欧阳建业却视若无睹。

今晚高兴，欧阳建业一杯一杯地喝酒。王璐也没有劝阻他，而是陪着他喝。一会儿，欧阳建业脸苍白得似一张纸，而王璐呢？脸上桃花朵朵开。

豆豆望了望老爸，又看了看王璐，突然问："阿姨，你有男朋友吗？"

如果在平时，欧阳建业肯定要斥责豆豆无礼，可是豆豆的问题也是欧阳建业最想知道的，他装着不知道有这回事，伸出筷子夹菜，可是耳朵却竖起。

"问这个干什么？怎么？想当我男朋友吗？"

"呵呵……噗。"豆豆笑喷了。

"你看我像有男朋友的人吗？"

"不像！"

"为什么？"

"因为你整天陪着我。"

"聪明，有才！"

"我长大了就找阿姨这样的做老婆。"

"哦，我有什么好？"王璐歪着头天真地问。

"你嘛……你嘛……"豆豆想着，突然把头转向欧阳建业，说道："老爸，你说王阿姨有什么好。"

欧阳建业本来在听二人的对话，怎么也没想到豆豆会把战火引向自己，要一个单身男人来评价一个未婚姑娘，真的不好说！欧阳建业犯难了，但毕竟经历过大风大浪，打太极拳地说："这个嘛，这个嘛……"一边寻找着恰当的词语。

要说姑娘最在意的莫过于男人对自己的评价！王璐低头垂眉要听下文。

"你王阿姨人好，心善，也……也很漂亮，也挺有气质的。"欧阳建业评价着，眼睛并没有看王璐，而是直视着桌子，好像对那些鱼儿、虾儿说的。

"哪有这么好。"王璐羞答答地说，伸手揉了一下发烫的脸。

"真的。"欧阳建业瞪大眼睛说。欧阳建业不知道，就此以后，他的评价就在王璐的心田里扎下根来。

"呵呵。"王璐抬起头看了欧阳建业一眼，哪知道这时候欧阳建业也在看着她，目光相撞，电闪雷鸣，身子跟着颤动，赶忙移开。

二人就此陷入沉默！

豆豆鬼精着呢，看了看王璐，再看了看老爸，嘿嘿地笑，这更加重了二人的尬尴，尴尬之外，还有那么一点儿……很奇妙的感觉。

今晚从欧阳建业那里答到如此评价，王璐彻底满足了，要走。豆豆央求说要和她下一盘围棋。

提到围棋，王璐突然想起一件事来，惊呼道："我差点儿把大事忘了！"

"什么事？"父子二人异口同声地问。

"明天，豆豆要和人家比赛。"

"比赛？什么比赛？"

接下来，王璐把事情的来龙去脉说了。

原来，前天，赵忠厚又打来电话，说要和王璐下一盘。王璐想起豆豆来，说不如自己的学生和他的学生下一盘。学生代替老师出战，赢了可以取得同样的效果——光耀门庭，为老师脸上贴金；输了也并没有那么难堪。

赵忠厚一直以自己的学生为荣，因而满口答应下来。二人随即约定了时间、地点。

听了王璐的叙述，欧阳建业说自己明天上午还有一个会议。王璐说自己一个人带着豆豆就行。

"还不临阵磨磨枪？"欧阳建业说着站了起来。三人随即向欧阳家而来。

到了家里，姚美丽已经在了，见到三人一起归来，心揪缩成鸡蛋大的那么一团，再浸没在酸水中挣扎着。

"欧阳总裁，明天的会议不要忘了。"姚美丽提醒道。

"知道了！"欧阳建业说，看到姚美丽还不走，于是问："还有事吗？"

"没了，没了。"姚美丽说着往外走去。躲进黑暗里，整个世界也都黑暗了。

"狐狸精，我们没完！"姚美丽冲着欧阳家说，然后把身旁的一棵树当作王璐，"呸！"狠狠啐了一口。

到了九点钟，王璐独自一人来到客厅，吓了一跳。只见欧阳建业西装革履的，还打着领带！这可是在家里，而且还是晚上啊。他要干什么？王璐莫名地想。

欧阳建业没有说话，而是示意她跟他走。王璐不知道什么事，只好跟着他进了书房。

“你那天不是想听我拉琴吗?”欧阳建业说着拿起书桌上的小提琴。

王璐可没有忘这件事，只是一直没有机会。她没有作声，而是坐了下来。

欧阳建业过去把大灯关了，书房里顿时温馨了许多。

悠扬的琴声响起。温馨的、浪漫的、撕心裂骨的，如泣如诉的……王璐听得如痴如醉、如迷如幻。和眼镜的往事，一幕幕浮现，王璐再也控制不住自己，猛地站起，冲了出去……

夜深了，黑夜沉淀了白天的喧嚣，都市里难得的静谧。角落里，一只发情的小虫鸣叫不止，它的努力没有白费，一会儿，另外一个小虫开始响应。

王璐躺在床上怎么也睡不着。她现在有点儿后悔，一声招呼都没打就离开了欧阳家。

没想到他琴技那么高超，《梁祝》的旋律现在还在耳边萦绕，在血液里流淌，在思想里回荡。

咦，他拉琴的姿势太美了！那么优雅，那么潇洒，一点儿也不逊色于那些专业的演奏家。王璐开始把注意力集中到欧阳建业拉琴的姿态上来了。

正在痴痴地想，手机响了一下，一看，是欧阳建业发来的短信，说早点休息，明天还要带豆豆参加比赛。

对于明天的比赛，王璐对豆豆有十足的信心，这小家伙鬼精鬼精的，这正是一个围棋手所必须有的潜质。

想到豆豆的鬼精，王璐又联想到今晚豆豆要欧阳建业来评价自己的事来，那时候，豆豆眼里露出狡诈，难道是那小家伙故意的?

这样地想，心怦怦地跳着，如擂着的鼓，敲着的锣。接下来，欧阳建业的评价、二人相遇的目光、欧阳建业对姚美丽的冷淡……一一展现出来，抻长了今夜。

此时外面，一轮新月悬挂于树梢，给这夜带来些许不安稳。今夜，有多少女孩失眠！

第二天上午七点许，王璐来到欧阳家接豆豆去棋魂会所。

“怕吗?”王璐问。

“不怕。”豆豆镇定自若地回答，表现出这个年纪少有的老成。谁能想到几个月前他还是一个上房揭瓦的顽皮孩子!

王璐见他这样，心中暗喜，李昌镐外号“石佛”，围棋手就是需要这样老成的!

来到棋魂会所，赵忠厚带着众多弟子已经来了，黑压压的一片，王璐不知道谁将出战，只好问赵忠厚。

赵忠厚从人群中拉出一个胖乎乎的孩子来。豆豆站在他身边，简直有着巨人和侏儒般的悬殊。

赵忠厚看了看豆豆，又矮又瘦的一个小萝卜头，不由紧皱眉头，在他看来矮个子是有大智慧的!想象中豆豆平时所摄入的营养没向身高和皮肉里去，而是全注入大脑了。

棋局马上要开始，不知道谁走漏了风声，人群一拨一拨地赶来，一会儿，偌大的对局室里人山人海!

八点钟，裁判长宣布比赛正式开始。豆豆猜得黑棋先行，以二连星布局，对方以错小目应对。中盘阶段，一个得势，一个得实地，局面两分。

眼见豆豆外势即将成空，胖孩不由着急，草率打入。豆豆开始全力围剿。

这简直是他们师父那一名局的翻版!

王璐、赵忠厚站在那里，喉咙里堵塞了无数句话。王璐不停地喝着水，把那些话咽下去。赵忠厚不停咳嗽，把喉咙里的话排泄出去。大家呢?屏住呼吸观看着，不时小声议论。

胖孩的大龙左冲右突，豆豆全力围追堵截。

“啊”的一声，众人惊呼，原来豆豆脱离了主战场，提前收了一个大关子。这一手也出乎王璐的意料，心里疾呼:“怎么能这样走呢?怎么能这样走呢?”

胖孩见豆豆脱先，喜出望外，大龙开始做眼，捣鼓了半天也只能做出一只眼来。原来豆豆早就计算出了!

“嘘!”众人叹息着，连王璐都自愧不如。胖孩的大龙已经无路可走!王璐不由放松下来，有时间向外张望。不经意地瞥见一个熟悉的面容，再转回头仔细看，只见欧阳建业笑眯眯地看着棋盘。咦，他什么时候来了?

胖孩还在下着，赵忠厚这个师父知道胜负已定，再下就失去君子风范，输棋不能输人的，于是吩咐说投了吧。胖孩默默拿起一子放在棋盘上——他投子认负了。

豆豆石佛似的坐在那里，半天，拿起饮料慢慢喝了起来。

大家心里佩服豆豆的大将风度，开始追问王璐什么时候收的徒弟，叫什么名字，还夸赞说是个好苗子，这下我们市的围棋有希望了……欧阳建业躲在人群中听着，表面上甚是冷静，可是心却如外面天空中的太阳。

“我们来一盘!”人群中一个小孩嚷道，挤出人群，一屁股坐在豆豆的对面。原来他也是赵忠厚的弟子，棋力排在第二，看样子极不服气。

其实赵忠厚也不服气，看了看王璐。王璐看了看豆豆。豆豆也不说话，抓起一把子让对方猜。

这一局，豆豆没有给对手一丝机会，干脆利落地解决了他。赵忠厚第三名弟子又上，豆豆又三下五除二剿灭了他的大龙。第四名弟子又要跃跃欲试，赵忠厚制止道：“算了，你不是人家对手。”

“我能和他下一盘吗?”赵忠厚对着王璐商量道。自己的弟子全军覆没，他这个师父太没面子了！现在要亲自出马。

“下午吧，孩子累了，哎，下午让他三子行吗?”

赵忠厚正要回答行，不料被豆豆的话打断：“不！分先。”看来这小家伙真是初生牛犊不怕虎。

大家要看下午的棋局，准备及早散去，谁知道会所老板喊道：“大家都不要走，今天中午都在这里吃饭，有人替你们买单!”

“哗!”一声，大家你看看我，我看看你，都想知道这是谁呀，乖乖，这么大方！最后眼光一齐集中到王璐身上!

“不是我，我可没这么大方。”王璐冲着大家说，然后眼睛偷偷地在人群里搜寻着欧阳建业，可是已经不见了他的踪影。

下午，棋局开始，王璐留意了一下人群。欧阳建业又不知道什么时候站在那里了。

棋局还在进行着，赵忠厚不愧为老手，故意卖了几个破绽，好在豆豆定式记得牢，没有上当。但是，处处被动，好像被人牵着鼻子的牛。终局数子，输了几十目之多!

这在一般人看来已经很了不起了。谁知道豆豆呆呆地看着棋盘半天，突然号啕大哭起来。王璐赶忙来安慰，豆豆一头扑在她怀里，浑身抽搐着哭，受了天大委屈似的。小孩子的形象又跃然再现。大家看了不由好笑，逗趣地说："豆豆，不要哭，明年这时候再来。"

"对，对，明年再来，一定会打败赵叔叔，乖，不哭，不哭。"王璐安慰着。欧阳建业看了心里五味杂陈，豆豆什么时候扑在自己怀里过！

"王璐，这孩子不会是你生的吧？"人群中一人喊道。

"滚！"王璐怒目以对，随即把豆豆拉出人群，来到一个僻静的房间，欧阳建业随即跟了进来。

豆豆还在哭，王璐劝道："不要再哭了，赵叔叔下棋已经十几年了，你学棋才三个多月，怎么下得过他？人家走过的桥比你走的路都多，吃的盐比你吃的米都多，通过这件事你要知道强中自有强中手，千万不可轻敌，知道了吗？"

豆豆揉了一下眼睛，默默点了点头，抬起头，这才发现老爸。

"儿子，好样的！"

听着老爸千百天来的第一次夸奖，豆豆泪眼扑闪着微笑了一下！真是猴子的屁股，孩子的脸——说变就变的。

棋魂会所老板走了进来，把剩余的钱给欧阳建业。

"今晚，继续，我全包了！"欧阳建业说。

"好！好！"会所老板欢天喜地跑出去老母鸡下蛋似的喊了起来。

"这么大方?!"王璐俏皮笑着说。

"大方是你和豆豆给的。"欧阳建业郑重地回答，"哎，你也教我下棋吧，我也想凑凑热闹。"

晚上回到欧阳家，吃过饭，欧阳建业又把王璐请到书房听他拉琴。奇怪的是，这一次，脑子里没有再现眼镜，而是坐在那里用心地听着。琴声悠悠，王璐陶醉了，欧阳建业也陶醉了。音乐在二人心里产生了巨大的共鸣！

一个优雅的动作，欧阳建业结束了《梁祝》，站在那里一动不动，好像还沉浸在音乐的世界里，半天，缓过神来，眼睛寻找王璐，只见她坐在那里，眼睛异样地看着自己。

王璐发觉了自己的失态，脸色一红，低下头去。

欧阳建业过来，端起酒杯递给王璐，"当"的一声碰杯。好一个初秋的良宵！可谓酒不醉人人自醉，花不迷人人自迷。

野外斑驳陆离的景色告诉我们这是个喜悦和悲凉相陈的季节。在这个季节里，随着王璐到欧阳家越来越频繁，欧阳建业看王璐的眼神越来越深情，而姚美丽看王璐的眼神越来越恶毒。

家里，老妈看王璐越来越神秘，因为王璐一回到家，就如发情的小鸟似的哼唱不停。问她是否谈对象了，被一口否定。金天公司里，金天雷看王璐的眼神越来越失望；严三强、金婉看她的眼神越来越意味深长。

可是在欧力文公司里，员工看欧阳总裁是越来越阳光了——镜子里的阳光，因为镜子本身并不会发光，他们只是反射了欧阳建业的阳光。

是什么让欧阳总裁发生如此大的变化？公司上下议论纷纷。有人猜测欧阳总裁是不是中了姚美丽的招了，可是姚美丽有那么大的魅力吗？他们在一起上床也许可能，可是能影响欧阳总裁的性格，她姚美丽没有这个能耐！

到底是怎么一回事啊？别说大家不知道，就连欧阳建业自己都不知晓。但是，他觉得安心，因为豆豆一天比一天老实，老实得如一个小老头，能坐在那里对着棋盘一天。有段时间，欧阳建业忧心忡忡，担心这样是不是影响他的学习，可是，他的学习却是一天比一天好。

期中考试结束了，豆豆带回了一个满分，一个98分。欧阳建业看了心花怒放。这么大的事情当然要庆贺一下，立即打电话给王璐，可他并没有说自己要大吃一顿，而是说豆豆嘴馋了，要吃她做的糖醋排骨。

“你们男人啊……”

“我们男人怎么了？”

“好吃！”

欧阳建业没有回答，而是报以会心的一笑，幸福的笑。

“我下班就去，豆豆考试这么好，当然要庆祝一番！”

欧阳建业这才知道王璐得知豆豆的考试成绩比自己还早，心里道：“这小子居然在第一时间告诉了她！他怎么看王阿姨比自己还要亲啊？”

下午下班时分，王璐正要走，张小葱来到面前，含山带水地说道：“王姐，最近在忙什么？怎么不带我玩了？”

“你还要我带？你可是有男朋友宠着。”

“我们俩可是很久没聚了，今晚聚一聚，听说新上映的那部电影不错，我们一起去看吧。”

“今晚不行。”

“怎么？有约了？我早就猜到了，肯定是那个油盐不进，好色轻友！”

王璐说哪有，然后把豆豆的事告诉了张小葱，还提议张小葱和自己一起过去。张小葱一听，惊讶得嘴巴张成 O 形，一连声地说：“天啊！天啊！”

“怎么了？这么大惊小怪的。”

“没想到你和欧阳建业进展如此神速，简直是光速！我看你呀……”张小葱眼睛异样地看着王璐。

“有进展不好吗？”王璐一脸坦诚地问。

“好，好，走，今晚去见识一下亿万富翁的豪宅。”

二人往外走，张小葱突然想起什么，问：“我去合适吗？假如暴露了身份怎么办？”

“我就说你是我的闺蜜，金天公司的事一概不说！”

“哈哈，整得我们好像是卧底的特务似的。”

“呵呵，美女卧底。”王璐苦笑着说。

二人上了车，向御景湾小区而来。严三强看着二人离去的背影，心里道：“都秋后的蚂蚱了，看你还能蹦几天？”

王璐中途在一家超市停了下来。张小葱说亿万富翁家里什么没有，还要带礼物呀！王璐并没有回答，而是来到肉食品摊位，买了几斤上好的排骨。张小葱见了吃惊地看着王璐，如在看外星人。

“姐，你们已经走到这地步了?!”

“走到什么地步了？”

“都不分彼此了！”

“我……我这是顺路带的。”王璐撒谎道。

“没这么简单吧。”

“你看你，这么简单的事也多想！”王璐说着抖动着手里的排骨，然后不给张小葱还嘴的机会，拎起排骨就走。看着王璐那雄赳赳、气昂昂的样子，张小葱还真的认为自己多想了呢，不再纠缠这件事了。

来到欧阳家，邵阿姨赶忙把排骨接了过去。现在，王璐已经和她混得烂熟，和姚美丽比起来，邵阿姨打心里倾向王璐，因为王璐为人随和，从不摆架子。可是最近，姚美丽也对她好了起来，不再像以前那么苛刻，同时，不断用小恩小惠讨好她。这样，邵阿姨就坐收了不少渔翁之利。

邵阿姨知道，未来的欧阳夫人——自己的顶头上司就要从这两人中选出，在结果没有出来之前，她谁也不敢得罪。

让张小葱疑心再起的是欧阳建业见到王璐拎着排骨来，居然连一句客气的话都没说，简直不可思议。如此看来，王璐所谓的“顺路”实际上在撒谎！

“王姐肯定要把自己搭进去！”张小葱心里兴奋地想，这样，今晚，她也不把自己当外人了。她开始打量起欧阳建业的家。想象中，欧阳建业的家肯定是富丽堂皇，皇宫似的，可是现实和想象大相径庭，欧阳建业家里布置得很是古朴素雅、简洁大方。

既然是王璐的闺蜜，欧阳建业不敢怠慢，热情地招待张小葱。王璐去了厨房烧菜，欧阳建业不再陪小葱说话，丢下她去了厨房打下手。听闻着厨房里二人的说笑声，张小葱心里感叹道：“乖乖，都这样了！”她就不明白了，王姐使用了什么魔法让那个油盐不进如此听话。

“姐姐，你会下棋吗？”一个小萝卜头过来，眨着小眼睛问。

张小葱知道这就是豆豆，早闻他的厉害，提起十二分的小心，然后给了个马威，正颜正色地教训说：“不要叫我姐姐，我和你王阿姨是好姐妹，你应该叫我张阿姨才对。”

“张阿姨，你好。”豆豆老老实实地说。

看着豆豆那老实本分的样子，张小葱就纳闷了，这孩子不像调皮的样子呀！于是答应道：“你好，你好。”

“张阿姨，你会下围棋吗？”

“当然会！”

“那我们俩下一盘吧。”

张小葱的围棋是跟王璐学的，确切地说是被王璐硬逼着学的，只是学会后三天打鱼两天晒网，但是她觉得和眼前这个小萝卜头下应该不成问题，爽快地说：“好，来一盘！”

真正下起来，张小葱才领教了眼前这个小萝卜头的厉害，别看他年纪小，可是他的招法老到着呢！步步暗藏杀机，五六十招后，张小葱已经被杀得大汗淋漓了。好在这时候外面传来：“开饭喽！”

“吃饭了，吃饭了。”张小葱放下手里的棋子说，看来她要逃了。

可是豆豆却坐在那里一动不动。

“吃过饭再下吧？”张小葱说，然后趁着豆豆不注意，偷偷放了一个棋子在棋盘上。

“下完再吃。”豆豆不依不饶地说。

“唉，不行了，不行了，我认输还不行吗?”话是这样说，可是张小葱却继续落子。

“下完再吃。”豆豆还是那句话，再看棋盘，傻眼了，原来棋盘上风云突变，对手不但做活了大龙，而且自己左下角的几颗棋子已经废了。

胜负已定，豆豆很有风度地抓起一把子放在棋盘上，然后默默地站起来，来到餐厅，而张小葱则眉开眼笑地跟在后面。

“谁赢了?”王璐问。

豆豆脸上愁云惨淡，而张小葱脸上春光明媚。

“小……小葱赢了?!”

“侥幸，侥幸。”

“哼!”豆豆鼻子里一个声音。

“小葱，你……”王璐本要说：“你这个白骨精”可是立即想到这是在欧阳家，马上改口道：“你用了曹薰铉的招法吗?”

张小葱嘻嘻一笑，回答：“没呀。”

“曹薰铉招法?阿姨，快告诉我!”

“吃饭，吃饭。”欧阳建业在旁边催促道，可是豆豆却执拗地坐在那里不动，看样子王璐回答了才罢休。

王璐只好说道：“曹薰铉下棋，有时候嘴里会一个劲儿唠叨‘坏了，坏了’，其实不是说自己坏了，而是说对方坏了，之所以这样说，就是为了迷惑对手；还有，有的棋手不停地抽烟，企图用烟冲昏对方的大脑；还有更甚的，脱了鞋子，不停抠着脚丫子，就是为了惹恼对手，让他出昏招。”

豆豆听了，瞥了张小葱一眼。说道：“阿姨赖皮，偷放了一子，别以为我没发觉!”

张小葱被揭穿，嘻嘻地笑着。

“豆豆，不要生我的气了，那盘棋算我输还不成吗。”张小葱说。

欧阳建业害怕豆豆不给面子，赶忙说：“今天张阿姨又教你一招。”

豆豆脸上由阴转晴，嘻嘻一笑，准备吃饭。

大家开吃，张小葱不拿自己当外人，一会儿就醉醺醺了，看到王璐不停给豆豆夹菜，大呼道：“姐，你怎么见色忘友呢?你也给我夹菜呀!”说着意味深长地看了欧阳建业一眼。

豆豆当然不明白张小葱的意思，滚开水似的咕嘟嘟地笑。王璐和欧阳建业心里可是明镜似的，可是都装着糊涂。欧阳建业装着没听见，正儿八经地喝了一口酒。王璐听了，使劲嚼着嘴里的炒鸡蛋，不让脸部松弛下来以溢出表情，再夹起一块排骨，说道："死丫头，给！"说着放在张小葱碗里，再把头转向豆豆，问："豆豆，你是我的男朋友吗？"

豆豆不回答，只是一个劲儿地笑。

王璐的秉性似自己小区里的水池——张小葱是知道其深浅的，明白她在竭力掩饰自己，而对于欧阳建业这个油盐不进，还是初次交锋，不知道他的水有多深，要试探一下。突然问："欧阳总裁，你看我们家王姐怎么样？"

这话问得太直接了，简直赤裸裸，王璐要打断已经来不及了。

欧阳建业怎么也没料到张小葱会如此问，坐在那里一时不知道如何回答！

"说呀！"张小葱催促道，不给他大脑半点儿思考的空隙，她知道男人往往第一句话是真的。

"很好。"半天，欧阳建业说了这两字。

"哪个地方好了？"张小葱打破砂锅问到底地问。

"什么地方都好。"欧阳建业慢条斯理地回答。

张小葱貌似已经窥觑到欧阳建业的内心，不再纠缠，大拇指一竖，赞道："欧阳总裁，你真有眼光！嘻嘻……"

豆豆好像嗅出了什么，跟着说道："爸爸是有眼光！"

"哈哈，我们家王姐就是好，心眼好，人也长得漂亮，豆豆，你说是不是？"

豆豆频频点着头。

"是很好，心地善良，乐于助人。"欧阳建业现在缓过神来，开始为自己刚才的窘迫解脱，可是，明显晚了。

"我去烧汤。"王璐说着站起来，去了厨房，偷偷擦了一下发烧的脸。

"豆豆，你刚才说王阿姨好，好在哪里？"张小葱问。

"阿姨好得像姐姐，像妈妈。"

大家都愣住了！欧阳建业怎么也没想到豆豆会如此说，以前，这个小家伙敏感着呢！对靠近欧阳建业的女人都有一种排斥感。

"真的像妈妈那么好？"张小葱再次追问。

"嗯。"豆豆点了点头。

餐厅里的话王璐都听到了，脸更加红，更加烫，好在邵阿姨已经被支了出去，她躲在厨房里磨蹭着，迟迟不出来，心里一个劲儿地道："这个张小葱，这个张小葱。"

"汤来喽！"王璐终于端着汤出来，坐在欧阳建业旁边。二人坐在那里，有那么一点儿尴尬，除此之外，有那么一点儿亲近，有那么一点儿温馨，有那么一点儿甜蜜。

今夜星光灿烂！弯弯的新月如一位小姑娘的脸那么明晰，那么可爱，于是整个世界都是可爱的了！

吃过饭，豆豆缠着张小葱要再下一盘棋。张小葱心虚，说还有事。无奈豆豆就是缠着不放。张小葱无奈，只好硬着头皮和豆豆下棋。

客厅里只剩下王璐和欧阳建业，二人都不敢看对方，可是心里全装着对方。空气中充满了温馨浪漫的气息。二人就这么坐在那里谁也不说话，明显地无声胜有声。

王璐削了一个苹果递给欧阳建业。不知道是有意还是无意，欧阳建业的手接触到了王璐的手，二人都触了电似的身子一颤抖。王璐低头垂眉，脸红苹果似的。欧阳建业呢？赶紧缩回手，心"嗵嗵"地跳，做了贼似的眼睛四下里望，还好，没人看见。

"我真的有那么好吗？"王璐问，声音低弱得似欲断的蚕丝。

"我说的都是真心话。"欧阳建业回答，大着胆子看了王璐一眼。

"是吗？"王璐说，也抬起头来，二人的目光再次相撞。

屋内再次陷入沉默。但是，二人都坐在那里不愿意离开。

激动浪漫的时光如飞似的快，一个半小时不觉地就过了。张小葱走了过来，王璐赶忙站起来问结果。

"输惨了，输惨了！"张小葱嚷道，"咦，姐，你怎么给豆豆吃偏食？他才学棋几天啊！我可是跟你学了几年了！"眼睛扫过二人的脸，"咦，你们在谈什么？"

王、欧阳二人几乎异口同声地说没谈什么。

王璐、张小葱要告辞。因为都喝了酒，不能开车，所以欧阳建业要派车送。

"姐，我们还是走走吧，醒醒酒。"张小葱提议道。

王璐一想，也对，这么美好的夜晚，不能白白浪费了，于是和欧阳家父子告辞，然后二人慢慢溜达着走。

“死丫头，今晚疯了，看你说了那么多的疯话!”王璐嗔怪道。

“我不疯，能打探到你和欧阳总裁进展得如何吗?”

王璐这才知道张小葱今晚并没有喝醉，而是有意而为之！不过这样也好，终于知道了欧阳建业对自己的态度。

“我们之间没有什么的。”王璐辩解说。

“此地无银三百两！都到这程度了还不承认?”

“真的没骗你。”

“实际上今晚一进门我就发觉不对劲儿了!”

“怎么了?”

“你没注意到油盐不进看你的眼神吗？深情的，甜蜜的。”

“哪有？我怎么不知道!”

“姐，不识庐山真面目，只缘身在此山中，哎，你们从什么时候开始的?”

“瞎说什么啊!”

“我看你们是水到渠成，唉，这是好人自有好报!”

“怎么这么说?”

“你看，你是因为扶起摔倒的老人才和油盐不进交集上的吧，你又无偿地教豆豆下棋，赢得了他的好感，我可以说，你们能够走到今天，豆豆起到了很大的作用!”

张小葱分析得有理有据，王璐不再吭声。

“我看那个油盐不进并不是一个只知道挣钱而不懂生活的人。”

“其实他还挺有趣的，只是我们以前了解得少罢了。”

“看看，还没成家，就帮着他说话了，哈哈……”张小葱笑着一溜烟跑开了。

寂静是这深秋夜的儿子，朦胧的月光从窗口飘进来，给屋内增添些许浪漫情怀。王璐躺在床上，心潮澎湃着——她在回顾今晚的事情，特别是和欧阳建业的手触碰到一起，那种感觉太特别了。

事情完全出乎自己的预料，谁能想到自己居然和欧阳建业谈恋爱了！如在梦中啊如在梦中。她不能确定什么时候二人互相有好感的，难道真的如张小葱所说的水到渠成吗？可是另一件事又出现了，订单的事怎么办？王璐觉得越是和欧阳建业走得近，越是不好开口。现在，王璐更加担心了，假如欧阳建业知道了自己靠近他的目的，他会怎么想，怎么做?

正在胡思乱想的时候，手机响了，打开一看，是欧阳建业发来的微信，问睡着了吗。王璐回信说没有。

“我也睡不着。”欧阳建业说。

接着，二人开始聊了起来。谈的都是些鸡毛蒜皮的事，看样子都在刻意回避那个事情。夜深了，深秋的夜白露为霜，二人没有感觉到有一丝凉意，相反，他们的心热乎着呢。美好的时光！

美好的时光延续着，第二天早晨，二人来到公园跑步，不再像过去那样一前一后，而是并排跑着。

“今晚，我们俩出去吃饭。”欧阳建业提议说。

“嗯。”王璐答应道，语气温柔得似乖巧的猫在喵叫。

两边的树木向后飞去，二人沐浴在晨晖中，秋风不再悲凉，汽车的鸣叫不再刺耳，湖中残枝败叶也不再凄惨，整个世界都是如此美好！

来到公司，张小葱冲着她盈盈地笑。王璐羞涩地低头，这使得张小葱更加放肆起来，嘻嘻地笑个不停，要她晚上请客。

一整天，王璐都坐立不安，心里一直巴望着傍晚快点儿到来，今晚可是第一次单独和他在一起啊！心情是如此急切，不免担心会出什么意外而耽误了今晚的约会。

真是怕什么来什么，下午下班的时候，金天雷过来宣布说今晚请一个客户吃饭，销售部在家的美女必须悉数到场。

王璐一算，销售部在家的美女只剩下自己和张小葱，她知道这是金天雷吸取了上次教训，所以打了预防针。

怎么办？如果不去，金天雷肯定不会饶了自己！有心说自己家里有事，可是上次已经说过了。

怎么办？怎么办？王璐思考着，眼睛瞟过桌子上的报表，灵机一动，马上给张剑打了电话。

一会儿，金天雷果然打来电话，告诉王璐今晚她就不要参加了，全力去陪张总，争取把他灌醉。

王璐听了大松一口气，赶紧下班，有心去美容院梳理一番，转念一想，还是免了吧，反正自己的素颜他都见过无数次了。

春天饭吧，这名字一听就是为恋爱中的男女准备的，里面布置得温馨而浪漫，梦春似的，一对对情人坐在如梦如幻的情境中喃喃细语着，只让人看了羡慕得绝望。王璐驱车来到这里，欧阳建业已经在那里等她了！

看到了王璐，欧阳建业微微一笑似见到了上帝，可不是吗？现在，王璐就是他的女神！

“来了。”二人几乎异口同声地打着招呼，然后相视一笑。

“王……”欧阳建业说，他本要说王璐的，觉得那样不免拉远了彼此的距离，所以后面的“璐”字省了，“王”字一语双关，她可不就是他的女王吗？“给！”欧阳建业突然从背后拿出一朵红玫瑰。

很久没有人送自己玫瑰花了，多少个情人节，孤单地走在大街上，看到人家姑娘手里拿着玫瑰甜蜜得要死，而王璐心里羡慕得要死！现在，终于有人送花了，心里的花千万朵绽开，连一声谢谢都没说，接了过来，伸到鼻子处，深深地闻着，脸色和红玫瑰融为一体了。

今晚的菜饭分外香甜，连空气中也像弥漫着蜜糖似的！

“你是什么时候注意到我的？”王璐问了所有女孩都问的问题。

“你第一天跑步的时候。”

“天啊！”王璐心里叹道，那时候，她还真的以为他油盐不进呢！看来，男人的外表靠不住。

接着，二人回顾了交往的历史、细节。他说看了她如何如何，她说她也有同样的感受。

“认识你是我的福气，豆豆多亏了你！”欧阳建业含情脉脉地凝望着王璐说。

王璐被望得脸上开了朵花，羞答答地说：“哪有？”

“你知道公司员工以前怎么背后议论我的吗？鬼见愁！油盐不进！”

“嘻嘻，现在呢？”

“阳光雨露了。”

“真的！”

“谢谢你。”欧阳建业说着伸出手，盖在王璐的手上。

王璐似触了电，浑身颤抖，可是她并没有缩回手，而是蠕动着，似在回应着欧阳建业。

更让王璐意想不到的是，欧阳建业一边深情地望着她，一边轻轻地拿起她的手，放到嘴边轻轻一吻。王璐的心如出了炮膛的炮弹，马上要炸开花了！

欧阳建业真是绅士，细致入微地照顾着王璐吃喝。王璐真正地享受到了女王的待遇。这一切如在梦中，多少个夜晚梦到这样的情景，醒来，增添了无尽的惆怅。

一瓶香槟酒不觉地喝完，二人都有些微醉，心当然也醉了。

吃过饭，欧阳建业要延续浪漫，说去公园散步。王璐乖巧地跟着他。

今夜，月儿格外的美丽可人，周围的星星如一颗颗钻石镶嵌在蔚蓝色的帷幕上熠熠生辉，和地上的街灯交相辉映，天上人间！

公园里的小径幽静而绵长，王璐往周围看了看，然后伸手挽住欧阳建业的胳膊，依偎着他，慢慢地走着，走着。

来到湖中的小岛边，二人在石凳上坐下，欧阳建业脱下西装外衣给王璐披上。王璐把头依靠在他的肩膀上，二人谁也不说话，就这么依偎在一起仰望着天空中的星星，忘却了时间，忘却了一切！

恋爱中的姑娘像朵花，王璐这朵花有欧阳建业这只蜜蜂围着，宠着，更加艳丽。周末，张小葱开玩笑说："看，姐，你脸上写着两个字——幸福。"

王璐摸了摸脸，说："哪有？"

"姐，你有了那么个亿万富翁，怎么倒抠门起来了？一顿饭也不请，是不是欧阳建业教的呀，你不会也变成油盐不进吧。哈哈，俗话说不是一家人，不进一家门。"

"你这张嘴呀！好，今晚请你这个馋猫，说，到哪里？"

"希尔顿吧，钱可要带足了，今晚我要放开吃！还要带上我家的那个。"

"我也去！"酱油蒋突然冒出来，说。

"去！去！听说有吃的就上！"张小葱推着酱油蒋的身体说。

"嘻嘻……不是很久没有和你们俩美女聚一聚了吗？"

"你还敢和我们聚会？有些人躲还恐怕来不及呢！我和王姐现在是没娘的孩子，大舅不疼，二舅不爱的。"

"看你说的，看你说的，我可没有。"酱油蒋说，眼睛四下里瞟。

"告诉你，我和王姐可不怕！"

王璐听了赶紧一个劲儿地使眼色来制止，然后催促说："走，希尔顿！"

酱油蒋落在后面，心里一直在琢磨着张小葱的话。不怕是什么意思？破罐子破摔？还是……难道欧力文公司的那个项目有进展了？嗯，一会儿试探一下。

三人来到希尔顿酒店，一会儿，胡兵赶来了，王璐还嫌人少，拿起手机给张剑打电话。张小葱悄悄地说不如把油盐不进也叫来，让他买单。

王璐把手放在嘴上，“嘘”的一声，指着酱油蒋直摆手。张小葱见了王璐那恐惧的样子，嘻嘻笑个不停。王璐这才知道这丫头原来是在开玩笑。

“二位美女，有什么好事？听说欧力文公司的项目有进展了，恭喜，恭喜。”

“没有进展，没有进展。”王璐连声否定，可是张小葱却没有跟上她的步调，疑惑地看着酱油蒋，心里道:这个家伙怎么知道的？

酱油蒋已经察觉到张小葱的疑惑，心里道:原来真的有进展了！这俩丫头真有本事，居然能把那个油盐不进拿下，乖乖！看来公司的传闻都是子虚乌有，嗯，拿下了欧力文公司，那么，王璐的位子就会坐稳，她坐稳了，他严三强的位子就可能不保……

“唉，我酱油蒋真是太聪明了！”酱油蒋心里道，坐在那里，享受地抽烟，那烟飘在空中，好像对酱油蒋说：“嘿，酱油蒋，你真有两下子！”

一会儿，张剑拖家带口来了。王璐见了分外高兴，手不由重了些，一口气点了一大桌子好菜，酱油蒋、胡兵看傻了眼。张小葱心里也感慨道：“不一样啊就是不一样，有钱就是任性！”

张小葱看着酱油蒋在大快朵颐着，心里恨恨地道：“得想办法好好治治这个家伙！用什么办法呢？”眼珠一转，计上心来，说道：“今晚喝酒，我们三大美女对付你们三个大男人，你们敢接招吗？”

“敢，怎么不敢？”酱油蒋示威地说。张剑呢？身子往后靠了靠，双手交叉放在胸前，一副不屑的样子。只有胡兵没敢轻敌，他知道张小葱又要耍人了，可是又不敢戳穿，只是一声不响地坐在那里坐等事情的发展。

张小葱出去，一会儿回来，说：“开始！”然后咕嘟嘟地倒酒。王璐看了满满的酒杯心里盘算着：自己和小葱的酒量还可以，张哥的老婆听说酒量也不小，但无论如何我们也不是他们三个大男人的对手。

“今晚让你们尝尝我们女人的厉害，哎，酱油蒋，咱俩先来。”张小葱说着端起酒杯，一口而尽，手不停地扇着风，吐着舌头，一个劲儿地喊辣。酱油蒋见了好笑，端起酒杯喝了，眉头都没皱一下。

“张哥，我敬你。”王璐端着酒杯说，然后也是一口而尽。奇怪了，今晚五十二度的五粮液怎么淡如水！她看了看张小葱，又看了看服务员，明白肯定是张小葱刚才出去做了手脚。

张哥的老婆叫吴燕，本来心里害怕，当喝了酒后，放心大胆起来，一个劲儿地陪酱油蒋、胡兵喝酒。

半个小时后，三个大男人都喝得东倒西歪。再看三个女人，没事一样。张小葱望着酱油蒋如发情的猴子屁股似的脸，端起酒杯朝着酱油蒋扬着。酱油蒋一个劲儿地摆手说不行了，不行了！

张小葱大喝一声，道：“不行也得喝！”说着绕到他背后，扯起他的后背衣领，“不喝，我就倒在你脖子里！”

“姑奶奶，我喝还不行吗？”酱油蒋说着坐直，可是并没有端起自己面前的酒杯，而是夺过张小葱手里的酒杯，憋着气一口而尽，咽下去，半天，咂着嘴，又把杯中剩余的喝了，再咂嘴，猛地指着张小葱大喝道：“好啊，你们……”

三个女人再也憋不住，哄堂大笑起来。

吃过饭，张小葱提议去唱歌。她瞥着王璐，挤着眼说：“反正有人买单，不唱白不唱。”王璐隔着老远，挥着小拳头。

几人来到KTV，一男一女配合唱了起来。王璐正要和酱油蒋配合，手机响了，出来，跑到老远接了电话。

电话是豆豆打来的，其实是欧阳建业的主意。原来他今晚应酬回到家，不见了王璐，丢了魂似的。现在的他一日不见王璐，如隔三秋也。

正好豆豆出来问老爸今晚是否和王阿姨在一起，还怪罪地说老爸怎么最近老是和王阿姨单独出去，把他一个人丢在家里。

“老爸，你们在恋爱吧？”

“呵呵。”欧阳建业无以回答，只好用笑代替。

“老爸，恋爱是什么滋味？是不是特幸福，看你脸上都……”豆豆一时找不到合适的语言。

“有吗？”欧阳建业摸着自己的脸问，“哎，豆豆，你反对老爸和王阿姨谈恋爱吗？”

“反对！”豆豆斩钉截铁地说。

“啊！为什么？”欧阳建业大惊失色地问。

“你夺人所爱，自从你们谈恋爱了，就丢下我不管了。”

这下，欧阳建业彻底放心了，连声说道：“下次注意，下次一定注意，哎，今晚不下棋了？”

“没人陪我下，只好在网上下喽。”

“那还不给你王阿姨打电话!”

“老爸，你呀……”豆豆白了老爸一眼，告诉他已经识破他的伎俩，然后拿起手机。

王璐接了电话，赶紧去吧台买了单，然后驱车向欧阳家赶来。她现在的心情和欧阳建业一样，一日不见，真的想他!

来到欧阳家门外，下车向家里走去。王璐不知道，在此时，后面有一辆车也恰巧赶到，车里的人就是她的冤家对头——姚美丽!

这些天来，随着王璐越来越频繁地出入欧阳家，姚美丽来的次数却少了，因为她不愿见到欧阳建业看自己情敌的眼神！谁能体会到那时候姚美丽的心情！嫉妒、心酸、绝望……

看到王璐走进欧阳家，姚美丽下了车，站在黑暗里，对着王璐的背影，心里恨恨地说道：“不要高兴得太早，胜负还没见分晓呢，咱们骑驴看唱本——走着瞧!”然后上了车，猛踩油门发动车子，再猛打方向盘，调转车头，风驰电掣般向小区门口驰去。

郊区野外，姚美丽开着车无目的地奔驰着，心里油然冒起那首歌：历来只见新人笑，有谁见到旧人哭，爱情两个字好辛苦……唱着唱着，猛地刹车，趴在方向盘上号啕大哭起来。车外，秋风起，秋意凉，秋夜更加重了这寒意，四周浓密的黑排山倒海压来，姚美丽只觉得这黑暗的夜在吞噬自己的爱情，咀嚼着自己的幸福，无声无息，无影无踪。

而此时，在欧阳家里，王璐正在和豆豆下着指导棋。小家伙棋艺增长飞快，已经不要让子了。

一盘指导棋下完，给豆豆布置了作业，王璐来到小客厅，欧阳建业已经等她多时了！见到王璐，肚子里的酒怂恿着，眼睛异样地看着自己可爱的女朋友。

王璐盈盈一笑，去倒了一杯水过来递给他。哪知道欧阳建业不但要水杯，而且还要王璐的手——他紧紧抓住王璐的手不放。

“去!”王璐嗔怒道。

“呵呵。”欧阳建业傻笑，屁股往沙发边挪了挪。王璐顺势坐在了他身旁，拿起一个苹果削着。

“今晚有应酬?”欧阳建业问。

“下午不是告诉你了吗?”

“哦，哦。”

“怎么?”

“我想你了!”欧阳建业伸手过来，搭在王璐的肩膀上，“真的想你了。”

女人最想听的莫过于男人的这句话，王璐甜蜜得都坐不直了，头歪过来，靠在欧阳建业的肩膀上，能听到他的心“嗵嗵”地跳着，自己的心也开始“嗵嗵”地跳。

欧阳建业闻着女人特有的体香，看着王璐白皙挺拔的鼻子，上面似乎有微汗，不由心痒痒的，伸手摸了一下，温润，细滑。

“去!”王璐身子抖动了一下，却并没有抽回身子。

“呵呵。”欧阳建业笑着，深情地看着怀里心爱的人，醉了！醉了！

“笑什么?”王璐呻吟着问，抬起头。两双眼睛猛烈碰撞在一起，两人都震住了，赶忙闪开，再看，再相撞，这一次二人都不再闪避，而是就那么互相深情地凝视着!

二人“呼哧呼哧”地喘着气，空气中弥漫着强烈的雌雄荷尔蒙。二人的头一点一点地靠近。

欧阳建业的嘴唇伸过来，伸过来。王璐都能感到他的呼吸气息吹在自己鼻子上了，她慢慢闭上眼，嘴唇呢，一张一翕着，似乎在鼓励着欧阳建业。

“啵”的一声，王璐感觉嘴唇抽动了一下——被吻了！火山终于爆发了！她猛地迎了上去。漫长、热烈的吻。

二人干柴烈火般地吻着，时间停滞了，空气凝固住了，周围的一切都不存在了。

突然，外面传来：“哎，少儿不宜啊!”

二人弹簧似的分开，原来小客厅的门没关！王璐羞涩地坐在那里，欧阳建业则站起来，循声望去却一个人影都没有。看来那个小鬼头已经溜了。

“音乐家，能欣赏您的大作吗?”王璐调皮地说。

“愿意为您效劳，为您效劳是我的荣幸。”欧阳建业绅士地说。

书房里，欧阳建业拿出那把小提琴擦拭着。王璐一看就知道他非常珍惜它，简直视若宝贝，冥冥感觉到其中蕴藏着故事，于是问。

欧阳建业慢慢坐下，抚摸着琴，半天才张开说话。

原来这把琴是妻子安娜给他买的。那时候，她留学国外，用辛辛苦苦打工赚来的钱买的，整整两年啊！妻子最喜欢他给她演奏，这把琴陪伴着他们度过许许多多美好的时光。安娜去世后，每当思念她的时候，他就会拉琴，幽幽的琴声，就是对她的无尽倾诉。

欧阳建业叙述的时候，脸上愁云戚戚，看样承受着巨大痛苦。王璐见了，不由心疼，抱住他，说道："亲爱的，你受苦了！"

"现在好了，上帝又派你来到了我身边。"欧阳建业紧紧拉着王璐的手说。

"谢谢你，亲爱的。"

"王……"欧阳建业郑重地看着王璐，"我愿意为你拉一辈子琴，你愿意听吗？"

"亲爱的，我愿意，我愿意！"

欧阳建业放下王璐的手，开始拉琴。王璐觉得这是她这辈子欣赏到的最好的音乐。

王璐告辞的时候不再去见豆豆——害怕难为情。欧阳建业恋恋不舍地跟了出来，站在那里恋恋不舍地望着，望着。

"哎，老爸，还看呀，阿姨已经走远了！"豆豆不知道什么时候冒出来说。

"小鬼头！"欧阳建业挥着手。

豆豆扭头就跑，一边跑，一边"嘻嘻"地笑。欧阳建业佯装追着，父子俩难得地玩起猫捉老鼠的游戏。

临别时热吻的余温尚存着，王璐一路上都感觉嘴唇在发烫。回到家，老妈陈桂花看到女儿玫瑰似的脸，问今晚干什么了。

"没干什么！"王璐回答，然后走进自己屋子，"砰"一声关上门。留下父母大眼望着小眼。

"我敢跟你打抽两包烟的赌，女儿恋爱了。"陈桂花说。

"啊！我……我怎么不知道。"

"你们男人啊……"后面的陈桂花不说了。她找不出语言来形容男人的愚昧、无知、蠢笨！

此时，王璐脸没擦，脚没洗躺在床上——她在回顾刚才在欧阳家的一幕。他的手，他的唇，他的舌头……嘻嘻，嘻嘻。不觉地笑出声来！恋爱中的女人啊，就如停泊在爱海中的一条小船。但愿这爱海中没有大风大浪。

王璐是如此快活，可是张小葱可就不同了。第二天，她脸色苍白地来上班，楼梯口，王璐遇见她，望着她的脸色问怎么了。

“没什么!”张小葱说着低下头去。

“小葱，如果你看得起姐，就告诉我，咱俩谁和谁呀。”

张小葱眨着眼半天，终于说出实情。原来昨晚胡兵把她送回家后，磨蹭着不愿离开。张小葱还以为他舍不得离开黏着自己，心里还蜜罐似的呢！谁知道胡兵最后吞吞吐吐地说要向张小葱借三千块钱。张小葱问他要钱干什么。胡兵说家里母亲病了，妹妹又要上学。

张小葱本来要给，哪知道母亲听到了胡兵的话，开始唠叨起来。张小葱不由气恼，和她顶撞起来。母亲一气之下，把胡兵轰了出去，并扬言以后不允许他踏进张家一步。

“唉，我的命怎么这么苦啊!”张小葱叹道。

“胡兵一个月多少工资?”王璐问。

“三千多块钱，他自己一个人花都够呛!”

“是不多，但是只要人好就行了。”

“姐，你这是站着说话不腰痛，你现在有那个油盐不进撑腰，财大气粗。”

“呵呵，提到他我倒是想起一件事来。”

“什么?”

“昨天，他说他们公司正在招聘人才，我来向他举荐胡兵。”

“真的！姐，你真是我的亲姐!”张小葱说着一把抱住王璐，狠狠亲了她一口，放开，大惊小怪道：“姐，你身上有股味道!”

“什么味道?”王璐诧异地问。

“男人的味道！油盐不进的。”

王璐听了，脸红得如外面充满朝霞的天空，心里不由怀疑：难道昨晚的热吻留下了他的气味？半天，反应过来，扬着巴掌开始追张小葱。

“嘻嘻……”二人笑闹着。金天雷来上班，看到了这一幕，如果在平时，他这个雷公肯定是要大发雷霆的。可是今日却有着大人看小孩子调皮似的大度，“咳”的一声。王、张二人立即收敛了笑，快速溜进办公室。

王璐坐下，心里怔怔地想：“坏了，坏了，雷公肯定要找自己的麻烦。”果不其然，金天雷打来电话，要王璐去他办公室一趟。

来到金天雷办公室，哪知道雷公变成了弥勒佛，脸上堆满笑，问道："听说欧力文公司那个订单有眉目了？"

"金总，您听谁说的？"

"不要问我听谁说的，你告诉我是不是真的。"

"是有点儿眉目了，但是，我不能打包票。"

"有眉目就好！有眉目就好！哎，这么大的进展怎么不对我说？还有，告诉你一个好消息，你那个哥哥——张总，这个月销售得不错，王主管，这都是你的功劳，继续努力。"

从金天雷办公室出来，王璐一直在想是谁告诉了金总那个消息，酱油蒋？他虽然了解一点儿，可是知道得并不多，肯定是小葱！因为只有她自始至终知道这件事情。想到这里，王璐有心去交代一下她以后不要乱说，可是转念一想，这样也好，让公司的人稍微知道一些，以免他们整天老是用白眼看自己。

如王璐所料，下午的时候，小李一帮人就开始对自己另眼相看了！王璐、张小葱见了不由好笑，也淡定了许多。风风雨雨让她们成熟了不少！

这件事严三强当然也知道了。他就不明白了，那两个妞使用了什么手段！嗯，还是打听打听为好。他关上办公室的门窗，然后拿起手机。

姚美丽近来就如秋后的蚊子那样敝落，火气呢？一天比一天大，简直到了看什么都不顺眼的地步。刚才，她借资料整理得不够详细为由，把办公室工作人员钱小雅狠狠训斥了一番。现在气非但没有消，而且有着上涨的趋势。她坐在那里气鼓鼓的，宛如一条受了惊吓的河豚鱼。

手机响了，她拿起看了看，有心不接，可是最终还是接了。

"什么？没这回事！"姚美丽吼道，随即挂断电话。

严三强放下手机，如堕五里雾里。这怎么一回事啊？一个说几乎要成功了，一个说听都没听说过有这回事，哪一个说的是真的呢？

琢磨了半天，严三强还是倾向于姚美丽的说法，因为她马上都要成为油盐不进的枕边人了，消息一般不会假。至于王璐她们，哼，之所以这么说，就是为了掩人耳目，她们现在可是到了穷途末路的地步了！嗯，她们心理这样阴暗，有必要提醒一下金总。这样想着，严三强随即向金天雷办公室走来。

听完严三强的汇报，金天雷斜着眼问："你从哪里得到的消息？"

真是百密一疏，严三强怎么也没想到金总会问这个问题，结巴了半天，说自己在欧力文公司有内幕。

“有内幕你们还办不成？”

严三强回答不上来，坐在那里，如坐在火盆上。

“前晚，要不是张小葱酒后吐真言，我也不会知道的。”金天雷说，“她们做事不像你，没有十足的把握，她们是不会到处乱说的。”

严三强讨好不成，反而惹了一身骚，怏怏地走了。回到办公室，吃饱的蛤蟆似的坐在那里，心里道：“不成，这件事必须弄个水落石出！”于是点上一支烟，沉思起来……

严三强走后，金天雷也在想着这事，但是他更倾向于张小葱的话，因为他是一个什么事都往好处想的人，特别是在这个特别困难的时期。

胡兵的事放在了王璐的心头。下班后，她就赶往欧阳家。如她所料，欧阳建业也已经回家，近来，一般的应酬他都推辞了。这就是恋爱中的男女。

欧阳建业提议晚上出去吃，王璐附议，豆豆“嘻嘻”一笑，说自己想到一个成语。王璐问什么。

“夫唱妇随！”豆豆嘎嘣脆地回答。

王璐的脸顿时变成一个大红瀑布，欧阳建业呵斥道：“就会胡说！”然后郑重地看了王璐一眼，只见她眼睛扑闪迷离，美丽极了。他的世界也美丽起来了。

豆豆肆无忌惮的语言让王璐害怕起来，上车的时候，特意和豆豆坐在后面，借故要和豆豆下盲棋。

下盲棋是王璐的强项，没想到豆豆进步飞快，二人算是势均力敌。王璐不由感叹道：“真是一代新人换旧人啊，看来，一颗新星诞生了！”

来到一家土菜馆，三人一边吃，一边说笑，俨然一个幸福的三口之家。王璐不想把这个气氛打破，胡兵的事几次到了嘴边却又咽了下去。

“你心里有事吧？”欧阳建业突然问。

“天啊！他怎么知道？”王璐心想，难道他是孙悟空，钻进自己肚子里了？

欧阳建业得意地一笑，说道：“我是了解你的。”

女人一听男人这话，会晕头转向的——高兴的。这才是知己，这才是知音，这才是自己要找的男人！王璐也不例外，温柔地一笑，终于说出实情，然后把胡兵的简历说了一遍。

“没问题！我那里正好缺少一个办公室副主任。”欧阳建业说，这可是打破了他的历史纪录了！个人问题，他帮过谁吗？看来，欧阳建业这个油盐不进也是凡人——被爱情彻底俘虏了。

“因为是你介绍的。”欧阳建业最后一句补充说。

这一句蜜糖似的话，王璐听了心里那个美啊！

“谢谢你。”王璐低头呻吟着说，脸已经成了一朵绽开的玫瑰。

“咦，咦，你们……这样还要不要让人吃饭了！”豆豆貌似抱怨地说。

王璐听了，脸更红了。欧阳建业呢？难为情地“嘿嘿”一笑，以排除自己的尴尬。

“阿姨，你家住在什么地方，周六我可以去玩吗？”豆豆突然冒出这么一句。

“好啊，好啊！”王璐机械地回答，回答过后才后悔不迭，天啊！到自己家能成吗？扭头一看，只见欧阳建业也在注视着自己，看样他对这件事也很感兴趣。

“上午还是下午？”王璐问。

“下午吧，上午我还有一个会议。”欧阳建业代替豆豆回答，看样，他也要参加进来了。是啊，认识这么多天了，关系发展到如此地步，连女朋友住在哪里都不知道，是时候去看看了。

“好，好。”王璐嘴上回答，心里却道：“这下如何是好？”

这个问题如一条藤蔓紧紧缠绕着王璐的心，直到一个惊喜暂时缓解了紧张程度。原来，三人回到欧阳家，王璐意外发现，欧阳建业的前妻——安娜的相片不知道什么时候不见了！看来，欧阳家完全接受了自己！

豆豆好像很懂事似的，一个人悄悄溜回到自己屋子，把空间留给了王璐和老爸。

“这个，没必要收的。”王璐指了指放安娜放相片的地方。

欧阳建业明白了，心里感激不尽，同时对王璐也有了进一步的认识。说女人好吃醋，那是她们的天性。可是，她却这么大度，看来，自己找了个好女人！

“说说你们的故事吧。”王璐商量地说。

“嗯。”欧阳建业听话地回答，然后开始回忆自己和安娜之间的往事来。

欧阳建业滔滔不绝地说着，这是他第一次向人倾诉，一发不可收拾。

王璐耳、脑并用地听。说到伤心处，欧阳建业不由潸然泪下。王璐眼泪也银珠似的往下掉。

“都是我不好，我不该让她去接豆豆……”欧阳建业用拳头捶着自己的头，憋在心头的痛苦第一次发泄出来。

“亲爱的，不要！”王璐抓住欧阳建业的手。欧阳建业猛地扑进王璐的怀里，号啕大哭起来。这个叱咤商界的强人没想到也有小孩子似的那种脆弱。有道是：男儿有泪不轻弹，只是没到伤心处！

王璐搂住欧阳建业，把脸贴在他的头上，二人就这么相拥着哭着，哭着。外面，此时下起了雨，啪啪响。那是老天在向大地倾诉。

“亲爱的，你再拉一会儿琴吧，为了她。”王璐说着指了指外面的天空。

《梁祝》的旋律响起，那么优美。它穿破了秋雨的封锁，飘向远方。远方是什么？远方是天堂。

王璐很晚才回到家。老妈陈桂花看到女儿眼睛好像有点儿红肿，大叫着问怎么了。老爸听闻，鞋子都没顾得上穿就跑了出来，一个劲儿地问怎么了，怎么了。

“没什么，一个朋友出了点事。”王璐撒谎说。老爸老妈这才放心不少，又问谁出事了。王璐心烦，一头钻进自己屋子。

外面的雨还在啪啪地下着，王璐躺在床上，听着雨声，开始回忆离开欧阳家前的一幕。那时候，二人凝望着，然后开始热吻。欧阳建业不停抚摸着她的身子。她有一股冲动，想把自己的一切给欧阳建业。他是需要的！可是，最终她还是控制住自己，不知道是对还是错。

“唉，没想到他心里有如此多的苦水！”王璐叹道，“以后，假如自己和他成了，一定好好对他，从今晚看来，他也是一个有情有义之人，也不缺乏情趣，之所以显得那么冷酷，可能与失去爱妻有关。”

想着，想着，突然，豆豆的要求冒了出来。周六就要过来，天啊，今天已经是周四了！让他们过来吗？来了又怎么办？

王璐有心把自己恋爱的事告诉父母，对于这样的亲事，老妈肯定同意，可能高兴还来不及呢！老爸呢？随大流。可是如果他们父子俩过来，自己的身份岂不暴露了！但是，王璐觉得现在还没到坦白的时候；另外，最让她担心的是假如欧阳建业知道了自己的身份，他还接受自己吗？这个已经成了她最大的心病。现在，她已经深陷进去不能自拔了！自己是如此地爱着欧阳建业，如此地深爱着豆豆，假如没有了他们，王璐无法想象自己会怎么样。

“唉，还是暂时保密吧，等以后有了恰当的机会再告诉他。”王璐这样打算着。可是，眼下的事怎么办？

怎么办？怎么办？王璐热锅上的蚂蚁似的在屋里绕着圈。外面，秋雨还在淫淫地下，这更加重了她的烦躁。唉，假如有个能商量的人就好了。

谁呢？自然想到了张小葱，那丫头鬼精鬼精的，肯定有好办法！想到这里，赶紧给张小葱去了电话，告诉她胡兵的事已经解决了，任欧力文公司办公室副主任，周一就去报到。

“真的?!姐，你不愧是我的亲姐，太谢谢了!”

“你不要先谢我，我还有事情求你呢。”王璐说，然后把自己的难题说了出来。

“这个好办，租一套房子不就成了。”

“能来得及吗？我们还要上班。”

“让胡兵去办，反正他不打算在那个公司干了。”

“好好，最好在包河公园附近租。”

“行，行，我明天就去寻找。”电话里传来胡兵的声音。

“不成功，你就成仁吧——不要再回来了，跳楼和撞车随你便!”电话里传来张小葱的声音，看来她在对胡兵下了死命令。

“遵命，遵命。”

电话里王璐听了那对情人的对话，心里好笑。心里的石头落地，现在可以安心躺下了。外面的雨还在啪啪地下着，听了那雨声，觉得不再那么烦人了。

第二天一整天，胡兵都没来电话，王璐不禁提心吊胆起来，张小葱也陪着她提心吊胆。接连去了几个电话，胡兵都没接。气得张小葱恨恨地说：“今晚回去，我……”

假如找不到房子怎么办？王璐绝望地想，收拾东西准备下班。突然，张小葱手里握着手机跑过来说找到了。

二人赶到胡兵所说的地方，一见面，首先张小葱就是一顿训斥，说怎么电话打不通。胡兵解释说手机不知道怎么打到飞行模式了，还讨好地说为了找房子，连中午饭都没顾得吃。

三人来到租赁的房子，这是一套两居室的房子，还算整洁干净。房主一听说只租几天，坚决不干，除非一个季度，并且他好像看出王璐等人的心理，要的房租也出奇地高。张小葱听了又来气了，训斥着胡兵，说你找的什么房子。

“时间太短了！根本找不到合适的，这还是我发动了所有亲戚、同学、朋友才找到的。”胡兵委屈地说。

“一个季度就一个季度吧，就是房价太高了。”王璐说。

“不租了，不租了！”张小葱嚷着，对着王璐一挤眼，然后拉着王璐一往无前地往外走，胡兵也跟着出来。

房主看到三人真的要走，跑出来说房价可以再商量。三人这才转回头。接着，张小葱作为谈判代表，指出房子这也不好，那也不行，总之，这套房子一无是处。房主开始心虚，经过一番讨价还价，终于达成协议，签了合同，缴了钱，王璐手里攥着钥匙，这才松了一口气。

房主笑眯眯地走后，张小葱四下望了望，突然说：“妇，我怎么看也不像你的闺房。”

一句话提醒了王璐，四下一望，可不是嘛！里面一样自己的摆设也没有！特别是那张双人床，太扎眼了！难保欧阳建业看了不多想。换，肯定要换！接着，三人开始列清单。然后张小葱、胡兵负责去买东西，为了能搬运东西，胡兵又打电话叫上几个同学过来帮忙。王璐则立即赶往自己家取东西。

老妈陈桂花看着女儿不停地在收拾东西，赶忙问干什么，难道是搬家呀。王璐心里佩服着老妈一语道破机关，嘴上却撒谎说马上出差。看着女儿拎着大包小包出了门，陈桂花嘴里一个劲儿地嘀咕说：“出差怎么带这么多东西?”

一直忙到夜里十二点多才布置好房间，胡兵过意不去，要请几个哥们吃饭。王璐这才想起晚饭还没吃——实际上也忘记了饿。现在，饿被提醒，肚子开始咕咕抗议。饿可能有传染性，那边传来张小葱的叫声：“饿死了，饿死了！”

吃过饭，王璐回到“自己的家”，躺在床上，眼睛四处查寻着不足，嗯，幸亏把自己的相片带来了，摆好放正，围棋呢，也必须有，可惜没有带来，明天一定去买一副……

第二天早晨，王璐没有去跑步，她太累了！欧阳建业不知道其中缘故，打来电话问是不是不舒服。

“我正全力以赴地准备迎接明天的客人呢！”王璐如实回答。

欧阳建业听了“呵呵”笑着说拭目以待，接着问：“今晚还来吗？”

“不是说了我正在全力以赴吗？”

那边没有吭声，半天才传来：“豆豆想你了。”王璐听了好笑，他也变得聪明了，只不过这个聪明显得如此笨拙。心里又甜蜜了起来，出了门，觉得今天阳光分外灿烂，天空也分外湛蓝，其实，这一切和平时没有什么两样。

到了公司，张小葱指着自己苍白的脸说：“看到没有？都是你的那个油盐不进闹腾的。”说完，嘻嘻地笑。

“赶明儿补偿你，哎，以后不要再叫油盐不进行不行？难听！”

“哟，哟，护上了！”张小葱撇着嘴说，“重色轻友！”说完，踏着模特步走了。

下午，召开例会。会议上，金天雷要大家把当前的形势分析一下，再决定公司以后的走向。大家都很悲观，严三强提出，目前金融危机还在延续，公司恐怕一时难以走出困境，不如另寻出路……

“我不同意严主管的看法！”王璐打断他的话说。

大家的目光再次聚焦到王璐身上，金天雷本来掉进冰窟窿的心浮起，用眼睛鼓励着要她说下去。

“我愿意洗耳恭听王副主管的高见。”严三强不服气地说。

“我认为现在已经到了后金融危机的时候，最近，我和一些房地产商们进行了交流，也做了市场调研，虽然价格还没有回落，但是，销量在逐渐回升，还有，国家放宽了金融政策，地方政府也在扶持，所以房地产还是大有可为的，房地产一活跃起来，那么作为它的衍生产品——建材公司将大有前途。”

“你没看到房地产市场已经快到了饱和状态了吗？城里很多家庭已经有了两套、三套房子，就是农村一般家庭也在城里买了房子。”严三强针锋相对地说。

“你调研过空房率了吗？那些租房子的就是现在还没房子，中国有句俗话：乐业有所居，所以，房子是第一等大事，那些目前租房子的就是房地产商未来的客户！”

严三强不再说话，只是鼻子喷着冷气，表示着自己的不同意。

“你的担心不是没有道理，但是，那是几十年后的事情，就目前来说，房地产市场还不会崩溃。”王璐解释说。

“你所公关的欧力文公司怎么看?”金天雷问。

“我和他们的老总做过交流，他们也是这么看。”王璐实话实说，这个问题，她已经和欧阳建业做过N次讨论了。

“哦，是吗？是吗?”金天雷欣喜若狂地说，他之所以这样高兴，不是因为房地产市场前景问题，而是因为王璐已经和欧力文公司老总居然走得这么近了，看样子，那个订单真的有望了!

严三强也不觉一愣，这可是第一次听她亲口来说欧力文公司的事，以前都是道听途说的。这妞真有手段！严三强不由倒吸一口凉气。

王璐到底使用了什么手段，这是严三强目前最关心的问题，以至于散会后，躲进办公室，再次拨通了那个电话，没想到那边传来还是那句话:“子虚乌有的事，公司的决策没有我不知道的!”

关了手机，严三强坐在那里呆呆发愣，半天，嘀咕道:“这到底是怎么回事啊？那妞敢这么大胆公开说出来，看来不会假，她成功了，那么我今后……”这样想着，屁股扭了扭，大有位子不保的感觉。

“唉，怎么会是这样啊!”严三强叹气道，无奈地拿起手提包下班了，来到公司楼下，看到王璐和张小葱正在说着什么，赶紧绕开走了。

此时，王璐正在和张小葱争论着。原来，张小葱为了感谢王璐帮忙，一定要请王璐吃饭，还要王璐把油盐不进叫来。

一个强要请客，一个坚决不肯接受，二人就这么僵持不下。酱油蒋老远听着，心里只叹道:唉，没想到请客都这么难！怎么没人这样请我啊!

“她不去，我去!”酱油蒋跑了过来说。

“去，去，没你的事!”张小葱轰着说。

酱油蒋死皮赖脸地站在那里不肯离去。

酱油蒋的到来，倒是让王璐改变了主意，对着张小葱说:“你打电话给金婉和小李她们到翡翠城，今晚我请客。”

“我不打!”张小葱倔强地说，看样，上次和金婉吵架的气还没消。

“我来打!”酱油蒋自告奋勇地说，然后拿起手机走到一边去了。

趁着酱油蒋打电话的功夫，张小葱悄悄地说:“姐，你还请她们，没看到她们平时是怎么对我们的吗?”

王璐瞥了张小葱一眼，弓曲了一下身子，京腔味十足地说:“张大人耶，您大人大量，陈芝麻烂谷子的事您就忘了吧。”然后不给张小葱还嘴的机会，抽身快速走向自己的车子。

王璐开着车，想给欧阳建业打个电话，告诉他晚上不能去他那里了。没想到说曹操，曹操到，欧阳建业打来电话说今晚陪省里领导吃饭，不能回家了。

“豆豆怎么办?”王璐问。

“我已经让姚秘书安排好了。”

听了这句话，王璐只后悔刚才的决定。豆豆最排斥的莫过于姚美丽了，她担心豆豆晚上吃不好。

今晚，除了严三强，销售部的人都到齐了。大家欢聚一堂，吃着，喝着，其乐融融。金婉、小李酒喝多了，吐露了心声。王璐、张小葱这才知道她们并非有什么恶意。这样，几人尽释前嫌。看来，交流才有理解，而理解万岁!

张小葱心里的石头搬除了，高兴万分，看着酱油蒋贪婪的吃相，对大家一使眼色。大家会意，轮番敬酒。酱油蒋不喝都不行，一时只为自己身处美女群里而感到不幸了!

吃过饭，大家又去唱了歌。酱油蒋倚老卖老，霸占着麦克不松手，被张小葱一把抢了过来，伸手递给王璐，说要和她共一曲。王璐刚接了过来，手机响了，一看是豆豆打来的，赶忙出来接了电话。

原来，下午放学，豆豆一见是姚美丽来接自己，小嘴就噘了起来。回到家，知道王阿姨、老爸今天都不在家，更是不高兴，现在来兴师问罪来了!

“我不是不带你出来，而是离全省围棋比赛就剩几天了，不想让你分心。”

听王璐说到围棋比赛，豆豆一下子兴奋起来，嚷着要王璐现在就过来，检阅一下自己最近学习的成果。王璐只好偷偷溜了出来。

来到欧阳家，姚美丽还没走。王璐向她打了声招呼，可是姚美丽眼睛里全然没有她，坐在那里看着电视，鼻子里“哼”出一声，算作回应。豆豆见了，说道:“姚阿姨，这里没有你什么事了，你回去吧。”

这是明显的逐客令，姚美丽慢腾腾地站起来，灰头灰脸地走了出去，站在门边，回望，半天，恨恨地说:“王璐，你这个狐狸精，我和你没完!”鼻子一酸，眼泪欲流出，害怕人家看见，赶紧躲进黑暗中。

姚美丽开着车往回走，脑子可一刻也没闲着——她在想对付王璐的方法。突然，猛地一下刹住车，拿起手机，给那个最不想打交道的人——梁天成打了电话。

梁天成怎么也没想到姚美丽会主动打电话给自己，嬉皮笑脸地问姚美丽是不是想他了，他是愿意奉陪的。

“我问你，金天公司上次游说我们公司的销售员除了严三强和那个酱油蒋外，还有其他人吗?”

“没了呀，就他们俩，咦，你问这个干什么?”梁天成问，可是那边却已经挂断电话。放下电话，严三强的话又在耳边响起，于是拨通他的电话，可是手机里却传来：“你所拨打的电话已关机，请稍后再拨。”

今夜无处发泄，姚美丽开着车四处乱窜，最后来到一家酒吧，今夜，她要把自己灌醉!

第二天早晨，欧阳建业来到包河公园，并不急于跑步，而是驻足欣赏着湖中的残荷。荷叶绿、黄、灰，在这初冬的早晨被冻得瑟瑟发抖。虽然表象上如此破败不堪，但是想象中水下已经硕果累累了，这就是所谓的春华秋实吧。

欧阳建业正在慨叹，眼前一道红划过，他的心爱之人——王璐蝴蝶似的飘然而至。和往常一样，二人并没有说话，而是相视一笑，然后并排跑了起来，只招来无数羡慕的眼神。

“中午我可要放开肚皮吃了。”欧阳建业贫嘴道，真是应了那句古话：近朱者赤，近墨者黑。

“不行，你会把我吃穷的!”王璐一本正经地说。

“呵呵，呵呵。”欧阳建业脸上流淌着笑，和这早晨的阳光相映成趣。

“笑什么?”王璐明知故问。

欧阳建业更加抑制不住，哈哈爆笑起来，王璐也跟着滚开水似的笑。唉，陷入情网的人啊，一切都是美好的，就是沙子恐怕都要当黄金了!

三圈下来，王璐说要去菜市场，还扬言要多买一些，以填饱某人的肚子。欧阳建业一听，来了兴趣，也要跟着去。

“你还是回去准备准备上午的会议吧。”王璐劝道。

这体贴的话并没有打消欧阳建业的主意，孩子似的执拗着要去。王璐没有办法，只好随他了。

菜市场里人山人海，熙熙攘攘，王璐在人群中穿插着，欧阳建业屁颠屁颠地跟在后面，心里叹道：“菜市场原来是这样的!”

“买菜的滋味怎么样？”王璐问。

“挺有趣的！”欧阳建业一边回答，一边兴致盎然地看着人们讨价还价，这里的一切对他来说是如此陌生，却又如此新鲜有趣。

“这就是我们普通老百姓的生活。”

“有时候普通也不失为一种幸福。”

听了这充满哲理的话，王璐的心再一次装进糖罐中了。买好了排骨，命令的口味说道：“拿着！”

“是！”欧阳建业答应道，拎起排骨。二人走出菜市场，走进早晨的阳光中。

今天的会议有一项，那就是讨论滨湖新区柏景湾二期工程项目的事，工程进度明显慢了点。

有人要遭殃了！这是公司很多人的共识。会议前，大家恭坐在那里，一声不敢吭，偌大的会议室里静得能听到地上蚂蚁的脚步声，苍蝇的打嗝声，虽然会议室里没有蚂蚁和苍蝇。

这是暴风雨来临的前奏！

“暴风雨来啦！”当欧阳建业走进办公室，人们心里道。

可是，暴风雨并没有如期而至。欧阳建业和颜悦色地坐在那里，耐心地听工程的项目负责人老赵汇报情况。

老赵汇报完毕，欧阳建业只是说：“抓紧时间，如期完成这个项目吧。”然后站了起来，走出办公室。

这就完了？老赵不相信地坐在那里呆呆发愣。这都怎么了？以往，像这样的事情，欧阳总裁都是杀无赦的！这不是在梦中吧？使劲儿地掐了一下自己，疼！是在现实中啊。

大家都看着老赵，心里猜测着：“难道这小子是欧阳总裁的亲戚吗？可没听说呀。”

“老赵，你福大命大造化大！”张副总恭贺道。

“总裁饶了我一命，总裁饶了我一命！”老赵犹如大梦初醒地说。

“老赵，你是总裁家的亲戚吧？”一人终于说出心中的疑惑。

“我倒是想高攀，可是，回去查了八辈子也没有！”老赵回答，“咦，大家发现没有？总裁这大半年来变化太大了！”

“是啊，是啊！”大家异口同声地回答。

“总裁这是怎么了？是什么让他发生了如此大的变化？不会是基因突变吧。”大家七嘴八舌地议论着。突然，群雀无声，只见欧阳建业路过会议室门口，向电梯走去，遇到公司的办事员小孙，居然还主动地打了一声招呼！

“我敢打赌，欧阳总裁这是恋爱了！”有人拍着胸脯说，“热恋的人掉进爱河里，看什么事情也就有爱了。”

“是谁？姚秘书吗？”

“她……没看到她最近如霜打的茄子吗？”

谁呢？这么有本事！大家猜测着，半天也猜测不出，张副总道：“老赵，你今天小秃跟着月亮走——沾光不少，去跟踪一下欧阳总裁，看看他到底和谁在谈恋爱。”

“我不要命了！”老赵瞪大眼睛说。

此时，欧阳建业已经回到家里，和豆豆正准备出门，电话响了，原来是翁倩玉打来的，说中午要过来吃饭。

几个月来，翁倩玉总是找借口靠近欧阳建业，可是大多被委婉拒绝。至于那天晚上到底有没有和她干那种事，欧阳建业至今也没有搞清楚。但是有一样那是肯定的，那就是他不太喜欢她！觉得这个女人过于有心计。

这种不喜欢，在欧阳建业认识王璐后，更是变本加厉，可是表面上还要应付她。

“你怎么老是拒绝我呀？我们俩可是睡过一张床的！”翁倩玉说。这样的话她已经说过N次了。

“可我们并没有干实质性的事。”欧阳建业大着胆子说。

“你怎么知道没干那事？”

“因为我酒醉心里明。”欧阳建业摆出空城计。

谁知道翁倩玉还真的是那司马懿，嗯嗯了半天，却没有说出更多的证据。此消彼长，欧阳建业不由底气大增，说自己马上要出门，以后一定请她过来，然后就挂了电话。

父子俩驱车向王璐的“家”而来，走到半道，在一家花店门口停了下来。豆豆心急，问怎么停车了。

“我去买点东西，第一次登门拜访，不能空着手不是？”欧阳建业回答，然后下了车，一会儿，手里拎着一礼品盒，怀里抱着一大束玫瑰过来。他对个人的事什么时候如此上心过？今天考虑得这么周到，真是难为他了！

看着那束玫瑰，豆豆嬉笑着说：“玫瑰花真漂亮！老爸，你呀……”

王璐早已把一切准备妥当，翘首盼望着欧阳家父子快快到来。可是左等不来，右等不至，不由着急起来，一会儿看看时间，一会儿看看门，现在，她最巴望的是那门铃声。

到了九点多，门铃还是没有动静，心里不由乱想：不来了？堵车了？……有心打个电话问问，可是那样未免显得自己过于轻浮。挨到了十点多，依然不见欧阳家父子的踪影，这时候再也不管什么轻浮不轻浮了，拿起手机，发了一个短信，问到哪里了。

“五分钟后就到。”欧阳建业回短信说。

王璐一跃而起，奔到镜子前，女为悦己者容，早晨，她就艺术品似的对自己的脸精雕细刻起来，现在保不住有些破损，她端详着镜子中的自己，补了妆，又走到远处，批判性地审视着。唉，恋爱中的女人啊，真是细心到家了！

“当当”敲门声，心里不由一震，来了！王璐捋了捋头发，整了整衣服，来到门边，深呼吸一口气，徐徐打开门，没有见到人，而是眼前一片耀眼的红——一大束玫瑰挡住了她的整个视野！

女人爱花，尤其爱玫瑰，特别是心爱的人送的。王璐见到这么多玫瑰，脸也成了一朵玫瑰了，绵羊叫似的打了一声招呼：“来了。”

“来了。”玫瑰后面一个声音。接着，欧阳家父子先后进来。

“给，送你的。”欧阳建业把手里的玫瑰递了过来。

“谢谢。”王璐接了过来说，深深闻了一口，好香！人儿醉了，心儿也醉了。

“阿姨，老爸可把花店的玫瑰买光了！”豆豆添油加醋地说。王璐听了并没有说话，而是醉眼迷离地剜了欧阳建业一眼。

接着，欧阳家父子开始打量起王璐的“家”来，房子不大，但是干净整洁，也挺温馨的。他们哪里知道这是王璐等人连天加夜布置的！

“就你一个人住？”欧阳建业问。

“父母在二环路附近住，这里是我的临时住所。”王璐搬出昨晚准备好的话应付道。

“哦，哦。”欧阳建业回应道，豆豆则站起来走进王璐的卧室，一眼看到围棋，当自己家似的坐了下来。

接下来，王璐去厨房开始做菜，欧阳建业过来打下手，王璐倒并没有拒绝。二人配合起来，倒也珠联璧合。

吃过饭，三人商量着下午的活动。豆豆提议还去郊外那个地方钓小龙虾。欧阳建业考虑到下周就是元旦了，豆豆要参加围棋比赛，提议下午就不要出去了。

“让他出去散散心吧，不能老是困在家里。”王璐说道。

“看看，还是王阿姨心疼我，哎，老爸，我不是你亲儿子吧？”

“小鬼头，你不是我亲儿子，那是谁的亲儿子？”

“王阿姨的！”

王璐听了，脸比桌子上的玫瑰还要红！

“看看。”欧阳建业指着王璐、豆豆说，“你们俩这么亲，倒显得我这个当父亲的是外人了！”说着委屈地挠了一下头，

“嘻嘻。”豆豆胜利地笑，王璐也跟着笑，温柔地瞧了欧阳建业一眼，再执拗地说：“我就是和豆豆站在统一战线上了。”说着挪着屁股，过来坐在豆豆的身边。

下午，三人来到郊区那个水塘钓小龙虾。中午，欧阳建业喝了一点儿红酒，现在被酒怂恿着，眼睛异样地看着王璐花一般的身姿，似乎要把她吃了。可惜有豆豆那个小家伙在场，只能看看解解馋罢了，要不，唉……欧阳建业心里不知道叹了多少口气！

晚上，王璐“出差”回到家里，老妈陈桂花一见，大惊，问那些行李哪里去了。

“丢了！”王璐回答。

老爸王长丰一听，脸都吓白了，上下左右地打量着女儿，问没有什么事吧。

“这不是好好的吗？”王璐回答，害怕待长了露出破绽，一头钻进自己屋子，用被子捂住脸嬉笑不止。心里只感慨老爸老妈太好糊弄了！看刚才他们那个担惊受怕的样子。

一周很快就过去了，元旦小长假来了！陈桂花老早就做好了打算——全家去农村表舅家玩玩，听说那里现在发展得很好。

“你表舅已经来了好几个电话催了！”陈桂花显摆地说．“唉，他可是真热心啊，现在这样的亲戚可少了！”

“你们去，我还有事。”王璐说。

女儿不去，王长丰觉得失去了一半的趣味，嘟嘟囔囔地说自己也不想去了。气得陈桂花嚷道："你们不去，我一个人去好了！"

晚上，王璐苦口婆心地劝老爸跟着老妈一道去表舅家，口水说了一脸盆，可是都没有说服老爸。

"你说，你到底有什么事？"王长丰问。

原来在这里等着自己！王璐恍然大悟，保不住又是老妈的馊主意。王璐有心向他们透露一点儿什么，可是转念一想，还是等等吧，于是说自己要去看看省里的围棋比赛。

原来是这样啊！王长丰大失所望地走去告诉老婆了。

"这丫头肯定没有说实话！她从我肚子里出来，我了解她！没看到她整天乐呵呵的，肯定恋爱了！"陈桂花有十足把握地说。

"如果她在恋爱，那岂不是好事？"

"这个丫头到底要瞒我们到什么时候？"

"放心，丑媳妇会见公婆的！"

陈桂花白了丈夫一眼，嘀咕道："什么话？我的女儿丑吗？这小区哪家女儿有我的女儿漂亮！"

最后二人商定，既然女儿恋爱，就不打扰他们了，二人明天就动身去她表舅家。这下，老猴不在家，小猴成大王，王璐更加逍遥自在了！

第二天是元旦，全省少儿围棋比赛在省体育馆隆重举办。早早地，王璐、欧阳建业就带着豆豆来到比赛场地。王璐仔细地交代着豆豆需要注意的事项，欧阳建业显得比自己比赛还慌张，在一旁全身心地投入后勤保障工作。

九点半，比赛正式开始，还没到十一点，豆豆就出来了。一看，呆头呆脑的，欧阳建业还以为出师不利，正要说胜败乃军家常事来安慰儿子，不料王璐抢先问："胜了？"豆豆也不说话，只是木讷地点了一下头。欧阳建业见了，心里叹道："乖乖，比我还了解儿子！"

"开始的时候遇到的都是弱者……"王璐提醒道，然后拉着豆豆往回走。欧阳建业屁颠屁颠地跟着。

回到欧阳家，王璐奔进厨房开始做菜烧饭，欧阳建业一如既往地来厨房打下手，被王璐哄了出来，父子二人聊着天坐享其成。

"老爸，你抓紧时间娶了王阿姨吧。"

"为什么？"

“那样我就可以每天都能吃到她做的菜了，也能天天和她下棋，还有，省得你们偷偷摸摸。”

欧阳建业听了一愣，难道昨晚那个被这个小家伙看见了？可是不会呀，和王璐亲热都是背着儿子的！于是问：“儿子，你确定接受王阿姨了？”

“确定！你确定了吗？”

欧阳建业正要回答，厨房里传来：“吃饭喽！”

吃着饭，王璐问：“你们父子俩刚才讨论什么呢？”

“一个重大的问题。”豆豆回答，意味深长地瞟了一眼老爸。

“对，对，重大问题。”欧阳建业应和，在这个问题上，他愿意和儿子攻守同盟了。

吃过饭，豆豆就一声不响地回自己屋子里去了，欧阳建业望着儿子的背影，担心地说：“这孩子喜怒无常，平时倒是很活泼，下棋的时候怎么木讷起来了？”

“这叫入戏了，是好事，很多行业都这样，比如一个作家，平时多沉默寡言，为什么？因为他已经在写作过程中交流了，下棋也一样，这叫大智如愚。”

“哦，哦，这样啊！这样啊！”

接下来两天，豆豆接连赢棋，可是第三天上午十一点半，豆豆依然还没有出来。王璐、欧阳建业知道遇到了强敌。

一会儿，豆豆脸色苍白地出来，依然是木讷的表情，欧阳建业看了心里疑惑道：“难道又赢了？”急切地问：“儿子，怎么样？”

豆豆没有回答，走到跟前，猛地扑在王璐怀里，号啕大哭起来。

看着豆豆浑身抽搐地哭，欧阳建业的心也跟着滴泪，可是王璐却笑了起来，双手捧着豆豆的泪脸，说：“男子汉大丈夫哭什么，我早就知道今天你不是人家的对手的。”

这么一说，豆豆居然不哭了，眨着眼看着王璐。

“输了多少？”

“三目半。”

“这算少的了，知道你今天的对手是谁吗？我省围棋第一人聂大帅的第一高徒——职业四段！不要说你，就是我也不是他的对手。”

豆豆听了再次木讷起来，半天发狠地说：“下次，我一定要战胜他！”

“有志气！”王璐高高跷起大拇指说。

三天后，结果出来了，豆豆居然得了第三名！可谓是一匹黑马。很多媒体围住豆豆要采访，王璐的许多棋友纷纷过来祝贺，最后连豆豆所在的学校老师和领导都知道了这事，打来电话祝贺，说为他们争了光。

“这个孩子前途无量！”一位围棋协会的领导过来说。

“是吗？是吗？”欧阳建业拉着那位领导的手说，兴奋激动得未免过了头，问，“这样的活动多多举办，我来赞助，说需要多少？”

“五万。”

“少了，少了，我每年给二十万。”

那位领导感觉天上掉下一个大大的馅饼狠狠地砸在自己头上，老母鸡下蛋似的扩散了这个消息，惊动了媒体要过来采访，王璐赶紧拉起欧阳建业父子落荒而逃。

车上，欧阳建业难为情地问自己刚才那样做是不是像暴发户。

“这样做，很有意义的！”王璐郑重地回答，“现在，很少有企业愿意投入像围棋这样的领域了，你这样做是在挽救我们的传统文化！”

欧阳建业没有想到今日的一时冲动意义居然这么大，又问二十万是不是少了，如果少了他可以再追加。

晚上，为了庆贺，欧阳建业要带王璐、豆豆去希尔顿吃大餐。

“我还有事，就不去了。”王璐说。

“有事？什么事？”

“今天轮到我去福利院做义工。”

“你……你还做这个？”欧阳建业惊讶地问，“我也去！”

三人驱车来到市儿童福利院，一下车，孩子们就围了过来，小麻雀似的喳喳叫着王阿姨好。王璐脸上一朵花似的不厌其烦地回答他们的问题，然后开始忙碌起来，拖地、打扫厕所、照看孩子们吃饭，帮助他们洗澡。欧阳建业、豆豆见状，也跟着忙活。

“你做这个多久了？”欧阳建业问。

“三年多了。”

“哦，怎么有这个想法？”

“他们需要帮助不是？”王璐指着一个智障的孩子说，“再说，我帮助他们，我自己也得到快乐，同时我认识到自己也是一个有用的人。”

“哦，哦。”欧阳建业若有所思地说。

“这位先生，你还不知道吧，这里很多孩子都把王璐当妈妈了。”旁边一个员工说。

“是吗？是吗？”欧阳建业说，眼睛并没有看着那个员工，而是望着王璐，似乎她是个陌生人。

洗刷完毕，王璐带着豆豆照顾着孩子们上床睡觉。一个孩子嗷嗷地叫着，满嘴的哈喇子流淌着。豆豆见了，说道：“阿姨，他们太可怜了！”

王璐走过去，给他擦了嘴，又给他换了尿不湿。那个孩子咧着嘴嘿嘿地笑着。

“可是他们也很快乐呀。”王璐说。

“我明天要把我的玩具都拿来给他们玩。”豆豆坚定地说。

“好孩子，好孩子。”

“王璐！”福利院院长惊喜地跑进来喊，“太好了！太好了！”

“怎么了？”王璐丈二和尚摸不着头脑地问。

“你带来的那位先生要赞助我们福利院三十万！哎，天啊！”

“是你们的这位义工启迪了我。”后面跟进的欧阳建业说。

忙到九点，三人才出来，随便找了一家饭店吃晚饭。欧阳建业看着眼前的汤面，半天不下筷子，王璐问怎么了。

“我实在吃不下，没有想到这个世界还有这么一个角落。”

“你今天不是献爱心了吗？刚才，院长说准备用你捐献的钱买一辆车，这下好了，孩子们可以坐着车去看看外面的世界了，我代表孩子们谢谢你。”

“不要谢我，我应该感谢你，是你让我认识很多，感悟很多。”

回到欧阳家，今晚不知怎么了，欧阳建业好像变得深沉起来，客厅里，他搂着王璐一声不吭。

“怎么了？”王璐仰脸问。

“我在想我自己虽然富有，但是也贫穷得一无所有。”

“不要这么想，好不好？”

“现在，我重新认识了自己，妻子车祸，孩子如果不是你，不知道将会怎么样？公司里员工害怕我，远离我，这就是我欧阳建业——一个孤独的行者！”

“不要想得太多了，你算一个非常成功的企业家，这就是你的人生价值。”

“挣那么多钱有什么用？旁人看来，我冠冕堂皇，别墅住着，豪车开着，其实我……”欧阳建业还要说下去，嘴却被王璐的唇堵住了。

“王璐，我爱你！”

“我也爱你。”

王璐回到家里，父母已经回来了。陈桂花从厨房出来，劈头就问：“这三天怎么家里没有烟火？”

“有人请客。”

“谁请的？”

“一个朋友请的。”王璐说，她本要说到张小葱那里蹭饭的，可是又害怕她打电话去验证。

“朋友请的？还三天！”陈桂花眼神异样地望着女儿，“你那朋友是男的还是女的？”

王璐看着老妈那怀疑的眼神，只后悔还不如说去张小葱那里蹭饭呢，只好回答：“男的，一个公司的老总。”

陈桂花不作声了，但是，心里的怀疑加重。回到自己屋子，把自己的怀疑对老公说了：“璐璐这几天怎么都和那个老总混在一起？”

王长丰听出了老婆话里有话，千百天来第一次冲着她大声地叫道：“和老总在一起怎么了？那是她的工作需要！你就放二十四个心吧，你女儿是不会做小三的！”

陈桂花见状，软了下来，解释说自己不就是怀疑女儿在谈恋爱吗，又没有其他的意思。

第二天，王璐来到公司上班，张小葱一见，奔了过来，首先给王璐一个拥抱，再狠狠亲了一口。酱油蒋见了，撇着嘴说你们俩不会是同性恋吧。

“什么事这么高兴？”王璐问。

“还不是胡兵的事！你那位油盐不进特别罩着他，办公室副主任，一个月七八千呢！谢谢你，姐，今晚请你吃饭，请务必赏光。”张小葱说，害怕王璐不答应，要生米做成熟饭，冲着大家说：“今晚我请客，除了酱油蒋，大家都去！”

办公室里一阵欢呼雀跃。突然，门口一个秃头闪耀着，厉声呵斥道：“你们在干什么呢！像个上班的样子吗？”办公室里顿时鸦雀无声，等到严三强走后，张小葱冲着他的后脑勺吐着舌头。

“白骨精，我什么时候得罪你了？”酱油蒋走过来说。

“你天天都得罪我！”

“看你们能丢下我，下班我就跟着你们！”酱油无赖地说。

“橡皮糖！502！”

办公室又爆发一阵笑，王璐也忍不住咯咯地笑，手机好像也被逗笑了，拿起一看，原来是金天雷打来了，要王璐去他办公室一趟。

来到金天雷办公室，金天雷貌似在寒暄，问王璐三天假期干了些什么，最后感叹地说时间过得真快，不觉地新的一年又到了．希望在新的一年里公司能更上层楼诸如此类。

王璐心里明镜似的，知道金天雷在含蓄地催问欧力文公司订单的事。既然金总在和自己打游击，那么自己就和他打太极——她也没有提及欧力文公司的事。只是说，在新的一年里，自己一定和公司同事们一起努力，争取让公司打个翻身仗。

“好！好！到时候公司年会一定好好庆祝一下！”金天雷说。

回到办公室，王璐陷入沉思。欧力文的订单到底怎么办？离春节还有不到两个月，那也是金天雷给自己的最后期限。此时，王璐觉得自己就是《白毛女》中的杨白劳，而金天雷就是那催债的黄世仁。

“唉，还是找个机会对他说吧，这样瞒下去也不算个事呀！如果他真的爱我，那么就不会计较什么。”王璐天真地想。

虽然是这么打算，可是接下来的日子里，王璐的话几次到了嘴边都咽了下去。此时的王璐，就如手中有一件稀世宝贝，总是担心害怕有什么意外发生。欧阳建业和豆豆可不就是她一生一世的宝贝！

张小葱看出了王璐的忧心忡忡，劝王璐千万不要说出实情，金天公司的订单不要紧，大不了辞职不干了，可是欧阳建业呢？过了这个村，就没有这个店了！孰轻孰重？一目了然。

“我在公司会议上承诺过的，至于成与不成，一定得给大家一个交代，这是我的做人原则！假如他在乎我对他撒了谎，那说明我们之间的感情还没有完全成熟。”虽然是这么说，可是心还是一紧一颤的，不由得问：“小葱，你说他会在乎我欺骗他吗？”

“我觉得油盐不进肯定会在乎！说男子汉大丈夫，那是恭维他们！其实他们心眼小着呢，有时候只有针眼那么小，再说你们之间的感情是建立在美好单纯基础上的，在油盐不进的心目中，你完美无瑕！”

张小葱的话无形中加重了王璐的心理负担，摊牌的事一拖再拖。金天雷看王璐的眼神越来越诡异，严三强越来越高兴，整天老鸭似的呱呱叫着不停。

周五下班后，王璐来到欧阳家，心里发誓说今天一定对他说出实情！做好了饭菜，然后坐等欧阳建业回来。

“假如真的如张小葱所说的那样怎么办？要不，再等等？不行！该来的一定来，该去的一定去，一切顺其自然吧！”王璐这样地想，拿起酒瓶，咕嘟嘟喝了两口酒，给自己以壮胆。

一会儿，欧阳建业带着豆豆回家来了，三人围坐在一起准备吃饭，王璐给欧阳建业倒着酒。

“建业，我有件事要对你说，我本来是……”

“我也有一件事要说。”欧阳建业打断王璐的话说道，“后天，我要去英国洽谈一个项目，还要考察其他欧洲几个国家，恐怕春节前十几天才能回来，家里只好全部丢给你了。”

“哦，哦，你放心去吧，豆豆交给我了。”

“老爸，你不在家，我就去王阿姨那里住。”豆豆插嘴道。

王璐听了心里道：“又要糟了。”但是，嘴里却答应道：“行，行。”

欧阳建业知道豆豆的心理——他在躲避姚美丽，于是默许了儿子的要求，转头问王璐：“咦，你刚才要对我说什么？”

“没……没什么。”王璐回答，现在，她改变了主意，假如自己现在说出来，欧阳建业不在乎那就罢了，如果在乎，那么，他走得也不放心，再说豆豆也没人照顾。还是等到他回来再告诉他真相吧！她考虑得可真周到啊！爱，需要奉献不是？

“明天你有事吗？”欧阳建业问。

“怎么？”

“如果没事，我们去福利院和敬老院吧，春节快到了，我准备捐献一点儿钱物。”

“你现在成了个大善人了！”王璐笑着说，她说得一点儿也不夸张，那天从福利院回来后，欧阳建业就变了，积极投入到社会福利事业中，只不过很低调，因为他交代过，不允许媒体报道。

“什么善人不善人的，我觉得钱用到了真正需要的人身上，那才是真正的钱，才能体现出它的真正价值，要不，就是一个数字而已！”

“我代表那些人谢谢你。”王璐说着扬起酒杯。

“要说谢谢的，应该是我，因为我从中得到很多很多快乐，这些快乐是太多的金钱所不能买到的！”

“我同意老爸的话！”豆豆插嘴说。这些活动中，他也参与了，也交了不少朋友。

“这就是所谓的给人快乐，自己快乐吧。”王璐若有所思地说。

“是的，是的！”欧阳建业点头说，要用实际行动来证明，夹起一块排骨放到王璐碗里：“给，你快乐，我也快乐。”

“肉麻！”豆豆嚷道。王璐、欧阳建业二人一起微微地笑，王璐赶紧夹起一块排骨放到豆豆碗里，说道：“给，你快乐，我快乐。”

“这还差不多！”豆豆说着夹起一块排骨，大嚼起来。

吃过饭，豆豆知趣地离开。王璐、欧阳建业坐在一起看着电视。欧阳建业拿起王璐的手放在自己的手心里抚摸着，慨然地说：“这几年我都不知道怎么过来的，整天身心疲惫地忙碌，人也变得刻薄了！”

“我理解，那是过于痛苦造成的，至于刻薄不刻薄的话，请以后不要这样说自己！”

这几年，欧阳建业一肚子的苦楚无处宣泄，憋闷在心里，人也变得冷酷，谁能理解？唯有清风明月！可是在他最艰难的时刻，上帝却给他送来了王璐，这个女人能触摸到他的心底！他举起王璐的手，亲吻了一下，深有感触地说：“唉，认识你是我欧阳建业最大的幸运！”

“你和豆豆也给我带来很多快乐呀。”

“亲爱的，我从国外回来后，我们就订婚吧？”欧阳建业坚定地说，眼睛深情地凝望着王璐。

王璐身子一颤抖，她怎么也没料到欧阳建业今晚会说这样的话。太突兀了！一时不知道如何回答，订婚，走向婚姻的殿堂，哪个女孩不梦寐以求？

“行吗？”

“嗯。”王璐点头，幸福使得她低头垂眉。欧阳建业见了，不由心动，慢慢伸手托起王璐的下巴。二人互相凝视着、凝视着，猛地扑在一起……

一会儿，书房内，琴声再起，悠扬而缠绵，给这冬天的夜增添了些许温暖和浪漫。

今晚的月亮分外圆，分外亮！这也是春节前的最后一轮明月。王璐躺在床上思潮翻滚着。银白的月光透过窗帘飘进屋来，给屋内罩上一层迷离的清辉。她瞪大眼睛望着那清辉，迷惘了，消沉了。她知道欧阳建业从国外回来那一刻，就是她人生的分水岭，这边是天堂，而另一边就是地狱！

睡不着，下床来到窗口，撩开窗帘，偌大的天空只有那么一轮皓月，孤傲而冷清。正如现在的自己，不由搂紧了身子。

有心告诉老爸，让他给自己出出主意，可又怕他对老妈说，那样，家里不知道会是什么样。

王璐看了看手机，心想：张小葱这丫头怎么还不来电话？

那边的张小葱好像听到了王璐肚子里的话，打电话过来了，问结果怎么样。

“我没说。”

“啊！你……你改变主意了？好！好！”

“好什么？”接下来，王璐把今晚的一幕告诉了张小葱。

“这样更好！”张小葱嚷道。

王璐知道她的意思，那就是一般的女人对付男人的办法——生米煮成熟饭。

“不行！订婚前，我必须得告诉他实情！”

“姐，你就继续傻吧，有你后悔的时候！”

“爱情是纯洁的，来不得半点儿瑕疵，这样，彼此才会信任，婚后才会幸福。再说，这件事他早晚会知道，到那时候会给彼此造成更大的伤害。”

“我说不过你，但是，我劝你对这件事需要慎之又慎，哎，姐，告诉你一个好消息，欧阳总裁（她已经不再叫油盐不进了）这次出国带我们家胡兵一起！”

“哦，哦。”王璐敷衍着，感到无形中又增添了一份压力，既关乎自己的一生的幸福，也关乎胡兵的前途，小葱的一生。关了手机，“唉”的一声，叹了个鲸鱼喷水似的大气。

这事如一团乱麻，千丝万缕地缠绕在一起，让王璐无从下手来解，不由仰望天空，喃喃地说：“月亮仙子啊，请你告诉我，我该怎么办？”

月亮默默，不知什么时候飘过来几丝云朵遮住了月亮的脸，月亮忧愁起来，整个世界更加朦胧了。

朦胧的夜色里，荒郊野外，前面一个人飞快跑着。后面的一个人拼命地追，一边追，一边喊："不要跑！不要跑！"

"骗子！骗子！"前面的人骂道，"你这个骗子！滚开！"

"请你原谅。"后面的人哀求着。

"滚！"前面的人一脚踹来。

"啊"的一声，后面的人掉进万丈深渊。

"不要！不要！"王璐醒来，原来是一场梦！此时，浑身已经汗湿，可是梦中的情景却记忆犹新。

"呜呜……"王璐抱头哭了起来。外面，北风呼啸，变天了。

这个噩梦给王璐本来沉重的心头又加压了一块石头，与此相反，欧阳建业却显得快活异常。接下来两天，他带着王璐、豆豆福利院、敬老院地跑，每到一处嘘寒问暖，慷慨解囊，看到那些人脸上流淌着冬日暖阳似的笑，他自己脸上也流淌着阳光。

第三天，欧阳建业飞走了。王璐回到家，告诉父母自己要出差几天。

"怎么又要出差？马上都要过年了！"陈桂花问。

"正是要过年了，才要出差呀——有几笔账要追回。"

理由是如此充足，陈桂花只好眼睁睁地看着女儿拎着行李箱走了。

"我送你。"老爸王长丰追了出来说。

才不要你送呢，你一送，麻烦就来了，王璐这样地想，赶紧拒绝道："不用，不用，我自己行。"脚下加快了脚步，像在慌忙逃窜。

王长丰还不放心地在后面跟着。王璐猛地停住脚步，厉声呵斥道："爸，你再这样，我就不去了！"

王长丰被训斥得满脸堆笑，双手往下压着，示意女儿不要发怒，解释道："你上次不是出了意外，我这不放心吗？"

王璐这才明白老爸的良苦用心，唉，可怜天下父母心啊！不由舒缓了语气劝道："老爸，我已经不是小孩子了，你这样，人家多难为情啊！"

"好，好，不送了。"王长丰往回走，一边走，一边回头看。

王璐呢？赶紧上了出租车，车子开了，还不停回头望，看老爸是否跟着自己，因为她不确定老爸是不是老妈派来的奸细。

接下来，王璐、豆豆这对"母子"快乐地生活着，张小葱也不时掺和进来，欧阳建业呢？虽然身在万里之外，心却停留在二人身上，不停打来电话问这问那。

“欧阳建业同学，你怎么上课不专心呢？这样可不好。”豆豆学着老师的口吻一本正经地说。

“因为你是我的宝贝，我不放心呀。”

“王阿姨呢?”

“她也是我的宝贝!”

王璐听了，心里五味杂陈。还有两天，他就要回来了！到时候到底怎么样，只有上帝知道。

本来，王璐是不信鬼神的，可是现在也信奉起来。下午下班后，绕道去明教寺烧了高香，再抽了签，还好，是上上签，这让她放心不少。晚上回来，对着月老祈祷道:但愿如签上所说，姻缘美满。

睡在床上，公司里的一幕再现。今天上午，金天雷又把王璐叫去了。金天雷的用意那是秃子头上的虱子——一眼看得出。

“金总，春节前我一定给您一个交代!”

一听这话，金天雷觉得王璐好像有把握似的，心里欢喜不已，嘴上却说:“没关系，没关系，就是没能搞定，你也不能走——你已经尽力了，再说那些老客户，特别是张总他们还得仰仗你呢。”

“我说过的话一定算数！金总，您放心，就是我走了，张总他们您也不必担心，我会恳求他们继续支持金天公司的!”

“严重了，严重了，你可千万不能走啊！咦，欧力文公司你到底有没有把握?”

王璐没有回答，她如何回答。

想到这里，“唉”的一声，王璐叹了一个平方米那么大的气。太煎熬了！好在明天就见分晓!

王璐这么煎熬着，她不知道，此时，家里也已经闹开锅了！陈桂花一个劲儿地训斥着丈夫。王长丰呢？低头抽烟默默接受着老婆的训斥，心里道:“璐璐这是怎么了?”

怎么了？这还得从下午说起。

今年业绩不景气，金天公司一切从简。年会取消了，奖金减少了，就是春节礼品也大大缩水了——只发了一箱苹果。

下午下班，酱油蒋抱着那箱苹果往家走，心里想：这下糟了，回去怎么向老婆交代？她不把这箱苹果扔了才怪呢!

听说要被扔了，那些苹果可不干了！酱油蒋脚下一趔趄，跌了个狗吃屎，那些苹果趁着这个机会，骨碌碌滚落下地。一时间，满大街都是苹果。

“你妈的×！”酱油蒋心里大骂，蹲下来拾苹果。一个声音传来：“咦，这不是酱油蒋吗？”

哪个龌龊的人，竟然在大街上叫自己的小名？酱油蒋可不是乱叫的！酱油蒋抬起头准备迎战，一看，马上转怒为喜，喊道：“陈阿姨，是你！”

原来陈桂花站在他的面前，不远处，还站着王长丰，手里拎着大包小包，看样子夫妻二人是置办年货来了。

“怎么买这么多苹果？”陈桂花一边帮拾苹果，一边问。

“公司发的。”

“公司发的？下午，我可以去领吗？”

“王璐不是领过了吗？”

“领过了？她不是出差去外地了吗？”

“没呀，她今天还在公司上班呢，阿姨，怎么？”酱油蒋一脸疑惑地看着陈桂花问。

“没什么，没什么，可能是我听错了。”陈桂花说着拍了拍手，企图把酱油蒋的疑虑拍掉。

酱油蒋走后，陈桂花的脸变成雷电暴风来临前的天空。王长丰问刚才和酱油蒋说些什么，她也不回答，一脸怒气地回到家，往沙发上一坐，捂着胸脯喊道：“气死我了！气死我了！”

“怎么了？”

“你女儿干的好事！”

“璐璐怎么了？”

“她……她……”陈桂花手颤巍巍地指着门，半天才说道，“她居然还学会骗人了！”端起茶几上的水猛灌几口，水下去，火气居然没有浇灭，反而上升了不少，好像刚才喝的汽油似的。咆哮着把事情说了一遍。

“整天神神秘秘的，我早就发现了不对劲儿，你还替她说话！”陈桂花训斥着丈夫，唾沫星子雨点似的飞向丈夫的脸。

王长丰不敢反抗，伸手擦了擦脸，拿出手机弱弱地说：“我来打电话问问。”

“不要打！我倒要看看，这个丫头到底在耍什么花招！”

第二天早晨，王璐来到公园跑步。这些天来，都由欧阳建业陪伴着跑，现在，一个人跑还真的有点儿不太习惯。

今天早晨有些冷，寒风扑面而来，耳朵冻得生疼。天气预报说一股较强冷空气南下。

“不跑了！”王璐气馁地想，转身去给豆豆买早点。此时，朝阳从云朵里探出头，整个世界敞亮起来，王璐心里也跟着敞亮，可是好景不长，转眼间太阳又钻进云朵里了！

“阿姨，爸爸下午就到家了！”豆豆一边吃饭，一边说。

“哦，高兴吗？”

“当然高兴了！你呢？”

“我……我当然也高兴。”王璐说，可是，脸上却并没有表现出高兴的样子来。

豆豆发现了，要哄她开心，扯开一截油条，套在手上，说道：“阿姨，老爸会给你带回来这个的！”

王璐明白豆豆所指——那是订婚戒指，盈盈一笑，说道：“是吗？”

“放心吧，老爸一定会亲自给你戴上的，到时候，我们就真正成为一家人了！”

王璐一把将豆豆搂在怀里，脸上凝重着，凝重着。

一整天，王璐都魂不守舍的。张小葱见了，满眼里都是关怀，有心过来安慰几句，可是她知道此时过多的语言会加重她的心理负担，只好作罢。

眼看春节就要到了，可是欧力文公司的订单连个影子都没有，这让严三强高兴得不得了，心里盛不下，要溢出，借故来视察，依旧是老鸭似的呱呱叫了几声。

王璐当然知道严三强在向自己示威，心里鄙夷，但是也没有太计较，因为心里有更重要的事。

刚才，她已经做了决定，欧阳建业一旦回来，立即向他坦白！现在，她犹豫着是把欧阳建业约出去说，还是在欧阳家说。

还是约出去说吧。王璐最后拿定主意，这样可以避免伤害豆豆。

终于下班了，王璐飞快地往豆豆学校赶——她要接豆豆，然后和他一道去机场接欧阳建业。她不知道后面两双眼睛在死死盯着她呢，跟踪她的不是外人，而是她的老妈和老爸。

看女儿从公司出来驱车走了，陈桂花赶忙叫了一辆出租车跟在后面。

让他们惊讶的是，自己的女儿居然来到南门小学接走了一个小男孩！

陈桂花赶紧让出租车跟在后面，心里一直在想：那孩子是谁？朋友的？同事的？猛地想起女儿的话，国庆节三天都是老总请客，难道那个孩子是老总的？那个老总是谁？肯定不会是金天雷，因为金天雷他们是认识的，他的儿子、女儿都快要结婚了！再说也不在本市。

这个老总到底是谁呢？自己的女儿和他怎么走得这么近？他们到底是什么关系？为什么要瞒着自己来照顾他的孩子？一系列的疑惑塞满陈桂花的脑子。

王璐的车子向郊区奔去，陈桂花坐在出租车内，心里心疼着出租车费，但是没办法，为了女儿这点钱算得了什么！现在，陈桂花已经下出结论：自己的女儿肯定和哪个老总有着某种说不清的关系。

女儿该不会当了人家的小三吧？这个念头大白鲨般地冒出。赶紧来否定：不会的，不会的！怎么会呢？璐璐不是那样的人！

可是万一是那样呢？陈桂花绝望地想。

"璐璐这是去哪儿啊？"王长丰看着前面的车问。

"我哪儿知道？"陈桂花吼道。

王长丰白了老婆一眼，不再说话。

马上要见到欧阳建业了，王璐心里错综复杂：兴奋、激动、担忧、恐慌……

到了机场，王璐带着豆豆来到出口处。而陈桂花、王长丰则躲在后面的人群中偷觑。

"璐璐这是在接人。"王长丰聪明地说。

陈桂花把这话当耳旁风，她在全神贯注地盯梢着女儿，心里也没闲着："这是在接谁呢？那个孩子的老爸？那个神秘的老总？"她可真聪明啊！

到了七点半时分，广播里传来声音，说从德国飞往本市的航班按时抵达。王璐听了，心里嘣嘣地跳着，不知道怎么了，此时，她有一种临阵逃脱的念头，可是手却被豆豆紧紧拉着。

人流开始往外涌动，豆豆翘首以盼着。王璐也开始全身心投入到迎接欧阳建业的身上。

"爸爸！"豆豆喊。

王璐心里一震，人流中，欧阳建业满脸面含笑地走了出来，后面跟着胡兵。

“豆豆！”欧阳建业喊，奔了过来，一把抱住儿子。

躲在后面的陈桂花看见了，对自己佩服得简直要五体投地了，乖乖，果然是那个孩子的父亲！

可是，接下来的一幕让他们惊呆了！

自己的女儿和那个男人紧紧搂抱在一起！似乎那个男人还亲了自己的女儿！天啊！

陈桂花、王长丰呆若木鸡地看着。王长丰反应快，要奔过去，被老婆大手一挥截住，接着一道命令传来：“不许过去！要丢人现眼啊！”

三人相互拥着往停车场走，他们哪里知道后面有人跟踪，也不知道，一场大戏即将上演！

王璐开着车并没有来到欧阳家，而是来到“自己的家”，她今天早晨已经做好准备，为欧阳建业接风洗尘，然后对他彻底坦白。

门外，王长丰和陈桂花开始了口舌大战。陈桂花再次说出自己的怀疑——自己的女儿肯定当了人家的小三，刚才的一幕就是铁证如山。

打死王长丰也不相信自己的女儿会干出那事，翻来覆去就是这么一句话：“怎么可能，怎么可能！”王长丰还在嘀咕着，哪知道老婆已经走到门边，当当敲门。赶忙来劝阻，被老婆一把推出老远。

门开了，露出欧阳建业的脸。陈桂花不管三七二十一，抡起手里的提包，照着他的头砸去。

这突如其来的一幕欧阳建业哪里会料到？被砸蒙了，呆呆站在门边，一个意思：遇到入室抢劫的了！可眼前明明是个中年妇女啊！

他犹豫着要不要关门，陈桂花机敏着呢！一步跨进屋内，拾起门边的扫帚，抡起向欧阳建业劈头盖脸地拍下。一边打，一边大骂：“打死你这个不要脸的，打死你这个不要脸的，让你勾引我家的璐璐，让你勾引我家璐璐。”“啪啪……”

欧阳建业呢？“敌人”手里有武器，自己手中空空如也，再说，自己是个绅士，而绅士是不打女人的，于是落荒而逃。

“打死你这个不要脸的，让你勾引我家的璐璐，让你勾引我家璐璐……”陈桂花举着扫帚在后面紧追不舍。

客厅就那么大，欧阳建业老鼠似的绕着跑，陈桂花这只老猫穷追不舍。

“打死你这个不要脸的，让你勾引我家的璐璐，让你勾引我家璐璐……”“啪啪……”

欧阳建业被彻底打醒了，听她的语气，追打自己的人肯定是王璐的母亲——自己未来的岳母大人！

果然，厨房里的王璐奔了出来，挡在二人中间，大声喝道：“妈，你这是在干什么啊?!”

“就是，就是。”赶进来的王长丰说。

“爸爸!”从厨房跑来的豆豆看着鼻青脸肿的老爸喊。

“你们……你们……”陈桂花脸上煞白，喘着粗气，喷着吐沫，手颤抖指着二人。

“你这是在干什么?”王璐呵斥着夺过老妈手里的扫帚，扔在一边，又转向欧阳建业，“这是我妈。”

“阿……阿姨好。”欧阳建业招呼道，苦苦一笑，一笑一咧嘴，此时，才感觉到浑身疼痛难忍。

“都坐，都坐。”王长丰和事佬地说，看老婆还倔强地站着，一把按下她坐在旁边的椅子上。陈桂花怒气未消，头扭着，隔着玻璃望着外面，外面漆黑一片，啥也看不到。

看大家都坐下了，王长丰咳嗽一声，清了清嗓子，说道：“说说吧，这都怎么回事。”

再也隐瞒不下去了，接下来，王璐介绍了欧阳建业。

天啊，女儿居然找了个这么富有帅气的女婿！陈桂花心里欢喜不已——此时，她已经完全接受了欧阳建业和豆豆。可是刚才自己还棒打了他！但她并没有承认自己的鲁莽，而是把全部的责任都推到女儿身上，责怪她不该对自己隐瞒。

“你没事吧?”陈桂花看着欧阳建业姹紫嫣红的脸说。

“没事，没事。”欧阳建业回答，话是这么说，伸手摸了一下自己的脸。

豆豆见了，关心地问：“爸，疼吗?”

王璐知道欧阳建业不好回答，赶紧插嘴说：“豆豆，来，介绍一下，这是爷爷，这是奶奶。”

豆豆听话地喊了慈眉善目的爷爷，再胆怯地看了一眼陈桂花：“奶奶。”

“哎，哎。”陈桂花答应着，一把搂进自己的怀里。欧阳建业见了，对未来岳母的恐惧感消了不少。

事情有了戏剧性的变化，再好不过了。王长丰好像想起什么，说道：“时候不早了，赶紧做饭吧。”

这一句话提醒了陈桂花，松开豆豆，站了起来，说道：“我去做！”然后奔进厨房。手里忙活着，脸上眯笑不已，还不时偷偷伸出头打量一下自己帅气有钱的女婿。

这边，王璐心疼着欧阳建业，翻箱倒柜找药水，半天没找到，要去外面买，被欧阳建业制止住。

今晚，陈桂花、王长丰的不请自来，完全打乱了王璐、欧阳建业的计划。王璐没有机会向欧阳建业坦白。欧阳建业呢？也没有把口袋里的戒指拿出来，吃过饭，就带着豆豆匆匆回家去了。

可是陈桂花却赖着不走，她有太多的疑问了！

“璐璐，你到包河公园跑步就是为了他吗？”

王璐知道不坦白不行了，于是把事情的来龙去脉说了一遍。

“这样啊，这样啊！”陈桂花惊叹道。

一直没说话的王长丰听了，拧着眉头问：“这么说，欧阳建业还不知道你靠近他的目的。”

“嗯，本来今晚要告诉他的，可你们……”

王长丰知道事情的严重性，不声不响坐在那里抽烟。

陈桂花今晚过于兴奋，刚才没有听出什么不对劲儿，现在见父女俩精神萎靡，忙问：“怎么了？”

“怎么了，假如欧阳建业知道璐璐是带着目的接近他，不知道会怎么样呢！”王长丰解释说。

陈桂花这才意识到这么大的好事还有变数呢，断然地说：“那就不要告诉他！”想了想，继续说道：“你不说，我们不说，谁会知道？”

“纸里能包住火？早晚一天，人家会知道的！”王长丰反驳道，“那时候……”

“那时候生米已经煮成熟饭了！”

“我觉得这样不妥，会影响他们以后的幸福的。”

“就你逞能！”

“你们不要吵了！我已经打定主意，订婚前一定告诉他真相！”王璐说着钻进自己卧室，“砰”一声，关上门。

“璐璐，璐璐，”陈桂花敲着门喊，“千万不能告诉他，你傻啊！”见女儿不搭理自己，转回头，怒目以视自己的丈夫，恨不得一口把他吃了。吃了他是不可能的，回到家，扯住他的耳朵教训道：“我让你多嘴，我让你多嘴！”

都市的夜是不平静的。霓虹灯、汽车的马达声……搅得夜很不安分。王璐躺在床上，呆呆地望着天花板。没有想到今天会发生了这样的事！她就不明白了，父母是如何知道自己骗他们的，又是如何跟踪到这里来的。不过，这样也好，卸去了自己心里的一个负担，省得做贼似的向他们请假。今天可苦了欧阳建业，想到那时他那狼狈逃窜的样子，不由呵呵一笑。

可是，这笑马上就消失殆尽了，因为老爸的话又在耳边响起，她的心怦怦剧烈跳动起来。

他一定会在意自己欺骗了他的！

老妈的话接着出现。如她所说不告诉他？这样行吗？

唉，假如当初不是带着目的靠近他该有多好！可是没有那个假如。

还是告诉他吧！王璐这样想，望了一眼身边的手机，拿起，拨通欧阳建业的手机，可是却鬼使神差地马上掐断。她太不想失去他了！

唉！王璐深深叹了口气，侧过身，呆呆地看着桌面。桌面上放着自己的一张相片。

“王璐啊，王璐，你到底该怎么办啊？”王璐对着相片喃喃地问。

相片中的自己微微上仰着头，脸上洋溢着笑在看蓝天白云，双手伸出仿佛要把蓝天白云拥在怀里！那么自然！那么纯洁，那么美好！

“不行，现在就告诉他！”这样地想，再次拿起手机，正要拨号码，手机却率先响了，原来是欧阳建业打来的，问她刚才怎么挂了电话。王璐没有回答，憋足勇气，说道：“建业，无论发生什么事，我都是爱你的！”

“我也爱你！”

“我……我要告诉你，我是……”

“你是上帝派来的仙子！”

“其实我没有那么好，告诉你，我实际上是……”可是电话里传来：“来人了，一会儿再说。”王璐只好挂断了电话，心里想：都这么晚了，谁还会在这个时候去他那里呀？潜意识里冒出一人：姚美丽！

不幸猜中了，来者正是姚美丽。

以往，欧阳建业走到哪里都要带着她这个秘书的，可是这趟欧洲之行却例外。姚美丽知道都是因为那个王璐。

自己和欧阳总裁渐行渐远了。这是姚美丽对当前局势的判断。可是就这样败北，哪里肯甘心？溺水之人最后还要扑腾几下，企图抓住一根稻草呢！这不，她现在就来寻稻草了！

可是一见到欧阳总裁，大吃一惊，他脸上好像有伤！怎么了？和人打架了？还是……又不敢问，只好装着没看见。她不知道那是陈桂花打的，假如知道了，她会高兴得跳起来的。

把公司近来的情况向欧阳建业做了汇报。欧阳总裁没有夸奖，也没有提出什么意见。

“总裁，你不在的时候，那个金天公司又上门游说了。”姚美丽说，其实压根就没有这么一回事，之所以这么说就是打探一下欧阳总裁的语气，以验证严三强的话。

“金天公司？梁天成介绍的那个？我不是交代过了，坚决不和那样的公司合作！”

“好的，好的。”姚美丽答应道，有心说：可是人家那里传来已经和我们公司谈得差不多了。可是话到嘴边，还是没敢说出来。

“以后，不要再提什么金天公司！”欧阳建业语意坚定地交代道。

“好的，好的。”姚美丽答应着，已经汇报完了，可是她还想多待一会儿，哪知道欧阳总裁吩咐道：“没什么事就回去吧。”

印象中，这是欧阳总裁第一次往外撵自己。姚美丽一边走，一边想，这时候，她有一种胜者王侯败者寇的感觉。

“王璐，我和你没完！”出来后，姚美丽冲着身旁的一棵柳树说。

钻进车里，刚要发动车子，电话响了，还是严三强打来的，问打探到情况没有。原来，今晚的计谋是他出的！

“没有的事！”

“那就怪了。”

“我问你，你们公司有个叫王璐的女人吗？”姚美丽随口问。

“有，有！”

“啊！”姚美丽似乎抓住了最后一根稻草，“你马上过来！”

今年的冬天有些不正常，至今没下一场雪。就在人们都以为这是个暖冬的时候，天气预报说一股强烈冷空气即将到来。

天气预报就是准，第二天早晨，北风呼啸，摧残了树上的最后一片树叶。

王璐、欧阳建业在公园里跑着步。湖中，枯荷翻滚着；岸边的树木似箫，呜呜地响，其中夹杂着咔咔声，那是枯枝折断的声音。

二人都不说话，一本心思地跑步，这是常态，跑步就是跑步，至于谈情说爱，那是夜晚的事。

分手的时候，欧阳建业告诉王璐，今晚有件非常重要的事要告诉她。王璐也说自己有事要告诉他。

“七点，蓝天咖啡屋见。”王璐说，然后走开了，突然转回头，“哎，忘了，今晚就我们俩好了。”

来到公司，严三强出人意外地来到办公室，四处查看一下，又一声不吭地走了，这让王璐、张小葱感到莫名惊诧。

“三阎王好像有什么事，神神秘秘的。”张小葱说。

“不管他！”王璐回答，继续干着手里的事。

金天雷打来电话，要王璐联系一下张剑他们，快到春节了，晚上聚一聚。王璐赶紧照办，打完电话才后悔不跌，今晚，自己和欧阳建业还有事呢！

“姐，你真的决定要告诉他真相了？”

“嗯。”王璐答应道，狠狠地点了几下头，可是眼神却显得呆滞。是啊，到了决定自己一生幸福的时刻，哪个女孩不担心啊！

“姐，不要担心，吉人自有天相，你们是真心相爱的，欧阳建业不会计较什么的！”

“唉，但愿如此吧。”王璐答道，向窗外看了一眼，天空，远处的乌云飞马似的奔来。

接下来，王璐一刻不停地忙碌，这样，大脑就没有想那事的空隙。

此时，欧阳建业也在不停地忙碌着。离开公司这么多天，很多事情要他这个一把手亲力亲为。姚美丽几次进来看他那样，又出去了。

一天很快就过去了，下午五点时分，手头的事也办得差不多了，欧阳建业揉了揉额头，准备下班。

“总裁，我有件事要向您汇报。”姚美丽进来说。

“明天吧。”欧阳建业一脸疲倦地回应道，“我要去接豆豆了。”

“我已经安排赵师傅去接了。”姚美丽说道，坐了下来。

姚美丽的异常举动引起欧阳建业的注意，看了一下手表，又看了一眼姚美丽，问：“什么事?”

“我要告诉你那个王璐的事……”

当姚美丽“汇报”完，已经七点多了。而此时，王璐已经来到蓝天咖啡屋，没有见到欧阳建业，心里奇怪道：“咦，他怎么迟到了?”

到了七点半，还是不见欧阳建业的身影。时间的延长，对于王璐来说不知是好事还是坏事。来的时候，心里只有一个念头：今晚，无论如何都要告诉他实情。现在，时间无故延长，使得她再次去想那后果，假如他在意会怎么样？这让她不由烦躁起来，时间如一把钝刀，不停地在挖着她的心。

到了八点，欧阳建业还是没来！约会，他从来没有迟到过呀，今天怎么了？王璐有一种不祥的预兆，拿起手机，拨通了号码。谁知道电话里传来：“你所拨打的手机正在通话中，请稍后再拨。”王璐只好稍停一会儿，再拨，可是依然如此，如此三番，王璐这才感到不对劲儿。明明接通了，为什么不接电话?

再次拨通号码，咦，他接了！王璐惊喜地说道：“建业……”

“骗子！骗子！骗子!”

王璐第一感觉就是天塌了！半天才说：“你……”可是电话里一点儿声音也没有，一看，才知道欧阳建业已经挂断了。

他骂我是骗子，天啊！王璐坐在那里怔怔发呆，“骗子！骗子!”脑海里反复回荡着这两个字，一股羞辱感从心底冒出，随即向四周扩散开来，一会儿遍布全身。脸儿发烫，额头好像有小虫在爬。

发生什么事了？王璐脑子里一锅沸腾的粥似的。为了使自己安静下来，揉了揉太阳穴，再伸手来端咖啡杯，只不过杯子在手中抖动着，咖啡已经溢出几滴，半天，才把杯子送到嘴边。

几口咖啡下肚，这才安静了一点儿，分析了半天，最终得出：他可能知道那事了!

“不行，我得向他问明白!”王璐这样地想，拿起手机，可是欧阳建业已经关机了。再拨通豆豆的号码，里面传来：“阿姨。”

“豆豆，你爸……”

“不要理她!”电话里传来欧阳建业的吼声，接着“啪”的一声，可以想象，豆豆的手机被摔出老远。

王璐彻底绝望了，看来欧阳建业真的知道那事了！她就不明白了，他是怎么会知道的？谁告诉他的？

北风呼啸，昏暗的路灯下，无数个小毛虫飞着，细看，才辨认出那是雪花。

今年的第一场雪下了！

大街上，王璐无目的地走着，“他在意了！他在意了!”这个声音充斥了她脑海。刚才，她浑浑噩噩地走出咖啡屋，以致自己的车都忘了。

雪越下越大，雪花狂舞，笼罩住她的全身。几朵雪花钻进她的脖子里，她一点儿感觉也没有。现在，她已完全麻木！只是一味地走着，走着，前面，一片混沌，一片迷惘。

“嗨，漂亮的妞儿!”旁边，两个年青男人不怀好意地打着招呼。

王璐呆滞地望了他们一眼，继续走着。两个年轻人彼此望了一眼，开始尾随。

“他在意了！他在意了!”王璐自言自语着。

两个年轻人慢慢靠近，可是王璐却浑然不知！前面就是黑暗处，王璐准备躲进那黑暗里——她现在是害怕见到光的！

两个年轻人加快了脚步，准备在那黑暗处动手。

来到黑暗的边缘，王璐企图钻进去，让黑暗吞噬自己。自己太肮脏了！不怪欧阳建业嫌弃自己，就是她自己现在都嫌弃自己！

“吱”一声，一辆出租车在她身边停了下来，司机伸出头，问是否要坐车。

王璐呆滞地看了一眼他，摇了摇头，准备往前走。哪知道司机却不依不饶，说道：“姑娘，还是上车吧。”说着的时候，眼睛向后看，再对王璐挤着眼。

司机好像在对自己示意着什么，王璐不由顺着他的眼光看去，只见不远处站着两个青年人，这下明白了，一头钻进出租车内……

刚才虽然遇险，但也没有让王璐从深深的痛苦中解脱出来，揪心的痛让她完全丧失了知觉，以于是怎么回到家的都不知道。

父亲看到呆滞的女儿，大呼小叫着问怎么了。母亲陈桂花听闻，慌忙从卧室跑出来，鞋子都跑掉了也来不及穿。

“怎么了？怎么了？”陈桂花呼啸着问。

王璐只是坐在那里，脸色苍白，一语不言。

“被人欺负了？”王长丰问。

王璐睁着死鱼般的眼睛，半天，轻轻摇了摇头。

父母这才稍稍放心，彼此对望一眼，现在，他们已经猜出八九不离十了——女儿失恋了！

“和他闹翻了？”王长丰小心翼翼地问。

沉默。

陈桂花见了，嚷道：“让你不要告诉他，你就是不听，这下好了！”在她看来，打着灯笼也难找的好女婿就这样完了！越想越气，这气膨胀着，话语也膨胀，“俗话说:大人不听老人言，吃亏就眼跟前，你……你自作自受……”

欧阳建业的不理解，母亲的错怪，泰山压顶似的压过来，使得她再也承受不了了，猛地站起来，掼门而出，一头钻进鹅毛般的大雪夜里。

大雪簌簌地下着，地上已经积了厚厚的一层，整个世界迷茫般的白。王璐疯狂地跑着，后面传来父亲的疾呼：“璐璐！璐璐!”

前面是十字路口，红灯，王璐也没有停下来，她现在唯一想的就是逃离，逃离欧阳建业，逃离父母，逃离这一切的一切！

“嗖”的一声，王璐感到眼前一道亮光划过，随即扑倒在地。

“璐璐!”王长丰号叫着跑了过来。

王璐挣扎着欲爬起来，走过来的司机一顿训斥：“你这是干什么？找死啊!”

王长丰跑到跟前，一把将司机推到一边，撕心裂肺地喊：“璐璐!”

王璐慢慢站了起来，拍打了一下手上的雪水，再向马路对面猛跑过去。王长丰再次急追过去。

司机看着父女俩，骂骂咧咧地走了，至于刚才是否撞着了王璐，他也拿不准，心里琢磨着刚才看她那样地跑，好像没撞上。确实如此，那时路过十字路口，王璐凭着直觉放慢了些脚步，才躲过了一劫。唉，生死就在刹那间啊!

王璐继续跑着，后面的王长丰终于追上，一把拉住女儿的手。

王璐挣脱着，挣脱着，突然扑进父亲的怀里，号啕大哭起来。纷纷扬扬的大雪是她的情思，倾泻着，倾泻着。

“好女儿，不哭，不哭。”王长丰虽然安慰着女儿，自己却流出眼泪来。

王璐终于安静了些，王长丰这才推开女儿，上下打量着，一迭声问：“没事吧？没事吧？刚才没撞上吧？”

“嗯”王璐轻轻点头。

“好女儿，我们回家，我们回家。”王长丰说着拉着女儿的手往回走。

王璐跟着父亲默默地走。雪还在下着，无声无息地落在她的头上、身上，钻进她的心里，浸湿了整个世界！旁边传来一个男孩子的歌声：“雪一片一片一片，就如你我的感情，每当春天来啦，你就不再生存，雪一片一片一片……”

夜深了，躺在床上，王璐脑子里还回荡着这首歌。春天还没到，可是他已经消失。愣愣地望着天花板，心里呐喊着：“我失去他了，我失去他了！”

外面的雪还在肆意地下着，王璐就这么躺在那里，任时间的钝刀一点一点地挖刮着她的心。

此时，欧阳建业也躺在床上睁着大眼睛，他人虽然在屋内，可是心却如外面的树木——被厚厚的雪包裹着！

下午，当姚美丽告诉了他真相，他还不相信，以为姚美丽在吃醋，故意编了故事在骗他。

“不信你去调查一下，她的家在庐阳区，离这里远着呢，为什么要到这里跑步？就是为了靠近你！还有，她之前到过我们公司，被前台轰了出去……”

铁证如山，欧阳建业彻底相信了，但也彻底被激怒了，哪里还会去约会？手里拿着一枚戒指哧哧地笑，这枚戒指本来今晚要戴在她的手上的，可是没有想到她居然是这么一个人！

“真是有心机！真是阴险！为了那么一个订单，不惜出卖自己的感情！王璐啊王璐，你就是一个披着人皮的狼！”欧阳建业对着戒指说，然后“当”一声扔进角落里。

虽然把戒指扔了，可是那么深的感情却一下子扔不掉。现在，欧阳建业躺在那里，心如油锅里煎着的鸡蛋。

“爸爸，你和王阿姨怎么了？”豆豆不知道什么时候进来，问。

“不要再提她了！”欧阳建业吼道，“骗子，骗子！她就是个骗子！”

“爸爸，你不能这么说王阿姨。”豆豆哀求地说。

“她就是，她就是！”

“不！不！王阿姨不是骗子，她是好人！”豆豆喊着，一溜烟跑了。

“骗子！骗子！”欧阳建业对着豆豆离去的背影继续喊叫，接着“哈哈”大笑起来，一滴眼泪挂在脸颊上。

外面，鹅毛般的大雪还在不依不饶地下着，搅乱了多少人的美梦。今夜，有谁在失眠，有谁在哭泣？

八、花好月圆

第二天早晨，雪停了，包河公园里，一个粉妆玉砌的世界展现在人们眼前。一会儿，一轮红日慢慢升起，给白雪表面涂抹上一层红晕，世界因此而更美丽！

可是，今天的公园里少了一道风景——一白一红、一男一女靓丽的身影。赵老头一边打着太极拳，一边四处张望，嘴里嘀咕着说："咦，今个儿小王、欧阳怎么没有来跑步？发生了什么事了吗？"一群麻雀飞过，叽叽喳喳，似乎也在议论着这事。

王璐哪里还有心情来跑步？现在，她死了的心都有！浑浑噩噩地来到公司，趴下，奋笔疾书，然后来到金天雷办公室。

"怎么？你要辞职！"金天雷看着手中的辞职信惊呼道。

王璐没有回答，而是轻轻地点头，再慢慢转身，慢慢地走，后面传来："王璐，你回来！你回来！"可是王璐却置若罔闻，来到办公室，开始收拾东西。

"姐，你这是……"张小葱跑过来问。

"我已经辞职了，小葱，你好好的吧。"王璐说着，抱着东西径直走出办公室，留下大家一头的雾水。

金天雷追到办公室，看到王璐已经不在了，对张小葱吩咐道："小葱，挽留王璐的事就交给你了，千万给我留住她！"

公司外，王璐坐在车里，虽然发动了车子，却不知道往哪里去。

张小葱追了出来，一屁股坐进车里来，上气不接下气地问："姐，你这是怎么了？"

"他知道了。"王璐望着车外，一脸茫然地说。

"谁知道了？"张小葱疑惑地问，好像明白了，"欧阳建业？"

王璐没有回答，继续茫然地望着前方。

“他在意了？”

“小葱，你下去吧，我走了。”

“金天雷让我来挽留你。”

“你觉得我还能在这个公司待得下去？”

“也是。”张小葱体恤地说，下了车，刚要说“你辞职，我也辞职”，可是王璐已经发动车子，急速驰离了。

张小葱望着冒着白烟的车屁股，拿出手机给胡兵打了电话。

胡兵听了张小葱的电话，心里惴惴不安起来。自己是王璐介绍来的，现在，王璐和欧阳总裁闹翻了，自己肯定要受到牵连的！

惴惴不安地来到总裁办公室，再惴惴不安地打着招呼：“总裁……”

“放下吧。”欧阳建业看着胡兵手里的文件说，并没有表现出什么异样来。

当张小葱听了胡兵的汇报，心里放心不少，也不知道王姐现在什么样了，肯定死去活来地痛苦，于是拿出手机，可是，王璐已经关了手机。

张小葱不知道，此时王璐正驱车往农村的表舅家赶。

刚才，王璐回到家，说自己要出去几天。王长丰理解女儿此时的心情，陈桂花虽然心疼失去了富翁的女婿，但是，女儿和女婿相比起来，还是女儿重要。再说，没有了女儿，哪里来的女婿？昨晚都是自己的错，假如那时候女儿有个三长两短，自己还活着有什么劲儿？昨晚王长丰回来，海啸似的咆哮不止。

女儿一个人要到哪里去？这个让陈桂花很是放心不下！扩散开来想：她不会去寻短见吧！情急之下，陈桂花提议道：“去你表舅那里吧，农村，清静。”

“对，对。”王长丰附议道，他觉得老婆第一次干了正确的事。

王璐半天没有吭声，陈桂花不由心虚，这丫头一直反感她表舅的，难道不愿去？正在疑惑着，哪知道王璐鼻子里答应一声：“嗯。”然后走进屋子开始收拾东西了。陈桂花喜出望外，赶紧打电话告诉表弟，然后奔过去帮女儿收拾东西。

车子在高速公路上奔驰着，路中间的雪被碾压得粉碎，又被染成墨色，和周围白白亮亮的雪形成了鲜明的对比。王璐觉得那墨色的雪就是自己的身躯，自己的心！

城市的建筑一个个向后飞去，这个城市留给她的有温馨，但更多的是伤心欲绝。

“走！走！越远越好！以后再也不回来了！”王璐这样想。

傍晚时分，终于到了表舅所在的村庄，这里变化太大了，几乎认不出来！看来，表舅并没有吹嘘。

对于王璐的到来，表舅一家的热情如这冬日里的阳光。这让王璐心稍稍好受了点，不由叹道：“农村人就是淳朴。”

可是即使如此，也不能抹平内心的创伤。夜晚，躺在床上，欧阳建业和豆豆的影子不请自来。“唉”的一声，手一扬，欧阳建业父子的影子随即散去，可是，一会儿，那影子又在空中晃动了。

外面，此时，雪还在簌簌地下着，山里的雪好像比城里的要大些，“咔咔”之声不断传来，想象中，一根根枯枝被压断。

“骗子！骗子!”欧阳建业的话再次在耳边回荡，这话如外面的大雪，而王璐认为自己就是那枯枝。

“我是骗子！我是骗子!”鼻子一呛，一滴眼泪银珠般滚落。

“骗子！骗子!”欧阳建业一个人关在屋子内，灯也不开，端着酒杯坐在那里。他再次回顾了自己和王璐交往的经过，处处觉得王璐设好了圈套等着自己这个傻子往里钻。可笑的是自己还以为寻到了真爱，找到归属了呢!

“欧阳建业啊，你这个笨蛋！你这个笨蛋!”欧阳建业瞪大眼睛望着黑暗，拳头狠狠捶着自己的头。

可是自残并没有缓解自己的痛苦，他付出的感情太多了，比山要高，比海要深！现在，猛地要从那山上下来，从那海里浮出，谈何容易？欧阳建业坐在那里，感觉自己的心在滴着血。

自我解脱不了，再次把满腔的愤怒撒向王璐，对着黑暗的墙角说道：“有心计的女人，佩服，佩服！你千方百计靠近我，不就是为了那么一个订单吗?”一股强烈的报复感涌上心里，随即拿起手机，拨了一个号码，却打不通，半天才想起自己已经把这个号码拉黑了，解除，再打，终于打通了。

放下手机，欧阳建业有了惩罚王璐之后的快感，对着空中说道：“好，好，但是我要告诉你，你得不到我的人，得不到我的心!”

这样惩罚了王璐后，心里好受了许多，慢慢站了起来，走进卧室躺下。

第二天早晨，欧阳建业准时醒来，却没有像往常那样迅速起床。他在犹豫是否去跑步，假如遇到了她怎么办？自己实在不想见到那个有心计的女人。

考虑了半天，心里道："怕什么？自己这样胆怯，好像干了什么见不得人的事似的，见不得人的分明是她！"这样想着，一骨碌爬了起来。

冷空气是一股接着一股而来，气温已经下降到极点。公园里的湖水已经结冰，上面是一层白白的薄霜，下面泛着青绿色。欧阳建业跑着步，踩在地面的积雪上，咯咯作响。

一圈下来，并没有见到王璐，欧阳建业不知道是高兴还是失望，但有一样他能感觉到，那就是疲惫。第二圈下来，他再也不想跑了，只好打道回府。

回到家，见到了一脸愁容的豆豆，自从和王璐弄僵后，小家伙就是这个表情。欧阳建业有时候想：不是自己失恋，而是儿子失恋了。

二人闷头吃饭，闷头上车，闷头去上学、上班。看样子欧阳家又回到以前了。确实如此，昨晚，姚美丽又如以往一样来到欧阳家，可能是过于兴奋了，一下子忘了尺寸，吃饱了的鸭子似的嘎嘎叫个不停。

"讨厌！"正在平板电脑上下棋的豆豆嚷道，然后冲进自己的屋子里。

欧阳建业把豆豆送到学校门口，豆豆一声不响地下来车，再一声不响地离去。望着儿子离去的背影，欧阳建业摇了摇头，开车来上班了。

来上班的还有张小葱，赶到公司后就觉得今天有些异常，因为公司上下充满着一股喜洋洋的气氛。

可是张小葱觉得这一切都与自己无关，因为她已经决定了，现在就去向金天雷辞职。打印好辞职信，正要起身，却不想酱油蒋走了过来。

"白骨精，干啥呢？"酱油蒋把头脸伸过来，脸上流淌着沸水似的笑问，不待张小葱开口问，自己却代替回答，"是不是在算得了多少奖金？"

"酱油蒋，你是不是想奖金想疯了？哪里来的奖金，今年，一毛不拔！"

"你不知道？"

"什么呀？"

"你怎么会不知道呢？"酱油蒋歪着头，一脸不信地看着张小葱问，"王璐没有告诉你？"

"王姐……她不是辞职了吗？"

“虽然辞职了，但是，任务完成了。”

“任务？什么任务？”

酱油蒋以为张小葱在逗自己，白了一眼，意思是：不要耍我了，然后一声不响地走开了。张小葱攥着辞职信怔怔地站在那里，疑惑地说：“这都怎么回事啊？！”

“张小葱，金总请。”严三强进来，吃了唐僧肉似的喊。

张小葱看了看手里的辞职信，放进抽屉，又想了想，再拿起攥在手里，向金天雷办公室走来。

“金总，您找我？”

“小葱，来！坐，坐！”金天雷指着椅子说，这可难得，他什么时候这样客气过？简直是晴天下雨，冬天打雷。张小葱彻底懵了，受宠若惊地坐下。

“哎呀，这次，你们可立大功了！”

张小葱更加懵了，一脸疑惑地看着金天雷。

“小葱，你今天跟我去欧力文公司把合同签了。”

晴天一个霹雳！张小葱身子颤抖了一下，去欧力文公司签合同？没有听错吧？伸手揉了一下耳朵。

“你回去准备一下，一会儿我们就出发。”

从金天雷办公室出来，张小葱还在梦中没有清醒。这到底是怎么回事啊？

原来，昨晚欧阳建业为了惩罚王璐，给金天雷打了电话，答应用金天公司的产品。金天雷激动得一夜没有睡好，早晨，早早来到公司，公鸡报晓地宣布了此事，又害怕夜长梦多，所以找来张小葱赶快去把合同签了。

张小葱终于明白了，心里佩服道：“欧阳建业啊，你这个魔头，简直是吃人不吐骨头，用这个方法对付王姐，歹毒，太歹毒了！”赶紧向王璐汇报此事，可是王璐依然在关机。

那边，金天雷扯着老鸭嗓子在喊，张小葱看了看手里的辞职信，想了想装进包里，来到公司楼下，钻进车里，让她惊诧的是，严三强居然也在车内！

张小葱见到他，如见到了一只癞蛤蟆，心里起了一层鸡皮疙瘩。可是严三强呢，脸上堆满了笑意，小眼睛都被埋没了。

看到严三强这样，张小葱心里腻歪，只为王璐打抱不平，王姐什么没有捞着，这个家伙倒好，渔翁得利。

几人来到欧力文公司，可是并没有见到欧阳建业，只见到了张副总。张副总说欧阳总裁已经交代了，合同的事由他全权负责。张小葱知道欧阳建业的心思，心里道："哼！有本事出来呀。"

合同很快就签订了，金天雷那个兴奋呀，嚷着要请张副总吃饭，严三强在后面附和。可是张副总坚决不干。严三强恨不得掳掠了他去饭店。

严三强那种小人得志的丑态落在张小葱的眼里，如千百粒沙子进到眼睛里，而她张小葱眼睛里是容不得半粒沙子的！气得七窍生烟，一股要为王璐鸣不平的强烈愿望从心底涌出，再迅速弥漫全身，没好气地问："张总，你们欧阳总裁呢?"

"他……他不在家。"

张小葱望了他一眼，一声不响地走出小会议室，直奔欧阳建业的办公室而来。她倒要看看欧阳建业到底在不在家！

"你找谁?"门口的姚美丽拦住张小葱问。

"我找欧阳建业。"

这个城市，能直呼欧阳建业名字的没有几个人。姚美丽认真地打量了一下张小葱，眼前只是一个毛丫头罢了，没好气地说："有事吗？告诉我。"

张小葱没有搭理她，而是径直向欧阳建业的办公室奔去。"当当"敲门："欧阳建业，出来！"

后面的姚美丽赶紧追了过来，喊道："你要干什么？出去，出去，再不出去，我要叫保安了！"

可是这威胁没有起任何作用，张小葱依然敲着门喊："欧阳建业，出来！出来！"

"保安，保安！"姚美丽张牙舞爪犀利地喊。两个保安迅速跑了过来，拦在了张小葱的前面。

"欧阳建业，装什么龟孙子？出来，出来！"

"带走她！"姚美丽大喊。两个保安上前抓住张小葱的胳膊，欲往外拽。

"吱呀"一声门开了，欧阳建业走了出来，看了看张小葱，吩咐道："放开她。"然后折了回去。

张小葱冲进办公室，雄赳赳、气昂昂地站在欧阳建业的面前，厉声呵斥道："欧阳建业，你怎么这样？"

欧阳建业一声不吭走过去，关上门，坐下，指了指沙发。张小葱一屁股坐了下来，望了欧阳建业一眼，只见他脸色白中泛黄，嘴唇发乌，两眼也失去往日的神采，一副落水狗的样子，知道他也被失恋严重打击了。心里道："原来你也痛苦不堪啊！"

虽然有所同情，但是，现在自己是来讨伐的，张小葱依然板着脸孔喝问："欧阳建业，你对王姐做了什么？她现在失踪了！"

这本是张小葱吓唬他的，今天早晨给王长丰去了电话，知道王璐躲乡下去了。

欧阳建业好像被吓着了，抬头看了一眼张小葱，再低下去。

"你觉得王姐虚伪，欺骗了你吧？实话告诉你，开始的时候，我们是带着目的靠近你，但谁也没有想到你们会彼此产生好感，陷入情感之中，这种情感是你们俩彼此的愉悦，是男欢女爱，是你们俩自己的选择，一个巴掌能拍得响吗？告诉你，王姐救那位老人是真的，她教你家豆豆下围棋也是真的，她对你的感情更是真的！自从你们恋爱之后，王姐也经常痛苦不已，因为在她的心目中，爱情是纯洁的，是不能带有任何杂质！她早就想告诉你真相了，但每次都被我劝阻了，因为我害怕你是个小心眼，今日看来，你确实是个小心眼，我再告诉你，就在前天晚上，她下定决心要告诉你真相，可是你为什么没有去约会？你到底听说了什么？"张小葱越说越激动，唾沫星子在空中乱飞着。

欧阳建业只是坐在那里，低头不语。

"自从你们恋爱以来，王姐把一切的心思都放在你们父子俩身上，但是，她也从中得到极大的快乐，这就是爱情的真谛，欧阳建业，你告诉我，你和王姐在一起快乐吗？幸福吗？"

张小葱的话使得欧阳建业脑海中浮现出无数个画面来，可是依然坐在那里一声不吭。

"你也许要想，王姐是看上了你的财富，我问你，你们相处了这么长时间，她用过你一分钱了吗？说呀，说呀。"

欧阳建业到底摇了摇头。

"就是，王姐不是那种见钱眼开的人！这个，我比你更了解，她是个好姑娘，慷慨大方，乐于助人，你也知道，我家胡兵就是她介绍来的，可以说，她是一个上得厅堂，下得厨房的女人……"张小葱说着，门"当当”响了几下，只听外面姚美丽的声音：“欧阳总裁，吃饭了！”

这句话提醒了张小葱，看了一下时间，居然十二点了！天，时间过得这么快！

“好了，不打扰你吃饭了。”张小葱说着站起来往外走。欧阳建业本来还想听更多的也只好就此罢了，站了起来送张小葱，不料前面的她突然转过头来，倒把他吓了一跳。

“今天得罪了，我们家的胡兵还在你手下，你看着办！”张小葱说完，义无反顾地走了。

“我和王璐的事与胡兵没有关系。”欧阳建业就事论事地回答，这也是今天他所说的第一句话。

姚美丽端着饭菜进来，欧阳建业食而不知其味——他在琢磨张小葱的话，细细琢磨，逐字逐句琢磨，感觉眼前这个小辣椒的话貌似滴水不漏，可是即使这样，他也不能原谅王璐，在他欧阳建业眼里，爱情是最伟大、最纯洁的，来不得半点儿虚伪！

她不适合自己。欧阳建业下了判决书。

这样的判决书下了后，可是心里突然冒出：她失踪了！去哪里了？不会有事吧！她会去哪儿呢？这个问题占据了他的大脑，半天，忽然又恍悟：她和自己已经没有一点儿关系了！

对于张小葱的来访，姚美丽二十四个不放心，借口欧阳总裁有没有吃完，进来看，貌似不经意地问：“总裁，那个女的是谁呀？那么凶！”

欧阳建业白了她一眼，姚美丽赶紧住口，拿起欧阳总裁的残羹冷炙走了，心里还在一个劲儿地想：“她是谁？总裁为什么那么迁就她？嗯，得打听一下。”拿起手机给严三强去了电话，这才知道原来是王璐的铁杆好友——张小葱。

此时张小葱正往外走，刚才对欧阳建业发了一通火，把肚子里的气排泄了出来，现在肚子上下通了，可是也空了，一阵饿感随即涌出。

来到欧力文公司办公楼下，胡兵正在等着她。女朋友第一次莅临，当然要请她吃饭，而且要吃好的，正要请女朋友大人去附近最高级的一家饭店去，不料欧阳建业打来电话。

胡兵“嗯嗯”地答应着，他就不明白了，自己的女朋友刚才那样对待欧阳总裁，欧阳总裁还请她吃饭！这个世界，有些事真是说不清、道不明。

"得，我花钱都花不了了，您是公司贵宾，刚才总裁亲自过问要我安排好你。"胡兵收起手机讨好卖乖地说。

谁知道这话一丁点儿作用也没起。"我才不吃他的饭呢!"张小葱说，大有饿者不食嗟来之食之气概。一往无前地钻进车里，"砰"一声关上车门。

胡兵傻了眼，看来总裁交给的任务是完成不了了。正在不知道怎么办的时候，车门打开，张小葱伸出脑袋，咬牙切齿地说："不吃白不吃，中午安排最好的，吃穷那个油盐不进!"

胡兵听了，欢天喜地上了车，二人驱车往酒店赶。

"你今天可是大闹天宫了!"胡兵打趣地说。

"我这个白骨精不行吗？哦，忘了，孙悟空才大闹天宫呢，告诉你，我才不怕……""他"字还没出口，手机响了，一看，是金天雷打来的，问她在干什么。

"欧阳建业请我吃饭!"张小葱理由冲天地回答。

金天雷听了彻底蒙了，还请她吃饭！天，他们到底是什么关系啊？

酒店里，张小葱一边吃，一边打探欧力文公司的情况，特别是欧阳建业最近的表现。胡兵说欧阳总裁最近心情非常不好，大家都小心翼翼的。张小葱脑子里冒出欧阳建业那张憔悴的脸来，心里随即冒出一股快意——替王璐出的。

"大家都担惊受怕的，但是有一人倒是很高兴。"

张小葱忘记了吃，问："谁？"

"姚美丽，姚秘书。"

张小葱眼前立即出现一道七彩神色，伸出的筷子停在空中，"她？为什么？"

"她可是总裁孜孜不倦的追求者之一，我听说以前她是欧阳夫人最有实力的候选人，只是后来总裁和王璐好了，她才退出。"

"啊，有这回事!"张小葱惊呼道，再不讲理地指责说，"你怎么不早对我说？"

"我……我不是最近才知道吗？"胡兵委屈、可怜地望着女朋友，却见她嘴里含着一块鲍鱼，却忘记了咀嚼，好像在想着什么。

是的，此时的张小葱这个白骨精似乎嗅出什么来了，冥冥觉得王姐的事与那个要（姚）美丽不要美丽的有关系。可惜联系不上王姐，要不，向她好好打听打听。

到底和那个要（姚）美丽有没有关系呢？这个问题盘踞了张小葱的整个心头。如何才能打探出？张小葱苦思冥想着，眼珠一转，计上心来，然后开始大口朵颐起来。既然又发生了这么多事，辞职的事也就暂时搁浅了，再说，她还在等着分奖金呢！只不过王璐走后，严三强在销售部一枝独大，越来越猖狂。

下午快下班时，欧阳建业接到几个电话，都是邀请他去应酬的。此时，他哪里还有闲情雅致去应酬？一一推辞掉，正要回家，姚美丽拎着一个袋子进来，说再过两天就要过春节了，农村老家里送来一些腊味。

带着姚美丽送的腊味回家，一屁股坐在沙发上，没想到春节这就到了！本来已经和王璐、豆豆商议好，春节去南方旅游的，可是现在已经物是人非了！唉，怎么会这样？

张小葱的话又一次在耳畔回响。难道王璐真的是有心插花，没想到柳成荫吗？欧阳建业疑惑着，疑惑着。

"至少她的动机不纯！"欧阳建业最后这么想，这样，对王璐的气愤非但没有消除，反而有膨胀的趋势。

骗子！骗子！欧阳建业直恨得心痒痒的。

"我要王阿姨，我要王阿姨！你赔我王阿姨，你赔我王阿姨！"豆豆冲了出来嚷道。

看着豆豆激动万分的样子，欧阳建业就纳闷了，以前是无声反抗，今晚怎么变成大声反抗了？他不知道，傍晚时分，豆豆接到张小葱的电话，问他是否和王璐联系了。豆豆回答说联系几次都没有联系上。

"她到哪里去了呢？"张小葱自言自语地说，半天，猛地说，"豆豆，你王阿姨不会出事吧？"

这本是吓唬的话，哪知道豆豆不经吓唬，脑海中，王阿姨此时正站在深水边，或站在高高的悬崖上，自己把自己吓哭了："呜呜……张阿姨，我们去找王阿姨吧。"

"唉，都是你老爸闹的。"张小葱叹着气说，"我负责去找王阿姨，你负责搞定你老爸，行吗？"不待豆豆开口，继续说，"豆豆，王阿姨是不是能回来，就看你的了！"

放下电话，豆豆就冲了出来。

面对儿子的"无理取闹"，欧阳建业束手无策，他怎么赔儿子王阿姨？

除非再造一个来！造是不可能的，除非取代，恰在这时，姚美丽来了，甜得声音滴着蜜地说："欧阳总裁，吃饭了吗？今晚外面好冷好冷耶！"看父子二人脸色不对劲儿，过来坐下，亲昵地把手搭在豆豆肩膀上，讨好地说："豆豆……"

姚美丽之所以这么做，是因为她现在已经意识到豆豆的重要性。这段时间她进行了深刻的反省，认为自己之所以败给王璐，就是因为豆豆。她决心不择手段把小家伙争取过来。

面对姚美丽的巴结，谁知道豆豆并不买账，"搀"地站了起来，冲着姚美丽嚷道："我不喜欢你！我不喜欢你！""咚咚"冲进自己屋子里。

姚美丽脸上斑驳陆离，坐在那里，手足无措。

"不要在意，小孩子不懂事。"欧阳建业安慰道。

欧阳建业的话是天底下最好的安慰药，姚美丽听了，尴尬跑得无影无踪了，嘻嘻笑了几下，以示自己并不和小孩子一般见识。

姚美丽的到来填补了欧阳建业那真空似的心，二人聊了起来，只不过姚美丽说得多，大部分时间，欧阳建业只是"嗯、哦"地应着。

"总裁，再过两天就到春节了，年货办得怎么样了？"

"还没办。"欧阳建业慵懒地说。

"那我明天去办吧。"

"嗯。"欧阳建业点头答应。

从欧阳家出来，虽然外面天寒地冻，可是姚美丽一点儿也不觉得冷，反而感到浑身冒着热火。办年货，这事非第一夫人莫属。姚美丽觉得此时自己就是欧阳夫人了！感觉是如此奇妙，世界的一切都是美好的了。姚美丽觉得天上的星星都是在为她一个人照耀。

姚美丽一边开着车，一边听着音乐，忽然，手机响了，一看，是那个最不愿见到的号码，有心掐了，可转念一想，王璐的走他有很大功劳，于是接了。

电话是梁天成打来的，说过春节了，手头有些紧，要姚美丽接济一下，还恭喜地说他已经知道王璐走了。

姚美丽知道这是在威胁自己，可是又没有办法，只好答应明天打钱给他。她就不明白了，上次才给他五千块钱，这才几天就用完了！再说他又不是没有工作。

姚美丽走后，欧阳建业重新陷入空虚中。王璐的影子又不请自来，挥手赶走那个影子，心里却隐隐作痛。为了让自己不再痛，拼命喝酒。

春天的夜晚，野外，伸手不见五指，欧阳建业一路狂奔，犀利地喊：“王璐，王璐，你在哪里?”

“亲爱的，我在这里!”远处一个声音。

“哦!”欧阳建业答应着追了过去，他跑啊，跑啊，“咕咚”一声，掉进万丈深渊了。

“啊”的一声，欧阳建业大叫醒来，才知道做了场梦，一动，浑身湿漉漉的，原来被吓出了一身的冷汗。

梦中的场景在脑海中依稀可见，他就纳闷了，自己为什么追王璐?明明是自己不再搭理她的，这个梦是不是预示着什么。

接下来，再也睡不着，就这么躺在那里望着天花板。外面，天空的寒星如绝情而去的恋人的眼睛，冷漠而无情。

今晚睡不着的还有王璐。农村的夜分外地静默，这让她的心无处躲藏。

这些天，表舅一家热情地招待，这更衬托出那颗枯寂的心，每当夜晚，这颗枯寂的心就跑出来，一夜夜，分分秒秒，直到天明。

父母不放心，大前天也赶来陪女儿。表舅一家不知道内情，但有一样，更加高兴。以前，都是自己家往城里跑，现在，风水轮流转，表舅觉得自己扬眉吐气了，整天想着心思招待，天上飞的、地上跑的、水里游的、树上挂的、地里埋的全用上了。可是即使如此，表姐一家看上去并没有表现出太高兴来，这让表舅心里忐忑不已，还以为自己照顾不周呢。

面对表舅一家的热情，王璐表面上当然不能表现出冷淡，只有强装欢颜应付着。可是，夜晚属于她一个人的，这个时候，和欧阳建业、豆豆在一起的快乐场景放电影似的在脑海中闪现，想到入迷处，痴痴地一笑，当醒悟过来后，身体内如千万条蛆虫在啃食着自己!

落花缤纷春去也，剩下的只有痛苦，宛如长江之水滚滚而来。不多久，王璐真是应了李清照的那句词：人比黄花瘦。

上午九点时分，王璐还是赖在床上，父亲王长丰手里拿着手机进来，说道：“张小葱电话，接不接?”

“不接！不接!”

“她有话对你说。”

“我不是说过了吗？不接!”

父亲默默往外走，犹豫了一下，站住，转回头，轻声细语地说：“那个欧阳豆豆也来电话，问你在哪里？”

“不要告诉他！不要告诉他！”

“哦。”王长丰答应着退了出去，黑暗中摇头叹气。回到屋子，陈桂花忙问：“怎么样？”

“还是那样。”

“哎，你刚才告诉她那个欧阳豆豆想他了吗？”

“又不是豆豆在和我们的璐璐谈恋爱。”王长丰没好气地说。

“张小葱也说了，她狠狠地训斥了欧阳建业一番，可他并没有说什么。”陈桂花不甘心地强调。

“不要再想好事了，好好看住女儿吧。”王长丰说着钻进被窝里。面对老公的消沉气馁，陈桂花气恼，狠狠蹬了他一脚。

老爸的来访，王璐更加睡不着了，心里冒出：“也不知道豆豆现在怎么样了，棋还下吗？”她看了一眼手机，拿起，开机，犹豫了半天，拨通，里面传来呼啸般的叫声：“王阿姨！”

这一声叫，只把王璐叫得心哆嗦着，手也跟着哆嗦，哆嗦着掐断手机。接下来，手机一个劲儿响个不停，王璐狠心地关了机，一头钻进被窝，呜呜哭了起来。这悲伤的哭声是寒冬的儿子，在这万籁俱寂如墨的夜晚，四面八方飘荡着扩散开来。

老天也许憋了很多天的气，在这时候要发泄了，而且是一发不可收拾。第二天早晨，旧雪上面又铺了一层新雪。

欧阳建业来到公园，习惯性地往王璐来的方向瞄了一眼，似乎在等着什么，猛然醒悟，那个粉红女郎从此不会再来了，他慢慢地开始跑步，雪地上留下一连串孤寂的脚印。

他就这么跑着，湖中心，亭台楼榭在白雪中静默着，欧阳建业看了，心里冒出：昔人已乘黄鹤去，此地空余黄鹤楼。黄鹤一去不复返，白云千载空悠悠。只不过孟浩然还有蓝天白云可见，而欧阳建业眼前却是狂风、乌云。

跑步回来，豆豆正在等着他，见到老爸，嚷道：“老爸，我要王阿姨回来！”

“不可能！”

“那我就去找她！”

“找她？到哪里找？”

“这个你不要管！”话是这么说，扬了一下手里的手机。

“她给你打电话了？”欧阳建业望着那手机问。

“你管不着！”

“她肯定给豆豆打电话了！”欧阳建业这么想，不由恼怒，上前一步，一把夺过豆豆的手机，“啪”一声，狠狠掼在地板上。

豆豆望着地上七零八落的手机碎片，狠狠瞪了老爸一眼，大声吼道：“我恨你！我恨你！”扭头冲进自己屋子里，“砰”一声，关上门。

欧阳建业气得脸色铁青，站在那里心里涌出：王璐啊王璐，你还不死心，企图利用小孩子，有心机，有心机，佩服佩服！哈哈……狂笑着冲进洗澡间。

也许是洗澡让欧阳建业清醒了许多吧，临上班之时，欧阳建业吩咐邵阿姨看紧豆豆，一步也不能离开，即使这样还是不放心，去把豆豆的房门从外面锁上了。

来到公司，哪有心思工作？现在，一种对王璐报复的念头占据了他的整个思想。想当面揭露她，质问她，可是，她不在眼前，用电话呢？哼哼，她也配！

怎么才能报复呢？欧阳建业眼睛四下张望，眼睛瞄过墙角，好像想起什么，起身去寻找了一番，终于找到那枚戒指，重新坐下，上下左右地翻看着戒指。记得在法国的时候，自己跑了好几家商店，最后才相中了这枚三克拉的钻戒，自认为只有它才配得上王璐那芊芊玉手，没有想到，那芊芊玉手却长在一颗阴暗的心上！

欧阳建业嗤笑着，为自己的愚笨。

姚美丽敲门进来，说马上去超市置办年货，问欧阳总裁有什么交代没有。眼睛瞄过欧阳建业手里的戒指。

“你看着办吧。”欧阳建业说。

“哦。”姚美丽答应着往外走，却被欧阳建业叫住。

“美丽，这个送给你。”欧阳建业说着把手里的戒指递了过来。

姚美丽做梦都没有想到会如此，眼睛诧异地望着欧阳建业，看到欧阳建业手抖动着，才相信是真的，走了过去，双手接了过来。

走廊里，姚美丽攥着那枚戒指走着，心“咚咚”地跳。回到自己的座位上，放开手，那枚戒指在手心里熠熠生辉。

“天啊，他送我戒指了！他送我戒指了！”姚美丽心里呐喊着，简直要喜极而泣。

接下来，姚美丽仔细看着那枚戒指，简直是观之不足，一个念头随即涌出：这是他送的订婚戒指吗？可是不像呀，因为欧阳总裁刚才那么随意地送，一点儿也不隆重，但是也有可能，因为他刚才叫自己美丽来着。这样想，郑重其事地戴在中指上。

看姚美丽走了，欧阳建业往椅子后面靠了靠，现在，他有了一种报复王璐后的快感。

姚美丽没有立即去置办年货，而是到公司各个部门走了一遭。发生了这么大的喜事，心里盛不下，要让大家都知道，替她分享一份喜悦。

首先来到张副总的办公室，说自己马上要去给欧阳总裁置办年货，说着手扬了一下，那枚戒指停在空中要张副总来发现。张总肯定会问哪来，自己好回答是欧阳总裁送的。那时候，张副总肯定往深处问，嘿嘿。

可是事情没有按照姚美丽所设想的那样发展，张副总并没有发现她手上的异样，这让姚美丽大失所望，心里埋怨张副总瞎眼，来到销售部，喜鹊般地叫，还不停地摩挲着手指。

职员小姚是姚美丽的本家，平时受到姚美丽的照顾，现在报恩似的发现了姚美丽手上的钻戒来，哥伦布发现新大陆似的大叫，这样大家都知道了，纷纷猜测：“难道他们订婚了？”

张副总眼睛瞎，耳朵没有聋，听说了此事，跑来向欧阳建业贺喜，嚷嚷着要他请客。欧阳建业听了大吃一惊。

“我只是送给她一件小礼物罢了，没有什么特殊含义。”欧阳建业解释道。这样，这场风波才暂时告一段落。

欧阳建业一直担心豆豆，真是怕什么来什么，下午两点多，邵阿姨打来电话，说豆豆不见了！欧阳建业听了脑子里“嗡”的一声，赶紧回到家里。

原来，豆豆见自己房门被锁，知道是老爸干的，小家伙气是气，可是并没有气昏，而且小脑袋好使着呢！他用好几个正当理由央求邵阿姨开门。

邵阿姨哪是他的对手？只好开了门。豆豆老老实实地在家待着，并没有表现出什么异常来。

下午，邵阿姨一边打扫着卫生，一边监视着豆豆。豆豆貌似全心贯注地在网上下着棋，这让她放心不少，下楼去收拾衣服，一会儿上楼来，豆豆却不见了！

欧阳建业顾不得埋怨邵阿姨，开始到处寻找，哪里找得到！跑去问了小区的门卫。门卫说是看到豆豆出去了，还背着一个包，旅行似的。

豆豆离家出走了！欧阳建业这样想，赶紧报警，又打了电话给公司职工，让他们去火车站、汽车站堵豆豆，自己则去了高铁站。

到了下午四点多，各路人马都来电说没有找到豆豆。冬天，本来暮色就来得早，又加上是阴天，乌云押解着暮色早早来到。欧阳建业望着暮色，心掉进黑暗中了。

“豆豆，你在哪儿?”欧阳建业心里呐喊。

“不能急，不能急。”他这样安慰自己，把车停靠在一边，开始思考，联系到今天早晨的一幕，欧阳建业断定豆豆肯定是去寻找王璐了。眼下，最要紧的是马上联系上她！立即拨王璐的手机，可是却关机了。

“怎么关机了?”欧阳建业不通情理地埋怨道，他们现在在一起吗?必须马上搞清楚！可是怎么才能联系上她呢?欧阳建业看着手机一脸的无奈。

恰在这时，胡兵打来电话也说没有找到豆豆。想到胡兵，马上想起了张小葱，她们俩是好朋友。张小葱肯定知道王璐的下落！欧阳建业喜出望外，赶紧给张小葱去了电话。

张小葱一听也是大惊，说豆豆不可能在王姐那里，因为王姐远在二三百里之外呢。

“那也得问问。”欧阳建业抱着一丝希望说。

“王姐在哪儿我也不知道，但我可以打听打听。”张小葱说着挂断电话。

夜晚，雪还在簌簌地下着，似失恋情人的眼泪。王璐一个人躲在屋内，外屋不断传来表舅一家的欢歌笑语声，这让她更加感到孤单寂寞。

突然，门开了，父亲拿着手机进来。

“璐璐……”王长丰为难地说。

“什么事?”王璐呆滞地问。

“豆豆失踪了。”王长丰说，扬了一下手机。

“啊!”王璐大叫一声，“什么时候?”

“今天下午，说是找你来了。”

“他又不知道我在这里，怎么找我?！谁告诉你这个消息的?”

“小葱。”

王璐听了，一把夺过父亲手里的手机，拨通张小葱的电话。一阵询问后，才知道是真的。

王璐听了，恐慌都来不及，赶紧打了豆豆的手机，可是那边传来：“你所拨打的电话已关机，请稍后再拨。”如此三番。她哪里知道豆豆的手机被欧阳建业摔坏了。

到了晚上七点，豆豆还是没有消息。王璐站在窗口，望着黑洞洞的外面，莫名地想：假如豆豆出事了……后面的她不敢再想。

“一定得找到他!”王璐这样想着，冲出门外，发动车子，顶风冒雪向H市而来。两个多小时后，终于赶到H市，可是她不知道往哪里去寻找。

“豆豆会去哪儿呢？豆豆会去哪儿呢?”这个疑问如今晚的狂风暴雪在心头盘旋着。

“他不会去……”这个念头在脑海里一闪，立即发动车子。

王璐心急火燎地赶到自己租房子之处，刚迈出电梯，就见到门口蜷缩着一个黑影。

“豆豆!”王璐扑了过去。

“王阿姨!”

二人紧紧拥抱在一起。

“王阿姨，呜呜……”

“豆豆不哭，豆豆不哭。”王璐安慰道，自己也是泪如泉涌。

“傻孩子，跑什么呀！你不知道我……”

“阿姨，我想你了!”

王璐再也控制不住自己，抱住豆豆的头大哭起来，排山倒海似的，这些天的委屈随即化为乌有。

一会儿，稍稍平静，王璐这才感到豆豆的小手冰凉，搓着问吃饭了吗。

豆豆摇了摇头。

“走，和阿姨吃饭去!”王璐说，一把拉住豆豆上了电梯。

“傻孩子，你怎么一直就待在那里饭也不吃?”

“我害怕错过了你。”

“好孩子，好孩子。”王璐再次抱住豆豆的头。

饭店里，豆豆一边狼吞虎咽地吃着，一边问王璐到哪里去了。王璐轻描淡写地说春节走亲戚去了，然后把找到豆豆的消息告诉了张小葱。一会儿，张小葱、欧阳建业陆续赶到。

豆豆找到了，这对于欧阳建业来说是天大的好事，对于见到王璐，他心里没有做好准备，只有尴尬，为了驱走尴尬，只是一个劲儿问豆豆到哪里去了。可是豆豆却一言不发，害怕王阿姨跑了似的，紧紧拉着她的手不放。

气氛怪怪的，此时，王璐心里只有一个念头：走，赶紧走。

欧阳建业也有着同样的想法，可是谢谢还是要表示的。

"谢谢您。"

"不客气。"

这两句客套话就如外面两朵雪花似的，冷冷的而互不粘连。

张小葱好像想起什么，对着欧阳建业说："欧阳总裁，恭贺大喜啊！"

欧阳建业第一感觉这话是祝贺自己找到了儿子，可是再一琢磨，感到不对劲儿，她分明是在讽刺自己"订婚"了！脸上一道红，一道白，拉起豆豆，说道："豆豆，走，回家！"

"我不回去！我不回去！我要和王阿姨在一起！"豆豆拉着王璐的手大喊。

"不行！"欧阳建业吼着，抱起豆豆，可是豆豆紧紧拉着王璐的手不放。王璐已经被拉了两个趔趄。

"我不回去！我不回去！我要和王阿姨在一起！我要和王阿姨在一起！"豆豆在空中拼命挣扎着。

"豆豆……"王璐强抑制住眼泪，心一横，使劲儿掰开豆豆的手，猛地向外冲了出去。后面传来犀利地哭喊："王阿姨，王阿姨……"王璐听了，句句似一把钢刀扎在心上。

王璐钻进车子，正要发动，张小葱一头钻了进来。

"姐，我有话要对你说！"

咖啡馆里，王璐木头人似的坐在那里，现在才知道欧阳建业已经订婚了，也知道金天公司拿到了订单。

"这个欧阳建业，真做得出，给订单，分明是为了报复你，还有，这才和你分手几天呀，就订婚了，如果不是胡兵告诉我，打死我也不相信，还有，你给严三强做了嫁衣裳，看他现在……"张小葱唠叨着。

“这一切都与我无关!”王璐木讷地说，眼睛呆滞地望着眼前的咖啡。咖啡已经凉了，稀里糊涂的。

“姐，你就这么放弃了?”张小葱不服气地嚷道。

“我说过了，这一切都与我无关。”王璐依然冷冰冰地说，突然站起来往外疾走，逃跑似的。

张小葱赶忙追了上来，拦住她，问去哪里。

“去我该去的地方。”

“真的要走?”

“嗯。”王璐坚定地点了点头。

张小葱理解地让开道。王璐上了车，一路狂奔着，车灯前，一朵朵雪花飞蛾似的扑来，再钻进车轮下，被碾压的稀巴烂。王璐觉得那分明就是自己的美梦！猛地停住车，倒在方向盘上号啕大哭起来。

雪还在下着，下着，默默地。

“啪啪”除夕的鞭炮炸起来，姹紫嫣红的烟花升起来，欢乐的歌声唱起来，在这个除旧迎新的时刻，整个乡村沉浸在一片欢乐的海洋之中。

可是王璐却依然躺在床上，她已经睡了一天一夜!

外面的欢乐好像发生在另一个世界似的，如果说与自己有关，那么只有一个，那就是吵闹，为了躲避这吵闹，把头深深钻进被窝里。

金天公司远去了！欧阳建业远去了！事业、爱情这两个对于一个女人最重要的都远去了!

如果说还有一点儿安慰那就是豆豆，她还拥有他！他不是为了自己而私自出走吗？他不是哭闹着要和自己在一起吗？想到这些，心里一阵温暖飘过。

“唉，也不知道豆豆现在怎么样了？和他爸相处得好吗？假如那天自己不离开他会怎么样？他会跟着自己来这里吗？那么，自己一定带着他上山去玩，还要和他下棋……”王璐就这么想着，想着，忘却了一切。突然手机响了，难道是豆豆的？打开一看，是个陌生的号码，王璐有心不接，想到今晚是除夕夜，还是接了。

“璐，你还好吗?”一个男人沙哑的声音。

王璐一听，就知道是谁了。这个世界上，只有一人一直叫她“璐”，还有，这个沙哑的声音，虽然过了这么多年，可是已经溶进她的血肉里。

是眼镜！他怎么想起给她打电话了?!

“我很好。”王璐违心地说。

接下来，王璐知道眼镜从美国回来了，现在就在H市，今天下午还去她家找了她，可是没有找到，现在，很想和她见面谈谈。

可能是害怕旧伤被揭开，王璐没有答应，只是说过去的就让它过去吧。可是眼镜执拗得很，说一定要见面。

“璐，你就见我一面吧。”眼镜可怜兮兮地哀求道。

“可是我现在不在H市。”

“你在哪儿？我去找你！”

王璐知道眼镜的性格——执着到偏执，不达目的绝不罢休，这也是自己曾经喜欢他的原因之一。略微思考了一下，说道：“还是我回去吧，明天。”

放下电话，王璐陷入疑惑之中，眼镜这是怎么了？为什么非要见面不可？难道要和自己重归于好吗？不可能！他已经结婚并且有两个孩子了！再说，过了这么多年，自己对他的感情已经随着时间的流逝而慢慢淡化了。想了半天，也没有得出结果，“唉”的一声叹气，想：明天见面就知道了。

此时，放下电话的还有陈桂花，只不过她不像女儿那么疑惑，而是喜出望外！

刚才，欧阳芙蓉打来电话，说她已经回国了，想趁着春节，找几个同学聚一聚，还说明天来给老同学拜年。

因为亲家没有结成，陈桂花并没有表现出太大的兴趣——害怕同学又问起女儿的事。可是欧阳芙蓉却真是哪壶不开提哪壶，问王璐的个人问题解决了吗。

“快了。”陈桂花撒谎道，再随口问，“你那个亲戚呢？”

“我就是为这件事回来的！”

原来，侄子有女朋友的事欧阳芙蓉也听说了。欧阳芙蓉当然要怪罪欧阳建业，说这么大的事为什么不告诉她。欧阳建业大惊，姑姑怎么知道这件事的？谁舌头这么长？居然伸到太平洋对岸去了！连忙否定说压根就没有这事。欧阳芙蓉哪里肯信？借口说回国过春节，赶在年三十之前飞了回来。

到了侄子家，见到了欧阳建业，心疼得要死，他怎么那么憔悴啊?!

这个不算，还有更严重的呢，他怎么把自己的宝贝侄孙关起来了?！豆豆可是欧阳家的未来啊！

“到底是怎么一回事?”

“他不听话。”欧阳建业搪塞道。

欧阳家的家教那是相当严的，可以说到了苛刻的地步，也许正是因为如此，欧阳家才有今天。欧阳芙蓉觉得侄子并没有做错。

除夕之夜是大团圆的时刻，欧阳芙蓉把豆豆放了出来，全家人在一起吃团圆饭。欧阳芙蓉这才发现，父子二人简直到了水火不相容的地步。欧阳芙蓉感到蹊跷，吃过饭，把豆豆拉进自己屋子去了。欧阳建业见了，翻着白眼，却又无可奈何，因为欧阳家家风是尊长有序，有欧阳芙蓉这个姑姑在，轮不到他欧阳建业呼风唤雨！

听了豆豆的叙述，欧阳芙蓉这才知道了一切。虽然从豆豆的话语里看出他非常喜欢那个王阿姨，可是欧阳芙蓉也觉得那个女孩子过于有心机，不单纯，不过，欧阳芙蓉不得不承认那个女孩子聪明、能干，能把自己的侄孙哄得走火入魔似的乖，侄子呢，似乎也非常在意，自己的侄子自己是知道的，他之所以那么做，那是爱之深，恨之切。现在，她知道自己的侄子为什么这么憔悴了，都是爱情惹的祸！爱情折磨人，一点儿不假，自己年轻的时候不也是这样吗？只不过曾经沧海难为水，除却巫山不是云罢了。所以到现在自己依然还是孑然一身，守着几亿资产空嗟叹，看来，上帝对人是公平的，给了她金钱，给了她事业，却没有给她爱情。

爱情是伟大的、高尚的！来不得半点儿虚假。可是有一点欧阳芙蓉就不明白了，侄子怎么就和姚美丽订婚了呢？日久生情吗？生米煮成熟饭了？欧阳芙蓉胡乱猜想着。对于姚美丽，欧阳芙蓉那是一百个看不上。

“豆豆，你的那个王阿姨叫什么名字?”欧阳芙蓉问。

“王璐。”

“王璐?”

“是的，她叫王璐，王阿姨长得可漂亮了，心也好，还有本事，她的围棋在我们市很少有对手的……”提到王阿姨，豆豆不禁眉飞色舞，不停地夸赞着。

“王璐，王璐。”欧阳芙蓉嘴里念叨着，老同学陈桂花的影子马上出现在脑海里，小时候王璐的影子也随即浮现。那个王璐和这个王璐是同一个人吗?

欧阳芙蓉有心打电话问问陈桂花，可是又怕误会，那样，陈桂花肯定不会饶了自己。作为老同学，欧阳芙蓉是知道陈桂花性格的——死要面子活受罪的一个人。

怎么才能探听出虚实呢？欧阳芙蓉可不是吃闲饭的，她可是欧阳家的女中诸葛亮，眉头一皱，计上心来，然后给陈桂花打了电话。

打完电话，欧阳芙蓉来到客厅，见自己的侄子坐在那里貌似专心地在看电视。其实，他的思想可能早已飞到十万八千里之外的地方去了。

姑姑的到来，也把欧阳建业的思想从十万八千里外拉了回来。欧阳芙蓉嗑着瓜子喝着茶，东一句西一句地问，欧阳建业“嗯嗯哦哦”地应答着，只不过有气无力得如八十岁的老头子。

“你们什么时候结婚？”冷不丁的，欧阳芙蓉突然来了这么一句。

“什么？结婚？”欧阳建业瞪大眼睛问。

“对，结婚，你们不是已经订婚了吗？抓紧时间把事情办了吧。”

欧阳建业好像想起来了，不慌不忙地回答道：“不急，不急，急什么？”

看侄子那副模样，欧阳芙蓉心里有数了，正要说自己对姚美丽的看法，姚美丽好像是先知先觉，知道欧阳芙蓉要说出对自己不利的话，突然冒了出来。

姚美丽不是先知先觉，本来今晚要过来吃除夕饭的，但被欧阳建业拒绝，只好回农村老家去。人虽然在老家，心却飞到欧阳家。吃过饭，不顾路途遥远，驱车回到H市，直奔欧阳家。现在见到欧阳芙蓉，惊喜地喊：“姑姑，您来啦！”

“不要叫我姑姑，还没到时候。”欧阳芙蓉拒人千里地说，一眼瞟见她手指上的戒指，鼻子里“哼”了一声，起身去了豆豆的房间。

“你来干什么？”欧阳建业问，口气硬邦邦得似外面的冰块。

“我送这些给您尝尝。”姚美丽说着扬起手里的农村土特产，然后放下，开始忙活起来，她要让欧阳芙蓉看看自己有多么能干！

第二天早晨，王璐早早起来，没有想到还有比自己起得更早的——自己的父母。昨晚，陈桂花打电话告诉欧阳芙蓉说今天下午在家等她，不见不散。

“璐璐，怎么起得这么早？”王长丰望着女儿苍白的脸，关心地问。

“我要回市里。”

“回市里？好啊，好啊，正好我们一道！”陈桂花欣喜若狂地说，刚才，她还在担心去往市里的班车是否正常，今天可是大年初一啊。

王璐猜想这是父母在监视自己，心里鄙夷，但没有说什么。三人上了车，表舅一家拎着鸡、鱼、肉、蛋之类过来，表舅一边往车里塞，一边嘀咕着说怎么现在就走，是他照顾不周还是嫌弃农村庄诸如此类。

车子奔驰着，向 H 市而来。陈桂花看着塞得满满车厢的东西只担忧吃不完，博得老公频频点头，感叹说这里简直就是世外桃源！

王璐也深有同感，这些天，村庄里所有的亲戚轮流着请她们全家吃饭，饭菜虽然比不上城里饭店里的精致，可是非常实在，正如他们的性格。他们淳朴、善良，不像城里人那么冷漠。

王璐开着车，两旁山上的翠竹向后飞去，一个念头冒了出来：不如以后就待在这山里了，多好！其实这非她的本意，此时的她就如历史上很多文人骚客一样，失意之时，就消极地想隐身于江湖，寄情于山水间了。

中午时分，到了 H 市的家里。陈桂花顾不上休息，开始大扫除——害怕欧阳芙蓉来了小看自己，这种担心随着时间的临近而越来越厉害，不由对老公和女儿指手画脚，吩咐他们干这个，干那个。

王璐知道家里要来重要的客人，一声不响地整理着自己的屋子，可是眼镜的电话一个接一个地打来，催她去蓝天电影院。

王璐深知眼镜的良苦用心，蓝天电影院是他们过去经常约会的地方，留驻着他们浪漫青春爱情的记忆。可是现在的王璐觉得眼镜多此一举，逝去的能找得回来吗？只有满心的疤痕罢了！

来到蓝天电影院旁，远远地看到一个人站在高高的电影院台阶上东张西望着。

眼镜！

王璐停好车，可是并没有立即下车，她就坐在那里观察着。好几年过去了，眼镜还是那么瘦，头发还是那么长，只不过不再是满头的秀发，而是黑白参半。

这就是那个曾经让自己生不如死的男人！

王璐鼻子一酸，眼泪欲下。

眼镜好像嗅到了什么，向王璐的车子走来。王璐立即打开车门迎了上去。

“来了。”

“来了。”

互相这一声招呼，接着就没有了声音，二人就这么站在那里。天空中又开始飘起了雪花，默默地，无声无息地落在二人的头上、身上。

眼镜向四周看了看，四周的咖啡馆、茶社的门都关着，不远处，肯德基店好像还在营业，想必那是外国商店，不过中国的春节。

“到那里坐坐吧?”眼镜指着说。

王璐没有回答，而是带头向肯德基店走去。

肯德基店里，二人坐在那里依然一语不言。过去的话说得太多了！温馨的、浪漫的、山盟海誓的，伤心的、悲痛的、绝望的……

“你怎么回来了?”王璐终于打破了静默，问。

“我……我想你了!”眼镜抬起低垂的头说。

“呵呵。”王璐苦笑着摇了摇头。

“你不相信?”眼镜瞪大眼睛问。

“不是我不相信，你觉得还有这个必要吗?”

“告诉你，我已经离婚了，这次回来，就是为了找你的！我知道你还没结婚，我知道过去对不起你，但是，还是厚着脸皮来找你，王璐，我忘不了你！……”眼镜滔滔不绝地说着这些年来自己的生活、工作状况，似乎都与她王璐有关，接着回忆他们俩过去在一起美好的日子。

王璐懵懵懂懂地听着，这一切来得太突然了，让她毫无准备，目前唯一能做的，就是聆听。

外面的雪还在下着，纷纷扬扬的，似眼镜无尽情思的倾诉。

“嘀嘀嘀”，眼镜的电话响了，是他的女儿打来的，让眼镜的诉说中断，也让王璐回到了现实。

“我要回去了，你也回吧，他们在等着你呢。”王璐看了看外面的暮霭，站起来说。

“我的话你好好想想，请你相信，我们在一起，一定会非常幸福的!”眼镜抓住最后的救命稻草似的说。

王璐慢慢往外走，身后传来：“王璐，明天下午我还在这里等着你!”她没有回答，一头钻出肯德基大门。

雪还在下着，雪花一朵一朵落在车前玻璃上，又一朵一朵被赶下去，循环往复，无尽无绝。

回到家，果然如她所料，家里来了重要客人——欧阳芙蓉。父母忙前忙后，忙里忙外着。

陈桂花见女儿回来了，喜鹊似的喳喳叫着把她拉到欧阳芙蓉面前给她看。欧阳芙蓉上下左右地打量着王璐，似在欣赏着一件宝物，频频点头连声夸赞：“漂亮！漂亮！”

看着欧阳芙蓉那样，王璐联想到影视剧里的那些媒婆，而自己就是那个被相中的女孩儿。

王璐真是料事如神！欧阳芙蓉一见王璐就喜欢上了，觉得和自己的侄子很般配，也不知道这个王璐是不是那个王璐，怎么才能搞清楚呢？灵机一动，拿起手机说道：“璐璐，过来和阿姨照一张相。”

王璐虽然觉得这个多年不见的欧阳阿姨有些奇怪，但是还是同意了。合影后，欧阳芙蓉借口上洗手间，然后偷偷给豆豆发了相片。

“就是这个王阿姨！”豆豆回短信说。

欧阳芙蓉惊呆了，妈啊！天下有这么巧的事！两次相亲都没成，他们俩居然自由恋爱了！看来，他们是一对有缘人！

从洗手间出来，再次仔细打量起王璐来，觉得她漂亮，气质非凡，可以说是雍容典雅，这样的女孩子配得上做自己的侄媳妇，比那个姚美丽不知要强过多少倍。

“阿姨，您喝水。”王璐说。

“好！好！”欧阳芙蓉答应着，把王璐拉在自己身边坐下，从手腕上取下一个翡翠玉镯递给她，说是见面礼。

王璐知道这个玉镯少说也值几十万，坚决不肯收。欧阳芙蓉见了愈发高兴，认为王璐不为金钱所动，这样的女孩子现在稀少了。

“拿着，拿着，欧阳阿姨又不是外人！”欧阳芙蓉劝着，恨不得说是亲姑姑给的定情物，因为这个玉镯是欧阳家的传家宝。

一个给得热情，一个拒绝得执拗，二人就这么僵持着，厨房里的陈桂花闻讯过来，她当然也知道那个玉镯的价格，贫贱不能移的气节还是一种抵触情绪？抑或二者兼有，也说不能要。欧阳芙蓉急了，嚷道：“老同学，把我看外了不是！不收，今晚就不在这里吃饭！”说着抬腿欲走人。

陈桂花听了感动得要死，认为老同学还看得起自己，对着女儿劝道：“收下吧，反正你欧阳阿姨又不是外人。”她可真聪明啊！

王璐还是不要，欧阳芙蓉急了，拿起王璐的手给她戴了上去，然后仔细端详，夸赞不止。陈桂花见了，笑眯眯地又去厨房忙活了。

“老同学，过来陪我说话，让璐璐去做吧。”欧阳芙蓉说，她现在就是考官，接连给王璐——自己未来的侄媳妇出考题。

一会儿，晚宴正式开始，欧阳芙蓉望着满桌的菜肴，问哪些是王璐做的，然后逐一品尝，连连夸赞，说璐璐上得厅堂，下得厨房。王璐被夸得脸色绯红；陈桂花、王长丰被夸得心花怒放，特别是陈桂花，不无得意地说：“那是！”

欧阳芙蓉回到欧阳家，一头钻进豆豆的房间里，让豆豆再仔细看相片，说千万不要弄错了。豆豆保证地说不会弄错，欧阳芙蓉这才放心。

“豆豆，你真的喜欢她？”欧阳芙蓉指着王璐的相片说。

豆豆没有说话，而是十分肯定地点了点头。

“你愿意她做你的妈妈吗？”

“愿意！太愿意了！”豆豆欣喜地说，再仰头看着姑奶奶，“你愿意吗？”

“我不愿意！”

“啊！”豆豆惊叫。

“你说说，她有什么好？看你能说出几条。”

“她……人漂亮，心眼好，待人真诚，有本事，能做很多好吃的，还有……还有喜欢小孩子，还有非常有趣，好玩。”豆豆绞尽脑汁地想着。

“这么多！哈哈，刚才姑奶奶骗你的，不瞒你说，下午我一见到她，就喜欢上了。”

“姑奶奶，你吓死我了！你吓死我了！”

“可是光我们俩同意也不行，又不是我们俩和她结婚，是你老爸和她结婚。”

“姑奶奶，你劝劝老爸吧，求求你了。”豆豆拽着欧阳芙蓉的衣服说。

“我的小乖乖。”欧阳芙蓉一把搂住豆豆说，“不要急，缘分这个东西，是你的就跑不掉的！”

“什么是缘分？”豆豆不放心地问。

“缘分就是你王阿姨和你老爸两次相亲不成，却又相识、相知、相恋。”

“可是，他们现在又分开了。”

“我说他们分不开！”欧阳芙蓉说着站起，向欧阳建业的房间走来。

此时，欧阳建业正躺在床上痛苦着呢！不知道什么原因，拼命想忘掉王璐，可是她的影子总是不请自来，特别是夜深人静的时候。

中午，姑姑问自己是否真的喜欢姚美丽。这个问题第一次摆在眼前，欧阳建业不由认真起来，虽然认真，却兴奋不起来，姚美丽对于他，就如家里的摆设一般——有之不多，少之也可。

正在胡思乱想的时候，欧阳芙蓉进来。接下来，她把相亲的事以及下午去王璐家的事说了出来。

“啊，有这样的事?!”欧阳建业不信地望着姑姑。

“是的!”欧阳芙蓉十分肯定地说，“王璐这个孩子我知根知底，没有你想得那么坏，开始的时候，她就是单纯为了她公司的订单才靠近你的，没想到你们俩日久生情，这是水到渠成，不存在欺骗，至于她一直瞒着你，也是担心失去你。这个是我猜的，因为你姑姑也曾经是个女孩子，也曾经爱得死去活来，还有一点我要告诉你，王璐不是一个爱慕虚荣的孩子，第一次相亲之所以没去，就是因为她听说你是一个有钱人！在她心目中，爱情与金钱和地位没有一点儿关系。”

欧阳建业没有再吭声，心里却不服气地想：这都怎么了？为什么都为她说话？虽然是这么想，但是有一点是可以肯定的，那就是姑姑是真心对自己好。

“你觉得下一步怎么办?”欧阳芙蓉问。

“什么?”

“我是说王璐，如果你想和她继续下去，我来……”

“我……我还是好好想想吧。”

“好吧，自己的事自己做主。”欧阳芙蓉说着站起来，“哎，差点儿忘了告诉你，我已经把母亲留给我的那个玉镯送给她了。”

姑姑走后，欧阳建业陷入沉思，姑姑刚才已经表明了态度，那个玉镯可是奶奶给姑姑的嫁妆！豆豆呢？不用说是站在王璐那一边。现在，唯有自己和王璐站在对立面。

“她真的有那么好吗?”欧阳建业想着，想着。夜深了，深了。

现在，辗转反侧的还有王璐。本来，欧阳建业、豆豆就够她受得了，现在居然又冒出了眼镜！此时，她的心宛如一团乱麻。

眼镜竟然离婚了！王璐望着窗户想，企图看出究竟，可是什么也看不到，只有厚厚的窗帘。她不知道，就是没有窗帘，外面也是漆黑一片。

“唉，他瘦了，还有了白头发，可才三十来岁啊!”王璐哀叹道，白天的一幕再次出现，接着，又勾出过去的一幕幕来。

“璐璐，睡着了吗?”门边传来老爸的声音，他受到老婆的命令，现在欲进来打探女儿的态度。刚才，欧阳芙蓉打来电话，告诉了陈桂花实情——前两次相亲的实际上就是自己的亲侄子——欧阳建业。陈桂花惊呆了，嘴里一个劲儿地喊：“怎么会这样？怎么会这样?”接着开始责怪欧阳芙蓉，说她不该对自己隐瞒。

欧阳芙蓉说现在不是说了吗，然后赶紧转移话题，问两个孩子在闹别扭，现在该怎么办。

陈桂花不知道欧阳芙蓉葫芦里卖的什么药，反问欧阳芙蓉该怎么办。

“看来这两个孩子挺有缘的。”

陈桂花一听，大喜，但还是不放心，问：“你是说撮合撮合他们俩?”

“有可能吗?”

“有可能，太有可能了!”

接着，两个女人就在电话里敲定了策略——陈桂花负责说服女儿，欧阳芙蓉负责做侄子的工作。

“不得目的，誓不罢休!”欧阳芙蓉信誓旦旦地说。

“对，不同意，就和他们闹，死闹!”陈桂花不讲理的小孩子似的说。

屋子里寂静得要死，王璐似乎能听见自己思想奔跑的声音。眼镜回来了，还要和自己重归于好！怎么办？王璐一时六神无主。不由想：要是有个人商量一下就好了！谁呢？自然想到了张小葱，赶忙打电话给她。张小葱一听，也犯难了，说自己也搞不清，并且张小葱还告诉王璐，说自己觉得王姐和欧阳建业之间的缘分还没断。王璐听了心里一咯噔，随即大声地说：“不要在我面前提到他!”

这命令似的语气并没有起到作用，张小葱继续说：“姐，你不知道，那个欧阳建业自从和你分手后，性情大变，又回到油盐不进那个状态！整天寒着脸，好像人家欠他钱不还似的，要说有人欠他的，只有一个人，那就是你王姐。”

“哼哼，我欠他的!”

“姐，不要嘴硬，我有一种预感，你和欧阳建业之间的戏还没完!”

“我再一次警告你，不要再提到他的名字！我在问你，眼镜的事怎么办?”

“我可不能帮你拿定主意，最好和家人商量一下。”张小葱老谋深算地说，接着岔开话题，说明天要来拜年，后天和胡兵一起去给欧阳建业拜年。欧阳建业的名字再一次出现，王璐狠狠挂断了电话。

和家人商量一下？和老妈？和她压根就没有共同语言！老爸呢？现在唯一就是他了，正在犹豫不决，王长丰推门进来，当然了，他还是一如既往地接受了老婆的命令而来。

原来放下电话，陈桂花高兴得心如汽车的发动机咚咚跳着！赶忙指示丈夫前来试探女儿的口气。

王长丰走了进来，把门轻轻掩上，故意露一丝缝隙，好让外面的老婆听到。谁知道女儿好像识破了他的诡计，过来严严实实关上门。

“璐璐，你和欧阳建业就这么结束了？”王长丰单刀直入地问。

“结束了，彻底结束了！”王璐咬牙切齿地说，可是心里却隐隐作痛。

“哦。”王长丰答应着，然后陷入沉思。半天，抬起头，犹犹豫豫地说：“璐璐，告诉你……告诉你一件事，你知道今天下午来的是什么人吗？”

王璐白了老爸一眼，意思是：这还用说？

“欧阳芙蓉可是欧阳建业的姑姑，她今天来……”

晴天一个霹雳！王璐顿时懵了，她只记得父亲的第一句话。天啊！欧阳阿姨竟然是他的姑姑！半天，缓过神来，问：“爸，这到底是怎么一回事啊？”

接下来，王长丰把事情的经过说了。

那两次相亲的居然是他！而那时自己还在千方百计地想靠近他，多么具有戏剧性，这样的情景只有在电视机里出现过！王璐这样想。

“你欧阳阿姨今天特地为这事而来。”

“什么事？”

“你和欧阳建业啊，她觉得你们俩挺般配的。”

“她觉得般配有什么用？”

见女儿这个态度，王长丰低头不语，嘴吧嗒着伸手去掏香烟，但还是忍住了，慢慢站起来，说道：“好女儿，你再好好考虑考虑吧，如果愿意继续下去，你欧阳阿姨和我们再……再撮合撮合。”然后走了出去。

屋子里重又陷入寂静，可王璐的心里却似刮着十二级台风的洋面，父亲的话一直在耳边萦绕。她坐在床上呆呆发楞，脑子里一团乱麻，“唉”的一声叹了一口几个平方米的大气，仰脸躺在床上，扯过棉被盖住头。

“啪啪”，外面传来响声，想必是人家在欢乐地放烟花。随着那啪啪声，王璐脑海里欧阳建业和刘一手的身影交替出现……

王长丰回到卧室，被窝里的陈桂花迫不及待地问结果如何。王长丰也不回答，脱了外衣钻进被窝。陈桂花见状，知道没有什么结果。气势汹汹地训斥道：“熊样，连自己的女儿也搞不定！哎，她到底怎么说？”

“她什么也没说。”王长丰敷衍地回答再伸手搂住老婆的腰。

面对丈夫的亲昵，陈桂花无动于衷，现在，什么事也没有女儿的终身大事要紧。

“这丫头，葫芦里卖的什么药？”陈桂花似自言自语地说，又似在问丈夫。

“明天我再问问。”王长丰讨好地说，“放心，女儿会嫁出去的！”王长丰说着伸腿压住老婆的腿。

这话似定心丸，让陈桂花心中重新燃起希望，人也跟着兴奋，把身子靠过去，用鼓鼓的胸脯顶了一下丈夫，说道：“我可告诉你，机不可失失不再来，这次，无论如何都要给我搞定！”

王长丰也不说话，脸靠在老婆的胸部摩擦着。物理上说摩擦生热，摩擦生电。陈桂花身子抖了一下，娇滴滴地说：“讨厌，耍流氓呀。”

“嘻嘻……我让你见识一下什么叫流氓！”王长丰说着摩擦得更快。

“流氓，流氓。”陈桂花躲在被窝里猫叫春似的叫。

二人脱了内衣准备干正事，“当当”敲门声，陈桂花耳朵灵敏，停止了动作，小声地说：“有人敲门。”

正在兴头上的王长丰手并没有停下来，只是把头伸出被窝，瞧着门，说：“哪有？”

还没等陈桂花说话，门已经代替她回答了。“当当……”又是几下响。

“谁呀？璐璐吗？”

“老爸，睡了吗？”

身上热火朝天，心里翻江倒海的王长丰正要回答说已经睡了，不料老婆推了他一下，一个劲儿地向他摇着手，只好回答：“还没呢，有事吗？”

外面没有出声音。陈桂花使劲儿推了几下丈夫，示意他赶紧起来。

王长丰再次来到王璐的房间，只见自己的宝贝女儿正站在窗户边欣赏烟花，五彩缤纷的烟花在纷纷扬扬的大雪中升空绽放，映出无数个毛毛虫，美丽无比。可是仔细观察，觉得女儿又不像在欣赏美景，她呆立在那里，一动不动，似心思千万重。

见老爸来了，王璐拉上窗帘，过来坐下，王长丰知道女儿有重要的事要和自己说。他坐在女儿的正面，也不吭声，他在等。

“刘……刘一手回来了。”王璐说，声音貌似很是平静。

“啊?!”王长丰身子一抖，“他回来了？什么时候？回来干什么?”

接下来，王璐如实交代了自己今天上午去和刘一手会面的事。王长丰低头默默地听着，不停吸着烟。

王璐说完，屋子里暂时静了下来，王长丰“吱吱”吸烟之声显得分外得大。

“老爸，我、我该怎么办?”王璐说着拨弄着她额头上的刘海，这是她习惯性的动作，只要焦虑，就有这个动作。

王长丰并没有回答，而是重新点燃一支烟吸着。知父莫若女儿，王璐知道父亲在沉思，所以并没有阻止他吸烟，这在平时那是不可能的事，就是借给他长丰一千个胆，他也不敢这么肆无忌惮地吸烟!

一支烟又吸完，王长丰终于抬起头瞥了女儿一眼，说道：“璐璐，我知道你现在很为难，但是，这个可是关系到你一辈子的大事，所以，最后的决定还是由你自己做，我们做父母的只能为你做参考，欧阳建业呢？那就看你们的缘分了，至于刘一手这孩子，我只是提出一个疑问，那就是：你们俩还能回到从前吗?”说完，站起来，再次看了一下女儿憔悴的脸，“好女儿，不必过分操劳，俗话说车到山前必有路，不是你的，怎么追也追不到，是你的，怎么跑也跑不掉，我可以向你保证，他们俩其中的一个会和你白头偕老的，好好洗个热水澡，再好好睡一觉，乖，听话。”说完走了出去。

回到卧室，老婆陈桂花正翘首以盼着呢！见到丈夫回来，不顾赤裸的上身，扬起身子问什么事，这么深更半夜的。

王长丰往沙发上一坐，欲掏香烟，见老婆犀利的眼神，只好作罢。

“刘一手回来了!”

“谁？谁回来啦?”陈桂花不相信地问。

“刘一手。”

“那个几乎害得我们家破人亡的刘一手?”

“不是他是谁，这次特地从美国回来，说要和璐璐重归于好，再续前缘，今天上午他们见面了。”

“我的亲娘耶！”陈桂花抖动着身子，雪白的皮肤在灯光下闪烁着。

“璐璐要你去，就是要你帮着出主意？你怎么说？”

“我能怎么说，我只是要女儿考虑一下，她和刘一手还能回到从前吗？毕竟这么多年过去了，时间的河流流淌着，很多的美好被冲走了。”

“就是！我怀疑这个刘一手这次回来不是真心找璐璐，而是出于他的私心。你们男人的德行我是知道的，越是得不到的东西，越是千方百计地想得到。得到了又不知道珍惜，哎，听说这个刘一手这些年在美国混得不错。”

王长丰狠狠地白了老婆一眼，陈桂花赶紧说：“我没有其他意思，我没有其他意思，唉，以前，说不来一个都不来，现在，一下子来了两个，你说这都怎么了。”

父亲走后，王璐并没有听他的话去好好洗个热水澡，而是和衣钻进被窝。过去和眼镜的点点滴滴一幕幕浮现，想到最美好处，不由“呵呵”地笑，想到最伤心处，心里宛如刀剜针刺。她都不知道自己那个时候是怎么挺过来的。

“啪啪”外面的烟花声把她拉回到现实。“你们俩还能回到从前吗？”父亲的这句话再现。

是啊！能回到从前吗？王璐扪心自问。这些年，各有各的工作、生活圈，如果不是他这次回来，已经把他忘得差不多了。可他竟然又回来了！

他怎么显得那样老啊！王璐感叹，难道美国过得不好吗？假如那时候他不离开，那么现在会是什么样，王璐就这样猜测着，不知怎么了，欧阳建业的影子突然横空里出现，赶跑了眼镜的身影。

第二天，早晨八点多，陈桂花被手机铃声吵醒。昨晚，夫妻二人商量了一夜，最后英雄所见略同地认为还是那个油盐不进要好些。想到自己将有个这么好的女婿，梦里都呵呵笑！

好梦被搅乱，她不情愿地拿起手机，一看来电，马上一跃而起。原来是欧阳芙蓉打来的。欧阳芙蓉问她昨晚女儿的工作做得怎么样了。

“一切顺利！一切顺利！”陈桂花草稿都没打就这么说。

“哦，哦，告诉你，我这边也有所进展。”

“真的，真的！”

昨晚，欧阳芙蓉从王家回去后，路上就已经打定好主意：自己的侄媳妇非王璐莫属！虽然现在遇到点困难，这是好事多磨！年轻人谈恋爱，哪有那么多一帆风顺的？雨后才能见彩虹的嘛。本着机会均等的原则，现在曲折点，婚后就顺利了。再说现在有点儿小插曲，给婚姻添盐加油，以后回忆起来，才有滋有味。

第二天下午，欧阳芙蓉偷偷溜进侄孙的房间。豆豆再次问王阿姨现在怎么样。

“失恋的人会好吗?”欧阳芙蓉回答。

对于失恋的感觉，豆豆哪里知道其中的滋味？只知道肯定痛苦得不得了。看看老爸就知道了，整天霜打的茄子似的，表面上装得还没事一样。瞒得了别人，瞒得过他的儿子吗？唉，大人怎么也像他们小孩子似的也闹别扭？但是不同的是自己和同学闹别扭，从来不隔夜的，可是老爸和王阿姨呢？这都这么多天了！大人就是奇怪。

“姑奶奶，快让他们俩好起来吧。”豆豆央求道。

“告诉我，你真的愿意那个王璐做你的妈妈吗?”

“我当然愿意!”

“哦，哦，那我们俩一起去做你老爸的工作，让他们俩好起来吧。”

接下来，欧阳芙蓉向豆豆面授了机密。豆豆鸡吃米似的连连点头答应。面授完毕，豆豆小手点着欧阳芙蓉，笑着说：“姑奶奶，没想到你还会这手?”

欧阳芙蓉被夸赞得呵呵笑，说：“不来这手，他们会好吗?”

祖孙二人设好了圈套，只等欧阳建业往里钻。

晚饭的时候，欧阳建业坐在那里默默地吃着。沉默是有传染性的，他不说话，欧阳芙蓉和豆豆也不说话，屋子里的气氛憋闷得恐怕鬼都受不了要逃离的。这和王璐在的时候形成了鲜明的对比。

欧阳芙蓉对着豆豆一使眼色，豆豆会意，把筷子“啪嗒”一放，嚷道：“我不吃了!”

欧阳建业抬头看了一眼豆豆，没有说话。

“小祖宗，你才吃了一点儿，怎么不吃了呢？这怎么行!”欧阳芙蓉大惊失色地嚷着，继而哄着说，“好孩子，再吃点儿，再吃点儿。”

“不吃了!”

“为什么?”

“爸爸做的菜不好吃!”

欧阳建业听了，眼皮抬了一下，又松弛下去，一块牛排咽下，喉咙处凸起，那凸起慢慢移动，看样子在强忍着火气。

“那你说谁做得好吃？”欧阳芙蓉问。

“王阿姨！”

“哦，她怎么做得好吃了？”欧阳芙蓉深入地问。

“她做的什么都好吃！”

“说来听听。”

接下来，祖孙二人一唱一和，欧阳芙蓉在前面牵引着话题，豆豆把王璐的好悉数搬出，欧阳芙蓉“噢噢”地感叹着。

欧阳建业实在受不了了，默默放下筷子，再默默地离开了饭桌。

看着老爸离去的身影，豆豆小声地说：“姑奶奶，你看……”

“效果得到了，效果得到了！”欧阳芙蓉一连声地说。

豆豆一头雾水。他就不明白了，明明老爸不愿听离开了，效果怎么就得到了呢？

“好孩子，你的任务完成了，看我的！”欧阳芙蓉说着起身追了过去。

来到客厅，只见自己的侄子正在一口一口地喝着酒。她是深知自己的侄子的，高兴的时候喝酒，忧愁的时候也喝酒。她走了过去，问：“豆豆说的都是真的？”

“小孩子的话您不要听。”

“可是小孩子说的都是真话！”

欧阳建业无言以对，又喝了一口酒。

“我也觉得王璐那个女孩子不错。”欧阳芙蓉说，这是摆明了自己对王璐的态度。

“姑姑……”

欧阳芙蓉的双手做了个打压的手势，把欧阳建业后面的话打压回去，“你不要不承认，你还是喜欢王璐的！”说着，眼睛死死盯着侄子的脸，X光似的要把他看穿看透。

欧阳建业摸了一下脸，身体稍稍转过去。

“好啦，不要死要面子活受罪，后面的事就交给我啦！”欧阳芙蓉老练地说，不给欧阳建业说话的机会，抽身离开了。

“王璐啊王璐，你使了什么魔法，让那么多人跟着你走，你难道就是一个妖精不成！”欧阳建业心里恨恨地想。

“总裁，在喝酒啊。”姚美丽不知什么时候来到身边，打招呼地说。

“姚秘书，以后没事就不要过来了，回家陪陪父母吧。”欧阳建业说着离开走进自己的房间，留下姚美丽一脸惊诧地站在那里。

听说女人的勤快可以弥补许多不足，姚美丽开始忙碌起来。欧阳芙蓉出来看到，还别说，对她的厌恶减去不少。

下午，大雪减为小雪，太阳偶尔从阴云的缝隙里露出来，可是马上又害羞地躲进云朵里。

欧阳芙蓉来到街道，看了看天空，心里想着老辈人的话：下雪天是晴天。一点儿不假。她站在那里，四处张望着等出租车。

今天之所以出来，那是今天早晨和陈桂花约好的。早晨，电话里，两个女外交家商榷了半天，最后达成共识，那就是欧阳家和王家要结成秦晋之好。至于具体实施步骤，面议。

此时，蓝天电影院门口，雪中站立着一个人，那就是刘一手。雪花一片一片地落在他的头发上，钻进他的脖子里，他也不管，只是雕塑般站在那里一动不动，眼睛望着一个方向。他相信王璐今天一定会来的！

如他所料，王璐还真的来了，只不过远远地躲在墙角处，望着眼镜，踌躇不前。

前面二百来米处，站着那个曾经让自己魂牵梦绕之人，曾经给她无数快乐，也曾经让她生不如死。现在，他就在那里，只要自己跨过这个墙角，他就再次属于她了！

小雪又开始变成大雪，眼镜的身影迷迷离离的。依稀地看到他已经成为雪人，可是依然站在那里一动不动。王璐有些动心了，这么多年过去了，他还是那么执着，可以说有点儿顽固，只要他认为正确的事，他就会一往无前。

“眼镜，早知今日，何必当初啊！”王璐心里想，鼻子一呛，赶忙捂住，随即跨前一步，可是马上又缩了回来。

二人就这么在风雪中站着，不知道过了多久。暮霭越来越浓，夜色越来越重，四周商家的霓虹灯开始亮了起来，而王璐的心似那些霓虹灯，她准备走过去。

“丁零零”手机响了，一看，是豆豆打来的。王璐有些犹豫，但是还是接了。电话里，豆豆向王阿姨拜年，一边说，一边咳嗽。

“豆豆，你怎么了？”王璐赶紧问。

“我感冒了，咳咳……”

“怎么这么不小心，吃……”后面的药字还没说出来，只听电话里传来：“老爸也感冒了，还发高烧！”

王璐的话戛然而止，他现在是极不愿意听到那个人的消息的！

“王阿姨，你过来吧，我都想死你了，告诉你，老爸也想你了，他梦中还念叨你呢。”

王璐第一感觉是豆豆在骗她，这个小家伙鬼得很呢！虽然这么猜测，可是心里却希望这是真的。

人的第一感觉往往是正确的，豆豆是真的在骗她，而且还是欧阳芙蓉出的主意。

昨晚，当欧阳芙蓉交代豆豆这么做的时候，豆豆坚决不干，说他坚决不骗王阿姨。欧阳芙蓉吓唬地说不这么做，王阿姨和你老爸永远都不能和好，这叫悲情牌懂不懂？女人都有一副菩萨心肠的。豆豆摇头说不懂。欧阳芙蓉说等你长大谈恋爱就懂了。

豆豆的来电让王璐更加心烦意乱，如暮霭中到处乱窜的雪花。豆豆感冒了，他也感冒了，大过年的。自己去看望豆豆吗？那么他看到会怎么想？更加看不起她吗？他在梦里念叨她是不是真的？这些，让王璐纠结着。

当王璐放下电话再看眼镜时，只见他不停地甩着长发，王璐知道他焦虑。眼镜一焦虑就不停地甩长发，这已经成了他标志性动作了。

他开始烦躁了！王璐知道是为了她。“再等十分钟，如果十分钟后眼镜还在那里，我就过去！”王璐心里想，随即看着手机上的时间。

这十分钟，要比十年的时间还要漫长！王璐看着时间，分分秒秒，等到八分半钟的时候，只见眼镜向她躲着的地方深深地望了一眼，伸手捋了一下额头，再慢慢转身，慢慢地慢慢地往前挪，低头弯腰，步履艰难。

暮色中，王璐看着眼镜孤雁似的身影，两行热泪挂在脸上。心里不禁哀怨道：“眼镜啊，你一直执着，为什么一分半钟就不能再等下去了呢?!”

后来王璐才明白，即使眼镜再等一分半钟，不，一年半，他们也不会在一起了。因为她和眼镜之间现在只有亲情，已经没有爱情了。眼镜在她心目中永远停留在几年前了。

此时，路边的商店里传出了奶茶的《后来》：“后来，我终于学会了如何去爱，可是你却消失在人海，后来，我终于在眼泪中明白，有些人一旦错过就不在……”不知道眼镜听了有什么感想，反正王璐躲进自己车内放声大哭起来。

她就那么哭着，哭着，眼镜再次从她身边溜走了！不知道过了多久，她终于停止了哭泣，眼睛望着车外，一片茫然。她发动车子，准备离开，一动，手脚麻木，这才感觉到刚才在外面身体都冻僵了，只不过那时候没有感觉到罢了。

车子刚驶进自家小区，手机响了，是张小葱打来了，告诉王璐她已经从胡兵农村老家回来了，要王璐现在就过去。王璐哪里有兴趣？可是无论怎么推辞，张小葱就是不答应。

“姐，我有非要重要的事情要告诉你！”张小葱神神秘秘地说。

王璐要她现在就告诉自己，张小葱说一时半会儿说不清，再说不要电话费呀，还有，你王姐也不能辜负了我一桌子的好菜！

没有办法，王璐只好驱车向张小葱家而来，下了车，才想起大过年的，空着手不好，又跑去买了礼物。

张小葱一见到王璐，首先来了个大大的拥抱，再来个深深的吻，小麻雀似的叫着，说想死她了。张小葱的母亲见了，唠叨说马上要嫁人了，还没个正形，以后怎么得了。

“谁说我要嫁人了？要嫁就嫁给王姐！你是我的情人，玫瑰花一般的女人……”张小葱一边唱，一边拉着王璐走进厨房。

屋内的人见了都哈哈大笑起来，包括胡兵。

说张小葱是开心果，一点儿不错，王璐被感染了，暂时忘记了忧愁，给张小葱打下手。突然想起什么，问道：“你不是要告诉我什么重要事情吗？”

“吃过饭再说，哎，姐，今晚就不要回去了，咱俩滚一个床单，今晚告诉你一个天大的秘密！”

吃过饭，二人上了床，王璐正要追问什么天大秘密时，张小葱还是那样——先开口了，问王璐和油盐不进之间的关系现在什么样了。

“我们已经不再联系了。”

“这么说，你们彻底吹了？”

王璐没有回答，只是点了点头。

“姐，我可以保证，就是梁山伯与祝英台吹了，你和油盐不进都吹不了！”

“尽瞎说。”

“我的预感很准的，那个油盐不进……”

“不要再提到他，我不想听！”王璐打断了张小葱的话，然后把头埋进棉被里。

“你们俩呀！”张小葱说着一把扯开棉被。

“讨厌，让不让人睡觉了？”

“嘻嘻，姐，别看你这样，其实你心里装着的全部是那个油盐不进，看过小孩子之间斗气吗？你们俩就是小孩子在斗气，不过这样也好，俗话说不斗不吵不热闹，过段时间就会雨过天晴了。”

“这么说，天下就没有分手的恋人了？”王璐反驳说，心里影出下午的一幕。

“你们俩不同，我来给你们分析分析。”

“我不听！我不听！”王璐两手挣扎着，其实心里很想听听。谁知道张小葱却说：“不听算了，省得我费吐沫。”王璐心里那个失望啊！

“你不是要告诉我一件事吗？”王璐提醒说。

“哦，差点儿忘了，这件事也是你和那个油盐不进不会分手的因素之一，感兴趣吗？嗯？”

王璐不再说话，而是老实地躺着那里。张小葱见了好笑。

“是关系到你那个竞争对手的。”

“我的竞争对手？谁？”

“那个五颜六色啊。”

“五颜六色？”

“就是你家那个油盐不进的女秘书——姚美丽。”

“她！她怎么了？”

“我是说她不会再对你构成威胁，她和油盐不进，没戏！”

“他们之间有戏没戏与我有什么关系。”

“不要再嘴硬了，告诉你，我这次到胡兵农村老家，打听到她的一个天大的秘密。”接着，张小葱小嘴机关枪似的响着，把事情的来龙去脉告诉了王璐。

原来，胡兵的老家就是水田县——姚美丽原先工作的地方。张小葱这次去未来婆家过年，胡兵的七大姑、八大姨当然要过来把把关。其中有一个远房表舅在县城工作，此人号称“百事通”，也叫“水田度娘”，意思是水田县城发生的大大小小事情没有他不知道的。酒席间，为了在张小葱面前显摆他的这个本领，说了很多街头巷尾的闲文轶事。张小葱当然对这些不感兴趣，可是又不能表现出来，强忍听着。百事通说了水田县四大家族的发家史后，开始讲述四大美女。

“要说四大美女，姚大美女至今依然坐头把交椅！”百事通不无感慨地说，如过去的老学究在诵读一篇自己的得意之作。

女人对女人的颜值从来都是不服气的，大多女人都认为自己很美丽的，就是东施也不服气西施，张小葱不由问：“姚大美女？头把交椅？长得什么样？“

“她叫姚美丽，此女子五颜六色，宛如彩霞仙子……”百事通张着河马似的大嘴说，唾沫星子满天飞舞着。

“姚美丽？五颜六色？天啊！是姚秘书吗？天地不会这么小吧？”张小葱心里疑惑着，问：“这个姚美人现在在哪儿？”

“孔雀他妈东南飞了。”

“飞走了？怎么一回事？”

百事通于是把姚美丽的绯闻绘声绘色地说了一遍，张小葱听了比吃肉还香！

此姚美丽和彼姚美丽到底是不是一个人张小葱还没弄明白，晚上，看着睡在身旁的胡兵，突然想起什么，一拳头把胡兵砸醒，问他葫芦里装的什么药。

胡兵糊里糊涂问怎么了。

“我问你，你表舅嘴里的姚美丽是不是油盐不进的那个女秘书？”

胡兵点头称是。

“那你怎么不早说？”张小葱横眉竖眼地质问。

“你不是整天教育我，在公司里要多干事少说话，要像君子那样扬人所长，避人之短吗？”

“以后，这样的事要及时向我汇报！”

胡兵连声答应，还说姚美丽得知他是水田县的人后，对他分外好。

“是吗？是吗？”张小葱睨眼斜瞧着胡兵，“她那是想收买你的嘴，切，这个都不知道，脑残一个！”

胡兵摸着自己的头，辩解说这个他当然知道。

“哎，脑残，我问你，你的工作谁介绍的？”

“王姐，怎么了？”

“王姐和油盐不进好上了，姚美丽企图插上一杠子，你帮谁？”

“我当然帮王姐，帮王姐就是帮你。”

“算你还有救。”张小葱说着睡下了，心里欣喜异常，想着明天就回去把这事告诉王璐。

听了张小葱的叙述，王璐不禁感慨道：“没想到姚秘书还有这么曲折的经历！”

“嘿嘿，姐，这下你彻底放心了吧，她姚美丽根本不是你的对手，只要把这事告诉了油盐不进，保证他离她远远的。”

王璐睡在那里，没有吭声，似在想着什么。

“哎，姐，你什么时候把这事告诉油盐不进？”

王璐还是没有吭声。

“假如你不好说，我去告诉他。”张小葱自告奋勇地说。

“小葱，还是免了吧。”

张小葱看怪物似的看着王璐，半天，说道：“姐，你什么都好，就是一样不太好——菩萨心肠，太善良啦！人家都说爱情是自私的，这事如果换了姚美丽，坐着飞机去告状还嫌慢呢！你没看出姚美丽整天千方百计地排挤你，不知道背后说过你多少坏话。”

“刚才听你讲姚美丽的经历，觉得她挺可怜的。”

“可怜之人必有可恶之处，这是她咎由自取，活该！”

“都是青春惹的祸，谁的青春不冲动？从这一点来说，我觉得她无可非议。”

“你呀，好不容易逮住这么个机会，却不用，俗话说机不可失失不再来，我劝你再好好想想吧。”

“不用再想了，我已经想好了，我和姚美丽之间进行公平竞争，是你的就是你的，不是你的，巧取豪夺也不行，这就是缘分。”

“你呀，无可救药！女菩萨，睡觉！”张小葱气恼地说，伸手把被子蒙住头一动不动。

“菩萨遵命！”王璐说着也把头缩进被窝，思考着要不要把今天下午的一幕告诉张小葱。正在犹豫不决时，手机响了，二人同时伸出头看，张小葱抓起手机看了看，猛然接通，冲着手机大声地说：“不要再来烦我了，我不是已经告诉你了吗？把他灌醉，按倒，啪啪啪！重要的事情说三遍，灌醉，按倒，啪啪啪！灌醉，按倒，啪啪啪！”不等到手机里说话，狠狠掐断，慨然地说："我这个女诸葛容易吗？"

"有你这样的诸葛吗？你这是在教唆人堕落。"

"姐，你 out 啦，现在的小年轻谈恋爱不都是这样？"

"你和胡兵也这样？"

"你想知道吗？"张小葱说着伸手来挠王璐痒痒，二人随即滚在一起，笑声冲天。

"呵呵……哈哈……"此时欧阳芙蓉和豆豆也笑成一片。今天下午，欧阳芙蓉和陈桂花见面后，二人密商了很多细节，计划是如此周密，二人都觉得这门亲事就是铁板钉钉的事。两个女人甚至规划到欧阳建业和王璐婚后的事。欧阳芙蓉说等到璐璐和建业有了孩子，自己就不在外面漂泊了——回国带孙子，享受天伦之乐。陈桂花说那不行！你欧阳家已经有了一个孙子里，而自己家一无所有，无论如何孙子应该归她带。欧阳芙蓉说都是老同学，何必那么计较。陈桂花说老同学也不行。

欧阳芙蓉兴奋地回来，那兴奋在心里装不下，要与人分享，于是跑到豆豆房间里，告诉豆豆，王阿姨一定会回来的！

豆豆当然高兴得不得了，拍着小手说："太好了，太好了！"

"你王阿姨还说很想念你呢，她问你围棋还下吗？……"

隔壁有耳，祖孙二人的谈话被正在外间擦地板的姚美丽听到，绝望地放下拖把，受伤的狼似的逃出欧阳家。

来到外面，雪还在下，簌簌的，路灯下，雪花飞蛾似的乱窜，姚美丽觉得自己就是那空中的雪花，何处是自己的归属？

她无目的地走着，蜗牛似的。路旁一家酒吧门口的霓虹灯卖力地闪烁着招揽客人，姚美丽想钻进去，今晚她把自己灌醉，永远不醒才好呢。

来到酒吧前台，准备要酒，手机响了，一看，可恶，怎么又是他？大过年的也来骚扰！她就这么看着手机，想掐断，转念一想，还是接了，一会儿放下手机，嘴里一边嘀咕着："你不要我，有人要！哈哈……"虽然是这么笑着，可是眼睛却模糊起来，模糊起来，整个世界都模糊了。

一家宾馆里。姚美丽躺在那里，任身上的梁天成折腾着。一会儿，梁天成从她身上下来，躺在一边喘着粗气。姚美丽觉得他工作不行，床上也不行，因为她觉得今夜还没有发泄够。

梁天成抽完一支烟后，再次搂住姚美丽，揉着她的胸脯，问："欧阳夫人，你们的事进展得如何了？什么时候请我喝喜酒呀?”恶意地笑，再伸嘴含住姚美丽的奶子。

“还说呢，一点儿戏都没有了!”

“怎么了?”梁天成抬头问，手却并没有停下来。

接下来，姚美丽把今晚听到的话告诉了梁天成。梁天成并没有说什么，而是停止了揉撮姚美丽的胸脯，眼望天花板，似在思考着什么。

姚美丽知道他鬼点子多（这是她今晚之所以来的原因之一)，所以没有打扰他。她在等待。

果然，过了不久，梁天成吧嗒了一下嘴巴，问道：“油盐不进对你是什么态度?”

“还是那样，不温不火，不咸不淡。”姚美丽这样说，脑子里映出昨晚欧阳总裁轰她走的场景来。

“那个王璐呢?”

“她不再来欧阳家了，至于其他的，鬼知道。”

“这说明他们还没有和好，他们没有和好，就是你最好的机会，哎，美丽，你们不能……”梁天成瞧着姚美丽雪白的胴体说。

“人家像你呀?”

梁天成并没有感到难为情，而是呵呵恶意地笑，继续说：“无论那个老婆子怎么说，你都不要放在心上，只要他们没有结婚，你就有机会，哎，油盐不进不是一直对那个王璐欺骗他耿耿于怀吗？你要死死抓住这个不放，这是你唯一的机会。”

“怎么说?”姚美丽一脸疑惑地望着问。

梁天成把嘴巴伸到姚美丽的耳边，叽叽咕咕一阵子。姚美丽不再厌恶他的臭嘴，而是认真地听着，“嗯嗯”地答应着……

接下来几天，姚美丽再也没有去欧阳家，这倒让欧阳建业真的感到奇怪了。这几天，欧阳芙蓉和陈桂花不时见面，有两次，陈桂花非要拉上王璐一起去不可（这也是两个女“外交家”计划的一部分）王璐虽然心里不乐意，但是迫于老妈的恩威并施，终于跟着去了。

见面聊天表面上是东拉西扯，但是，王璐明显感到都是围绕着自己和欧阳建业转。比如，欧阳芙蓉说自己的侄子是个脸冷心热的人，打小就是这样，所以他的外号叫“老闷”。“唉，你不知道，其实他的心热着呢!”说的时候，眼睛意味深长地瞥了王璐一眼。

王璐表面上事不关己地坐在那里，心里却如初春水下。为了掩饰，端起茶杯喝了一口。这哪里逃过两个女外交家的眼睛？二人得意地交换了一下眼神，意思是：有效果！

计划也有失败的时候，欧阳芙蓉几次要欧阳建业跟着自己一起去见陈阿姨，还解释说没有什么，就是聊聊天。可是口水说了几大盆，欧阳建业就是一言不语。气得欧阳芙蓉连声喊着他的小名："老闷，老闷。"

这几天，趁着欧阳建业外出应酬的工夫，欧阳芙蓉带着豆豆来到王璐家，借口说让老师指导指导围棋，顺便给老师拜年。

陈桂花、王长丰夫妻二人见了，真把豆豆当作自己的孙子一般招待。王璐呢？放下对欧阳建业的心塞，大公无私地指导着豆豆下棋，又带着豆豆和刘大帅的弟子们切磋了几盘，豆豆把他们一一咔嚓了。豆豆高兴，王璐也高兴，这也算这艰苦岁月里那么一丝欣慰吧。

时间过得真快，转眼间春节几天的假期就过去了。今天是上班的第一天。新年新气象，欧阳建业正在办公室思考着新年第一场会议说什么，姚美丽推门进来，把手里的一张纸递到他的面前。欧阳建业一看，抬头盯着姚美丽问："辞职！为什么？"

"我在这个公司待不下了。"

"怎么了？"

"我……"姚美丽摩挲着手，欲言又止，半天，从口袋里掏出那枚戒指放到桌子上，"我没有人家有心机，不是人家的对手，我甘拜下风。"说着可怜兮兮地站在那里，泪眼婆娑。

"到底是怎么一回事？"欧阳建业烦躁地问，声音抬高了八度。

"这些年，我对你……你也知道，公司的人也都知道。"姚美丽看着桌子上的戒指说，"可是，我现在才知道我根本没有希望，人家有心计，会谋划，欧阳阿姨、豆豆已经被人家拉拢了过去。"

"谁？"欧阳建业嘴里虽然这么问，但是心里已经知道姚美丽所指了。豆豆一直喜欢那个她，至于姑姑，他就纳闷了，她才回来几天呀，怎么就被那个她拉拢过去了呢？于是问："她怎么拉拢人了？我怎么不知道？"

"这些天她们每天都见面的！她有不可告人的目的，你当然不知道喽。"

"有这样的事？！"欧阳建业大惊道，怒气如打开的水龙头喷涌出来。

姚美丽见了，心中好受了些，又往欧阳建业的怒火里添了把柴，说道："人家手段高明着呢！有目的、有计划一步一步来，不像我，只知道干好自己的本职工作，默默地……"说着，大胆地抬头看了欧阳建业一眼。

欧阳建业鼻子如火车鸣笛似的喷着气，气急败坏地说："她就是这样的人！工于心计，哼哼。"

姚美丽见了心里只佩服起梁天成来，他是个小人，诡计多端，也管用。但是，担心也随即而来，假如欧阳总裁答应自己辞职呢？心里这样想，瞟了那份辞职信一眼。

"姚秘书。"欧阳建业拿起那份辞职信说，"你暂时还是留在公司吧——如果没有更好的。"

"嗯。"姚美丽蚊子叫似的答应道，心里那个欢喜啊，钱塘潮水似的一浪跟着一浪。

"我还要告诉你，不要把个人感情和工作混杂在一起，这也是公司的规定。"说着把那份辞职信递了过来。

"嗯，嗯。"姚美丽温顺得小绵羊似的答应着，接过辞职信走了出去，到了自己的办公室，小拳头一扬："耶！"

欧阳建业呢？现在坐在那里，姚美丽的话似热带雨林里的藤蔓缠绕在他的心上，猛然站起，咬牙切齿地说道："王璐啊王璐，你这个为达目的不择手段的女人，可鄙！可笑！可恨！"

晚上回到家，脸色阴沉得能一挤就能挤出雨水来，对于姑姑和豆豆的说笑视而不见，听而不闻，吃过饭就躲进自己屋子了。欧阳芙蓉和豆豆对此早已习惯，欧阳芙蓉指着欧阳建业的房间教导着自己的孙子说："看到了，和女朋友闹别扭的男人都这德行。"

豆豆心里疑惑着，眨着小眼睛正要分辩说我和王小可闹翻可不这样，突然欧阳建业探出头来，冲着这里说道："姑姑，您进来，我有话要说。"

欧阳芙蓉站起来，对着豆豆挤眉弄眼，然后走了过去。

进到房间，见到自己的侄子正襟危坐在那里，欧阳芙蓉才感到不对劲儿，知道他有什么重磅消息要发布，于是过去坐在对面，看着侄子的嘴巴。

"咳"的一声，欧阳建业清了清嗓子。欧阳芙蓉见了心中好笑，听说国内的领导开会之前都这样，自己的侄子怎么也养成了这个习惯？正在想，没想到咳嗽具有传染性，欧阳芙蓉觉得自己的嗓子处也痒痒的。

“姑姑，我有一件事要对你说。”

“什么事?”

“我……这次我真的订婚了。”

“什么？你要订婚了？和谁?”欧阳芙蓉瞪大眼睛望着侄子问。

“姚秘书。”

“嗡”的一声，欧阳芙蓉脑子里如机场里无数架飞机同时起飞，不相信耳朵似的再次问：“你说和谁？姚美丽？你不是上次和她已经……”

“上次是骗你们的，这次是真的，而且我准备举办一个仪式。”

“你确定?”

“确定!”

“那王璐怎么办?”欧阳芙蓉呆坐在那里，自言自语地说。

“我和她已经一点儿关系都没有了!”欧阳建业斩钉截铁地说。

“终身大事，决定权在你，既然你已经决定了，我也不再说什么了。”欧阳芙蓉说着站了起来。

回到自己房间，欧阳芙蓉脑子里混沌得如没有发生大爆炸前的宇宙，半天才恢复正常，第一感觉是怎么对老同学陈桂花交代！思考了半天，得出：三十六计走为上策！第二天她就回美国了。

而做着美梦的陈桂花得知情况后，如从第三十三层天界直坠入第十八层地狱，电话里把欧阳芙蓉训斥得一钱不值，但是一点儿办法也没有。夜里只好对丈夫王长丰嘀咕道：“早知道应该劝璐璐答应刘一手，现在好了，两个金龟婿都跑了，唉，璐璐这孩子，命苦啊!”原来，前天她去城隍庙烧香，顺便找了黄大仙给女儿算了一下命。黄大仙说王璐命硬，但是仙人自有破解之法，当收了陈桂花呈上来的两千块钱后，黄大仙闭目念叨一番，然后告诉陈桂花，他已经把诸事告诉了上天王母娘娘，以后，王璐的婚姻大事定会一帆风顺的。唉！不承想到头来还是竹篮打水一场空。

今年春天来得早。正月十五后，天气是一天暖过一天。周六早晨，王璐接到张小葱的电话，说一起去郊外春游。王璐这几天正犯着春困，不想去，经不住张小葱的一再央求，最后不得不答应前往。

野外，天蓝云白，水绿花红。特别是一望无际的油菜花，黄灿灿得炫目，散发出浓郁的香气，蜂儿、蝶儿穿插其中，美不胜收，可是张小葱对此好像并不在意，她不停偷偷打量王璐，似乎要从皮肤处看到骨子里。虽然是偷偷地，但是，王璐已经感觉到，伸手摸了一下脸，问:我有什么不对劲儿吗?”

“没有，没有。”张小葱连声否定，被揭穿，现在敢正大光明地打量了，再仔细看了一眼王璐，说道，“姐，你好像瘦了，有些事不要放在心上。”

王璐一听就知道肯定发生什么事了，忙追问过去。

“你不知道?”张小葱疑惑着。

“我知道什么?”王璐一脸茫然地反问。

张小葱听了，心里道：“坏了，坏了，王姐还不知道油盐不进和姚美丽的事。”赶紧摇头晃脑地说：“没什么，没什么。”为了证明确实没发生什么，居然把鼻子伸到一朵油菜花边嗅着，嘴里还念叨着： “好香，好香!”

这哪能瞒过王璐?脸一沉，问：“小葱，你还是我的好姐妹吗?”

“当然了，这还用说!”

“那就告诉我到底发生了什么事!”

“这个，这个……”张小葱犹豫着，眼睛也飘忽不定，猛地停留在旁边的男朋友胡兵身上，手一指，命令道：“你，说!”

胡兵接到命令，不敢不照办，接下来，把欧阳总裁和姚美丽公开男女朋友关系的事说了。

“原来是这事啊!与我有半毛钱的关系?”王璐轻描淡写地说，眼睛迷惘地望着旁边，那里曾经是她和欧阳建业、豆豆一起钓虾的水塘，水塘上泛起的波纹似他们留下的欢笑的余波。

张小葱、胡兵对望了一眼，彼此告诉对方，其实王姐还是很在意的!

“姐，你真的不在意?”张小葱问，神色凝重地望着王璐。

“我已经和他没有什么了，现在，我要恭喜他们，哎，不要再说这些，要不就辜负了这大好的春色，走，继续赏景。”王璐说着带头往前走。张小葱和胡兵在后面小心地陪着。接下来，王璐好像改变了一个人，有说有笑。她越这样，张小葱越担心。

来到那个池塘边，物是人非，王璐心痛，为了赶跑这痛，眼睛在水面上到处张望。张小葱问她在找什么。王璐说刚才听到蛙声一片，现在怎么一个青蛙的踪影也见不到，奇怪了!说着，伸手试了试水，好像觉得凉不凉。张小葱害怕她临清渊而萌短见，一刻不敢放松地跟在后面。

赏景回来后，王璐便倒头大睡，三天后才起床，然后对父母说，她要出去玩几天。

虽然说是游玩，可是每到一处风景点，眼睛呆滞地看着一切。明眼的人一看就知道这是一个失魂落魄、万念俱灰的美女。旁边一对情人走过，好奇地看了一眼王璐。那女孩悄悄地对男朋友说："我敢打赌，她失恋了。"

傍晚，山高暮早，钟鼓声声。王璐在一座寺庙里还没有离去，她坐在花坛边的石凳上，望着西边天空晚霞的变化。刚才还是一簇一簇的红，俄而变成一块一块的红，现在只剩下一丝一丝的红，王璐知道，不久那一丝的红就会不存在——正如她的希望。

希望不存在了，肉体要她何用？王璐呆呆地望着从香坛飘过来的云烟，心中突发奇想，然后迅速站了起来。

当王璐把自己想皈依佛门之事向女主持慧明说了后，慧明没有出声，带着王璐来到院落，指着旁边花草问："请问施主，这是什么？"

"花草。"

"这个呢？"

"石头。"

"施主，请回吧，您的尘世之缘还没了结．我已经观察你半天了，如果我没猜错的话，施主是为情所困。"

"请问情为何物？"

"情就是那朵花，也是那块石头。"慧明回答。

慧明主持的这个回答，让王璐很长时间都没禅悟透。

"难道有情的时候是花，情断的时候就是石头？"王璐自问，可是不对呀，在佛门之人看来，世间万物都是有生命的，石头当然也有生命了。

游荡了一个月后，王璐回到 H 市，继续想着这个问题。

张小葱闻讯赶来，告诉王璐金天公司很多的事。说三阎王现在是小人得势，说着唉声叹气，一脸愁容。

金天公司已经和自己彻底断绝了关系，但是看到好朋友如此，王璐不禁替她担忧，随口说道："如果在公司待不下去，那就辞职呗。"

谁知道张小葱听了，一下蹦起来搂住王璐，嚷道："知我者王姐也，王姐，你就是我肚子里的蛔虫，什么都瞒不过你，听你的，明天我就去向金天雷辞职！"

王璐只不过随口一说，谁知道张小葱当真了，赶紧退一步说："你可想好了。”

“我已经想好了，辞职，坚决！”

中午张小葱留在这里吃饭。陈桂花为了讨好女儿，慰藉她那颗受伤的心，做了自己最拿手的菜——桂花鸭。

张小葱吃着桂花鸭，连声说好吃，夸说陈阿姨的厨艺堪比五星级酒店的特级厨师。陈桂花终于见到有人赏识自己了，心中的高兴如刚开瓶的可乐——咕咕地往外冒。说这桂花鸭是她陈家的祖传，这世界上可以说单此一家，口味一流，色香味俱全，说的时候连连啧嘴，引得自己的口水都要流了，还解释说她为什么叫陈桂花这么个俗气的名字？就是为了纪念这桂花鸭。

“这样啊，这样啊，没想到阿姨的名字还有来头！”张小葱感叹道，

王璐知道张小葱在哄自己老妈开心，看戏似的坐在那里不言语。

“上海、南京的桂花鸭虽然有名，但是和我做得简直没法比！”

“是的，是的。”张小葱附和道，突然转过头来对着王璐说道：“姐，你刚才不是问我辞职后干什么吗？不如我们俩把阿姨的桂花鸭推到市场上，肯定赚钱！”

王璐听了，心里只佩服张小葱这丫头脑子灵活，相比之下，自己笨死了，商机就在眼前，怎么没有想到这个？亏得自己还在商场混了这么多年！

“能行？”

“肯定行，咱姐妹是什么？是花，香艳的花，而不是石头！”

听了张小葱这话，王璐突然想起慧明法师的禅语来。

真的要推出陈氏桂花鸭了，陈桂花倒谦虚起来，疑惑地问：“行吗？”

二人说干就干，第二天就开始选店面。选来选去，最后张小葱选中了包河公园旁边一个巷道里的一家小铺面，因为这里比邻闹市，又是风景区，人流可观。可是又有些犹豫——害怕王璐伤心，就是在这里，王姐和那个油盐不进发生了许许多多的故事。

王璐知道张小葱的心思，说过去的就过去了。

一个月后，陈氏桂花鸭隆重推出。希望是饱满的，现实是骨感的，生意敝落得就如今年的天气一样，阴雨连绵。三人从上午九点等到晚上九点，鸭子也只不过卖出去两只。一个月又过去了，一算账，居然亏了一万多块钱！这下，陈桂花对自己的祖传秘方失去了信心，整天唉声不断，叹

气不绝。张小葱也有点儿泄气，这样的沮丧不觉地也传染给了王璐。

初夏的夜晚，天空中挂着一弯残月，如钩如镰，旁边散落着几颗稀疏的星星，眨着白眼。王璐站在天台上望着残月，耳朵里满是小虫叽叽咕咕的聒噪，又掺杂着汽车马达的轰鸣声，这使她更加烦躁，想自己爱情失意，事业上也这么糟糕，这就是所谓的祸不单行？难道这就是自己的人生？鼻子一呛，几欲泪流。

她就这么站在阳台上，一直到夜深，都市平静了许多，一阵风吹来，也让她冷静了些。她开始分析生意惨淡的原因……一直到天明也了无睡意。干脆不睡了，换上运动服跑了出去，却神使鬼差地来到包河公园，心里胆怯——害怕遇到那个他，可是转念一想现在他与自己已经没有一点儿关系了，何必害怕？于是硬着头皮跑着。让她释怀的是并没有遇到他，心里一个疑惑涌出：咦，他也不跑步了？立即又把这个疑惑驱赶，开始一本心思跑步，只跑得浑身大汗，回来洗了澡，然后倒头大睡。

第二天上午，王璐来到店面告诉张小葱，桂花鸭暂时不卖了。张小葱当然要问什么原因。王璐告诉她，自己要改良陈氏桂花鸭的秘方。她分析说H市的人属于咸鲜型——重色、重油、重口味，忌甜，而自己的老妈是苏州人，陈氏桂花鸭过于腻甜，明显的水土不服。一语点破天机，张小葱恍然大悟，说总算找到原因了。

接下来，二人一头钻进厨房，夜以继日地研发，一次不行，再来一次，直到二十多天后，总算摸索出自己满意的味道，可是自己满意还不行呀，需要顾客肯定才行。接下来的几天，包河小巷里，传来美女悦耳的吆喝声："免费品尝，免费品尝喽。"

一个月后，那屁股大的店面前开始排起一百来米的队伍——他们当然是来买桂花鸭的，也有人来买鸭子，顺便看看"桂花鸭西施"，因为网上疯传了这个名号，连当地电视台美食栏目都来采访了。

看着前面长长的买鸭子的队伍，陈桂花笑得合不拢嘴。夜晚收工后，又呼爹喊娘，直说累死了，累死了。张小葱见状，拎起钱柜，一股脑儿倒在桌子上，满桌子都是花花绿绿的钞票。陈桂花又喜笑颜开了。王璐对着张小葱说："看到了吧，什么叫见钱眼开？活生生的例子！"

张小葱嘻嘻地笑，并没说话。

"死丫头，死丫头，连你老妈都损！"陈桂花嚷着，可是数钱的手并没有停下来。

夏天的早晨，包河公园里的垂柳婀娜多姿，湖里的莲叶洒上晨晖，青翠中泛着红晕，万绿丛中隐隐约约地露出那么一朵红莲花，火把似的，留人于岸边，观之不足。

湖边的林荫道上，一个粉红女郎跑着，这就是王璐。自从桂花鸭生意走上正轨以后，她每天早晨都来公园跑步。以前担心遇到那个他，可是一段时间后，并没有遇到，于是逐渐打消了心中的顾虑。

可是今天早晨感觉不一样，眼睛总是跳个不停，老妈的话涌上心头：左眼跳，财！右眼跳，灾！她揉了揉眼睛，发觉是右眼，难道要发生什么事？她心里忐忑着跑步，猛一抬头，只见远处一个白点在移动，这个白点再熟悉不过了，天啊，是他！赶紧来个急刹车，站在那里心里混沌得似一锅稀粥，一锅沸腾的稀粥！是继续往前跑呢，还是撤退？稍作犹豫，随即仓皇逃离了公园。

仓皇逃离的还有欧阳建业！他也发现了王璐，心中的怨恨如从银行取出的定期储蓄——本钱加利息。到了家里，一个疑惑七仙女下凡似的从天而降——咦？她怎么又来跑步了？是贼心不死？还是……这样地想，怨恨又如高利贷似的利上加利了，可是，心底中又莫名地冒出那么一丝欣喜，至于喜从何来，他也说不出。

这几个月来，欧阳建业对姚美丽还是那样，不好不坏，不冷不热。而姚美丽可就不一样了，现在，她春风得意，整天高兴得似下了蛋的老母鸡——咯咯地叫。可是也有愁苦的时候，特别是最近，因为梁天成不断纠缠，不断要钱。

再也不能这样继续下去了！姚美丽做出决定。

上班的路上，那个粉红的小点时不时地在欧阳建业的脑海里显现，只后悔逃离得过于仓促，没有看到王璐的模样。想象中，这时的王璐应该憔悴不堪，所谓为伊消得人憔悴，人比黄花瘦。想到这儿，心中涌出一丝满足，一丝快慰。

来到办公室，和往常一样，首先打开电脑，查看留言和邮件。当查看到第三封邮件时，觉得很是奇怪了，原来是一个视频。

打开视频，一对裸体男女躺在床上“嗯啊”地干着那事。欧阳建业肺都气炸了，呼啸地喊道：“姚美丽！”

姚美丽进来，看了视频，脸上涌出几层火烧云，随即变白，再变青。

“呜呜……呜呜……”姚美丽蹲在地上哭着。

原来，视频中是她和梁天成性爱的场面。

姚美丽是怎么回到住宿地的都不知道，心中只有一个念头："完了，一切都完了！"现在，躺在床上，宛如一条死鱼翻着白眼。

歹毒，太歹毒了！梁天成怎么能够这么做呢！怨恨过后，又后悔不跌，自己太粗心了，和他做那事，他录像了都不知道，接着又后悔自己没有答应梁天成的要求，后悔得不能原谅自己，抡起拳头猛砸自己的头，一边砸，一边喊："该死！该死！"

以后，姚美丽就在这怨恨与后悔的轮回中度日如年。

这是怎么回事？

原来，公司里的人把姚美丽当作准欧阳芙蓉了——她也是这么认为的。于是下定决心不能和梁天成暧昧下去了，几次，梁天成打电话过来都没接。他打电话无非就是要钱，可他是个无底洞啊！姚美丽不知道，梁天成最近赌钱输了很多，整天被人追着要债，越心烦，毒瘾越大，而他已经身无分文了。

一天下午，穷途末路的梁天成偷偷来到公司门口。下了班的姚美丽见了，如见到虎狼猛兽，车子飞奔着离去。梁天成正要追，没想到后面窜出两个光头大汉，上来架住他。这一次，梁天成被赌场的讨债打手只打得鬼哭狼嚎。

夏天的夜晚看似平静，但只不过是表面现象，在夜幕下的草丛里，演绎着多少动物界里胜者为王、败者为寇的故事，一只蟋蟀丢掉了一只腿，一只飞蛾被甲虫吞噬……

郊外的一间破屋里，梁天成受伤的狗似的在独自舔伤。落到这个地步，可他并没有检讨自己，而是把一切都归咎于欧阳建业和姚美丽。假如欧阳建业不开除他，假如姚美丽给他钱，都不会弄成这样！

"报复！我要报复！"这是此时梁天成唯一的念头。他蜷缩在角落里，灯也不开，只是一味地吸着烟。烟火一点一点的红，映照出他那张扭曲变形的脸……

姚美丽失踪了，就如她离开水田县一样，公司里的人都大惑不解，但是都不敢公开张扬，因为欧阳建业的脸整天阴沉着，似这季节里老宅子的墙面——斑驳而陆离。

晚上回到家，身体泄了气的皮球一般倦怠。身体是这样，口味也好不到哪里去，吃着饭菜，味如嚼蜡。和欧阳建业形成鲜明对比的是豆豆，小家伙津津有味地啃着一盘什么鸭子。

“难道姚美丽的事他知道了，这是在幸灾乐祸？”欧阳建业狐疑道，“真是人小鬼大！”

看着儿子大口朵颐着，欧阳建业也夹了一块鸭子吃着，猛然感觉也没什么特殊，待到吃下肚子后，才知道不一般，嘴里弥漫着一股清香。

咦，这是什么鸭子？欧阳建业心里奇怪着，更让他奇怪的是，豆豆的小眼睛在偷觑自己，邵阿姨呢？虽然站在他的后面，明显感觉到她在注视着自己。

“鸭子好吃吧？”豆豆问。

“嗯，还好。”

“知道这叫什么鸭子吗？”

欧阳建业没有回答，抬头看了一下儿子，似乎在听答案。他就奇怪了，豆豆对这些从来不感兴趣，今儿怎么了？

“桂花鸭，还魂鸭。”豆豆回答，后一个称谓当然是他杜撰的。

特殊时期，欧阳建业敏感着呢！什么还魂鸭？明显是小家伙话里有话，此地不可久留，“嗯”欧阳建业鼻子里出了一声，随即站了起来，径直去了书房，但是嘴里还留有那鸭子的余香，心里道：“这鸭子还真不错。”

欧阳建业哪里知道今晚吃的鸭子就是王璐研发的新型陈氏桂花鸭？原来，豆豆已经知道王阿姨在卖鸭子，无奈自己不能单独出去。今晚下午放学回到家，吵着闹着要吃什么陈氏桂花鸭。邵阿姨一听就知道怎么一回事了——她从一个同事那里得知陈氏桂花鸭味道不错，于是跟着那个同事一道去买，远远看见王璐在卖鸭子，天啊！赶紧悄悄地溜走了。

下午，邵阿姨只好答应前去买，可是豆豆非要跟着去不可。

“不行，你爸知道了，肯定开了我的！”

豆豆保证说一定不会告诉老爸，还威胁说不带他去，今晚就不吃饭了。邵阿姨这才敢冒天下之大不韪而带他去了。

“王阿姨！”远远地，豆豆嚷道。

王璐一见，几乎眼泪都高兴出来了，赶紧停下手里的活来接待豆豆，无奈排队的人有了意见。顾客就是上帝，而上帝是得罪不起的。

临走，王璐送了一份鸭子给豆豆。张小葱冲着豆豆说：“给你老爸尝尝，还魂的。”这才有了豆豆今晚所谓的还魂鸭。

书房里，欧阳建业并没有看书，只是端着酒杯坐在那里想着心思。梅雨还没过去，他的心潮就如此时外面天空的云潮雨潮一样翻滚着——他在回忆姚美丽临别之语。

那天，姚美丽来告别。才两天，她已经憔悴得不成样子，萎靡得就如秋天的树叶。

树叶不说话，而是两只手不断地交错摩挲着，似在做一个很大的决定，半天，咬着的嘴唇终于放开，深重地望了一眼欧阳建业，说道："总裁，人之将去，其言也善，你还是和那个王璐和好吧，她才是最适合你的。"

欧阳建业只是低着头一言不发。

"唉，都是我造的孽！"接下来，姚美丽把自己和梁天成、严三强共同吃回扣以及梁天成出谋划策诬告王璐的事说了一遍，

欧阳建业坐在那里听着，一脸的波澜不惊，但是，心里冒出无数个感叹号。原来如此！原来如此！

"总裁，都是我的错，我之所以这么做，都是为了爱你，请你不要怀疑我对你的爱，我也想纯真地去爱你，可是，我走错了第一步，结果步步错，唉，就这样了！"姚美丽说完，孔雀东南飞似的，一步三回头地离开了。

现在回想起姚美丽离去的身影，欧阳建业觉得她挺可怜的。在公司这些年，她的工作能力还是很强的，工作、生活处处照顾着自己，至于她那么对待王璐，人们都说爱情是自私的，但是，爱情也是奉献的，她最后能主动说出实情，也能证实这一点。

"唉，希望她有个好的归属！"欧阳建业心里叹气道，喝了一杯酒。外面的雨又下了，打在窗户上，"啪啪"地响，一会儿，玻璃上现出水花，旋即出现了瀑布。

雨声搅得欧阳建业心烦，站起来到窗口望着外面的雨景。天空，云朵泛着昏白，好像就在头顶，飞马、飞象、飞豹似的向南疾奔。楼下的大树被大雨淋得呆头呆脑，昏黄的路灯下，雨点银线般的挂着形成雨帘。

"她才是最适合你的。"这句话又激荡在耳边，以后，这句话时不时出现，就如海洋里的鲸鱼——时不时地露头喷水。

欧阳建业眼睛望着远方，那里，云朵的隙缝里好像冒出几颗星星，但瞬间又消失了。

连姚美丽都帮她说话，难道自己是真的错怪她了？欧阳建业不由得这样想。咦，她在干什么？

此时，王璐躺在床上怎么也睡不着，虽然忙碌了一天，身体累得散了架似的。这一切都是因为下午豆豆的出现，这个小家伙如一粒石子扔进了平静的水面，搅得王璐心海里的涟漪起伏不绝。

她现在有点儿后悔下午搭理了豆豆，可那时想都没想就那么做了，而且当时见到豆豆就如见到了久别的亲人似的，高兴异常，激动万分。

“唉，豆豆是豆豆，他是他。”王璐这样宽慰自己道，话是这么说，可是王璐心里还是感觉酸酸的，就如那树上迟熟的杨梅——欧阳建业，他就那么挂在树梢上。

第二天早晨居然放晴了，天气预报说梅雨期即将过去。欧阳建业跑着步，眼睛不自觉地张望，希望看到那个粉红色的身影，可是又有些害怕。假如遇到她，又怎么说呢？对此，昨晚设计了无数个方案。

“不行，不行！”欧阳建业一一否定着。

让他失望的是并没有看到那个粉红色的小点，失望之余又有点儿庆幸。就在这失望和庆幸交织中，欧阳建业离开了公园。他不知道，此时，相邻的一个公园里，王璐也正打算离开。

接下来的几天，王璐的影子时常出现在欧阳建业的脑海里，特别是晚上夜深人静的时候。不知道怎么了？现在并不十分讨厌她了！

周五早晨，欧阳建业来到公司，公司员工见了，老鼠见到老猫似的。纷纷恭迎，问候道：“欧阳总裁，早上好！”

“嗯，早上好。”

等到欧阳建业的身影消失后，大家长出一口气，说：“妈呀，梅雨期总算过去了！”

“咦，欧阳总裁最近好像变了。”

“难道又谈恋爱了？”

“但愿是。”

大家的议论只让办公室里的欧阳建业连打三个喷嚏，新上任的秘书小贾进来报告说下午市里有一个会议。小贾正要离开，被欧阳建业叫住。可是等了半天，只听欧阳总裁说：“没事了，出去吧。”

刚才，欧阳建业心里有个冲动，想让小贾去把胡兵找来。

小贾走后，欧阳建业盯着桌子上的电话机半天，最后鼓起勇气拿起，拨通，说道：“姑姑。”

“什么事？这么晚把我吵醒。”

欧阳建业这才明白现在的美国已经快到午夜了。连声说抱歉。欧阳芙蓉再次问有什么事。

“没事，没事。”欧阳建业赶紧否定说。

听了侄子这急切的口气，欧阳芙蓉知道肯定有事。猜摸了半天，脑子了出现一个念头，恶作剧地说：“是不是想王璐了？要我帮忙呀？”

欧阳建业的心鬼被姑姑识破，赶紧辩解说：“没有！没有！怎么可能呢！”

放下电话，欧阳建业擦着额头的汗，只叹姑姑太聪明了！中间隔了个太平洋，居然好像就在眼前似的。

欧阳芙蓉再也睡不着了，现在，她敢肯定自己的侄子是老猫叫春了，打电话给她，唯一的理由就是……于是一骨碌爬起来，拨通了陈桂花的手机。

可是让她失望的是，电话里，陈桂花说自己的女儿现在很好，很正常，很平静，很忙碌，很挣钱，还斩钉截铁地说就是以后你的侄子主动找我们家璐璐，璐璐都不会搭理他的！

话是这么说，关了手机后，陈桂花又后悔了，后悔自己把话说得太绝，门关得太死。

这样，欧阳建业的两次尝试都以失败而告终，一整天都有些闷闷不乐，可是并没有训斥秘书小贾的一个小失误。这在以前是不可想象的！

爱情专家说：男人越得不到，越想，只想得愁肠寸断。欧阳建业现在可不就是！

傍晚，西边的天空宛似破开的熟透的半个西瓜。欧阳建业驱车往回赶，看着燃烧的晚霞，心中又燃起了希望，想一会儿和豆豆套套近乎，看能不能从小家伙嘴里套出点什么。

到了家里，邵阿姨和豆豆居然都不在。这让他大吃一惊，心里道：“该不会出什么事吧。”赶紧给邵阿姨打了电话。邵阿姨告诉他，豆豆现在和她在一起，这才让他放下心来。

此时，豆豆正在王璐的店铺里，看着一刻不闲着的王璐，小家伙跃跃欲试要帮忙，被王璐制止了。

“姐，你就让他帮忙吧，小家伙肯定是块做生意的料，老子英雄儿好汉呗。”张小葱插科打诨地说。看到王璐飞来的白眼，赶紧住嘴，她知道王璐现在什么都愿意听，就是不愿听到欧阳建业四个字。

邵阿姨一回来就被欧阳建业叫到自己屋子里去了。他以前吩咐过她，没有他的同意不允许豆豆出门。

邵阿姨哭憋着说都是豆豆闹着要去的。

“你们去干什么？”欧阳建业喝问。

“买桂花鸭。”

“买鸭子你去就是了，干吗带着他？”

“他非要去不可！”

“他去干什么？”

“他去……”邵阿姨一时不知如何回答。

“快说！”欧阳建业吼道。

“他去看他的王阿姨。”

“王……王阿姨？”欧阳建业追问，脑子里一道闪电划过，接着“咔嚓”一声响雷，“谁？”

“就是以前经常来的王璐。”邵阿姨吞吞吐吐地说，等待着灾难的来临。

“哦，哦。”欧阳建业应着，“在什么地方？”

欧阳建业居然口气缓了下来！邵阿姨做梦也没料到会这样。如实地回答了。接下来，欧阳建业再也没有追问，只是吩咐说快做饭吧，他都有些饿了。

邵阿姨走后，欧阳建业心里庆祝道：“踏破铁鞋无觅处，得来全不费工夫！呵呵，孙猴子能逃得了如来佛的手掌心？”看了看自己的巴掌，疑惑地自问：“她是孙猴子？我是如来佛？”

晚饭，当然有那盘桂花鸭。开始，欧阳建业装模作样地赌气不吃。后来一想，没想到她去卖鸭子了！咦，她做的鸭子什么味道？（其实他已吃过。）这样想着，眼睛瞟着那盘鸭子。

豆豆吃着鸭子，眼睛B超一般看了老爸一眼，似乎已经把他看透。

“老爸，吃块鸭子吧，很好吃的！”豆豆说着夸张地啃了一口鸭子。

“哦，哦。”欧阳建业响应儿子的号召，伸筷夹了一块鸭子。吃着鸭子，其中的味道只有他自己知道。

“味道怎么样?”豆豆恶意地问。

“还好，还好。”欧阳建业糊涂蛋似的回答。

“这可是我亲自去买的。”豆豆深意地说。

对于豆豆经常来买鸭子，陈桂花、王长丰夫妻俩心里的五味瓶倒了——五味杂陈。陈桂花心里又冒出老同学欧阳芙蓉电话里的话来，私下对丈夫嘀咕道:“这算什么事呀?”

丈夫安慰道:“其他都不要说了，权当豆豆是璐璐的学生，再说，人家来买鸭子，我们能不卖给人家?”

“莫不是欧阳家又想着我们家的璐璐了?”陈桂花巴望着眼睛问。

王长丰狠狠剜了老婆一眼，训斥道:“不要再揭璐璐的伤疤了！好不容易有个安稳的日子。”

还别说，豆豆的出现真的让王璐的心酸酸的、痛痛的。这种酸痛好比藤蔓，好比树根，好比伤口里长出的肉芽，它就在那里生长着，生长着。

晚上，收工数钱，张小葱好像想起什么，从口袋里掏出几张钞票，说:“这里还有，是豆豆硬塞给我的。”说着瞟了王璐一眼。

王璐正儿八经地数着钱，此时，貌似聋了，瞎了。

“那个油盐不进到底是什么意思?整天差遣自己的儿子来买鸭子。”张小葱说着又瞟了王璐一眼。

王璐再也忍受不住，质问:“你到底什么意思?”

“没意思！姐，我敢打赌，你和那个油盐不进还没完，没完！听我们家那个说姚美丽已经走了，现在……”

“我不要听，我不要听!”王璐跺脚说，再伸手捂着耳朵。

可这并没有制止住张小葱的嘴巴，继续说道:“爱之深，恨之切，你们俩呀，都是!”看着王璐微红的脸，骄傲地说:“瞒不住我的，你妹可是过来人，再说，我还是白骨精呢！哎，告诉你，那个油盐不进最近对我们家胡兵特别好，还……”

还什么?王璐貌似被动地听，可恶的张小葱居然不说了。

陈桂花一直在偷听二人的话，见二人不言语了才冒出来，问她们在说什么。

“我们在说陈阿姨你能干，带领我们发财了。”张小葱说着抖动手里的钞票。

“你这丫头，你这丫头，就会糊弄我。”陈桂花嚷着。

王璐、张小葱一阵笑。几人不知，此时，外面黑暗处躲着一个人呢！

这个人就是欧阳建业！

吃了豆豆买的鸭子，夜晚，上了床可就不平静了，就如肚子里的鸭子活了一般，在肚子里闹腾着，再钻进脑子里呱呱叫着：“她居然去卖鸭子了，她居然去卖鸭子了！”

她卖鸭子是什么模样？欧阳建业搜肠刮肚去想象：街边的小贩？酒店里的服务员？可是这些都觉得不太像，那么到底是什么样？有心去探看，可是又怕……欧阳建业就这么在床上辗转反侧着，思念不得，寤寐思服。

最后，思念战胜了顾虑，下午下班回到家，乔装打扮后，偷偷来到包河小巷里，躲在远处，偷觑王璐。

一身工作服的王璐在一刻不停地忙碌着。每接待一个顾客，脸上都挂着迷人的笑，很对得起“桂花鸭西施”这个称谓的。

欧阳建业被迷住了，觉得此时的王璐比以前更美了！

咦，她好像瘦了！咦，动作怎么这么熟练！现在，王璐的一切对于欧阳建业来说都觉得那么好奇，那么不可思议。

欧阳建业就这么站在黑暗处观察着王璐，忘却了时间，忘记了饥饿。

欧阳建业躲在那里观望着，对于蚊虫的叮咬也毫不在意（获得爱情总是需要付出心血的）。他这样，引起了旁边一个小女孩的注意，过来，甜甜的声音：“盲人叔叔，您迷路了吗？我送您回家吧？”

盲人叔叔？欧阳建业一愣，马上明白过来，原来这么晚了，自己还戴着墨镜！伸手摘了，冲着小女孩一笑。小女孩的母亲慌忙过来一把拉住女儿逃跑似的走了。

到了九点多，欧阳建业还躲在那里。阵阵微风拂过，送来阵阵鸭子的香味，肚子咕咕抗议着，他进到一家面馆，要了一碗面。吃完，又出来继续蹲守，现在，有了一个新主意：倒是要看看她住在哪里。

快到十一点的时候，王璐、张小葱出来后分手。害怕被认出来，重又戴上墨镜，然后远远地尾随着王璐。

王璐好像感觉到后面有人跟踪似的，站住，侧身，往后瞥了一眼，吓得欧阳建业一溜烟躲进旁边一家超市里。

王璐进到一个小区，径直向A栋八单元走去，欧阳建业一看，胜利地一笑，她还租住在老地方！难道……

原来，为了方便，王璐搬到店铺附近居住，可是房子难寻，不得已又找到以前的房主，会睹物思人吗？王璐觉得自己情已灭，心已死。

真的情已灭，心已死吗？夜深人静的时候，和欧阳建业的点点滴滴又不自觉地冒出来。每当这个时候，王璐都要骂自己："王璐啊，王璐，你个白痴，笨蛋！"

今天晚上，一个好心的顾客悄悄告诉她，说有个戴墨镜的人不怀好意地在盯着她，要她多留神。

王璐大吃一惊，第一感觉是来抢劫的，毕竟树大招风；第二感觉是竞争对手雇用打手来找麻烦了。

趁着片刻的间隙，她偷偷溜了出来，绕到后面，观察到底是谁在盯梢自己。这一看不要紧，只看得心"嗵嗵嗵"地跳，擂鼓似的，原来是他！虽然经过了改装打扮，就是烧成灰她都认识他。

王璐回来，不动声色地继续工作。一边剁着鸭子，一边想："他来干什么？"这么不专心工作，刀划破了手指，流了很多血，可是并不觉得痛。此时，她的心思全部放在那个黑影上了。冤家啊！

接下来，王璐看似在忙碌着，可是时不时注意着那人躲着的方向，只不过她不用眼睛去看，而是用耳朵去听，用心灵去探知。

收工的时候，王璐犹豫着要不要把此事告诉张小葱，想了半天，还是作罢，害怕小葱那张嘴机枪似的乱射。

今晚，王璐特意摆脱开老妈，自己一个人回租住的房子，她要验证一下那个人今晚是真的来看自己的，还是临时有事路过这里的。

王璐走，那人也走；王璐停下，那人也停下。这让王璐想到电影中的特工盯梢，于是用了反盯梢的方法——猛地站住往后看，她看到了那人的狼狈相。

洗了澡，上了床，王璐眼睛望着窗户，来来去去就是想着一个问题：他还在外面吗？

张小葱的话在耳边又现："姚美丽已经走了。"

咦，他们不是已经订婚了吗？怎么又散了？

"不管他，反正发生的事与我无关！"王璐心硬地对自己说，另一个声音随即出现："那他来干什么？"身子一颤，能感觉到体内的血液滚滚地流淌，简直是热血沸腾，只嫌屋内的温度太高，再也控制不住自己，站起来到窗口，向下望去，那个黑影不见了！不免失望，重新躺下，想：我们已经结束了，我们已经结束，就是他主动来找自己，我都不会……

欧阳建业回到家里，吓了一大跳，自己的姑姑欧阳芙蓉又一次不打一声招呼回来了！见到侄子，欧阳芙蓉嘻嘻一笑。欧阳建业说："姑姑，你怎么又搞突然袭击?"

欧阳芙蓉一听，心中一乐。侄子这么风趣地说话，说明他的心境很好，难道自己猜对了？肯定是！对于自己的感觉，欧阳芙蓉一贯自以为比天气预报要准确得多了。

"到哪里去了？是不是去会女朋友了?"欧阳芙蓉问，两眼直直地望着侄子。

欧阳建业一愣，姑姑太聪明了！他是深知姑姑的秉性的——越辩解她越怀疑，这就是所谓的越描越黑，于是坦白地回答道："是的。"

果然，欧阳芙蓉脸上涌现出一丝失望。欧阳芙蓉有心提及姚美丽的事，说自己早就不看好她，可是又害怕撩起侄子内心的伤。

夜深了，可是欧阳建业躲在姑姑的房间里就是赖着不走。

"有事吗?"欧阳芙蓉问。

"没事，没事。"

欧阳芙蓉知道侄子肯定有事，只不过内心在做着激烈斗争罢了。

"还是说说吧。"

"我……我……"

欧阳芙蓉是个急性子，看到侄子这样吞吞吐吐，心里急得猫抓似的痒，于是要替侄子说。

"告诉我是不是因为那个王璐?"

欧阳建业没有肯定，但也没有否定。

欧阳芙蓉见了，对自己佩服得简直要五体投地了！得意地看了侄子一眼，意思是：我早就知道会有这么一天！

"到底怎么回事?"

接下来，欧阳建业把姚美丽那天的话重复了一遍。

"哦，哦，这样啊！这样啊！"欧阳芙蓉恍如大悟如我佛如来面壁三年后的那个时刻，"告诉我这些什么意思?"欧阳芙蓉明知故问。

欧阳建业脸上显现绯红。

"要我从中，嗯，那个?"欧阳芙蓉望着侄子，手打着旋涡问。

欧阳建业嘿嘿一阵傻笑。

“告诉你，建业，我不会给你斡旋的！”欧阳芙蓉口气硬得能够斩钉截铁了。

欧阳建业怎么也没想到姑姑会这样！他本以为她肯定会欢呼雀跃的，她不是特喜欢那个她吗？可是现在……他抬起头，错愕地看了姑姑一眼。

“爱情是靠自己努力争取而获得的，别人只能牵个线而已。以前，你拒绝了她，撵走了她，伤害了她，现在为了弥补，你应该主动去找她，用你的诚心打动她，用自己的努力捕获她的心！”

欧阳建业低头听着，想姑姑的话不无道理。

看着侄子的神态，欧阳芙蓉想起那天陈桂花的话，于是提醒地说道：“有情人会终成眷属，前途是光明的，道路可能曲折，你应该用痛打落水狗，宜将剩勇追穷寇的精神去追求。”

这些不当的词语，欧阳建业听了哭笑不得，想王璐是落水狗是穷寇吗？他欧阳建业还差不多。

侄子终于走了，欧阳芙蓉立即抓起手机……

陈桂花被吵醒，嘴里骂道：“该死，谁这个时候打电话？”拿起手机一看，又是欧阳芙蓉！对欧阳家的气连本带息地储存在肚子里呢，冲着手机吼道：“欧阳芙蓉，你让不让人睡觉了?!”

当放下电话之后，陈桂花一跃而起，她有一股想大喊的冲动。唉，真是喜从天降啊！这么一对小冤家。

喜事不能独享，一脚踹醒丈夫，再搂住他狂亲着……

清晨，东方微白，再过一会儿，太阳一点一点地露出羞羞答答的脸，再猛地一跃，跳出地平线，于是整个世界灿烂而辉煌了。

王璐来到翡翠公园像往常一样跑步，拐过一道弯向东跑去，觉得太阳没有以前那么炫目了，记得以前阳光总是从前面的那棵老槐树枝杈正中穿过，现在从树杈的南端穿过来，不禁感叹道：时间过得真快，秋天已经不知不觉地来临了！

秋天是个收获的季节，也是一个落叶满地的季节，让人欢喜，让人忧。王璐也是这样，陈氏桂花鸭连锁店已经开了一家，马上又要再开一家，看来事业顺风顺水，可是爱情呢？颗粒无收！

对此，老爸老妈已经不再催促，他们整天高高兴兴而又神神秘秘。本来呢那天他来看望自己，预感会发生什么事，可是一两个月已经过去了，什么事也没发生！

对于是否再次接纳欧阳建业，王璐也想过这个问题，可是没有结果，原因是：一会儿接纳占了上风，一会儿拒绝占了上风。她甚至想象了一个场景：欧阳建业来向自己求爱，自己严正拒绝了他。欧阳建业沮丧地转身，沮丧地离去。这时候她有一种酣畅淋漓的快感。

让她欣慰的是豆豆经常过来，周六、周日一待就是大半天。张小葱那丫头现在和他打得火热，时不时拿王璐开涮，好像王璐要当豆豆的妈妈那是铁板钉钉的事！

王璐知道他们这是成心的，可是，那个他怎么一点儿动静都没有？心里这么纠结着又过了几天。

早晨，公园里，锻炼的人越来越多，对此，王璐早已习惯，她一边欣赏着湖里的荷花，一边跑着。

“嗵嗵……”后面传来脚步声。

好奇地往后一瞥，身后一个白影。

天啊！

原来是他！

他怎么来了？王璐脑子里轰鸣着。

后面的白影没有接近，也没有落下，就是和她保持着那么一点儿距离。

王璐已经彻底惊慌失措了，虽然她已经竭尽全力来保持着正常的姿态，就是额头有点儿痒也不敢伸手去揉。

她就这么跑着，脑子里一片空白。

“嗵嗵……”不知道是身后那个人的脚步声，还是她的心跳声。

一声汽车的鸣笛让她的脑子恢复了正常，他这是在干什么？戏弄她吗？这样想着，不由加快了脚步，可是能感觉到后面的也加快了脚步，她突然慢了下来，后面的也慢了下来。

王璐就这么忽快忽慢地跑着，后面的那位也紧随她的节奏，他们之间始终保持着那么一点儿距离。

三圈，不知不觉就跑完了，可是王璐早已忘记了这个，还在跑着。

“他这是到底想干什么啊？”王璐脑子里还盘旋着这个问题。

“王璐！”旁边一个声音。

王璐身子一颤，这才发觉后面的他不知道什么时候已经追了上来，现在和她并驾齐驱了。

“王璐，以前都是我的错，请你原谅，过去，我对你不是十分地好，但是我可以保证以后对你实心实意地好，我愿意就这么陪着你跑，一直到老，你愿意吗?”

王璐没有说话，而是彩霞满脸，嘴角扬上去、扬上去，眼睑垂下来，垂下来……

今天早晨，一红一白成了翡翠公园里最亮丽的一道风景线。

图书在版编目(CIP)数据

爱情在左,事业在右 / 秋文著. — 北京 : 中国文史出版社, 2017.1
(跨度长篇小说文库)
ISBN 978-7-5034-8498-8

Ⅰ. ①爱… Ⅱ. ①秋… Ⅲ. ①长篇小说-中国-当代 Ⅳ. ①I247.5

中国版本图书馆 CIP 数据核字(2016)第 267327 号

责任编辑: 马合省 卢祥秋

出版发行: 中国文史出版社
网　　址: http://www.chinawenshi.net
社　　址: 北京市西城区太平桥大街 23 号 邮编: 100811
电　　话: 010-66173572 66168268 66192736 (发行部)
传　　真: 010-66192703
印　　装: 廊坊市海涛印刷有限公司
经　　销: 全国新华书店
开　　本: 720×1020 1/16
印　　张: 23 字数: 333 千字
版　　次: 2017 年 1 月第 1 版
印　　次: 2017 年 1 月第 1 次印刷
定　　价: 45.00 元